R
V

Georg Schattney

Argentinisches Roulette

Regenbrecht Verlag

Bibliografische Information der Deutschen Bibliothek
Die Deutsche Bibliothek verzeichnet diese Publikation in der
Deutschen Nationalbibliografie; detaillierte bibliografische
Daten sind im Internet über http://dnb.ddb.de abrufbar.

ISBN: 978-3-943889-73-4

Herstellung: BoD – Books on Demand, Norderstedt

Umschlagbild: picture alliance/AP Images, Walter Astrada
Mounted police charge over anti-government demonstrators in
Buenos Aires, Argentina in Dec. 20, 2001. In the back is the
Obelisk, one of Buenos Aires symbol.

Mojo Risin und meinen anderen guten Geistern
(Alda, Malena, Alexander und Pablo)

Es will mir nicht gerecht erscheinen, dass wir nur jenes Leben aufbewahren sollen, das wir tatsächlich gelebt haben.
Ortega y Gasset

Die Gedanken der Ökonomen und Staatsphilosophen, sowohl wenn sie im Recht als wenn sie im Unrecht sind, sind einflussreicher als gemeinhin angenommen wird. Die Welt wird in der Tat durch nicht viel anderes beherrscht. Praktiker, die sich ganz frei von intellektuellem Einfluss glauben, sind gewöhnlich Sklaven irgendeines verblichenen Ökonomen.
John M. Keynes

The west is the best, the west is the best
Get here, and we'll do the rest.
The Doors

Prolog

No one left to scream or shout

Ein fernes Land. Eine fremde Stadt. Die Wohnung eines gewissen Fred Tantani. Ich liege mit geschlossenen Augen im Bett. Ganz still, um meine Geister nicht zu wecken. Vergebens! Schon stampfen sie wieder wutentbrannt über die Straßen, klappern mit Kochtöpfen und hämmern gegen längst geschlossene Banken. Laute Geister! Böse Geister! Mit ihrer immer gleichen Klage. »Unser Geld! Gebt uns unser Geld zurück! Und unser Leben!« Dann spukt halt weiter. Aber ändern könnt ihr nichts: Euer Geld ist verloren, euer Leben verpfändet und eure Seele verkauft. Wer wüsste das besser als ich.

Ich schäle mich aus den verschwitzten Laken, tapse über schartige Holzdielen, schlage die unvermeidliche Kakerlake tot und stelle den Plattenspieler an. Sofort erfüllt der freche, widerspenstige Sound einer Hammondorgel den nachtblauen Raum. Schlagzeug und Gitarre setzen ein. Der erste gellende Schrei des Sängers vertreibt auch die letzten Plagegeister. Mein Gegenzauber wirkt! Das dunkle, hypnotische Delirium der Instrumente und die anklagende Empörung in der Stimme von Jim Morrison. Das ist kein Pop, das ist Poesie.

What have they done to the earth? / What have they done to our fair sister? / Ravaged and plundered / And ripped her and bit her / Stuck her with knives / In the side of the dawn.

Jim hat es vor uns allen erkannt. Die Drogen haben ihn nicht vernebelt, sie haben ihn klarsichtig gemacht. Als ob er sich die Augenlider herausgerissen hätte und immerzu in eine furchtbare Zukunft hätte starren müssen, die ich mit so vielen anderen errichtet habe: Die Herrschaft des Kapitals und die Knechtschaft der Völker. Doch niemand kann leben, ohne ab und an seine Augen zu verschließen vor dem Unrecht. Sommer 1971. Eine Badewanne in Paris. *When the music's over, / Turn out the light.*

Fred Tantani ist Jims Weg der Rebellion auf seine ganz eigene Art zu Ende gegangen – dreißig lange Jahre lang. Von 1971 in Paris bis 2001 in Buenos Aires. Und als er vor einer Woche endlich am Ziel angekommen ist, hat er sich eine Kugel durch den Kopf geschossen. Nicht so, wie es manche Anfänger machen, die dann nur blind werden oder blöde. Nein, wie ein Profi. Lauf in den Mund. Richtiger Winkel. Abgedrückt. Weil er das System nicht in die Luft sprengen konnte, hat er sich sein Gehirn weggeblasen. So könnte es gewesen sein. *Music is your only friend until the end, / Until the end, until the end.*
Zurück ins Bett, den Kopf unters Kissen. Zurück ins Chaos der Krise. Zurück in die brennende Stadt am Südrand der Erde: Straßenfluchten, in denen die Wut kocht – heißblütig, ohnmächtig, ohne Sinn und Verstand. Die Sprechchöre der Demonstranten. »Die Armen liefern die Leichen, der Mittelstand muss weichen, das Kapital dient nur den Reichen.« Einer von Tantanis letzten Sätzen. »Ihr könnt die Entfernung zu mir immer nur halbieren. Aber so holt ihr mich nie ein.« Er hat Recht behalten. *Persian night / See the light / Save us! / Jesus / Save us!*
Als ich wieder aufwache, ist der nächtliche Spuk vorbei. Nur der Röhrenverstärker der Stereoanlage brummt noch wie ein letztes Echo des Aufruhrs. Nachdem ich ihn ausgeschaltet habe, höre ich nur noch das gleichgültige Rauschen des Verkehrs auf der Nueve de Julio einen Block weiter oben, das Knattern eines Busses auf der Tacuarí ein paar Meter weiter unten und das Klappen von Fensterläden in der Nachbarwohnung. Da ist das Morgenschwätzchen zweier alter Weiber, das in der weichen Melodie des argentinischen Spanisch dahinfließt. Und da ist eine italienische Opernarie, die munter aus irgendeinem halbgeöffneten Fenster hinaussprudelt und dann die Calle Chile Richtung Rio de la Plata hinunterplätschert.
Ein neuer Tag beginnt, das Leben geht unbeirrt weiter. Es ist ja nichts Bemerkenswertes passiert. An der Peripherie, zumal an ihren südlichen Enden, kann es schon einmal vorkommen, dass ganze Länder von der Weltkarte fallen. Manchmal tauchen sie sogar wieder auf. Wer kennt das nicht? In den Nachrichten hört man Meldungen über Kindersoldaten, Massaker, Massenvergewaltigungen und denkt sich, »Sieh an, sieh an, den Kongo gibt's ja auch noch«. Aber im Gegensatz zum Kongo verfügte Argen-

tinien noch bis vor Kurzem über alle uns Europäern vertrauten Merkmale einer modernen Zivilisation: ein marodes Rentensystem, eine hohe Selbstmordrate und eine zufriedenstellende Psychiaterdichte. Vor einem Jahrhundert lag Buenos Aires sogar gleichauf mit Paris. Die argentinische Oberschicht verbrachte ihre Zeit lieber an der Seine als am Rio de Plata, weil dort alles billiger war und auch nicht viel unkultivierter. »Riche comme un Argentin«, hieß es damals in der alten Welt. Die Ökonomen sagten dem Land den Aufstieg zu einer der führenden Mächte des 21. Jahrhunderts voraus – übertroffen nur vom Britischen Empire, dem Zarenreich und Belgien mit seinen unermesslichen Kronschätzen im Herzen Afrikas.

Nun hat die Argentinienkrise ein ganzes Volk ins Elend gestürzt und für den Rest der Menschheit ist das eine Randnotiz. Ein unbedeutender nationaler Unfall am Seitenstreifen der inzwischen gut ausgebauten globalen Waren- und Geldautobahnen. Mehr nicht. Nur in der englischen Presse habe ich vor einiger Zeit drastische Schlagzeilen gelesen. »Das Schicksal ist grausam« und »Schlimmer konnte es nicht kommen« hat sie mit Hinblick auf Argentinien getitelt. Aber bei genauerem Hinsehen war der Grund nicht die Krise, sondern die Auslosung der Gruppen für die nächste Fußballweltmeisterschaft. Die englische Nationalmannschaft hatte es in dieselbe Gruppe wie die argentinische verschlagen und die Erinnerung an das Viertelfinale von 1986 war noch frisch. Zwei Tore wie ein kalter Stich ins Herz der englischen Fans. Zwei Tore für die Ewigkeit. Beide durch Maradona. Das erste hat er regelwidrig mit der Hand erzielt und »die Hand Gottes« getauft, das zweite im Alleingang so genial herausgespielt, dass die Engländer es bis heute zähneknirschend »das verdammte Wunder« nennen.

Doch an diesem Morgen in Buenos Aires scheint nichts ferner als Gott oder eines seiner Wunder. Der Himmel hängt grau und tief, die Luft liegt schwer und drückend – und wenn Argentinien überhaupt noch auf etwas wartet, dann auf die nächste Runde von Sozialkürzungen.

Eine halbe Stunde später sitze ich am Tresen des Cafés, das sich im Erdgeschoss von Tantanis Wohnhaus befindet. Es ist nach der amerikanischen Tänzerin Isadora Duncan benannt, die hier vor hundert Jahren, einzig in die blauweißblaue Fahne mit der Sonne gehüllt, die argentinische Nationalhymne getanzt hat. Die Geschichte wurde zum Skandal der Saison, das Café zu einem legendären Treffpunkt der Bohèmiens. Aber das ist lange her. Heute bin ich der einzige Gast. Und der Pächter, ein übel gelaunter und schlecht rasierter Mann in den späten Fünfzigern, blättert in einer Zeitung, die tatsächlich mit dem neuesten Sparpaket für Argentinien aufmacht.

»Ich kann mich noch an die Zeiten erinnern, als die neuesten Nachrichten mit lauter Stimme von den Zeitungsjungen ausgerufen wurden«, sagt er und saugt nachdenklich einen Schluck Maté durch einen Metallhalm aus einem hohlen Kürbis. »Die führenden Blätter Argentiniens hießen damals Crítica und La Razón – und weil ich mich in jener Zeit für Philosophie interessierte, musste ich auf den Straßen der Stadt immer an Kant denken: ›Kritik! Vernunft!‹.« Er lächelt traurig und tippt auf die Schlagzeilen. »Sieht so aus, als wären die beiden Hübschen schon lange wieder ausgewandert.«

Ich nicke.

Er schlägt die Zeitung zu und schiebt sie beiseite. »Stimmt es, was man über Fred sagt?«, fragt er und sieht mich direkt an. »Dass er für das Volk gestorben ist. Dass er sich für die Menschen geopfert hat.« Er macht eine Pause. »Und dass er ein besonderes Schwert bei sich trug. Ein mystisches Schwert. Das Schwert der Engel.«

Ich wiege den Kopf. »Ja, das Schwert, das trug er bei sich. Der Rest ist Aberglaube. Und das mit dem Volk – nun, das muss das Volk selbst entscheiden.«

»Die Menschen hier im Viertel halten ihn für einen Helden«, sagt er. »Alle denken, dass die üblichen Kreise hinter seinem Tod stecken. Wie war es wirklich? Sie waren doch bei ihm, als es passierte.«

»Er wurde erschossen«, antworte ich bestimmt. Dabei stand ich nur wenige Meter von ihm entfernt, als er sich die Pistole in den Mund steckte und abdrückte. Tantani, ein Held? Vielleicht. Er hat viele Seiten gehabt – und eine davon ist mörderisch gewesen. So viel steht fest.

»Wie auch immer«, brummt der Mann schließlich mürrisch. »Er ist tot. So wie unsere Wirtschaft auch.« Wütend lässt er den Milchschäumer der Kaffeemaschine aufzischen. »Liberalisierung!

Dass ich nicht lache. Alles, was wir besaßen, haben wir ins Ausland verscherbelt. Und wenn die Banker morgen herausfinden, dass Scheiße wertvoll ist, werden sie uns Argentiniern auch noch den Arsch zunähen. So war es doch schon immer. *Que el mundo fue y será una porqueria*, wie unser aller Gardel schon '35 gesungen hat.« Er knallt die Tasse vor mir auf den Tresen. »Und Sie? Wie haben Sie sich entschieden? Verlassen Sie die Stadt oder bleiben Sie uns noch eine Weile erhalten?«

Ich zucke die Schultern, ziehe die Augenbrauen nach oben und zünde mir eine Zigarette an.

»Alle Städte sind Huren – bis auf die eine. Santa Maria de los Buenos Aires, heilige Alte, dass der Herr dich nur in all deinem Glanz erhalte.« Er schlägt ein Kreuz und küsst das Medaillon, das er an einer Kette um den Hals trägt. »Dies ist keine Stadt, sondern ein Schicksal.«

Schicksal! Auch das noch. Zufälle, nun gut, die hat es gegeben in den letzten Monaten. Aber Schicksal? Ist das nicht nur ein anderes Wort für unseren Unwillen, jenem verschlungen Geflecht von Ursache und Wirkung auf den Grund zu gehen? Ich trinke meinen Kaffee aus und sehe den Rauchkringeln meiner Zigarette hinterher, wie sie sich zunächst ineinander winden und schließlich auflösen. Nein, wenn wir Tantani nicht eingeholt haben, dann hat das mit Schicksal überhaupt nichts zu tun, sondern nur mit unserem Versagen. Ich ziehe den Zettel heraus, den er mir Minuten vor seinem Tod in die Hand gedrückt hat. Dort steht in seiner Handschrift: NAM HEL NOIT AREPO. Das Papier ist zerknittert und blutbespritzt. Ich versuche erneut, einen Zugang zu der Nachricht zu finden. Doch drei Zigaretten und zwei Tassen Kaffee später gebe ich wieder auf. Er scheint sein Geheimnis mit ins Grab genommen zu haben.

Als ich gegen elf Uhr oben in Tantanis Diele stehe, lasse ich die Stille der Wohnung auf mich wirken. All die Schränke, Anrichten, Tische, Kommoden und Regale. Die Bücher, der Hausaltar, die Spazierstocksammlung. Ich war mir vom ersten Augenblick an sicher, irgendwo in diesem Labyrinth, in das Tantani uns gelockt hat, muss der Schlüssel zu seiner Nachricht versteckt sein.

Plötzlich klingelt das altmodische Telefon. Es ist Mascha. Ihre Stimme klingt rau und übernächtigt. In London ist es sechs Uhr in der Früh. »Hast du endlich eine Erklärung gefunden?«, fragt sie. »Dieser Zettel muss etwas bedeuten. Es kann nicht anders sein. Er muss das fehlende Glied in der Kette sein – unser Beweis.« Nein, ich habe keine Erklärung für Tantanis Worte gefunden. Auch keinen Beweis dafür, dass es auf dieser Welt doch noch ein verdammtes Wunder gibt, das die totale Herrschaft der Finanzmärkte aufhalten kann. Oder dass Tantani dieses Wunder irgendwie posthum vollbringen würde. Und schon gar nicht den Beweis, auf den Suki ganz offiziell in Washington wartet: den Beweis dafür, dass Tantani nicht nur der Grund für die zunehmende Instabilität der weltweiten Finanzmärkte in den vergangenen Jahren ist, sondern dass der Spuk mit seinem Tod auch endgültig vorbei ist. Geschweige denn den Beweis, von dem Fjodor träumt: Den Beweis dafür, dass Tantani im Mittelpunkt einer apokalyptischen Verschwörung zur Überwindung unserer Zivilisation gesteckt hat.

Vielleicht warten wir alle einfach nur auf das Zeichen, dass Tantanis Ein-Mann-Weltrevolutions-Show nach seinem Tod weitergeht. Vielleicht fürchten wir uns lediglich vor der Rückkehr in unsere früheren Leben. Vor der Langeweile einer Existenz, in der alle Uhren unweigerlich richtig gehen. Vor der Leere, die irgendwo hinter der glitzernden Fassade einer Bank am großen Chefschreibtisch auf uns wartet oder am Ende eines übervollen Supermarktregals oder am späten Abend nach dem Abschalten all der großen und kleinen technischen Errungenschaften unserer Zeit. Oder haben wir einfach nur Angst vor der Erkenntnis, dass das westliche Glücksversprechen nur ein ungedeckter Scheck ist, unsere Wohlstandsillusion ein fauler Kredit und die Zukunft ein krachender Globalbankrott?

Wie auch immer. Wer sucht, der findet: »NAM«, so nannten die Amerikaner während des Krieges Vietnam. Gleichzeitig ist es das Anagramm von »MAN«. Aber was nun, »Mann« oder »Vietnam«? Und »HEL« bedeutet alles nur Denkbare in allen möglichen nordischen und germanischen Sprachen. »Hölle« oder »rein«? Was darf's denn sein? »NOIT« ist altfranzösisch für Nacht. »AREPO« steht vielleicht für das lateinische »arrepo«, also »ich krieche«. Vielleicht! Jedes dieser Worte passt in der einen oder anderen Weise zu Tantani. Aber zusammen ergeben sie keinen Sinn. Und das wiederum passt überhaupt nicht zu Tantani.

Während Mascha am anderen Ende der Leitung ein neues Wörterbuch wälzt, betrachte ich mein Abbild im verstaubten Spiegel an der Wand gegenüber. Erst jetzt, wohl wegen des spezifischen Winkels des Lichteinfalls auf die Spiegelfläche um diese Uhrzeit, fällt mir auf, dass Tantani mit seinem Finger »Spiegel einer Welt ohne Ausweg« in die Staubschicht geschrieben hat. Große Worte. Ohne mir viel dabei zu denken, trete ich näher an den Spiegel heran, klemme mir den Hörer zwischen Schulter und Kopf, wische den Staub an einer Stelle weg, falte den Zettel mit Tantanis Nachricht auf und versuche die Buchstaben im fast blinden Spiegel zu lesen. Aus London höre ich das Rascheln von Buchseiten. »OPERA TION LEH MAN«, lese ich. So ein gottverflucht einfacher Trick! Die Nachricht ist einfach nur spiegelverkehrt geschrieben. Und damit hat Tantani uns mehr als eine Woche beschäftigt! Lehman Brothers. Eine Investmentbank. Keine von den ganz großen. Aber extrem aggressiv und risikobereit. Hat Tantani sie im Visier gehabt? Gibt es also doch irgendeine geheime Mechanik, mit der er seine apokalyptische Verschwörung noch aus aus dem Grab heraus weitertreiben kann?

So oder so, wir haben nun wenigstens eine heiße Spur. Und auch wenn ich noch immer nicht weiß, wie diese Geschichte enden wird, so scheint mir doch klar, wie sie angefangen hat: vor gut drei Jahren, als Fjodor, Mascha, Suki und ich fast die Wall Street in die Luft gesprengt hätten – und das Weltfinanzsystem gleich mit dazu. Aber ganz anders als Tantani, nicht aus Absicht, sondern aus Versehen.

Kapitel 1

Montag, 7. September 1998, New York

Crystal Ship

Die Midas Future Capital sitzt im 50. Stockwerk eines Büro-hochhauses in Manhattan Midtown. Sie ist das schnellste, intelligenteste, innovativste, gefährlichste und größte Biest, das die Finanzmärkte bisher gesehen haben. Und Fjodor, Mascha, Suki und ich haben mitgeholfen, dieses Biest zu erschaffen. Anfang des Jahres noch fühlten wir uns unverwundbar, ja geradezu unsterblich. Wir verfügten über ein Eigenkapital von fünf Milliarden Dollar und Kredite von 125 Milliarden Dollar, mit denen wir Termingeschäfte mit einem Nominalwert von 1.250 Milliarden Dollar eingegangen waren.

Gott, wir waren dem Himmel so nah! Wir hatten unser eigenes Kapital um den Faktor 250 gehebelt, ohne dass irgendjemand auch nur mit der Wimper gezuckt hätte. Die Banken nicht, die Aufsicht nicht und die Anleger schon gar nicht. Einer Jahresrendite von 40 Prozent schaut man nicht ins Maul – oder so ähnlich. Jedenfalls bewegten wir mit nur 200 Kollegen Summen, die höher waren als der Staatshaushalt von jedem Land der Erde mit Ausnahme der USA. Aber dann kam die Russlandkrise und unser gesamtes Portfolio begann, aus dem Geld zu laufen. Seit Mai verlieren wir nun im Schnitt mehr als zehn Millionen Dollar pro Handelstag. Und inzwischen ist unsere letzte Hoffnung, dass der Internationale Währungsfonds Russland noch einmal mit einem Milliardenkredit unterstützt und die Märkte sich davon beruhigen lassen.

Das Licht der Nachmittagssonne suppt durch die Metall-lamellen auf den dunkelgrauen Teppichboden unseres Büros. Die Pressekonferenz des IWF ist für 17:00 Uhr angesetzt. Eine Stunde noch! Russland wartet, die Banken warten, wir warten. Verfluchte GKOs! Der Kapitalismus hat Marx und Engels, Lenin und Stalin, KGB-Spione, MiG-Kampfflugzeuge und SS-20-Atomraketen überstanden, doch von allem, das Moskau je hervorgebracht und propagiert hat, um den Westen niederzuringen, werden diese Initialen dereinst für seine gefährlichste Waffe stehen. Die »Gosudarstevennye Kratkosrochnye Obligatsii« sind kurzfristige russische Staatsanleihen. Die westlichen Banken haben sie wegen der hohen Zinsen geliebt und selbst dann noch Milliarden investiert, als Experten schon vor dem Teufelskreis einer »explodierenden Schuldendynamik« warnten. Jetzt droht der Zahlungsausfall und die Banken drängen den Währungsfonds zu einem Notfallkredit. Das perfekte Geschäftsmodell: Die Finanzinstitute verlangen von den Russen exorbitante Zinsen, um sich gegen das Risiko eines Zahlungsausfalls abzusichern, und über den Umweg des Internationalen Währungsfonds von den westlichen Steuerzahlern den Ersatz ihrer Einlagen, wenn er dann tatsächlich eintritt. Doch was passiert, wenn der Währungsfonds diesmal »Njet« sagt?

Durch nichts von meinen Vorahnungen zu erlösen, starre ich wieder auf die Handelsbildschirme, die ton- und trostlos vor sich hinflackern. Unten laufen Bänder mit Wirtschafts- und Finanznachrichten. Darüber werden in verschiedenen Kästen die Kurse von Aktien, Anleihen, Rohstoffen und Währungen angezeigt. Sie verändern sich sekündlich.

An guten Tagen hat sich der Wirrwarr der Zahlen morgens immer schnell zu einer Partitur gefügt. Und diese Partitur vereinte sich in meinem Kopf zu einer Melodie. Manchmal spielten die Märkte Mozart, luftig-leicht und filigran, und manchmal Beethoven, dunkel-schwer und schicksalhaft. Die Märkte hatten ihre Heavy-Metal-Momente und dann wieder Rock-, Reggae- oder Techno-Phasen. Sie spielten jede nur denkbare Melodie für mich: mathematisch-kühle Fugen von Johann Sebastian Bach oder synkopisch-sprunghafte Improvisationen von Charlie »Bird« Parker. Alles, was ich zu tun hatte, war diesem Rhythmus zu lauschen und im richtigen Augenblick zu kaufen oder zu verkaufen. Erfolg ist für mich letztlich immer nur eine Frage der präzisen Taktung gewesen. Ja, ich habe mich immer ein bisschen als Künstler fühlen dürfen, als begnadeter Musiker, der die Symphonie eines Handelstages durch einige perfekt gesetzte Töne vollendet.

Doch heute bleiben die Zahlen ebenso stumm wie meine Kollegen.

Da ist Fjodor, Nachname Kerenin, unser Portfolio-Stratege,

der wortlos auf- und abtigert. Zehn Schritte zur einen Wand. Zehn Schritte zur anderen. Hoch gewachsen, hager, unrasiert und im schwarzen Nadelstreif erinnert er mich heute mehr denn je an einen Totengräber. Er hat in den letzten Monaten so viele Nächte durchgearbeitet, dass er neulich angeblich seine Privatadresse bei der Team-Assistentin erfragen musste. Dann ist da Mascha, Nachname Ivanova, unsere Vertrieblerin. »Meine« Mascha, wie ich sie gerne noch nenne, obwohl sie schon länger nicht mehr die meine ist. Schlank und aufrecht steht sie seit einer halben Stunde am Fenster und lutscht an ihrer Perlenkette. Das macht sie immer, wenn sie sehr nervös ist. Sie hat mir einmal gestanden, dass es sie beruhigt, mit der Zunge über die glatte, kühle Oberfläche der Perlen zu fahren. Und schließlich ist da Suki, Nachname Kwak, die schon den ganzen Tag mit einem Datenblatt voller roter Zahlen auf ihrem Computer herumspielt. Sie ist unsere quantitative Analystin und einer dieser jungen, resoluten Menschen Asiens, in deren Gesichtern ich so schwer lesen kann. Sie kennt jede Zahl der Midas – vom Preis des vierlagigen Klopapiers in der Damentoilette bis zur mehrfach gehebelten Milliardeninvestition. Niemand weiß mit Sicherheit, ob Suki überhaupt eine Privatadresse hat – geschweige denn ein Privatleben. Außerdem gibt's noch mich, »Wolf« – von Wolfgang –, Nachname Willarth. Wir vier werden bei der Midas das Omega-Team genannt.

Mascha unterbricht meinen Gedankengang. »Wer hat dieses verdammte Geschäft eigentlich genehmigt? Wer?«, fragt sie und dreht sich zu uns um. »Wir spielen russisches Roulette, Leute. Und in jeder Patronenkammer steckt eine Kugel.«

Suki blickt ausdruckslos von ihrem Computer hoch. »Es ist die einzige Wette, die uns noch retten kann, Mascha. Deshalb hat das Investment-Komitee das Geschäft genehmigt. So einfach ist das.«

Mascha verschränkt ihre Arme. »Vorne wird für die Öffentlichkeit eine Tragödie über die Zukunft des russischen Volkes aufgeführt und hinter den Kulissen ist alles nur eine Farce. Da geht es doch nur um die Interessen der Banken. Ein widerliches Spiel.«

Suki runzelt die Stirn. »Nimm's nicht persönlich, Mascha. Kapitalmärkte haben keine Moral. Das ist kein Fehler im System. Das ist das System.«

Fjodor faltet sich in einen Stuhl neben mir. »Wie auch immer, Ladies, gleich haben wir Klarheit«, seufzt er, klopft mit seinen blutig abgekauten Fingernägeln auf seine Armbanduhr und schaltet den Fernseher ein. Die melodische Stimme der Nachrichtensprecherin des internationalen Kanals von BBC legt sich über das gleichgültige Rauschen der Klimaanlage. Ich angele eine Zigarettenpackung aus meinem Jackett, trenne den oberen Teil der Plastikhülle ab, breche den Karton auf, reiße am Silberpapier, bis es sich an der vorgestanzten Linie löst, ziehe eine Zigarette heraus und drehe sie unter meiner Nase.

Wir sitzen, schwitzen, schweigen. Begräbnisatmosphäre.

Die Frau sagt »Washington«, macht eine Pause und blickt in die Kamera. Fjodor küsst den kleinen silbernen Davidstern, den er an einer Kette unter dem Hemd trägt. »Der Internationale Währungsfonds hat sich heute gegen eine Ausweitung der Kreditlinien für Russland ausgesprochen«, sagt die Frau unbeteiligt. Ein Filmbeitrag wird eingeblendet. Ein großer Mann im dunklen Anzug tritt an ein mit Mikrofonen gespicktes Pult. Er ist korpulent, hat ein kantiges Gesicht und graumelierte, lockige Haare. Im Fernseher wird sein Titel eingeblendet: »Frederico Tantani, Leiter Makro-Stabilität, IWF«. Der Mann legt seine Stirn in Falten. »Nach langen Beratungen hat sich das Exekutivkomitee des Internationalen Währungsfonds gegen weitere Stützungsmaßnahmen für Russland entschieden. Für solche Maßnahmen gibt es aus unserer Sicht aktuell und auf absehbare Zeit keine Grundlage«, sagt er.

Fjodor starrt auf seine frisch gewaschenen Hände. Seit einer Affäre mit einer Mitarbeiterin der Weltgesundheitsorganisation gehört er zu den Vogelgrippe-Apokalyptikern. Wann und wo die H5N1-Pandemie mit Abermillionen von Toten ausbricht, ist seiner Meinung nach nur eine Frage der Zeit – und der Handhygiene. Abgesehen davon ist er ein passabler Partner, vielleicht sogar so etwas wie ein Freund. Er ist Anfang der Neunziger aus Usbekistan nach Deutschland gekommen. Angeblich ist er Jude. Aber ich habe ihn in Verdacht, dass er diese Papiere nur gefälscht hat, um leichter an einen deutschen Pass zu kommen. Das war ja damals durchaus nicht unüblich. Jedenfalls ist er auch sonst nicht auf den Kopf gefallen. Wir haben uns beim gemeinsamen Wirtschaftsingenieurs-Studium an der technischen Hochschule in Aachen erst kennen und dann auch schätzen gelernt. Und wir haben vor wenigen Tagen die Empfehlung für dieses Geschäft gemeinsam abgegeben. Eine einzige, hohe Wette auf eine Aufwertung der russischen Staatsanleihen. Alles oder nichts. Nichts!

Für einen Augenblick tröstet mich das Bild einer vom Vogelvirus entvölkerten Welt. Dann verabschieden sich die BBC-Nachrichten mit ihrer dynamischen Erkennungsmelodie und der Verheißung »making sense of it all«. Ich schalte den Fernseher aus. Danach die Handelsbildschirme. Einen nach dem anderen. Ganz behutsam. Der Abschied von den Zeiten, in denen wir rund um die Uhr auf allen Märkten der Welt auf die Jagd gingen. Der Abschied von der Macht über Geldsummen, von denen selbst die mächtigsten Männer und Frauen der Welt meist nur träumen durften. Der Abschied von der Unsterblichkeit und von so vielem mehr. Kein Sinn! Nirgends!

Ein lautes Knacken. Zwei Dutzend Perlen springen über den Tisch. Mascha spuckt einige weiße Splitter in ihre Hand. Stammen sie von ihren Perlen oder ihren Zähnen? »Wir sind erledigt«, sagt sie heiser und wischt sich etwas Blut aus einem ihrer Mundwinkel. »Allesamt erledigt.«

Suki schüttelt den Kopf. »Wenn die Midas untergeht, zieht sie die Wall Street und das gesamte Weltfinanzsystem mit in den Abgrund. Nein, das können sie nicht zulassen.« Zum ersten Mal seit Wochen huscht die Andeutung eines Lächelns über Sukis Gesicht. »Wir spielen nicht mehr gegen den Markt. Wir spielen jetzt gegen die Regierung, die Federal Reserve und den Internationalen Währungsfonds.« Sie macht eine Pause. »Und ich gebe zu, dieses Spiel beginnt mir zu gefallen.«

Mascha hält sich ihre linke Backe. Immer noch rinnt etwas Blut aus einem ihrer Mundwinkel. Sie ist angeschlagen, aber keineswegs ausgezählt. »Willst du uns verarschen, Suki? Wenn die jetzt die Midas retten und dann abwickeln, brauchen die Fjodor, Wolf und mich nicht mehr. Die brauchen nur dich für die verdammten Zahlen!« Und mit diesen Worten nimmt sie ihre Handtasche und stöckelt mit ihrem schnellen Nähmaschinenschritt aus dem Büro hinaus. Auch Fjodor steht auf. »Mascha hat leider recht,« sagt er. »Das Spiel ist aus, Wolf – auch für uns beide.« Leicht gebeugt schleicht er zur Tür.

Ich aber bleibe sitzen, ignoriere Sukis stechenden Blick, stecke mir die Zigarette an, ziehe den Rauch tief in meine Lungen und schicke vier Jahre Enthaltsamkeit zum Teufel. In irgendeinem versteckten Winkel meiner Seele habe ich immer gewusst, dass dieser Moment eines Tages kommen würde. Dieser Moment, den jeder Spieler fürchtet. Dieser Moment, in dem ihm klar wird, dass er nicht nur seinen Einsatz, sondern auch sein Leben verspielt hat. Und selbst das süchtige Knistern der Glut kann mich nur einen Zug lang von dem ablenken, was draußen vor der Tür auf mich wartet: der Abstieg vom Gipfel der Hochfinanz im 50. Stock Manhattan Midtown auf die Straße.

Freitag, 10. März 2000, Frankfurt

Another flashing chance at bliss

Ein neues Spiel. Ein neues Büro. Nicht mehr Manhattan Midtown in New York, sondern Hanauer Landstraße in Frankfurt – eine Ausfallstraße mit Tankstellen, Autohäusern, Lagerhallen und anderen gewerblichen Zweckbauten. In den Lofts der Umgebung erlebt die New Economy gerade ihre Blütezeit. Jeder, der das Wort »Internet« buchstabieren kann, wird von den Banken mit Geld überhäuft. Es ist eine Riesenparty für Finanzmenschen wie Fjodor und mich.

Nicht einmal zwei Jahre nach dem Midas-Desaster haben wir schon wieder 200 Millionen unter dem Kiel unseres neuen Investmentvehikels, dem »Pequod Future Technologies Fonds« – und mit so einem Sümmchen segelt es sich dieser Tage sehr leicht über die Ozeane der Märkte. Seit dem Mittag haben wir gefeiert und dem Team danach freigegeben. Die Baseballkappen mit der Aufschrift »NEMAX 10.000« liegen noch herum. Aber der Index des deutschen Technologiemarktes hat es diese Woche noch nicht über die nächste »magische Marke« geschafft. Immerhin steht er schon bei fast 9.700 Zählern. Vielleicht klappt es nächste Woche.

Ich lasse einen Champagnerkorken knallen. »Wer hätte das gedacht, Fjodor?«, frage ich und fülle unsere Gläser wieder auf. »Hättest du das für möglich gehalten?« Ich schüttele meinen Kopf.

Die Midas wurde tatsächlich Ende September 1998 auf Druck der US-amerikanischen Zentralbank, der Federal Reserve, von einem Bankenkonsortium gerettet. Zu hoch schienen die Risiken für das internationale Finanzsystem. Die Geschäftsführung wurde beinahe komplett ausgewechselt. Auch Fjodor, Mascha und ich mussten gehen. Nur Suki durfte bleiben. Vielleicht musste sie es sogar. Die tiefe Grube, die wir uns geschaufelt hatten und in die wir schließlich gefallen waren, wurde einfach mit Geld zugeschüttet. Die Banken machten gute Miene zum bösen Spiel und die Federal Reserve ließ sich als Weltretter feiern. Auf die gute alte Tante Fed ist einfach Verlass in diesen Dingen. »Auf die 10.000!«, rufe ich übermütig und kippe mein Glas in einem Zug hinunter.

Fjodor betrachtet nachdenklich sein Glas. »Das ist zu gut, um wahr zu sein, Wolf. Und du weißt das.«

»Das Glück des Tüchtigen«, widerspreche ich und fülle nach.

»Bald wird jemand die Musik ausknipsen, die Lichter anmachen, mit dem Finger schnippen und die Menschen aus ihrer Trance erwecken. Und dann werden sich alle überrascht die Augen reiben und mit einem riesigen Kater die Party verlassen.« Er schwenkt unentschlossen sein Glas.

»Seit der Midas-Kiste bist du zum chronischen Schwarzseher geworden, Fjodor.« Ich klopfe auf einen Analystenbericht zu einer neuen Technologieaktie. Eine Kaufempfehlung. Es gibt seit Monaten nur Kaufempfehlungen. »Und was ist hiermit? Glaubst du nicht an das Internet? An die Mobiltelefonie? An Navigationssysteme? An Bio-Technologie? An Erneuerbare Energien?«

»Unser Geschäft hat nichts mit dem Glauben zu tun, sondern mit dem Wissen. Und ich weiß zwei Dinge: Erstens, Leuten wie uns verkaufen Banken keine guten Risiken, sondern nur schlechte. Das ist ihr Geschäft. Zweitens, weder Suki noch Mascha sind in unseren Markt gegangen. Und die beiden sind wirklich smart.«

Da mag er Recht haben. Aber das hat noch niemanden sympathisch gemacht. Außerdem habe ich überhaupt keine Lust, mir meine gute Laune verderben zu lassen. Schon gar nicht heute. »So, was macht sie denn, unsere schlaue Suki?«, frage ich.

Fjodor wiegt den Kopf. »Ein Bekannter aus alten Zeiten hat mir neulich zugeflüstert, dass Suki bei der CIA gelandet ist. Abteilung Geldwäsche oder so etwas in der Richtung. Würde ja auch irgendwie zu ihr passen.« Er trinkt sein Glas aus. »Hast du Neuigkeiten von Mascha?«, fragt er dann.

»Kreditderivate. London«, antworte ich. »Meine« Mascha! Für mich ist sie immer das intelligente Mädchen aus einem in Beton gegossenen Vorort von Moskau geblieben. Ehrgeizig, zielstrebig und ein wenig skrupellos: Physik-Studium an der Lomonossow-Universität, Spezialisierung auf Mechanik. Wahrscheinlich hätte sie eine völlig neue Generation von Atomraketen entwickelt, wenn nicht vorher das Sowjetimperium zusammengekracht wäre. Das war ein verdammtes Glück für den Westen. Denn mit Maschas Wunderwaffen wäre der Kalte Krieg vielleicht anders ausgegangen. Trotzdem meinen manche in London, es wäre wesentlich sicherer für den Kapitalismus gewesen, wenn sie in Russland geblieben wäre und V-Waffen anstelle von Kreditderivaten gebaut hätte.

Zusammen mit der Sowjetunion lösten sich jedoch auch ihre Träume auf. Anfang der Neunziger kam sie mit einem Stipendium nach Princeton, wurde von dort erst an die Wall Street und dann zur Midas geholt. Selbst in den Zeiten unserer heißesten Leidenschaft habe ich sie nie auch nur in Ansätzen für ein gemeinsames Leben in Deutschland begeistern können. Zu eng meine Heimat. Zu weitgesteckt ihre Ziele. »Ihr Deutschen«, hat sie häufig und voller Verachtung gesagt, »habt das Leben mit all seinen Höhen und Tiefen gegen eine gut verwaltete Existenz eingetauscht«. Was sie erleben wollte, waren natürlich vor allem die Höhen, und die hat sie in London gefunden; einer Stadt, in der sie ihren Ehrgeiz widergespiegelt findet. Und auch nicht irgendwo in London, sondern in Knightsbridge. Mehr als zwanzig Milliardäre, mehr als zweitausend Multimillionäre, mehr als zweihunderttausend Angestellte mit einem sechsstelligen Gehalt. Und ein guter Teil davon residiert in ihrer Nachbarschaft.

Ich stecke gerade irgendwo im Treppenhaus zwischen der ersten und der zehnten Million fest. Habe nie ausgerechnet, was ich besitze. Interessiert mich nicht. Ich habe immer nur Augen für das Spiel der Märkte gehabt. Mascha aber ist in den Aufzug gestiegen und befindet sich jetzt auf dem Weg zum ganz großen Geld, auf dem Flug in die Stratosphären des Reichtums. Sie gehört zur Morgan-Mafia, einer kleinen Gruppe von Finanzspezialisten, die den Kreditderivatemarkt zu dem gemacht hat, was er heute ist: ein 20.000-Milliarden-Monster.

»Hast du eigentlich auch die Gerüchte über sie gehört?«, fragt Fjodor.

»Welche Gerüchte?«, frage ich zurück. In Gedanken bin ich bei jenen glorreichen Momenten unserer Beziehung, in denen Mascha ihre sonst eiserne Selbstbeherrschung verlor. Auch sie hat ihre wilden, großzügigen, abgründigen und unterwürfigen Seiten. An einem der Tage nach der Midas-Pleite hat sie mir das noch einmal gezeigt. Und die Erinnerung daran macht mich noch heute ganz verrückt.

Fjodor räuspert sich. »Na, diese Gerüchte, dass sie sich hochgeschlafen hat in ihrer Bank. Und dass sie ein Kind von einem der Oberbosse bekommen hat.« Er blickt auf seine Hände, als hätte er mir gerade eine unheilbare Krankheit übertragen.

Mit einem Schlag bin ich nüchtern. Viel zu nüchtern. Eine Sache ist, nicht mehr mit Mascha zusammen zu sein, eine andere ist, von Maschas neuen Bettgenossen zu hören. Doch ein Kind von einem Anderen, das ist noch einmal eine ganz andere Kategorie. Das ist endgültig. Trinken, da hilft nur Trinken! Als könnte er meine Gedanken lesen, stellt Fjodor eine Flasche Wodka auf den Tisch. »Ich hoffe, du bist nicht abergläubisch«, sagt er, füllt zwei kleine Gläser, die er aus dem Nichts herbeizuzaubern scheint, und schiebt einen Artikel aus dem International Journal of Finance zu mir rüber. Der Titel: »Überbewertungsphänomene am Beispiel der Technologiemärkte: Eine empirische Auswertung aktueller Aktienkurse« Der Autor: Frederico Tantani, Leiter Makro-Stabilität, IWF.

Als ich am Montag nach einem durchzechten Wochenende ins Büro komme, beginnen die Kurse am Neuen Markt auf breiter Front zu fallen.

Der Teufel scheißt immer auf den größten Haufen!

Mittwoch, 13. Dezember 2000, Frankfurt

Savior of the human race

Zu spät!, denke ich, als ich vom Hauptbahnhof kommend die Baseler Straße Richtung Main entlang laufe. Wie immer bin ich zu spät! Überhaupt ist heute alles wie immer. Der erste Schnee in diesem Jahr ist wie immer rechtzeitig angekündigt worden und hat die Stadt wie immer völlig unerwartet getroffen und ins Chaos gestürzt. Busse, U- und S-Bahnen, Nahverkehrs- und Fernzüge – nichts läuft mehr nach Plan. Das Radio warnt vor Verspätungen und Flugausfällen am Airport Frankfurt. Irgendein Problem mit den neuen Enteisungsmitteln. Auf der A3 und der A5 haben sich nach Unfällen kilometerlange Staus gebildet. Das Frankfurter Kreuz ist zu. Der Feierabendverkehr am Bahnhof schiebt sich mühsam vorwärts. Ich rutsche aus und fluche. Der gefrierende Schnee hat die Gehsteige in Eisbahnen verwandelt. Ich fühle mich müde, frostig und zittrig. Vielleicht eine Erkältung, vielleicht auch die ersten Anzeichen des Alterns.

Ich rutsche wieder aus.

Sicher das Alter! Neun Monate, die sich wie neun Jahre anfühlen. Es könnten auch neun Jahrhunderte sein. Der NEMAX hat die »magische Marke« von 10.000 nie durchbrochen, stattdessen ist er gefallen wie ein Stein, den ein unachtsames Kind von einer Brücke geworfen hat. Dabei hat er jede »Widerstandslinie« durchschlagen, die Charttechniker und andere Wahrsager der Finanzmärkte erst gezogen und dann revidiert haben. Inzwischen rauscht er unaufhaltsam auf die 2.000 Zähler zu. Ob er diese Latte auch schon vor Weihnachten oder erst danach reißt, ist nur noch eine Formfrage. Nach fast 80 Prozent Verlusten tut das nichts mehr zur Sache.

Zu spät! Im Rückblick erkennt man alles klar und deutlich: Wir hätten Anfang März aus dem Neuen Markt aussteigen müssen, um noch sauber aus der Geschichte mit dem Pequod Future Technologies Fonds herauszukommen. Im Rückblick, denn einen Ausblick gibt es ja nicht mehr. Zumindest keinen positiven. »Widrige Marktbedingungen.« »Nerven zeigen.« »Bewährungsprobe für die Pequod-Qualitätsstrategie.« So verkaufe ich meinen Anlegern die Lage. Sprache ist ja unendlich geduldig, aber Zahlen sind es nicht. Nein, unsere Aktien würden nie wieder ins Plus drehen. Nicht bis zum Tag des Jüngsten Gerichts und auch nicht danach.

Die Pequod hat so gut wie kein Kapital mehr und wäre schon lange auf Grund gelaufen, wenn ich nicht angefangen hätte, die Zahlen etwas zu schönen. »Cooking the books«, wird das in Amerika genannt. Die Bücher kochen. Nun, ich habe inzwischen meine Meisterprüfung bestanden. Ich hatte keine andere Wahl. War die Pequod im März noch eine ehrliche Würstchenbude, ist sie heute ein raffiniertes Drei-Sterne-Restaurant. Schade, dass die einzigen, die ehrliches Interesse an meinen neu erworbenen Fähigkeiten finden könnten, die Staatsanwälte der Wirtschaftsstrafkammern sind, die gerade im Neuen Markt und seinem Umfeld aufräumen. Nur nicht daran denken! Nur nicht in den Abgrund starren!

Gestern Nacht hatte ich wieder eine Panikattacke. Ich saß wie versteinert auf dem Sofa und konnte mich sicher eine Stunde lang nicht bewegen. Es hat mich schier übermenschliche Willenskraft gekostet, bis meine Hände die Rotweinflasche und das Pillenröhrchen auf dem Tisch direkt vor meiner Nase erreichten. Und auch dann habe ich noch vor Anstrengung gekeucht, bis ich mir genügend Alkohol und Barbiturate eingeflößt hatte, um wieder halbwegs funktionstüchtig zu werden. Erst als sie im Fernsehen die Meldung brachten, dass der Supreme Court der Vereinigten Staaten die Neuauszählung der Stimmen in Florida für verfassungswidrig erklärt hatte, die das Kopf-an-Kopf-Rennen zwischen Bush und Gore um die amerikanische Präsidentschaft eventuell für Letzteren entschieden hätte, entspannte ich mich etwas. Da musste ich sogar in meiner gegenwärtigen Lage lachen. »Cooking the books« ist sicher keine amerikanische Erfindung. Aber die US-Republikaner haben diese Technik in eine völlig neue Dimension geführt.

Irgendwann nach Mitternacht klingelte dann das Telefon. Ich weiß nicht, warum ich den Hörer abgehoben habe. Seit ich fast nur noch anonyme Drohanrufe bekomme, gehe ich weder an den Festnetzapparat noch ans Handy. Ich höre mir immer erst die Nachricht an und rufe dann zurück.

»Sind Sie Herr Willarth? Wolfgang Willarth?«, fragte eine merkwürdig pfeifende Stimme.

Der übliche Drohanruf, dachte ich und legte meinen Finger schon auf die Gabel, als die Stimme fragte: »Der Sohn von Elsa Willarth? Geboren Anfang Juli 1969?«

»Mag sein«, antworte ich vorsichtig. »Aber wer sind Sie? Und warum wollen Sie das wissen?«

»Verzeihen Sie«, sagte er. Die Stimme wurde leise. Ich musste mich konzentrieren, um den Mann zu verstehen. »Spandler, mein Name. Fotograf. Ich habe eine Sache von größter Wichtigkeit mit Ihnen zu besprechen. Persönlich.« Und so sehr ich mich auch bemühte, mehr von ihm zu erfahren, der Mann namens Spandler wollte sich partout nicht darauf einlassen. Es sei eine Angelegenheit, die er mir von Mensch zu Mensch mitteilen wolle, wiederholte er das eine um das andere Mal. Und ich solle ein Foto meiner Mutter mitbringen. Aus dem Jahr 1968 wenn möglich. War es ein Fehler, sich darauf einzulassen? Wartet vielleicht doch eine Falle auf mich? Ein geprellter Anleger, der Rache nehmen will?

Schließlich stehe ich im Schneegestöber vor einem alten Mietshaus in der Gutleutstraße. Ich sehe mich um. Auf der gegenüber liegenden Straßenseite liegt ein namenloser, verdreckter und von mehrspurigen Straßen abgeschnürter Park, der in der Stadt hauptsächlich für die Zigeuner bekannt ist, die dort im Sommer campieren. Auch das Haus selbst mit seinen mehrfach überklebten Klingelschildern macht einen heruntergekommenen Eindruck. Nicht die Art von Umgebung, in der man einen geprellten Zielkunden der Pequod vermutet. Immerhin hatten wir eine Mindestanlage von 20.000. Außerdem, was gibt es Verführerisches für einen bankrotten Spieler als die Einladung zu einem neuen Spiel mit unbekannter Wahrscheinlichkeit und ungenanntem Einsatz? Ich drücke die Klingel neben dem handgeschriebenen Namen »Spandler«.

Die Tür öffnet sich ohne ein weiteres Wort aus der Gegensprechanlage. Ich betrete ein Treppenhaus, das altmodisch nach Bohnerwachs riecht. Eine steile, enge Treppe führt hinauf bis ins Dachgeschoss. Als ich oben ankomme, spüre ich die sieben Kilo Mehrgewicht seit März und die zwei Schachteln Kippen pro Tag. Mir wird kurz schwarz vor Augen, dann sehe ich einen Mann von gut sechzig Jahren mit fahlem Gesicht und eingefallenen Wangen. Er mustert mich neugierig und bittet mich herein.

Die Wohnung ein einziges Durcheinander. Überall stapeln sich Zeitschriften und Bildbände. An den Wänden hängen Schwarz-Weiß-Fotos. Alle Konflikte der letzten Jahrzehnte scheinen vertreten: von Vietnam bis Tschetschenien, Bilder voller Elend und Verzweiflung. Und selbst die freundlichen Details, die sich hier und da finden – spielende Kinder zwischen ausgebrannten Panzern, ein selbstvergessener Soldat an einem Klavier zwischen zerbombten Häusern – verstärken nur den Kontrast. Am Krieg scheint sich in einem halben Jahrhundert nicht viel verändert zu haben.

Wir gehen in die Küche. Der Alte räumt zwei Stühle frei, auf denen dicke Packen mit Fotos liegen. Sie zeigen Flüchtlingsschiffe mit Afrikanern. Die meisten sind schräg von oben aufgenommen. Ein Blick hinunter in misstrauische Augen, auf ausgemergelte Schattengestalten. Wahrscheinlich hat er sie irgendwo im Mittelmeer oder im Atlantik gemacht, von den Fregatten der spanischen oder italienischen Küstenwache aus. »Die große Wanderung«, sagt Spandler und streicht zärtlich über die Bilder. »Mein letztes Projekt. Wird leider unvollendet bleiben.« Er klopft sich auf die Brust. »Die Ärzte geben mir nicht mehr lange. Ich werde es wohl nicht mehr vollbringen: dieses eine Foto, auf das jeder Fotograf sein Leben lang wartet. Das Bild, das alles ändert. Ich sehe es vor mir: ein kleines, dürres afrikanisches Kind am Strand, umringt von europäischen Soldaten und im Hintergrund fette, alte, weiße Touristen beim Badeurlaub. Wissen Sie, wie viele allein über die Kanaren versuchen, nach Europa zu kommen?«

»Nein.«

»Vierzigtausend fahren los. Und kaum mehr als dreißigtausend kommen an. Und wissen Sie, warum Sie flüchten?«

Ich schüttele den Kopf.

»Weil die europäischen Fangflotten ihnen die Küsten leerfischen.«

Mir schwant, dass die Antwort komplizierter ist. Aber das aufzudröseln, ist weder meine Aufgabe noch die dieses sterbenden Mannes, der mich jetzt griesgrämig anblickt und sagt. »Das wollen Sie wohl gar nicht wissen. Ist auch besser so. Macht einen nur kaputt.« Er dreht mir den Rücken zu, hantiert in seiner Küche und stellt dann mit fahrigen Bewegungen eine Kanne mit Tee und zwei Tassen auf den Tisch.

»Ich hoffe, Sie haben etwas Zeit mitgebracht«, sagt er. »Es geht um ein Konzert im Jahr 1968. Ein Konzert von den Doors, das ich damals als Fotograf für die Frankfurter Rundschau begleitet habe.« Er hustet, verzieht sein Gesicht und blickt eine Weile ausdruckslos vor sich hin, oder auch nur nach innen hinein in seine verfaulenden Organe. Was immer er dort sieht, scheint ihm nicht zu gefallen. Seine Stirn legt sich in Falten. »Ich weiß nicht, wie Sie das sehen, aber ich finde, die Welt hat sich genau in den zynischen Albtraum verwandelt, vor dem Jim Morrison und die anderen uns in den Sechzigern immer gewarnt haben.«

Er schenkt den Tee aus und beginnt zu erzählen. Die Band kam Mitte September jenes Jahres nach Frankfurt, um Fernsehaufnahmen zu machen und einige Konzerte zu geben. Spandler hat die vier Doors fast die ganze Zeit begleitet, aber sein Eindruck war, dass Jim Morrison von Anfang an nicht ganz bei der Sache war. Der Sänger interessierte sich nicht für die Zukunft, er lebte im Jetzt. Als das Fernsehteam Aufnahmen von Jim am Frankfurter Römer machen wollte, flüchtete er ohne Vorwarnung in die nahegelegene Nikolaikirche, wo er einige der von seinen Geistern verfassten Gedichte von der Kanzel las, auf der Orgel spielte und ausrief: »Ich singe, was andere nicht sagen. Ich bin ein Poet. Ich möchte dieser Welt Dinge kundtun, die wichtig sind.« Und als der Tourneemanager ihn abends zum Konzert abholen wollte, versteckte er sich auf einem Baum im Hotelgarten, ließ sich – wie die Tage zuvor – mit einem billigen Fusel namens »Goldener Oktober« vollaufen und verkündete später: »Ach, betrunken zu sein ist so eine gute Verkleidung. Ich trinke, damit ich mich mit Arschlöchern unterhalten kann. Und dazu zähle ich auch mich selbst.« Für Jim gab es – so Spandler – im Grunde nur zwei Konzepte, mit denen sich ein Mann lebenslang auseinandersetzen musste: sein Schwanz und sein Tod.

Das Frankfurter Konzert war dann auch ein ziemlicher Reinfall. Die Gruppe begann mit langsamen, nachdenklichen Stücken, doch das Publikum wollte andere Songs, die großen Hits. Morrison bat: »Lasst mich bitte noch einen einzigen leisen Blues singen!« Doch die Rufe nach Light My Fire wurden lauter. Es kam, wie es kommen musste. »Also gut, ihr Arschlöcher, dann singe ich euch eben dieses Scheißlied!«, schrie Morrison. Lieblos leierte er das Stück herunter. Und als ein Trupp in Deutschland stationierter amerikanischer Soldaten mit dem Regimentsbanner in Richtung Bühne zog, riss er die Fahne ab, knüllte sie zusammen und wischte sich den Hintern damit ab. Sofort kam es zum Tumult. Erst die Ordner konnten die erbosten Soldaten wieder ins Publikum zurückdrängen. Jim verschwand von der Bühne. Die anderen drei Doors beendeten den Song auf ihren Instrumenten und schlichen betreten davon.

Verwirrt verließen die Fans den Saal und diskutierten den Vorfall im Foyer. Doch nach einiger Zeit hörten sie verhaltene Gitarrenakkorde und Morrisons Stimme. Zusammen mit einer Handvoll anderer Enthusiasten, die das Gelände noch nicht verlassen hatten, eilte Spandler zurück: Die Doors standen wieder auf der Bühne! Und nun war die Stimmung da. In fast völliger Dunkelheit spielte Jim den Blues, den er sich gewünscht hatte. Unheimlich klang seine Stimme durch den fast leeren Saal. Im spärlichen Licht der roten Kontrolllämpchen spielten die Doors auch noch Little Red Rooster, Me And The Devil Blues, When The Music's Over und schließlich The End.

»Tja, Herr Willarth, und damit sind wir bei Ihnen«, endet auch Spandler seine Erzählung. »Sie haben doch an das Foto gedacht, oder? Darf ich es sehen?« Ich reiche ihm ein Bild meiner Mutter auf einem Ausflug in den Rheingau. Inmitten einer Traube von Mädchen. Blutjung. 1968 war sie auf der Schwesternschule in Frankfurt. Er nimmt den Abzug behutsam in seine Hand, kramt eine Lupe unter irgendeinem Stapel hervor und zieht eine Mappe aus einem anderen Stapel. »Das ist die Fotoserie von jener Nacht.« Er winkt mich zu sich heran. Gemeinsam gehen wir die Bilder durch. Eins nach dem anderen. Und plötzlich taucht auf einem eine Frau auf, die meiner Mutter ähnlich sieht.

Es ist ein großformatiges, grobkörniges Schwarz-Weiß-Foto. Man sieht den Rand einer Bühne und ein paar Dutzend verschwitzte Menschen mit verklärten Gesichtern. Da sind GIs in Uniform, Mädchen in Minis, Frauen mit auf die Wangen gemalten Blümchen, Jungen in langen Mänteln und sogar ein paar Burschen im Konfirmationsanzug mit Krawatte und Taschentuch. Alle tragen weite Krägen und Hosenaufschläge. Ziemlich genau in der Mitte steht eine junge Frau, die halb von einem athletisch gebauten amerikanischen Soldaten verdeckt wird. Sie trägt ein schlichtes, gerade geschnittenes Kleid und starrt völlig entrückt in Richtung Bühne.

Ich sehe mir die Frau genau an. Das Gesicht ist nur grob abgebildet. Eine junge Frau mit klaren Zügen. Ein Mädchen noch. Hübsch anzusehen. Auf die Entfernung der Jahre schwer zu sagen, wie ähnlich sie meiner Mutter sieht. Aber da ist diese Halskette. Eine dünne Kordel mit runden Scheiben, die nach außen hin kleiner werden. Genau so eine trägt meine Mutter auch auf dem Foto vom Ausflug.

Spandler ist Pressefotograf, also hat er auf die Rückseite von den Fotos die Namen der abgebildeten Personen geschrieben. Doch der Name meiner Mutter fehlt. Wir kommen zum letzten Stapel. Die Fotos sind nach dem eigentlichen Konzert aufgenommen, als Jim von der Bühne sprang und mit einigen Fans tanzte. »Einen wilden Schamanentanz«, wie Spandler meint. Und da ist tatsächlich ein Bild von Jim mit jener Frau, die meine Mutter sein könnte. Nur die beiden. Völlig verschwitzt. Mit überraschtem Gesichtsausdruck. Als hätte man sie bei etwas ertappt. Und hinten auf dem Bild steht wirklich ihr Name! Da steht »Elsa Willarth«.

Spandler legt das Foto aus dem Rheingau neben die beiden Fotos vom Konzert und studiert alle drei eingehend mit der Lupe. »Sie ist es«, sagt er zufrieden. Er tippt auf die Kette, die auf allen drei Fotos zu sehen ist. »Kein Zweifel.« Er erhebt sich mühsam, öffnet einen Küchenschrank und kommt mit einer Flasche Whisky und zwei Gläsern an den Tisch zurück. »Sie haben das Ende der Geschichte noch nicht gehört, Herr Willarth. Hat Ihre Mutter oder hat irgendjemand in Ihrer Verwandtschaft jemals über Ihren Vater mit Ihnen geredet?« Er füllt die Gläser mit Whisky und reicht mir eines davon.

Ich schüttele den Kopf. »Sie starb sehr früh. Sie ist nur eine ganz blasse Erinnerung für mich.« Ich trinke hastig. Der Whisky rennt mir brennend die Kehle hinunter, um dann heiß in meinem Magen zu explodieren. »Manchmal werfe ich mir das vor. Ich stehe an ihrem Grab, aber irgendwie kann ich keinen Kontakt zu ihr aufnehmen. Da ist keine Wärme, nur Kälte, Wut und Enttäuschung.«

Spandler setzt sich wieder. Er atmet jetzt kurz und flach. Seine Hände zittern. Nach einem kräftigen Schluck bringt er sich wieder unter Kontrolle. »Im Juni 1971 habe ich Jim in Paris noch einmal getroffen. Nur wenige Tage vor seinem Tod. Er hing den ganzen Tag mit einem unheimlichen Typen ab, der ihm sehr ähnlich sah. Er nannte ihn Otani oder Atoni oder irgendetwas in der Richtung.«

»Tantani?«, frage ich ungläubig.

Er zuckt die Schulter. »Keine Ahnung. Jedenfalls wollte Mor-

29

rison über dieses Mädchen mit mir sprechen. Das Mädchen, das er auf seinem Frankfurter Konzert kennen gelernt hatte. Er hatte davon geträumt, dass sie einen Sohn von ihm bekommen hat und dass sie in großer Gefahr war.« Er macht eine kurze Pause. »Jim war so ein Wanderer zwischen den Welten, wissen Sie? Die Doors waren nicht wirklich eine Band, sie waren die Vermittler zwischen uns und einer neuen Wirklichkeit. Oder doch zumindest einer Möglichkeit. Sie haben uns die Türen dorthin weit aufgestoßen. Nur waren wir immer zu feige, auch durch diese Türen zu gehen.«

Ich starre auf das Foto, das Spandler nach dem Konzert von Mutter und Jim aufgenommen hat. Der merkwürdige Sänger mit seinen mittellangen Haaren und den brennenden Augen und die Frau, so schüchtern und so erleuchtet. Ich hätte kurz davor oder danach entstanden sein können. In irgendeiner düsteren Ecke hinter der Bühne. In einem Moment der Schwäche. Etwas hastig und improvisiert. Im Rausch der Musik. Was weiß man schon über seine Mutter, bevor sie zur Mutter wurde? Wenig. Eigentlich nichts. Die ganze Geschichte kommt mir vor wie ein wirrer Traum. Vielleicht habe ich auch nur Angst davor, durch die Tür zu gehen, die sich mir gerade eröffnet hat. Angst davor, die Möglichkeit zu Ende zu denken, die mir Spandler gerade vorgeschlagen hat. Mein Kopf summt von Fragen.

Aber Spandler winkt ab. »Das war's für heute, Herr Willarth«, sagt er und zeigt in eine Ecke der Küche. Dort steht leicht von einem Vorhang verdeckt eine Sauerstoffflasche mit Schlauch und Atemmaske, die mir bis jetzt nicht aufgefallen ist. »Und vielleicht für immer. Ich bin erschöpft. Nur eines noch.« Er hält einen vergilbten Umschlag hoch. »Jim gab mir damals dieses Gedicht mit. Ich weiß nicht, ob es ursprünglich für Ihre Mutter oder für Sie bestimmt war. Wahrscheinlich für Sie beide. Ein Reim. Es hat nicht die Tiefe oder die Struktur seiner sonstigen Poesie. Es ist eher eine Prophezeiung. Aber es ist seine Handschrift. Ich habe das von Experten untersuchen lassen.« Er legt den Umschlag in die Mappe zu den Fotos. Dann noch ein umfangreiches Schriftstück, das wie ein Gutachten aussieht. Schließlich gibt er mir das Bündel. »Das wäre wirklich eine tolle Story geworden nächstes Jahr zu seinem 30. Todestag. FRANKFURTER REPORTER FINDET LEIBLICHEN SOHN VON JIM MORRISON«, sagt er traurig. »Ich wäre unsterblich geworden.« Er hustete lange und schrecklich. Dann zeigt er Richtung Haustür. »Unsterblich«, höre ich ihn noch heiser lachen.

Sobald ich zu Hause bin, öffne ich den Umschlag mit Jim Morrisons Prophezeiung. Der Text ist wirr und die Voraussagen stimmen mich nicht gerade zuversichtlich: Einsturz der Tempelmauern, Krieg im Prophetenland, Verlust des Kristallschiffs, blutrote Flüsse, Schattenreiter und so weiter. Einzige Rettung: der Sohn des Sängers und ein ominöses Schwert. Ich kann nicht viel damit anfangen. Spandler muss noch mehr wissen. Aber so oft ich auch anrufe und bei ihm klingele, er rührt sich nicht mehr. Erst als ich im Januar den Nachruf auf ihn in der Frankfurter Rundschau lese, wird mir klar, was ich ihm die ganze Zeit hatte sagen wollen: Das eine Foto, das alles verändert, hatte er schon lange gemacht – 1968 in Frankfurt!

Aber ich bin zu spät. Wie immer zu spät.

Dienstag, 3. Juli 2001, Paris

The days are bright and filled with pain

Gegen Mitternacht steht Fjodor plötzlich grinsend in meiner Wohnungstür. Er umarmt mich fest, beglückwünscht mich herzlich zum Geburtstag und teilt mir mit, dass wir eine Verabredung in Paris haben. Mit meinem Vater. Außerdem sei es an der Zeit, endlich der Prophezeiung auf den Grund zu gehen.

Normalerweise hätte ich so etwas als Schnapsidee abgetan. Aber Fjodor und ich haben die letzten Wochen in holzgetäfelten und verschwiegenen Wirtschaftskanzleien verbracht, wo uns erst langsam und dann immer schneller aufgegangen ist, dass wir uns etwas mehr um den verhassten »Papierkram« der Pequod hätten kümmern sollen. Wir haben uns ja immer als Revolutionäre gesehen, die über den neuen Markt auch die neue Gesellschaft erschaffen würden. Flexibel, weltoffen, schnell, risikobereit, humorvoll. Alles, was in Deutschland fehlt. Doch Kleinigkeiten wie die ordentliche Dokumentation von Kundengesprächen, um die sich geniale Finanzjongleure wie wir schon aus Prinzip nicht gekümmert haben, gewinnen in den Händen von Rechtsanwälten plötzlich eine enorme Bedeutung. Von der Insolvenz zur Insolvenzverschleppung ist es bei näherer Betrachtung nur ein kleiner Schritt. Und zwischen Fahrlässigkeit, grober Fahrlässigkeit und Betrug liegen sehr schnell nur noch juristische Millimeter. Aus einem undeutlichen rechtlichen Restrisiko ist fast schon die Gewissheit geworden, die nächsten zehn Jahre lang von geprellten Anlegern vor Gericht gezerrt zu werden.

Da kommt etwas Ablenkung gerade recht. Und so fahren wir zwei Stunden, nachdem Fjodor bei mir geklingelt hat, über die A6 Richtung Frankreich und er erzählt mir den neuesten Tratsch über Mascha. Nach allem, was er über seine Kontakte in Erfahrung bringen konnte, hat sie sich schon wieder bis aufs Blut mit ihrem Top-Banker und Ehegatten zerstritten. Über die Gründe kursieren zwei Versionen in der Londoner City, die beide nur so vor Schadenfreude triefen. In der einen Version soll ihr Mann sie beinahe öffentlich betrogen haben. Das Ganze soll sich zugetragen haben, als die beiden einige wichtige Persönlichkeiten der Londoner Finanzszene zu sich nach Hause eingeladen hatten. Während Mascha im Erdgeschoss die Gäste bewirtete, habe ihr Mann im ersten Stock das chinesische Kindermädchen vernascht – oder das Mädchen ihn. Dieses Detail lässt sich wohl nicht eindeutig klären und ändert nichts am Ergebnis. In der anderen Version hat ihr Mann sie vor versammelter Führungsmannschaft der Bank, für die sie beide arbeiten, in erniedrigender Weise für ihre enttäuschenden Quartalszahlen zurechtgewiesen.

Nach übereinstimmender Schilderung kam es im Wohnzimmer des gemeinsamen Hauses in Kensington daraufhin zu einem epischen Krach, der darin gipfelte, dass Mascha ihren Mann rausschmiss. Zwei Tage später ließ er während ihrer Abwesenheit alle Möbel aus dem Haus holen – mitsamt der Küche, die ausgebaut wurde. Auch kündigte er sämtliche Verträge, inklusive Wasser, Strom, Gas und Telefon. Dann schrieb er eine E-Mail an den Führungskräfte-Verteiler der Bank, in der er ihre Karriere mit den Worten »hat sich hochgebumst, war eine Nervensäge, wurde schwanger und ist jetzt ein fettes, böses Weib« zusammenfasste und feuerte sie. Mascha reagierte prompt. Sie klagte vor einem Londoner Gericht auf Wiedereinstellung und gleichzeitig vor einem New Yorker Gericht auf Schadenersatz in Höhe von 100 Millionen Dollar wegen sexueller Diskriminierung. Das ließen weder ihr Ex-Mann noch ihre Ex-Bank auf sich sitzen, und inzwischen hat Mascha so viele Gegenklagen am Hals, dass sie mehrere Anwaltsteams gleichzeitig beschäftigt. Darunter ist auch ein Sorgerechtsverfahren wegen angeblicher Verwahrlosung der Tochter in einem unmöblierten und ungeheizten Haus sowie wegen Gefährdung des Kindes aufgrund von psychopathologischen Auffälligkeiten der Mutter, das ihr Ex-Mann angestrengt hat. Wie es aussieht, ist es inzwischen fast egal, wie die Sache ausgehen wird, Mascha kann ihre Karriere beerdigen und muss vielleicht sogar ihre Tochter abschreiben. Eigentlich sollte mich das mit Mitleid erfüllen. Tut es aber nicht. Im Gegenteil. Es erfüllt mich mit tiefer, grimmiger Befriedigung.

»Mascha ist am Ende«, sagt Fjodor. »Und wir beide auch. Warum rufen wir das Team nicht wieder zusammen und gründen einen neuen Fonds?«

»Einen neuen Fonds? Nach zwei Schiffbrüchen? Bist du von Sinnen?«, fährt es mir raus.

»Bei der Midas hatten wir einfach Pech.«

»Und die Pequod?«

»Das ist Realwirtschaft!«, sagt Fjodor. Es schwingt fast so etwas wie Verachtung in seiner Stimme mit. »Unternehmen, Innovationen und Arbeitsplätze zu finanzieren – das hat doch mit Finanzwirtschaft des 21. Jahrhunderts nichts zu tun.«

»Deine Alternative?«

»Ich möchte einen Fonds bauen, der nicht auf das Funktionieren der Märkte wettet, sondern auf ihr Versagen. Wir spielen das Moral-Hazard-Spiel, genau wie die Großen auch. Wir investieren billig in Staatsanleihen von Krisenstaaten und wetten darauf, dass diese Länder von der Staatengemeinschaft gerettet werden. Wir setzen auf ›too big to fail‹.«

»Unsere Gewinne werden dann aus Steuergeldern finanziert?«

»Eben. Das ist viel verlässlicher als die Gewinne in der Realwirtschaft.«

»Aber Moral Hazard? Wer möchte schon in einen Fonds investieren, dessen Investmentphilosophie sich nach einem moralischen Risiko anhört?«, frage ich.

»Wir nennen die Strategie einfach viel vornehmer, so wie alle anderen auch: ›Global Macro‹.«

»Die Linke nennt so etwas schlicht einen ›Geierfonds‹.«

»Die Linke«, schnaubt Fjodor verächtlich. »Die Kommunisten standen zum letzten Mal auf der richtigen Seite der Geschichte, als sie sich gegen Hitler gestellt haben. Dummerweise haben sie das im gleichen Moment entwertet, weil sie sich Stalin angeschlossen haben.«

»Die Auswahl damals war ja auch überschaubar, oder?«, sage ich, werfe den CD-Spieler an, drehe die Lautstärke hoch und drücke das Gaspedal nach unten. Mein Ausschnitt der Welt reduziert sich auf den Lichtkegel der eigenen Scheinwerfer, die Rückleuchten der vorausfahrenden Autos und das regelmäßige Flackern der Strichlinie zum Nachbarstreifen. Dazu der Sound der Doors und die morbide Lyrik von Jim Morrison. Hypnotisch. Ich fühle mich in bewegungsloser Schwebe, während sich die Straße von selbst unter den Rädern abspult.

Vier Stunden später gleiten wir durch ein frühmorgendlich verlassenes Paris, weite Straßen, stille Häuser, grauer Stein – mehr Traum als Wirklichkeit. Fjodor hat an alles gedacht. Wir trinken unseren Kaffee standesgemäß im Hotel »Crawling King Snake«. Die Toiletten des Hotels sind mit Teppichfliesen in psychedelischen Farben ausgekleidet und auch der Rest der Einrichtung erinnert an Selbstversuche mit LSD. Alles ganz im Stil der Siebziger. Danach machen wir uns auf den Weg zum Friedhof Père Lachaise. Die Luft ist leicht und frisch. In der frühen Sonne prickelt sie wie Champagner. Der Himmel ist von einem tiefen, klaren Blau und taucht die Stadt in ein plastisches, fast magisches Licht.

Am Haupteingang des Père Lachaise kaufen wir einen Friedhofsführer, laufen die breite Hauptallee hinauf und biegen schließlich links in einen baumbeschatteten, geschwungenen Weg ein. Der Friedhof ist wie eine Stadt in der Stadt. Die Grabhäuser stehen an Haupt- und Nebenstraßen mit eigenem Namen und eigenem Bezirk. Von Pierre Abaelard bis Oscar Wilde liegt die halbe Kulturgeschichte des Abendlandes hier begraben – und natürlich Jim Morrison.

Seine letzte Ruhestätte ist schon von Weitem an den Polizisten und den privaten Sicherheitsleuten zu erkennen, die sich dort herumtreiben. An seinem 20. Todestag 1991 mussten randalierende Doors-Fans mit Tränengas auseinandergetrieben werden. Heute an seinem 30. Todestag werden 10.000 bis 20.000 Fans erwartet. Aber als wir näherkommen, sieht es eher nach ein paar Hundert aus, und die scheinen friedlich.

Morrisons Grab wird von zwei eisernen Absperrgittern geschützt und besteht aus festgestampfter Erde, die von einer schmucklosen, abgeschlagenen Steinfassung eingerahmt wird, und einem einfachen quaderförmigen Granitstein am langen Ende. In den Stein ist eine Bronzetafel mit einer verwitterten Inschrift eingelassen. KATA TON DAIMONA EAYTOY, steht dort in griechischer Schrift. Laut Friedhofsführer lautet die Übersetzung »Hier liegt er mit seinen Dämonen«, alternativ »Ich schuf meinen eigenen Dämon«. Auf dem Grabstein liegen Dutzende von frischen Blumensträußen. Wir legen unsere Blumen dazu und stehen eine Weile da. Am Grab des Mannes, der vielleicht mein Vater ist.

Seit meinem Treffen mit Spandler habe ich viele Bücher über ihn gelesen, mich in seine Musik eingehört und in seine Poesie eingelesen. Aber in diesem Augenblick fühle ich nichts, rein gar nichts. Keine Verbundenheit, keine Wärme, kein Wiedererkennen. Enttäuscht will ich schon wieder gehen, als ich merke, dass mich etwas an diesem Ort hält. Doch bevor ich mir über meine Gefühle klar werden kann, schlägt irgendjemand eines von Jims Liedern auf der Gitarre an.

Indians scattered on dawn's highway bleeding / Ghosts crowd the young child's fragile eggshell mind / Blood in the streets in the town of New Haven / Blood stains the roofs and the palm trees of Venice / Blood in my love in the terrible summer / Bloody red sun of Phantastic L.A.

Plötzlich flackert für einen Augenblick ein Albtraumbild vor meinen Augen auf: Wüste. Rotes Blut auf schwarzem Asphalt. Verstreute Gliedmaßen. Verstümmelte Körper. Menschen, die sich krümmen. Und andere, die still und tot daliegen. Aber bevor ich es festhalten kann, ist es schon wieder verschwunden. Und je länger wir danach am Grab verweilen, desto klarer wird mir, dass jeder einzelne der Doors-Pilger, die hier an Morrisons Todestag singen, schweigen, tanzen, küssen, meditieren oder diskutieren, mehr Anrecht darauf hat, sich als sein Sohn oder seine Tochter zu fühlen als ich. Jeder hier scheint eine engere emotionale Bindung zu ihm zu haben. Wie hatte Morrison gesagt: »Ich weiß nicht, ob die Leute auf Erlösung aus sind oder von mir erwarten, dass ich sie zum Heil führe. Der Schamane aber ist ein Heiler – wie der Medizinmann. Ich sehe mich nicht als Erlöser. Der Schamane hat Ähnlichkeit mit dem Sündenbock. Ich sehe die Rolle des Künstlers als Schamane und Sündenbock. Die Leute projizieren ihre Fantasie auf ihn und ihre Fantasien werden lebendig. Die Leute können ihre Fantasien zerstören, indem sie ihn zerstören.«

Vielleicht hat er sich für die ganze Hippie-Generation geopfert, sich stellvertretend für seine Zeitgenossen selbst zerstört. Wie auch immer, ich bin neidisch auf die Fans hier am Grab. Ihr Herz scheint rein und klar. Aber sie haben es auch leichter. Sie konnten Morrison für sich entdecken. Sie konnten ihn adoptieren. Bei mir ist es aber genau umgekehrt. Er hat mich entdeckt und adoptiert. Er ist mit der Brechstange in mein Leben eingebrochen. Und ich habe noch keine Ahnung, was ich davon halten soll. Denn wenn er wirklich mein Vater gewesen ist, dann gibt es natürlich etwas mehr zwischen uns zu besprechen als »Live fast, love hard, die young«. Da ist meine Mutter gewesen, die er schwanger und schutzlos im Deutschland der Sechziger Jahre zurückgelassen hat. Und da bin ich gewesen, der immer nach einem Vater gesucht hat. Aber ganz sicher einen anderen als ihn. Eher einen etwas langweiligen, aber grundgütigen Vater. Einen Vater der kleinen Dinge und nicht der großen Gesten.

Es scheint klar, dass Morrison zwar aufgrund der biologischen Gegebenheiten des Menschen Vater hätte werden können, aber aufgrund der psychologischen Gegebenheiten seines Charakters niemals hätte Vater sein können. Andererseits, wenn man mehr als drei Jahrzehnte ohne Vater zurechtkommen musste, hat man auch keine Lust, ihn gleich wieder vor die Tür zu setzen. Denn die Möglichkeit einer anderen Vergangenheit macht mir auch Hoffnung auf eine andere Zukunft. Und diese Hoffnung brauche ich mehr denn je.

Fjodor interessiert sich wenig für meine Fragen und Probleme mit der Situation, dafür umso mehr für Morrisons Prophezeiung. Da wir nichts damit anfangen können, wollen wir eine Expertin dazu befragen, die er aufgetrieben hat. »Ein führendes Medium«, wie Fjodor mir geheimnisvoll angekündigt hat. Treffpunkt ist eines der Cafés, die gegenüber dem Gare du Nord gelegen sind. Als wir das Café am frühen Nachmittag betreten, zeigt er auf eine ältere Frau am Fenster, auf deren Bistro-Tischchen ein esoterisches Heftchen liegt: »Nostradamus – die Zukunft steht in den Sternen«. Sie trägt kurzgeschnittenes, stahlgraues Haar, große Ohrringe, eine schmale Kette mit kleinem Kreuz, beides in Silber, und ein schwarzes Kostüm mit einem schwarzen Rolli darunter.

»Madame Murrant?«, fragt er, als wir an ihren Tisch treten. Sie schreckt hoch. »Sie sind zu spät«, sagt sie säuerlich. »Eigentlich habe ich gar keine Zeit.«

»Würde es Ihnen später besser passen?«

»Nein, nein«, sagt sie jetzt empört. »Morgen habe ich überhaupt keine Minute mehr frei und übermorgen gibt es die Welt vielleicht nicht mehr.«

Wir setzen uns.

Mit spitzen Lippen nimmt sie einen Schluck Kaffee und zündet sich eine dieser ultradünnen Zigaretten an, bei denen ich mich immer gefragt habe, wer die noch raucht. »*Gar furchtbar klingen sie überall, / Schwarze Posaunen mit dunklem Schall. / Von Nord, von Ost, von Süd, von West, / Die vier Namen des Tieres und seiner Pest*«, zitiert sie. »So steht es in der Prophezeiung, die Sie mir geschickt haben. Und weiter: *Die vier Namen des Tieres sind gesprochen, / Die vier Siegel schon gebrochen.*« Sie zeigt auf eine Stelle im Stadtplan von Paris. »Da! Das offene Buch, ein Freimaurer-Symbol, erscheint genau viermal in der Fassade der Nationalbibliothek.«

»Und was soll das bitte bedeuten?«, frage ich.

»Der Antichrist wird nächstes Jahr exakt am ersten Januar nach Paris kommen.« Triumphierend lehnt sie sich zurück.

Der Antichrist! Na das kann ja heiter werden! Auf diese Nachricht hin bestelle ich Fjodor und mir erst einmal ein Glas Rotwein zur Stärkung.

Madame Murrant führt nun aus, dass die politische Klasse in der französischen Kapitale Ketzertempel errichtet habe, die auf einer »Achse der Häresie« angeordnet seien. Ihr erster Punkt sei die im Louvre archivierte Vergangenheit, ihr zweiter die im Arc de Triomphe manifestierten militärischen Erfolge und ihr dritter weise in jene düstere Zukunft, die im Geschäftsviertel La Défense vorbereitet würde – der totalen Herrschaft des Mammon. In

Analogie zur »via sacra« des aufrechten Christentums habe diese Achse die Symbole des Herrn durch die sektiererischen Zeichen der Ungläubigen ersetzt, so ihre lückenlose Beweisführung. Mit der Voraussage »Das Böse wird über uns kommen und nur das Schwert der Engel kann uns noch retten« beendet sie ihre Ausführungen. Dann bemerkt sie, dass ich nicht ganz bei der Sache bin und blickt mich böse an. »Worum geht es nun genau, meine Herren?«

Fjodor zeigt auf mich. »Er ist der Sohn von Jim Morrison. Die Prophezeiung war für ihn bestimmt.«

Sie lacht. »Jim Morrison war nur drei Monate in dieser Stadt. Aber was meinen Sie, wie viel Irre sich für seine Kinder halten? Da hätt' der arme Jim ja den ganzen Tag nur das Eine tun müssen. Und was die sich so zusammenspinnen. Manche behaupten sogar, er habe seinen Tod nur fingiert und sei in Wirklichkeit abgetaucht. Irgendwo in Südostasien.«

Fjodor lässt nicht locker. »Ich habe Ihnen doch auch die anderen Strophen der Prophezeiung geschickt: *Verdorrt einst des Midas gold'ne Hand, / Kommt Krieg bald ins Prophetenland. / Zuvor des Tempels neue Mauern, / Brechen in furchtbaren Feuerschauern. / Länder stürzen in Not und Tod. / Die Flüsse sind wie Blut so rot. / Doch da ist ein Mensch voll Kummer und Hohn, / Im Herzen des großen Sängers kleiner Sohn. / Greift er ein in der Titanen Ringen, / Dann könnt' er vielleicht noch Erlösung bringen. / Er trägt der Engel scharfes Schwert, / Und durchquert das Chaos unversehrt.«* Er macht eine Pause. »Mein Freund und ich haben vor einigen Jahren bei einer Investmentgesellschaft namens Midas gearbeitet. Sie ist inzwischen liquidiert. Was bedeuten diese Zeilen also wirklich?«

Madame Murrant denkt eine Weile nach. Schließlich legt sie eine Hand auf meinen Unterarm, beugt sich zu mir hin und sagt: »Wenn Sie der sind, auf den sich diese Reime beziehen, dann gehen Sie. Schnell. Nach London. Zu Madame Babette. Eine Kollegin von mir. Sie kennt sich in diesen Fragen besser aus als ich.« Sie schlägt das Nostradamus-Heftchen auf, markiert eine Adresse und steckt es mir in die Sakkotasche. Dann verabschiedet sie sich hastig.

»Sag mal, du glaubst doch nicht wirklich an diese Prophezeiung?«, frage ich Fjodor, als sie weg ist.

Er hebt die Hände.

In diesem Augenblick klingelt mein Handy. Die Anwälte aus Frankfurt. Rückkehr dringend notwendig. Eröffnung des Insolvenzverfahrens am Freitag. Für London bleibt uns also keine Zeit. Nicht einmal mehr für Paris. Ich lege auf und bestelle die Rechnung.

Fjodor sieht mich fragend an.

»Ein Teil der Prophezeiung hat sich gerade erfüllt«, sage ich. *»Gar furchtbar klingen sie überall, / schwarze Posaunen mit dunklem Schall!*« Die einzige Tür, die sich für mich an meinem Geburtstag und Morrisons Todestag öffnet, ist ausgerechnet jene der Abwicklung unseres Fonds.

Samstag, 21. Juli 2001, Frankfurt

Hope our little world will last

Es ist ein heißer Julitag, der schon nach August riecht – trocken und staubig und ein wenig nach Heu. Nach einer Woche Regen ist der Hochsommer vor einigen Tagen plötzlich und mit aller Macht über Frankfurt hereingebrochen. Die Balkontüren stehen offen. Die Gardinen flattern im leichten Luftzug. Fjodor und ich stehen in der Küche, die mich ein kleines Vermögen gekostet hat: Metallisch glänzende Oberflächen, Drei-Sterne-Herd mit Induktionskochfeldern, japanisches Messer-Set, Kühlschrank in Kleinwagengröße mit einer Außenseite aus gebürstetem Stahl und einer Einbuchtung für die Eiswürfel. Das Ganze erinnert ein bisschen an ein Forschungslabor der NASA und ist so schick und sauber, dass ich immer ein schlechtes Gewissen habe, wenn ich wirklich einmal koche.

Mascha, die am Vorabend aus London gekommen ist, döst mit einer kühlenden Gesichtsmaske auf dem Sofa. Unsere Wiedersehensfeier ging bis vier Uhr in der Früh. Mascha hat zwar gut und gerne zehn Kilo zugelegt, aber sie ist nicht fett geworden, wie ihr Ex-Mann behauptet hat, eher weiblicher und ein wenig mütterlich. Die neuen Rundungen stehen ihr gar nicht schlecht. Und ihre Bosheit, nun, die ist schon immer Teil ihrer Faszination gewesen.

Im Fernsehen läuft die Berichterstattung über den G8-Gipfel

in Genua. Im Palazzo Ducale tagen abgeschirmt von einer Armee von Polizisten die Führer der sieben mächtigsten Industrienationen. Draußen Ausnahmezustand. Protestierende Menschen und hochgereckte Fäuste. 200.000 Menschen auf der Straße. Dritte-Welt-Organisationen, Vereinigungen für Schuldenerlass, Umweltgruppen, Gewerkschaften, christliche Nord-Süd-Initiativen. Hunderte von Verhaftungen. Die Gutmenschen haben der Globalisierung den Krieg erklärt. Und weil die Globalisierung keine Anschrift hat, bekämpfen sie stattdessen ihre politischen Symbole: G8, IWF, Weltbank, WTO.

Welch großartiger Starrsinn! Welch grandiose Weltabkehr! Welch grausame Verschwendung! Überall die gleiche Wut, die gleichen Parolen, die gleichen Menschen. Unwillkürlich muss ich mich fragen, wann ein wütender Mob einmal das Frankfurter Westend stürmt. Sie haben doch einen gemeinsamen Feind und der hockt hier in der Siesmeyerstraße. Das Omega-Team der Midas beim Henkersmahl, schön klassenfeindlich angerichtet auf hundertzwanzig Quadratmetern Eichenparkett im Stilaltbau. Aber was haben die Demonstranten zu bieten, außer ausweglöser Entrüstung? Wohlstand ohne Wachstum? Ein Traum. Wachstum ohne Kapital? Eine Utopie. Kapital ohne Kapitalisten? Ein Unfug. Wohlstand ohne Kapitalisten? Sehr deutsch. Aber es ist nun einmal so: Im Märchen von der sozialen Marktwirtschaft lauert immer irgendwo der böse Wolf des Kapitalmarkts.

Seit gestern ein Demonstrant von der Polizei erschossen wurde, ist die Stimmung in Genua jedenfalls auf dem Siedepunkt. Und bei uns auch. Der Vergleich, den unsere Anwälte in Sachen Pequod ausgehandelt haben, wird mich finanziell ruinieren und mir mindestens vier Jahre Berufsverbot einbringen. Doch das erscheint mir immer noch besser, als auf unabsehbare Zeit von Gläubigern, Anlegern und der Staatsanwaltschaft vor Gericht gezerrt zu werden. Das Geld schmerzt zwar, aber Geld kommt und geht nun einmal, wann und wie es will – es lohnt nicht, sein Herz daran zu hängen. Was mir wirklich wehtut, ist das Berufsverbot. Das fühlt sich an wie eine unehrenhafte Entlassung aus der Armee, wenn man vorher in einer Elitetruppe gekämpft hat.

Wenigstens ist es mir gelungen, Fjodor weitgehend aus dieser Sache rauszuhalten. Das erscheint mir nur fair. Seit der Absturz des Neuen Marktes im März begann, hat er mich erst gefragt, dann gebeten und schließlich geradezu angefleht, die Pequod zu liquidieren, solange sie noch genug Masse hat. Aber ich kann ein Spiel ja nie lassen, bis ich den ganzen Einsatz verloren habe. Fjodor hat leider inzwischen ganz eigene, neue Sorgen. Kurz nach unserer Rückkehr aus Paris ist aus heiterem Himmel in New York eine Untersuchung wegen Insiderhandels während seiner Zeit bei der Midas eröffnet worden. Bei Mascha ist die Lage noch dramatischer. Sie ist in eine solche Anzahl von Gerichtsverfahren gegen ihren Ex-Mann und ihren Ex-Arbeitgeber verwickelt, dass sie schon den Überblick verloren hat. Sie hat sich nicht einmal getraut, ihre Tochter mit nach Frankfurt zu bringen – aus Angst, dass sie ihr an der Grenze weggenommen wird.

Überhaupt Mascha! Lässt drei Jahre lang so gut wie nichts von sich hören und schlägt dann völlig überraschend hier bei uns auf, weil Fjodor ihr von unserer Idee mit dem neuen Global Macro-Fonds erzählt hat. Sie ist einer dieser Menschen, die sofort die Kontrolle über einen Raum oder eine Situation übernehmen. Selbst mit einem dicken Schädel vom Sofa aus. »Es wird sich erst noch zeigen, welche Herrschaft mehr Opfer fordert: die Herrschaft der Arbeit oder die des Kapitals«, unkt sie düster, als sie die Gesichtsmaske abnimmt, sich aufrichtet und den Fernseher ausschaltet. Ausgerechnet Mascha!

»Sozialismus und Solidarität sind ja noch im Angebot, aber keiner will sie mehr kaufen. Nicht einmal als ideologischen Restposten mit Sonderrabatt«, sagt Fjodor, während er Gemüse und Schinken für eine Nudelsoße schneidet. Er macht das sehr professionell. Mit einer Geschwindigkeit, die mich immer um seine Finger fürchten lässt.

»Na euch beiden scheint ja die Sonne aus dem Arsch zu scheinen – so gut geht's euch im Kapitalismus«, antwortet sie. So elegant und damenhaft wie sie aussehen kann, erschreckt man immer, wenn sie ordinär wird. Aber wenn sie das nicht könnte, hätte sie niemals überlebt in den Handelsräumen der Wall Street. Es gibt jenseits der Armee wohl keinen Kreis, der stärker von Männern dominiert wäre. Reines Testosteron. »Gestern Nacht hörte sich das noch anders an. Ihr steht doch mit dem Rücken zur Wand, ihr beide«, sagt sie.

»Die Pequod war eine gute Idee, Mascha. Wir haben einfach den falschen Zeitpunkt erwischt«, beharre ich und wasche etwas Salat.

»Die Pequod! Da stimmt schon der Name nicht«, sagt Mascha hämisch. »Wer bitte, nennt seinen Investmentfonds nach einem Schiff, und dann noch nach einem, das verflucht ist?«

Fjodor zeigt auf mich und sagt: »Kapitän Ahab.«

»Und warum eigentlich DIE Pequod, Wolf?«, bohrt Mascha weiter. »DIE Pequod, DIE Midas, warum sprichst du von Investmentfonds immer in der weiblichen Person?«

Ich bin völlig baff, weil ich mir diese Frage nie gestellt habe. In meiner Vorstellung ist die Analogie zwischen einem Investmentfonds und einem Segelschiff völlig offensichtlich: Beide werden gebaut, um bei gutem Wind schnell zu segeln und um im Sturm den Elementen zu widerstehen. Als Händler oder Anleger heuert man für eine ungewisse Reise über die Ozeane der Märkte an – in der nur manchmal berechtigten Hoffnung auf die Reichtümer neuer Welten hinter dem fernen Horizont der Zukunft. Und was verfluchte Schiffe angeht: Hatte nicht vielleicht auch auf der Midas ein Fluch gelegen, der uns bis heute verfolgt?

Als ich das sage, springt Mascha fast vom Sofa. Sie hält das für völlig unsinnig. Der Markt ist Mathematik, Rendite eine Rechenformel und Erfolg ein Schachspiel. Ich sei naiv und kindisch. Und so geht es in einem fort. Unser Scharmützel endet erst, als Fjodor das Abendessen draußen auf dem Balkon serviert und sagt: »Mascha, jetzt möchte ich aber erst einmal wissen, ob du mit der Linken nur flirtest oder ob das eine ernste Sache ist.«

Sie beantwortet die Frage zwar nicht, aber sie beruhigt sich und wir können mit einem leichten Weißwein den herrlichen Sommerabend genießen. Um uns herum leuchten leicht beschattet von hohen, alten Bäumen die prächtigen herrschaftlichen Fassaden der Gründerzeithäuser. Unten auf der Straße schlendern und lachen die Menschen. Ein paar junge Frauen auf dem Fahrrad – wahrscheinlich auf dem Rückweg vom Picknick im Grüneburgpark – kommen mir in ihren wunderbar leichten und bunten Sommerkleidern vor wie Vögelein, die hell zwitschernd und flötend an unserem Balkon vorbeifliegen. Für ein, zwei kostbare Stunden ist unser Leben schwerelos und leicht.

Fjodor öffnet gerade die dritte Flasche Weißwein, als Mascha plötzlich auf seine Frage vom Anfang unseres Essens antwortet. »Wisst ihr, Jungs, mir geht es nicht um Ideologie. Ich denke einfach, dass das System falsch ist.«

Die Flasche öffnet sich mit einem wohligen Plopp.»Ach so, das System ist also falsch«, lächelt Fjodor.»Und deine Millionen, die sind dann auch falsch?«

»Ja«, sagt Mascha, ohne auch nur eine Sekunde zu zögern.

Kopfschüttelnd schenkt Fjodor den Wein aus.»Mascha, du hast dich mit einem Banker und einer Bank verkracht. Und zwar wegen einer persönlichen Angelegenheit. Deshalb ist nicht gleich das System falsch.«

»Fjodor hat recht, Mascha«, pflichte ich ihm bei.»Du kennst doch den Spruch: Wer mit zwanzig kein Revolutionär war, hat kein Herz, wer es mit vierzig noch ist, hat keinen Verstand.«

Sie schüttelt den Kopf.»Was ist, wenn es für unsere Generation genau anders herum ist? Wenn wir einfach in der Jugend der Versuchung der Kapitalmärkte erlegen sind und nun mit dem Wissen um ihre Zerstörungskraft gegen sie kämpfen müssen?«

Fjodor sieht ihr direkt in die Augen.»Also, was ist dein Plan? Oder führen wir hier eine rein politische Diskussion?«

»Ich will die Wall Street vernichten«, sagt Mascha bestimmt.

Fjodor grinst.»Und mit wem? Mit den 200.000 von Genua? Glaubst du ernsthaft, das reicht?«

»Ich brauche keine 200.000. Ich brauche nicht einmal 100.000, 10.000 oder 1.000«, sagt sie.»Ich brauche nur vier Personen und vier Milliarden Dollar.«

Fjodor klopft sich auf die Schenkel und lacht.

Mascha bleibt ernst.»Das Omega-Team der Midas, Fjodor und vier Milliarden Dollar um den Faktor 250 gehebelt. Damit brenne ich dir das westliche Bankensystem herunter bis auf seine Grundmauern und serviere dir die Köpfe der Bankmanager auf einem Silbertablett.« Sie betrachtet den Himmel. Der Sonnenuntergang färbt das aufziehende Gewitter mit dramatischen Gelb- und Rottönen.»Ich will nicht nur Rache, ich will Krieg.«

Fjodor hört auf zu lachen.»Du spinnst, Mascha,« sagt er.»Ich dachte immer, Wolf und ich wären bekloppt. Aber du spinnst wirklich.«

Bei jedem anderen Menschen hätte ich Fjodor zugestimmt. Bei Mascha kann ich das nicht. Sie ist nicht ideologisch, aber sie ist konsequent bis hin zur Radikalität. Nach dem Fall der Mauer und dem Niedergang der Sowjetunion hat sie den Kommunismus ebenso radikal verworfen wie sie sich dem Kapitalismus zugewandt hat. Sie ist Mitte der Neunziger mit derselben glühenden Begeisterung in New York Bankerin geworden wie fünfzehn Jahre zuvor in Moskau junge Pionierin. Sie hat ihr Leben vollkommen dem Geschäft gewidmet. Und jetzt hat sich das neue System gegen sie gestellt. Ihre Karriere ist vernichtet, ihr Haus ausgeräumt und ihre Tochter bedroht. Mascha ist in die Enge getrieben. Und in dieser Situation ist sie gefährlicher als die russische Atom-U-Bootflotte mit all ihren Trägerraketen und Nuklearsprengköpfen.

Nachdem die beiden gegangen sind, liege ich noch lange wach. Ein Donner nach dem anderen rollt über die Stadt. Dann rauscht das Unwetter auf Frankfurt nieder. Der Regen trommelt gegen das Schlafzimmerfenster. Ich lausche, wie die Tropfen auf dem Glas und dem Fenstersims zerspringen. Anfangs höre ich ihren Aufprall als akustisch exakt abgrenzbare Einzeltöne, dann wird ein rhythmisches Geplatter daraus und mit der Zeit verschwimmt auch das und verwandelt sich in ein gleichmäßiges Rauschen. Und dann später, als ich endlich dem Schlaf entgegendrifte, scheint es mir, als sei es gar nicht das Rauschen und Glucksen des Wassers, das ich da höre, sondern das Geld, das über die Stadt hereinbricht wie eine Sintflut.

Geld ist wie Wasser. Es findet immer seine Wege, seine Aus- und Umwege: tröpfelt auf Nummernkonten, fließt in Investitionen, rauscht wie der Monsun über einer Wachstumsbranche nieder, verdunstet in den Aktienmärkten, verschwindet im Untergrund der Steueroasen, taucht Gold in neuen Glanz, nieselt leise und durchdringend wie ein englischer Landregen auf die Anleihemärkte nieder und überschwemmt Schwellenländer, nur um über Nacht wieder auf Schweizer Konten zu versickern. Es schläft nicht, es ist nicht gut oder böse, es ist einfach da. Und jetzt gerade überflutet es Frankfurt. Und in einem letzten schwebenden Moment vor der Dunkelheit habe ich das Gefühl, dass es auch mich hinwegträgt. Hinaus auf die endlosen Meere der Märkte und hin zu einem dunklen Strudel, der alles verschlingt, was in seine Nähe kommt.

Kapitel 2

A killer on the road

Der September geht ins Land. Die deutsche Nationalmannschaft verliert in einem WM-Qualifikationsspiel fünf zu eins gegen England. Ausgerechnet England! Eine Firma namens Google, die an dem Tag gegründet worden ist, an dem wir mit der Midas Schiffbruch erlitten haben, lässt sich ihren Suchalgorithmus patentieren. Michael Jackson veranstaltet anlässlich seines 30. Bühnenjubiläums ein Konzert in New York. Ich habe mir etwas mehr Enthaltsamkeit verordnet und zwei Kilo abgenommen. Seit ich weniger trinke, erscheint mir meine Lage immer auswegloser.

An einem Samstagvormittag steige ich in meinen Sportwagen, genieße das tiefe Röhren der Maschine, die harte Sportfederung, den reinen Sound der Stereoanlage und auch die halb neidischen, halb mitleidsvollen Blicke der Passanten an den Ampeln. Ich liebe meinen Flitzer, schon weil er in seinem Wesen den Finanzmärkten ähnelt: ein zutiefst irrationaler Traum von Geschwindigkeit, umgesetzt mit einem Höchstmaß an technischer Perfektion. Am Montag müsste ich ihn eigentlich bei einem Gebrauchtwagenhändler in den Verkauf geben. Aber sie werden ihn nicht kriegen! Das habe ich mir geschworen.

Vom Westend kommend fahre ich am Bahnhof vorbei und über eine Brücke ans andere Mainufer nach Sachsenhausen. Dort stelle ich den Wagen im Schatten einiger Bäume ab, schlendere die obere Uferpromenade entlang und tauche ein in das Panorama von Frankfurt: der Fluss, die Altstadt mit ihren kleinen, unordentlichen Häusern und der schmächtigen Kathedrale, darüber die harten Vertikalen der Bankentürme. Die goldenen Jahre sind vorbei, die Gelder der Kleinanleger verzockt und die Träume von der Vorherrschaft im europäischen Finanzgeschäft ausgeträumt. Der ganze Casino-Betrieb des Aktienmarktes steht am Pranger – vom Analysten aufwärts. Die eilig gegründete Finanzpresse

liegt brach und lebt nur noch vom Skandal. Triumph der Häusle-
bauer und Sparbuchbesitzer – man hat es ja immer gewusst. Und
doch, so kurz es auch war, das Kursfeuerwerk hat Frankfurt gut
getan. Das schöne, süße Geld. Diese wunderbare Blase. Neue
Hochhäuser im Zentrum, ein quirliges Geschäftsviertel an der
Hanauer. Die Börse ist tot, es lebe das Kapital!

Ein Vierer ohne Steuermann durchquert mein Blickfeld. Die
Männer rudern mit schnellem Schlag. Zügig zieht das Boot vorbei
und zeichnet eine feine Linie ins Wasser. Ich sehe ihm nach, bis
es Richtung Offenbach hinter einer Brücke verschwunden ist. Alles in mir sehnt sich danach, den Abschied noch hinauszuzögern.
Aber es ist an der Zeit. Erst geht es über eine Mainbrücke, dann
auf die Autobahn in Richtung Bad Homburg, an den großen Bau-
und Möbelmärkten vorbei, und schließlich über die Landstraße
in den Taunus hinein. Hellgrüne Felder und dunkelgrüne Wälder.
Von einem Hügel aus grüßt eine graue Burg, von den Flanken
winken die weißen Häuser. Wer weiß, wie viele dieser Familien
ich ruiniert habe? Ich bin ein Spekulanten-Zombie, der sich vom
Fleisch und von den Ersparnissen der Lebenden nährt. Ein »dead
man driving«.

Im Radio ein Special. Der »Forever 27 Club«. Nur Songs von
Musikern, die mit 27 Jahren gestorben sind. Live fast, love hard,
die young! Jimi Hendrix, Janis Joplin und natürlich Jim Morrison. The End! Vor mir jetzt freie Strecke. Ich jage den Dreh-
zahlmesser hoch und lasse mich von der Beschleunigung in den
Sitz drücken. Der Motor faucht. Das Auto springt nach vorne.
Die Spur verengt sich. Ich bin nicht mehr Teil von Bewegung,
ich bin Bewegung selbst. Pure Energie. 27 Jahre sind einfach ein
Richtwert, 32 Jahre gehen sicher auch noch durch.

Man kann nicht tiefer fallen als ich. Ich habe sogar einen
Anwalt gebeten, meine möglichen Ansprüche auf das Erbe von
Jim Morrison zu klären. Aber das Foto und die Prophezeiung
reichen nicht aus, um auch nur in die Nähe einer Vaterschafts-
feststellungsklage zu kommen. Ich brauche stichhaltige Beweise
für eine Verbindung zwischen meiner Mutter und Jim Morrison. Aufzeichnungen. Briefe. Irgendetwas. Aber ich habe in den
Kartons mit den Andenken an meine Mutter nichts in dieser
Richtung gefunden. Letztlich gibt es eh nur einen unwiderleg-
baren Beweis: eine DNA-Analyse. Und die ist natürlich gar kein

Problem – zumindest für die CIA. Die Sache ist nicht nur reine Zeitverschwendung, sondern auch der niederträchtigste Verrat an Morrisons Idealen, den man sich vorstellen kann. Nein, es geht nicht tiefer in den moralischen Keller, als das Geld nicht mehr nur von den Lebenden, sondern auch noch von den Toten zu stehlen.

Runter in den dritten Gang. Das Gaspedal am Anschlag. Die Spur ist nur noch eine dünne Linie. Rasendes Grün. Eine Baumgruppe an einer scharfen Linkskurve. Also doch ein Ziel. Endlich ein Ziel. Einer dieser Bäume trägt meinen Namen! Es wird hell. Gleißend hell. Rotes Blut auf schwarzem Asphalt. Verstreute Gliedmaßen. Menschen, die sich krümmen. Ein verstümmelter Körper. Ein Mensch, der sich krümmt, kurz kämpft und dann stirbt. Aber das bin nicht ich! Das ist die Vision, die ich schon an Morrisons Grab hatte. Ohrenbetäubendes Quietschen, Schleuderkräfte, ein Schatten huscht vorbei. Der Wagen kommt ins Schleudern und bleibt gut hundert Meter später unversehrt am Straßenrand stehen. Keine Ahnung, wie ich das gemacht habe.

Im Radio verklingen die letzten Akkorde von *The End*. Bei mir nix mit »die young«. Obwohl ich mich doch auch immer ein wenig als Künstler gefühlt habe. Habe ich etwa nicht die Märkte gerockt? Hat Geld etwa keine Poesie? Angesichts der aktuellen Entwicklungen bei der Pequod wäre es im Falle meines Todes allerdings unwahrscheinlich gewesen, dass ich mit bleibendem Nachruhm hätte aufwarten können. Zumindest jenseits der Frankfurter Staatsanwaltschaft und einer Tausendschaft geprellter Anleger.

Mit zittrigen Händen und weichen Knien fahre ich langsam zurück auf die Autobahn, halte nach einigen Kilometern auf einem Rastplatz und schließe das Verdeck. Dann lehne ich eine Weile gegen die Motorhaube und rauche eine Zigarette. Nur langsam beginne ich zu verstehen, was ich gerade getan habe. Die Erkenntnis rieselt in therapeutischen Dosen in mich herein. Es ist kein sorgfältig ausgetüftelter Plan gewesen, mein Auto und mein Leben gegen einen Baum zu setzen. Es war wohl eher ein Gedanke, der mir unausgesprochen schon lange im Kopf herumspukte und den ich mir heute Morgen zum ersten Mal eingestanden habe. Es gibt für mich nichts mehr zu gewinnen. Das ist die eine Seite der Medaille. Ich habe aber auch nichts mehr zu verlieren. Das ist die andere. Und diese Erkenntnis macht mich frei. Vollkommen frei. Was kann man mir noch antun? *Can you picture what will be, so limitless and free?*

Die Zigarette schmeckt frisch und gut. Überhaupt schmeckt das ganze Leben wieder frisch und gut. Ich blicke ins feine Gespinst der Kondensstreifen am Himmel und auf die Stadt, die im Glanz des herrlichen Spätsommertages liegt. Die Bürotürme scheinen direkt aus den Feldern zu wachsen – völlig unwirklich, als wären sie eben erst dort gelandet. Immer höher will die Stadt, immer weiter von sich weg. Vielleicht ist es das, was mir immer an ihr gefallen hat. Vielleicht muss ich auch einfach nur weg.

Am Abend schlendere ich mit Fjodor an Cafés und Restaurants vorbei Richtung Zentrum. Wir kommen zur Hauptwache. Kaufhäuser, Kinos und das weitere Etcetera der Konsumwelt. Das Ganze solide in Beton gegossen. Dazwischen durstige Bäume und Pflanzkübel mit Immergrün. Alles wirkt wie ausgestorben, auch wenn sich um diese Uhrzeit immer ein paar grölende Halbstarke finden. Und mittendrin die ehrwürdige Katharinenkirche und die alte Hauptwache mit ihren Mauern aus gelb-rotem Sandstein und ihren Dächern aus grauem Schiefer. Seelenlose Fassaden. Was die Alliierten nicht zerbombt haben, wurde von den Deutschen entkernt.

Wir steigen Stufe für Stufe hinab in den Bauch der Stadt, bis uns das »Frankfurter Loch« geschluckt hat. Keine Spur mehr vom Trubel des Tages auf der B-Ebene des U-Bahnhofs. Die Gemüsestände sind abgebaut, das Reinigungsgeschäft, der Zeitungskiosk und der unterirdische Eingang zum Kaufhaus geschlossen. Die wenigen Menschen unterstreichen die Trostlosigkeit des Ortes nur. Zwischen all den Wegweisern, die zu irgendwelchen U- und S-Bahnen führen, prangt einer mit der Aufschrift REAL WORLD. Er ist genau in den gleichen sachlich-schwarzen Buchstaben gehalten wie die offiziellen Wegweiser auch. Vielleicht Kunst. Oder ein Anarcho-Scherz. Was auch immer, für heute Abend haben wir unser Ziel gefunden. Unsere Anwälte diesseits und jenseits des Atlantiks haben uns beiden geraten, uns schon einmal ein wenig mit der Unterschicht vertraut zu machen. Man wisse schließlich nie, ob wir ohne Haftstrafe aus unseren jeweiligen Prozessen herauskämen.

Endstation Eckkneipe. Die Einrichtung ist irgendwo zwischen

gestrigem Futurismus und vorgestrigem Eichenfurnier steckenge-
blieben. Das letzte Wasserloch vor der Wüste der Wirklichkeit für
all die Rohrkrepierer und Auslaufmodelle von Frankfurt. Müde
und verbrauchte Gesichter, die sich im gnädigen Halbdunkel der
indirekten Beleuchtung verstecken. Redselige Taxifahrer, die ihr
Studium erfolgreich abgebrochen haben, wortkarge Verkäufer
im Außendienst, Ex-Huren auf der Suche nach dem Freier fürs
Leben und – heute neu im Angebot – die abgebrannten Spekulanten Fjodor Kerenin und Wolfgang Willarth.
    Das erste Bier zischen wir fast auf Ex. Für das zweite lassen
wir uns fünf Minuten. Erst beim dritten machen wir es uns ge-
mütlich. Ich stecke mir eine Kippe an. Wäre eigentlich gar nicht
nötig. Den Qualm in der Spelunke könnte man in Scheiben
schneiden und als Sichtschutz verkaufen. Aber man hat ja seinen
Stolz.
    Willkommen Gefährten! zwinkert uns der Barkeeper zu.
Willkommen in der Bruderschaft der Thekenhocker! Die Regeln
sind einfach: Schweigen oder Reden. Beim Reden geht alles,
Hauptsache es wird mit einem Bier und einem Schnaps serviert.
Eigentlich fein. Dummerweise haben wir an manchen Tagen in
wenigen Minuten Summen verloren, mit denen wir die hier ver-
sammelten Geldsorgen ein für alle Mal hätten beenden können.
Wem sollen wir das hier denn bitte erzählen? Also schweigen
wir und trinken. Schließlich fragt Fjodor: »Die Sache mit der
Pequod macht dir schwer zu schaffen, oder?«
    Ich nicke. »Dir nicht?«
    Er zuckt die Schultern. »Das war einfach nicht unser Spiel.
Wie viel hat dieser ganze Markt bis heute verbrannt? 160 Milliarden? Solche Summen haben wir bei der Midas zwischen zwei
Kaffeepausen abgewickelt.«
    »Und die Menschen, die wir ruiniert haben? All die braven,
biederen Seelen in ihren Einfamilienhäusern und Doppelhaus-
hälften.«
    »Die waren gar nicht so brav, sondern ganz schön gierig.
Wenn es die Pequod nicht gegeben hätte, wäre es irgendein anderer Investmentfonds gewesen«, wischt Fjodor meinen Einwand
vom Tisch. »Wir haben die Zukunft doch schon gesehen, Wolf,
damals bei der Midas. Aus den Weiten der Weltmärkte rollt eine
mächtige Woge aus wirtschaftlicher Energie auf die Menschen

hier zu. Einige werden schwimmen lernen und andere werden absaufen. Das Spiel nennt sich Globalisierung, Liberalisierung oder wie auch immer. Fest steht, wir haben die Spielregeln nicht erfunden.«

»Herrgott Fjodor!«, bricht es aus mir heraus. »Ich hätte heute fast meinen verdammten Wagen gegen einen verfluchten Baum gesetzt wegen diesem Scheiß-Fonds. Und ich weiß bis jetzt nicht, ob es gut ist, dass mir das nicht gelungen ist.« Dann erzähle ich ihm von der merkwürdigen Vision, die ich hatte, als ich den Baum auf mich zurasen sah. Das rote Blut auf dem Asphalt und die sterbenden Menschen auf der Straße.

Fjodor ist plötzlich wie elektrisiert und bestellt noch eine Runde für uns. Diesmal Wodka. »Der Schamane«, flüstert er geheimnisvoll, »Der Schamane!« und erzählt mir diese Geschichte von Jim Morrison: Als er fünf Jahre alt ist, fahren die Morrisons auf der alten Route 66 nach Tijeras, wo sie den New Mexico Highway 14 in nördlicher Richtung nehmen. Auf der Strecke sehen sie einen verunglückten Lastwagen und halten an. Ein grauenvoller Unfall. Der Lastwagen hatte Indianer hinten auf der Ladefläche und jetzt liegen auf dem ganzen Highway tote, sterbende und verblutende Indianer. Einer von ihnen ist ein Schamane. Und obwohl seine Familie bis heute leugnet, dass sich diese Episode wirklich ereignet hat, konnte sich Morrison Zeit seines kurzen Lebens in aller Klarheit daran erinnern, wie der Geist des Medizinmannes in seinen Körper gefahren ist. »Tja, sieht ganz so aus, als wäre Morrisons Geist nun in dich gefahren«, endet Fjodor seine Geschichte und kippt den Wodka auf Ex.

Natürlich ist das Unsinn. Genauso wie fliegende Untertassen, Marsmenschen, die biblische Schöpfungslehre, moderne Portfolio-Theorie und stabile Finanzsysteme. Seelenwanderung ist nicht wahrscheinlicher als der nächste Börsensturz. Höchstens fünf Sigma.

Fjodor bestellt schon wieder. Sein Kopf ist rot. Er öffnet die oberen Knöpfe seines Hemdes. Der silberne Davidsstern ist verschwunden. An seiner Stelle trägt Fjodor jetzt ein Amulett mit einer türkisfarbenen Wolfstatze. Sieht indianisch aus, das Ding. Gerade als ich ihn fragen will, ob er jetzt völlig durchgeknallt ist, gibt er die Antwort selbst. Er entfaltet ein paar Blätter und legt sie auf die Theke. Es ist ein wissenschaftlicher Artikel über den

Klimawandel und die schmelzenden Gletscher. Er tippt auf eine Satellitenaufnahme. »Hier, das Weiße sind die Andengletscher. Ihr Schmelzwasser wäscht die Mineralien aus dem Fels und färbt die Flüsse auf Hunderten von Kilometern dunkelrot.« Er macht eine kurze Pause und zitiert dann: *»Länder stürzen in Not und Tod. / Die Flüsse sind wie Blut so rot.«*

Mit einem Mal kann ich Fjodor, Mascha und mich von außen sehen und die schwindelerregende Tiefe unseres Falls vom Gipfel der Kapitalmärkte Anfang 1998 bei der Midas bis zu diesem 8. September 2001 ermessen. Ein lebensmüder Geldkünstler, ein animistischer Apokalyptiker und eine Kommunistin in Mutterzeit – das ist vom Omega-Team geblieben und es passt eigentlich ganz gut in diese Umgebung. Doch im Gegensatz zu allen anderen Gescheiterten in der Eckkneipe können wir nicht einmal hier Trost finden. Nein, wir Kapitalisten haben keine Heimat – nicht im Moment des Triumphs und noch weniger in jenem der Niederlage.

Montag, 24. September 2001, Frankfurt

All the children are insane

Niemand kann sich die näheren Umstände für seinen Neuanfang aussuchen. Zumindest niemand in unserer prekären Lage im September 2001. Und so beginnt unser neues Leben mit dem Tod von fast 3.000 Menschen in New York, Washington und einem kleinen Ort in Pennsylvania am 11. September.

Suki hat uns später erzählt, dass die US-Börsenaufsicht noch am selben Tag mit der Überprüfung einiger verdächtiger Finanztransaktionen an einer der Terminbörsen in Chicago begann. Konkret ging es um Wetten auf einen dramatischen Kursverfall der Aktien von United und American Airlines – der beiden Fluggesellschaften, deren Maschinen für die Selbstmordattentate benutzt worden waren. Diese Transaktionen waren zwar äußerst gewinnbringend, lagen aber unterhalb der ohnehin schon bescheidenen ethischen Mindestanforderungen, die man an unsere Branche stellt. »Wenn auch nicht weit«, wie Suki spitz anmerkte.

In der aufgeheizten, ja hysterischen Stimmung nach den An-schlägen stellen sich ungeheuerliche Fragen: Hat jemand sein Vorwissen von den Anschlägen in Börsengewinne umgewandelt? Haben die Terroristen in einer wissentlichen, perversen oder auch nur pragmatischen Pointe ihren Anschlag auf das Nerven-zentrum des Kapitalismus auch noch mit den Instrumenten eben dieses Kapitalismus refinanzieren wollen? Oder steckt gar eine breiter angelegte Kampagne zur Destabilisierung der internatio-nalen Kapitalmärkte dahinter? Alles scheint möglich. Nichts darf ausgeschlossen werden.

Vor diesem Hintergrund handeln die verantwortlichen Stel-len ungewöhnlich rasch und entschlossen: Am 14. September leitet die US-Börsenaufsicht eine offizielle Untersuchung ein. Am 17. September bittet das US-Finanzministerium über di-plomatische Kanäle um eine Ausweitung der Untersuchung auf alle international bedeutenden Finanzplätze. Am 19. September beschließen die Vertreter der weltweit mächtigsten staatlichen Finanzinstitutionen die Einrichtung einer Arbeitsgruppe unter dem Dach des Finanzstabilitätsforums zur Koordination dieser Nachforschungen. Und schließlich bekomme ich in der Nacht des 21. September einen Anruf von Suki, die mir eine Mitarbeit in dieser Gruppe anbietet. Fjodor und Mascha bekommen das-selbe Angebot. Irgendwie hat Suki ihre Chefs nicht nur davon überzeugen können, dass man zur Klärung dieser Fragen das be-ste Team braucht, das die Wall Street in den letzten zehn Jahren hervorgebracht hat, sondern auch, dass dieses Team aus Fjodor, Mascha, mir und ihr besteht.

Davon weiß ich jedoch nichts, als ich an jenem endlosen Tag des 11. September erst alleine und dann gemeinsam mit Fjodor in meiner Wohnung hocke und zusammen mit dem Rest der Welt auf den Fernseher starre. Die archaische Wucht der Bilder, die auf allen Kanälen laufen, trifft uns so unvorbereitet wie jeden an-deren. Der brennende Nordturm. Dann der Einschlag des zwei-ten Flugzeugs in den Südturm aus verschiedenen Perspektiven. Dazu der O-Ton. »Jesus!« Der Südturm scheint den Jet in sich hineinzusaugen, dann passiert den Bruchteil einer Sekunde lang nichts, und schließlich schießt auf der anderen Seite ein Feuer-ball aus dem Gebäude. »Oh my God!« Und dann der Himmel. So blau. So unbeteiligt. So unschuldig. »Heaven help us!« So ein trügerischer, hinterhältiger Herbsthimmel. Fjodor murmelt immer wieder eine Zeile aus der Prophezeiung von Morrison: *Des Tempels neue Mauern / Brechen in furchtbaren Feuerschauern!* Mascha ruft uns kurz nach dem Einschlag des zweiten Jets aus London an. Sie sagt nur ein Wort: ROTCAN!« Ich starre auf den Nordturm. Die Unternehmenszentrale von ROTCAN TRADING UNLIMITED befindet sich in der 101. bis zur 105. Etage – oberhalb des Einschlagsbereichs des Flugzeugs. In unserer Zeit bei der Midas haben wir beinahe täglich Geschäfte mit dem Handelshaus gemacht, das rund ein Viertel des Multi-Milliarden-Dollar-Handels in amerikanischen Staatsanleihen abwickelt. Mascha berichtet, dass aus den nicht direkt betroffenen Handelsräumen an anderen ROTCAN-Standorten furchtbare Geschichten kommen. Denn alle Büros sind über ein internes Kommunikationssystem mit der Zentrale im World Trade Center verbunden. Überall auf der Welt können die ROTCAN-Händler die letzten Worte, die Schreie und die Verzweiflung ihrer Kollegen in New York hören, bis schließlich die Kabel der Apparate schmelzen.

Erst nach Stunden und Tagen wird das ganze Ausmaß der Anschläge offenbar. Die Türme des World Trade Centers haben sich in zwei große Rauchwolken aufgelöst und mit ihnen die größte und schädlichste Illusion des Westens: dass der Profit das Endziel des Weltgeistes ist. Die New Yorker Börse hat ihren Handel auf unbestimmte Zeit ausgesetzt. Ein Teil der elektronischen Infrastruktur des größten Finanzzentrums der Welt ist ausgeschaltet. Ein Großteil der wichtigsten US-Institutionen evakuiert – darunter das Weiße Haus. Das Pentagon ist schwer getroffen. Die Anzahl der Opfer ist zunächst völlig unklar. Allein in den Türmen des World Trade Centers halten sich an manchen Tagen bis zu 50.000 Menschen auf. In den nächsten Tagen wird dann öffentlich, dass es keiner der ROTCAN-Leute aus dem Büro in New York geschafft hat. Der 11. September kostet die Bank zwei Drittel ihrer Belegschaft. 658 Menschen, von denen für mich manche nur Stimmen am Telefon gewesen sind, viele aber auch gute Bekannte.

Währenddessen verliert Fjodor sich mehr und mehr in den apokalyptischen Voraussagen aus Jim Morrisons Gedicht. Besonders seit der amerikanische Präsident einen »Krieg gegen den Terror«, gar einen Kreuzzug ausgerufen hat und daraufhin Briefe mit Milzbranderregern und dem Text »Tod für Amerika, Tod für Israel, Allah ist groß« auftauchen. Von der ersten Strophe der Prophezeiung hat Fjodor nach eigener Einschätzung bereits einen guten Teil entschlüsselt: *»Verdorrt einst des Midas gold'ne Hand, / Kommt Krieg bald ins Propheten-Land. / Zuvor des Tempels neue Mauern, / Brechen in furchtbaren Feuerschauern. / Länder stürzen in Not und Tod. / Die Flüsse sind wie Blut so rot.«* »Midas« ist natürlich unser Midas-Fonds, der abgewickelt worden ist. »Des Tempels neue Mauern« sind die Türme des World Trade Centers. Die »furchtbaren Feuerschauer« sind der Anschlag. Und die blutigen Flüsse bezeichnen eben jene mineralischen Schlieren, die durch die Gletscherschmelze in die Flüsse gelangen und die wir auf dem Satellitenbild gesehen hatten.

Was mich betrifft, so reicht mir meine persönliche Apokalypse völlig aus. Die Tage nach den Selbstmordattentaten sind die schlimmsten für mich seit der Midas-Pleite. Die Welt ist ins Taumeln geraten. Um mich herum ist alles in Bewegung. Die Finanzmärkte sind dabei, das Terrorismus-Risiko in die große Formel der Weltwirtschaft einzurechnen. Dollarkurs, Ölpreis, Exportwachstum – unzählige Parameter werden neu berechnet. Die Aktienkurse fallen erst dramatisch, pendeln dann aber aus. Jeder, den ich kenne, ist schwer beschäftigt. Nur ich scheine bewegungslos. Zu dem verdammt, was ich am wenigsten ertragen kann: warten. Wer weiß, welchen Blödsinn ich angestellt hätte, wenn ich nicht Sukis Anruf bekommen hätte – und ihr Angebot, bei den Nachforschungen zu möglichen Insider-Geschäften im Umfeld des 11. September mitzuarbeiten. Für mich fühlt sich Sukis Vorschlag jedenfalls wie eine Erlösung an. Und ich glaube, Fjodor und Mascha geht es nicht anders.

Am 24. September sollen wir uns um acht Uhr morgens an der Eingangspforte des amerikanischen Konsulats in Frankfurt melden, das gegenüber meiner Wohnung liegt. Mascha fliegt schon am Vorabend ein. Wir alle drei sind aufgeregt wie Schüler vor einer wichtigen Prüfung und stehen schon um sieben vor dem Konsulat. Doch das Gebäude hat sich in eine Festung verwandelt. Die Straße ist mit Containern, Betonklötzen, Gittern und NATO-Stacheldraht gesperrt. Sogar ein leichter Schützenpanzer des Bundesgrenzschutzes ist aufgefahren. Die Polizisten tragen alle Maschinenpistolen und schusssichere Westen. Meine friedliche und ruhige Nachbarschaft im Frankfurter Westend erinnert mich plötzlich an Bilder aus Beirut während des Bürgerkrieges. Nachdem wir unser Anliegen erklärt, unsere Ausweise gezeigt und unsere Taschen geöffnet haben, stoßen wir endlich zum Eingang vor. Dort sitzt ein Mann, der verschiedene Listen durchblättert, unsere Namen aber auf keiner von ihnen findet und uns freundlich aber bestimmt wegschickt. Wieder draußen auf der Straße telefonieren wir mit Kwak. Auch das wird misstrauisch von der deutschen Polizei beäugt. Handys können schließlich zum Zünden von Bomben genutzt werden. Kwak teilt uns mit, dass sie uns zwar auf die Liste hat setzen lassen, aber irgendetwas schiefgelaufen sei. Ich biete an, dass wir uns in meiner Wohnung treffen. Aber Kwak sagt, wir bräuchten einen »sicheren« Ort. Das sei »SOP – Standard Operating Procedure«. Zwei Stunden später gibt sie eine Adresse im Bahnhofsviertel durch. »Uhrzeit Zwölfhundert«. Vielleicht stimmen die Gerüchte tatsächlich und sie ist bei der CIA gelandet.

Um halb zwölf laufen Fjodor, Mascha und ich vom Hauptbahnhof kommend in einen Teil Frankfurts hinein, der beinahe großstädtisch wirkt: Fixerstuben für die Untoten der Heroin-Welle, dämmrige Spelunken mit bunt flackernden Spielautomaten. Obskure Geschäfte mit chinesischen, indischen und polnischen Produkten. Teleboutiquen, Balkan-Grills, Striptease- und Tabledance-Bars, Sexshops, Pornokinos und billige Bordelle, deren Fenster bis ins oberste Stockwerk hoch so rot leuchten wie ein Adventskalender für große Jungs, »Sechs Etagen Sex« steht über einem Eingang.

Schließlich stehen wir vor der bröckelnden Fassade eines alten Mietshauses, dessen modriger Geruch mir bekannt vorkommt. Einige meiner Freunde wohnten um die Ecke in einer Studenten-WG in einem ähnlichen Haus. Ihr Gebäude diente in den frühen achtziger Jahren als Puff. Dann brachte es mehr Geld, Illegale, Asylanten und sonstiges Treibgut der Globalisierung hier unterzubringen. Zwölf Personen pro Zimmer. Doch das flog auf. Und so kehrten die Freudenmädchen zurück und dazu noch ein paar Studenten. Jedenfalls waren meine Freunde die einzigen unseres Uni-Jahrgangs, die in einer Wohnung mit einem Jacuzzi im Bad, einer Videogegensprechanlage im Flur und einer samtroten, teppichartigen Tapete in den Schlafzimmern residierten.

Vorbei an mehrfach überklebten Klingelschildern und abblätternder Wandfarbe steigen wir eine knarzende Treppe hinauf. Suki erwartet uns oben bereits in der Tür, begrüßt uns mit ein paar dürftigen Worten und einem knappen Lächeln und bittet uns herein. Sie trägt ein dunkelbraunes Kleid, eine schwarze Jacke und eine weiße Bluse. Sie ist sehr zugeknöpft, wie immer. Wir haben uns drei Jahre lang nicht gesehen. Ich suche nach Spuren dieser Zeit in ihrem Gesicht, finde aber keine außer einer randlosen Brille.

Im großen Wohnraum dienen einige ausgebaute Autositze als Sessel, unzählige übereinandergeschichtete Obstkisten als Regal und hohe Papier- und Bücherstapel als Tische. Überall fliegen linke Gazetten und Flugblätter eines ominösen Solidaritätskomitees »Roter Oktober« herum. In der Küche summt ein alter Kühlschrank. »Konspirative Wohnung, was?«, sagt Fjodor und lässt sich in einen der Autositze fallen. »Gehen wir in den Untergrund, Suki?«

Ich fahre mit der Hand die Bücherrücken im Regal ab. Niedergang des Kolonialismus, Entstehung der Dritten Welt, Verrohung des Kapitalismus, Nord-Süd-Konflikt, Notwendigkeit der marxistischen Utopie. Immer schön abstrakt. Am Ende steht der »neue Mensch« und die »gerechte Welt« – alles wie gehabt. Ein Museum linker Träume. Das ist diese Wohnung. Anscheinend stammt sie noch aus den Zeiten verdeckter Operationen gegen die kommunistische Bedrohung. Auch die Geheimdienste gewinnen halt immer nur den letzten Krieg. Und jetzt? Ausgespielt von einem guten Dutzend junger, meist gut integrierter muslimischer Männer, die insgeheim an ein Paradies mit 72 Jungfrauen, 70 Plätzen für Familienmitglieder und immerwährender Glückseligkeit glauben. Die Geschichte ist manchmal grausam.

»Also mir gefällt es hier«, sagt Mascha, zieht ein Buch aus dem Regal und studiert den Klappentext. »Habt ihr schon von dem Kommando Krikaljow gehört? Nein? Eine Bildungslücke!« Sie hält das Buch hoch und klärt uns auf. Es handelt sich um eine Verschwörergruppe, die in Schlüsselpositionen der Hochfinanz auf eine Überwindung des Kapitalismus hinarbeitet. Benannt nach dem Astronauten, der im Mai einundneunzig als Sowjetbürger zur MIR geflogen und fast ein Jahr später, nach Auflösung der Sowjetunion, als Russe wieder gelandet ist. »Keimzelle der kommunistischen Zukunft« oder »Lost in space«? Das ist die spannende Frage des Textes.

Suki macht eine Handbewegung, als verscheuchte sie irgendein Gespenst. »Adresse und Schlüssel dieser Wohnung wurden mir heute Morgen vom Geheimdienstkoordinator des Konsulats gegeben, weil es dort keinen Platz für uns gibt.« Sie öffnet einen Aktenkoffer, zieht drei dicke Mappen mit Papier daraus hervor und verteilt eine davon an jeden von uns. »Also, ihr bekommt ganz offiziell einen Arbeitsvertrag als Berater des Internationalen Währungsfonds. Nach außen seid ihr also IWF-Vertreter in einer Arbeitsgruppe des Finanzstabilitätsforums.« Sie wirft einen missbilligenden Blick auf Fjodor, der ein bisschen zu locker im Sessel lungert. »Es versteht sich von selbst, dass ihr euch auch dementsprechend verhalten solltet.«

Wir blättern in den Dokumentenmappen und studieren unsere Verträge. Mickrige 7.000 Dollar pro Monat, voll versteuerbar, keine Nebentätigkeit, Kündigung drei Monate zum Quartalsende, Vertragslaufzeit ein Jahr, Verlängerung nur in beiderseitigem schriftlichen Einvernehmen, Spesenerstattung nur gegen Quittung, Auslandskrankenversicherung inklusive, 51 Seiten Spesenverordnung, 67 Seiten zu genehmigungspflichtigen Wertpapiergeschäften und sagenhafte 83 Seiten Geheimhaltungspflichten. Wir können ohne mündliche Verhandlung ins Gefängnis gesteckt werden, wenn wir irgendein Detail unserer Arbeit öffentlich machen. Ich habe schon einladendere Arbeitsverträge gesehen. Aber für uns drei geht es ja noch um etwas anderes und darauf geht Suki jetzt ein.

»Soweit das in unserer Macht steht, werden wir darauf hinwirken, dass die strafrechtlich relevanten Verfahren gegen euch eingestellt werden«, sagt Kwak. »Genau wie ich es mit jedem einzelnen von euch besprochen habe.«

»Und das ist so einfach möglich?«, fragt Mascha.

»Nein!«, antwortet Kwak. »Aber Amerika befindet sich im Krieg und ihr seid kriegswichtig. Das wird die Sache etwas einfacher machen.«

Mascha klappt ihre Mappe zu und legt sie auf einen Tisch. »Warum wir, Kwak? Wir sind nicht mehr die Gleichen wie damals bei der Midas. Nein, wir sind nicht mehr die Alten.«

»Das ist mir auch aufgefallen«, sagt Suki und zeigt auf meinen

Bauch. Dann lächelt sie plötzlich. »Wir suchen nach Insidern. Die jagt man am besten mit Outsidern. Und das seid ihr ja wohl inzwischen. Außerdem sind wir vier zusammen einfach das beste Team für diesen Job«, fügt sie sehr leise und sachlich hinzu – und kann doch nicht verhindern, dass so etwas wie Verbundenheit, vielleicht sogar Freundschaft, in jedem Fall aber Gefühl in diesem Satz mitschwingt.

Der Kwak-Gletscher kalbt!

Leider haben wir keine Zeit, dieses Naturschauspiel länger zu betrachten. Denn nachdem wir unsere Beraterverträge unterschrieben haben, steigt Suki sofort in den Stand der Ermittlungen ein: Klar ist, dass an den Tagen vor den Anschlägen jeweils mehr als 4.000 Verkaufsoptionen für Aktien von United und American Airlines gekauft wurden, denen auf der anderen Seite nur jeweils 400 bis 800 Kaufoptionen gegenüberstanden. Jemand hatte also, wenn auch nicht im großen Stil, kurz vor den Selbstmordattentaten auf eine Abwertung der beiden Fluggesellschaften gewettet. Wetten auf fallende Kurse sind nicht nur alltäglich und völlig legal, sie sind in gewissem Umfang auch notwendig für das Wirtschaftsleben, doch einige Fakten verstärkten den Verdacht, dass es sich um Geschäfte mit Vorwissen um die Anschläge gehandelt hat: Das Volumen stellte das Fünfundzwanzigfache der sonst üblichen Transaktionen in den Aktien der beiden Fluggesellschaften dar, die Käufe ließen sich bisher nicht auf spezifische Börsennachrichten zurückführen und auf keine andere Fluggesellschaft sind im gleichen Zeitraum ähnliche Verkaufsoptionen gekauft worden.

Eine umfangreiche Untersuchung der Bewegung an den Wertpapiermärkten in den Tagen vor und nach den Anschlägen haben Verdachtsmomente bei rund drei Dutzend anderen Wertpapieren ergeben. Darunter Merrill Lynch, Bank of America, Citigroup und JP Morgan, einige Rüstungsunternehmen und die Rückversicherer, die letztlich für den Schaden würden aufkommen müssen: Swiss Re und Munich Re. Es gibt zum aktuellen Zeitpunkt keine rechtlichen Beweise, sondern lediglich »Ergebnisse von statistischen Methoden, die Anzeichen von Unregelmäßigkeiten bestätigen«, so die Sprachregelung. Unsere Aufgabe besteht in den nächsten Wochen vordringlich darin, persönliche Interviews mit einer Reihe von gut informierten

Schlüsselpersonen zu führen, um ein umfassendes Bild von den jeweiligen nationalen Insider-Untersuchungen zu bekommen. Es ist dann Fjodor, der sich traut die Frage zu stellen, die uns allen durch den Kopf geht. »Bekommen wir unsere Anweisungen vom Internationalen Währungsfonds in Washington oder von der CIA in Langley?« Kwak schweigt und verzieht keine Miene. Aber schließlich gibt sie nach längerem Bohren doch zu, dass die »Firma« ein substanzielles Interesse an unserer Arbeit habe. Auch in Langley werden wir als das Omega-Team geführt.

Donnerstag, 27. September 2001, Berlin

Riders on the storm

Flughafen Tegel. Berlin empfängt mich kühl und regnerisch. Ich nehme mir ein Taxi. Als wir Richtung Mitte fahren, kann ich mich dem Bann der Metamorphose nicht entziehen. Überall ragen neue Strukturen in den tristen Himmel. Die neue Hauptstadt wird mit Gewalt zwischen Klassizismus, Historismus und die verlegene Antiästhetik der Nachkriegsarchitektur gerammt. Wir halten im Rückstau einer Ampel. Im Schutz des Gerüsts an einem monumentalen Gebäudeskelett stehen Bauarbeiter, wärmen Hände und Innereien mit dünnem Kaffee und paffen billige Zigaretten – das Glimmen der Glut tröstet im Schlachtfeld der Stahlträger.

Vor der neo-wilhelminischen Fassade des Adlon steige ich aus. Ein Grüppchen Demonstranten steht davor und fordert einen Schuldenerlass für die Dritte Welt. Unbeirrt stecke ich mir eine Zigarette an und betrachte das Brandenburger Tor. Wie immer finde ich es merkwürdig schmächtig, ganz so, als könnte es jederzeit unter seinem symbolischen Gewicht zusammenbrechen. Berlin ist wachgeküsst aus dem Dornröschenschlaf der vierzigjährigen Teilung. Und doch, kurz nach dem Fall der Mauer hat mir die Ecke besser gefallen – mit all den Russenhändlern und Hütchenspielern. Überhaupt hatte die Stadt etwas ganz eigenes. Damals war sie ein Abenteuerspielplatz, heute ist sie die Baustelle der Berliner Republik.

Ich betrete das Foyer. Einige Tagungsteilnehmer machen gerade Kaffeepause. Man kennt sich, schüttelt Hände, tauscht Belanglosigkeiten aus. Ich suche einen bestimmten Mann. Karl Basedow, Staatssekretär im Bundesfinanzministerium. Meine »Zielperson«, wie Suki es ausgedrückt hat. Wie alle unsere Termine ist auch mein heutiges Treffen mit Basedow von der Zentrale des Internationalen Währungsfonds in Washington koordiniert worden. Das ist zwar wegen des Zeitunterschieds etwas umständlich, hat aber den Vorteil, dass wir unsere Termine schnell bekommen. Denn ein Anruf des IWF aus Washington zieht wesentlich besser als der Anruf einer Arbeitsgruppe des Internationalen Finanzstabilitätsforums.

Da ich Basedow mobil nicht erreichen kann, versuche ich mich durchzufragen. Erst werde ich zur Podiumsdiskussion »Schulden als Schicksal?« geschickt, wo man gerade den Erfolg des partiellen Schuldenerlasses für ein Dutzend afrikanische Staaten erörtert. Ein Großteil der Regierungen hat es unter tätiger Mithilfe der internationalen Finanzgemeinde geschafft, sich in Rekordzeit wieder über jedes vertretbare Maß hinaus zu verschulden. Schlecht. Kein Basedow. Schlechter. Ich suche im nächsten Raum, wo die Arbeitsgruppe »Geldwäsche« tagt. Man muss, so ein französischer Regierungsvertreter, die Schlupflöcher schließen. Auf jeden Euro, der von den reichen Staaten in die armen fließt, nehmen zehn genau den umgekehrten Weg – auf die Nummernkonten der Steueroasen. Allgemeines Nicken. Geld mögen nur die Kommunisten nicht, Schwarzgeld mögen nicht einmal wir Kapitalisten. »Unerträglich! Alle wissen, was zu tun ist, und niemand tut es«, höre ich einen Teilnehmer flüstern.

Das stimmt nicht ganz. Denn zumindest ich weiß, was ich zu tun habe, und finde Basedow zehn Minuten später in einer Ruhezone mit Stehtischen und einigen Sitzecken. Ein müdes Gesicht über einem grauen Anzug. Nur die funkelnden Augen verraten Intelligenz. Kein Mann, den man spontan auf einer Feier ansprechen würde. Sich unterschätzen zu lassen, ist auch eine Überlebensstrategie – und in diesen Kreisen vielleicht nicht einmal die schlechteste. Dabei kann man ihn gar nicht überschätzen. So steht es zumindest in meinem Briefing. Er ist ein Ein-Mann-Jahreshaushaltszirkus: Als Magier lässt er Haushaltslöcher verschwinden, als Dompteur zähmt er die Begehrlichkeiten der Einzelressorts und als Jongleur hält er so viele Budgetposten gleichzeitig in der Luft, dass niemandem mehr die

Neuverschuldung auffällt. Nur den Zirkusdirektor, den mimt der Finanzminister.

Basedow spricht mit einem Mann, den ich nach einigem Nachdenken dem Auswärtigen Amt zuordne. Ein Staatssekretär. Es gab da ein Skandälchen, weil er den Massenmörder Pol Pot in Studentenzeiten als »liebsten Genossen« gefeiert hat. Aber das Auswärtige Amt verändert die Menschen mehr als umgekehrt. Zumindest scheint mir das so aus einigen Metern Entfernung. Das hochgereckte Kinn, der Dreiteiler, der leise, wissende Tonfall, die näselnde Stimme – diese ganze Junkerattitüde. »Der Kanzler ist müde«, verkündet er. »Geht er in die eine Richtung, schreien die Gewerkschaften, geht er in die andere, schreien die Arbeitgeber, spart er, schreien alle, spart er nicht, schreit Brüssel.« Der Staatssekretär zupft sich die Manschetten zurecht. »In der Innenpolitik ist zurzeit nichts zu holen, Basedow. Der Kanzler braucht Erfolge. Was bleibt, ist die Außenpolitik. Wir brauchen den Sitz im Sicherheitsrat. Und dafür brauchen wir die Südamerikaner.«

Basedow entdeckt mich, sieht auf seine Armbanduhr, macht seinem Gesprächspartner ein Zeichen und murmelt: »Nine eleven. Die Insider-Untersuchung.« Der Staatssekretär aus dem Auswärtigen Amt mustert mich misstrauisch, um den Grad der Vertraulichkeit abzuschätzen, den er sich jetzt noch erlauben kann. Dann stammelt er etwas von »Deutschlands Verantwortung für die Welt« und verabschiedet sich.

Als er weg ist, sagt Basedow: »Früher wollten wir einen Platz an der Sonne, heute nur noch einen im Sicherheitsrat. Weltpolitik! Als hätten wir keine anderen Sorgen.« Er spricht mit einer Schroffheit, die man sich im Staatsdienst erst nach fünfundzwanzig Jahren praktizierter Loyalität erlauben kann.

Wir holen uns etwas zu trinken und gehen zu einer Sitzecke. Dann spulen wir unser Pflichtprogramm ab: Ich gebe ihm in zwanzig Minuten eine kurze Zusammenfassung unserer Aktivitäten und Erkenntnisse im Hinblick auf die möglichen Insidergeschäfte. Er hört mir ruhig und konzentriert zu, stellt nur ab und an eine Verständnisfrage. Danach ist er an der Reihe und bestätigt, dass es aus Sicht von Finanzministerium und Bundesbank »zu Bewegungen gekommen ist, die stark von den normalerweise beobachteten Handelsmustern abweichen und die schwer mit zufälligen Abweichungen erklärt werden können«. Und dies nicht nur im Handel mit Aktien stark betroffener Firmen wie Flug- und Versicherungsgesellschaften, sondern auch mit Gold und Öl. Er räumt zwar ein, dass der Interpretationsspielraum noch weit sei, doch es gebe auch klare Anzeichen dafür, dass diese internationalen Finanztransaktionen mit den nötigen Kenntnissen geplant gewesen sein könnten. Schließlich weist er noch auf die verdächtig hohen Handelsvolumina in fünfjährigen US-Schatzanweisungen unmittelbar vor den Anschlägen hin. »Da wurde in großem Stil gekauft«, sagt er. »Und zwar ein Papier, das als eine der besten Investitionen im Falle einer weltweiten Krise gilt, speziell wenn dabei auch die Vereinigten Staaten betroffen sind.«

»Sie würden uns also in unserer Einschätzung zustimmen«, fasse ich zusammen, dass ›Ergebnisse von statistischen Methoden die Anzeichen von Unregelmäßigkeiten bestätigen‹.«

Er lächelt. »So habe ich es nicht gesagt. Aber ja, diese Einschätzung würde ich unterschreiben.« Aus seinem Lächeln wird ein Grinsen. Und plötzlich müssen wir beide lachen. Zu meinen wenigen Talenten neben dem Handel in Wertpapieren gehört, dass ich sympathisch auf Fremde wirke. Wahrscheinlich weil ich ohne einen Handelsbildschirm vor der Nase und eine Tastatur unter meinen Händen eher etwas unbeholfen daherkomme.

Da summt Basedows Handy. Während er spricht, zieht er einen Stapel Unterlagen aus einer großen, abgewetzten Aktentasche, fischt eine Mappe heraus und entschuldigt sich mit einer Handbewegung.

Ich entdecke den offiziellen Entwurf für den nächsten Bundeshaushalt in dem Papierstapel, den er zurückgelassen hat, und kann nicht widerstehen. Erst blättere ich ihn gelangweilt durch, dann mit zunehmendem Interesse. Das Finanzministerium hat künftige Staatseinnahmen verpfändet, Schulden über Scheingeschäfte an Staatsunternehmen ausgelagert, Immobilien im mehrstelligen Milliardenbereich an amerikanische Investoren verscherbelt und sie anschließend zurückgemietet; und zu schlechter Letzt hat es Wirtschaftswachstum und Steuereinnahmen so hoch geschätzt, dass es irgendwie klappt. Es muss an der Erderwärmung liegen, dass sich die deutsche Finanzpolitik mediterranen Verhältnissen annähert. »*Länder stürzen in Not und Tod. / Die Flüsse sind wie Blut so rot.*« Vielleicht geht es dabei ja um die tiefroten Finanzierungssalden der europäischen Sozialsysteme? Jedenfalls sind die Referenten im Bundesfinanzministerium die wahren Meister der flexiblen Sachverhalte. Im Vergleich dazu war ich bei der Pequod ein blutiger Anfänger.

Basedow kommt zurück. »Verzeihen Sie. Aktuell haben hier alle das China-Syndrom«, sagt er und setzt sich zu mir. »Seit der Beitritt zur Welthandelsorganisation beschlossene Sache ist, scheint hier jeder durchzudrehen.«

Ich wiege den Entwurf für den deutschen Jahreshaushalt in meiner Hand. »Sieht so aus, als hätte China nicht nur mehr Vergangenheit als Europa, sondern auch mehr Zukunft.«

Er nickt. »Die Mühlen der Verschuldung mahlen langsam, aber sie mahlen vortrefflich fein.«

»Und die Perspektiven?«, frage ich.

»Entweder die Konjunktur zieht an oder wir schicken den europäischen Stabilitätspakt zum Teufel.« Seine Stimme klingt jetzt resigniert. »Im Grunde bleibt jede gute Idee im Morast der Politik stecken. Genau wie die Insideruntersuchung.«

»Warum sagen Sie das?«, frage ich überrascht.

»Wir haben eine starke Indizienbasis für Insidergeschäfte«, sagt er. »Aber die Fakten sind unerheblich. Entweder die Sache ist ein Hirngespinst oder sie betrifft so viele Spieler im Finanzgeschäft, dass niemand ein Interesse an einer wirklichen Aufklärung hat. Amerika braucht seine Banken, um einen neuen Krieg zu finanzieren, Europa, um seine alten Wohlfahrtsstaaten aufrecht zu erhalten.« Er schüttelt energisch den Kopf. »Wenn man wirklich an der Wahrheit interessiert wäre, würde man die Banken ganz einfach fragen, wer hinter diesen Geschäften steckt. Und warum wird das nicht gemacht?« Er zieht seine buschigen Augenbrauen hoch, schreibt etwas auf ein Blatt Papier und schiebt es zu mir rüber. Es ist der Name der Tochtergesellschaft einer der ersten Adressen im Bankensektor. »Über diese Firma wurden die Optionsgeschäfte auf American und United Airlines abgewickelt«, sagt Basedow. »Einer der Attentäter hatte dort nach unseren Informationen sogar sein Konto. Der Chef dieser Firma ist vor drei Jahren zur CIA gegangen, ist dort jetzt der drittwichtigste Mann und verantwortet den Bereich Finanzmarktstabilität. Also, wie hoch schätzten Sie das Interesse an einer Aufklärung ein?« Sein Handy summt wieder. Er klickt den Anruf wütend weg. »Mein Zweifel an der Insidertheorie beruht nur auf einem einzigen Punkt: Man kann ganz legal auf den Kapitalmärkten so ziemlich alles tun, worauf man Lust hat. Warum sollte sich jemand überhaupt die Mühe mit irgendwelchen kriminellen Geschäften machen?«

Diesem Einwand kann ich nicht widersprechen. Um das Weltfinanzsystem zu sprengen, braucht es weder Terroristen noch Flugzeuge. Ein halbwegs plausibles Investmentvehikel wie die Midas reicht. Die Gier der Anleger, die Dummheit der Banken und die Sorglosigkeit der Politik besorgen dann den Rest. »Und die Theorie von einer systematischen Destabilisierung der Finanzmärkte?«, frage ich.

Basedow denkt kurz nach, dann schreibt er eine Adresse auf und sagt: »Jean-Louis Lacour, reden Sie mal mit dem.« Er steht auf, zieht seinen Krawattenknoten nach oben, streift sein Jackett glatt und reicht mir die Hand. »Die chinesischen Universitäten produzieren inzwischen mehr Ingenieure pro Jahr als die amerikanische Fast-Food-Industrie übergewichtige Teenager. Wussten Sie das?«, fragt er. Und wieder müssen wir beide lachen.

Als ich zehn Minuten später draußen vor der Tür ein Taxi zurück zum Flughafen nehmen will, hat der Regen aufgehört. Einige Journalisten bauen Stative auf und reiben sich die Hände. Mehrere dunkle, schwere Limousinen kommen schnell über den leergefegten Boulevard heran und bleiben mit sanftem Ruck vor dem Hotel stehen. Dumpfes Türenschlagen. Einige durchtrainierte Männer mit Knopf im Ohr schwärmen aus und drücken mich beiseite. Dann wird eine Tür aufgerissen. Die Scheinwerfer von Fernsehkameras blenden auf, die Blitze der Fotografen tauchen ein souverän lächelndes Gesicht in ein grelles Gewitter. Ohne mit der Wimper zu zucken, bahnt sich ein massiger Mann den Weg durchs Gewimmel der Journalisten. Mikrofone schießen in seinen Weg. »Afghanistan«, »Uneingeschränkte Solidarität«, »Schuldenerlass« – die Fragen peitschen ihm ins Gesicht. Doch er schweigt. Er ist schon fast durch die Tür, als eine Stimme fragt: »Was sagen Sie zu Argentinien?« Der Außenminister hält kurz inne, legt seine Stirn in staatsmännische Sorgenfalten und sieht zu einem Referenten hin. Der zieht ratlos die Augenbrauen hoch. »Blöde Frage«, murmelt der Minister und verschwindet samt Entourage. Zeternd packen die Journalisten ihre Ausrüstung zusammen. »Mao hatte seinen langen

Marsch, er nur den langen Weg zu sich selbst«, stänkert einer von ihnen.

Ich winke ein Taxi heran und frage mich, wie lang der Weg unserer Insideruntersuchung wohl sein mag und wo unsere Nachforschungen uns wohl hinführen würden.

The snake is long seven miles

Fjodor, Mascha und Suki sind schon am Samstag zu irgendeinem wichtigen Koordinationstreffen nach London geflogen, wo wir unsere Arbeit fortsetzen sollen. Zwar können wir hinsichtlich der verdächtigen Transaktionen keinen Durchbruch liefern, aber doch ein immer dichteres Bild von Auffälligkeiten, die sich bisher kaum erklären lassen. Ich soll den Sonntag nutzen, um dem Tipp von Basedow nachzugehen und Lacour zu treffen, komme in der Nacht auf Sonntag aber erst gegen drei Uhr los, weil ich noch einen Bericht finalisieren muss.

Laut Navigationssystem sind es knapp elfhundert Autobahnkilometer bis zu Lacours Haus. Mainz, Saarbrücken, Reims, Paris, Chartres und Le Mans – fast ein glatter Schnitt von Frankfurt an den Atlantik. Ein letzter Schlenker durch die Innenstadt, dann rüber nach Sachsenhausen. Nochmals das Panorama der Türme, nochmals die Zukunft, die nicht kommen wollte, und dann geht es kopfüber in die Dunkelheit hinein.

Nach Sukis Informationen ist Lacour eine Art Pate der Hochfinanz. Im internationalen Konferenzzirkus ist er unter anderem für seine über Jahrzehnte kultivierte Fehde mit Adam Smith bekannt. Der habe die Idee von der unsichtbaren Hand in Wirklichkeit von Bernard Mandeville gestohlen. Einem Niederländer mit normannischen Wurzeln, der nicht nur schnöder Ökonom, sondern auch Arzt und Autor gewesen sei – eine universelle Bildung, die seine mittelbare Verwandtschaftsbeziehung zu Frankreich verdeutliche. Außerdem führe Mandevilles Gedanke, dass auch Handlungen, die individuell betrachtet lasterhaft und unmoralisch sind, zum Wohl des Gemeinwesens beitragen können,

viel klarer zu unserer modernen Wirtschafts- und Gesellschafts-
philosophie als die ominöse unsichtbare Hand von Smith. »Private Laster, öffentliche Vorteile!« Mandeville habe es auf den
Punkt gebracht.

Lacour gehört jedenfalls zu jenen Vertretern der französischen
Elite, die ihr Sonnenkönigdasein nach ein paar Jahren ENA nicht
nur mit Selbstverständlichkeit, sondern mit einem geradezu
schicksalhaften Seufzen hinnehmen. Angeblich hat er schon als
Kind unter dem Konferenztisch des Salon de l'Horloge gespielt.
Karrierestart im französischen Entwicklungshilfeministerium,
dann Bereichsleiter Südamerika im Außenministerium, danach
Staatssekretär der Finanzen, Sherpa des Präsidenten für die groß-
en internationalen Gipfel, Belohnung mit dem Posten des Leiters
Westliche Hemisphäre beim Internationalen Währungsfonds,
wo er sich schnell den Ruf einer grauen Eminenz erwirbt. Seine
Mitarbeiter vergleichen ihn mit Louis Quatorze, seine Chefs mit
Richelieu. Vor zwei Jahren dann das abrupte Karriere-Ende. Vor-
wurf der Vorteilsnahme für eine Geliebte. Offiziell wird keine
Verfehlung festgestellt, aber er muss trotzdem gehen. »Lacour ist
schon heute sein eigenes Denkmal«, hat Suki mir noch mitgege-
ben. »Du magst die Spielregeln auf den Finanzmärkten kennen.
Er hat sie erfunden.«

Meine Fahrt verläuft bis Paris ohne Hindernisse. Doch in
der Peripherie der französischen Hauptstadt komme ich in den
morgendlichen Stoßverkehr und verliere zwei Stunden. Hinter
Chartres ist die Strecke dann wieder frei. Bei Rennes verlasse ich
die Autobahn und nehme die Landstraße Richtung Westküste.
Arzon, Carnac, Etel. Die Ortsnamen auf den Wegweisern werden herber – und das Wetter wird rauer. Noch am Morgen ist der
Himmel klar gewesen. Doch dann hat sich eine Wolkenschicht
über die andere gelegt und inzwischen ist es beinahe düster. Der
Atlantik lässt grüßen.

Nachdem ich mich trotz Satellitennavigation zweimal verfahren habe, stehe ich erst am späten Nachmittag vor einem rostigen
Tor. Am Steinpfosten ist ein Schild mit der Aufschrift »Villa
Elba« angebracht. Dahinter ein schmaler Kiesweg, knorrige Bäume und ein scheckiger Rasen. Keine Klingel. Das Tor quietscht
markerschütternd, als ich es öffne. Ich fahre den Weg entlang,
bis ich zu einem einstöckigen Haus aus roh behauenem Stein

komme. Es hat ein tiefgezogenes Dach und einen hohen Schornstein. Ein klappriger Citroën steht davor. Auch am Hauseingang ist keine Klingel, aber immerhin ein fast unleserliches Namensschild »Lacour«. Ich klopfe gegen die schwere Eichentür. Nichts passiert. Ich klopfe nochmals, lege den Kopf an das Holz und horche. Nichts.

Als der Wind auffrischt, ducken sich die Sträucher. Sie sehen zerzaust aus. Von irgendwoher höre ich ein Pochen. Ich gehe um das Haus herum. Seeluft bläst mir ins Gesicht. Sie riecht nach Seetang. Das Hämmern wird lauter. An der Rückseite des Hauses steht ein Mann, greift sich einen Fensterladen, der sich losgerissen hat, und befestigt ihn wieder. Der Mann hat ein wettergegerbtes Gesicht, schlohweißes Haar und trägt einen dicken, langen Pullover und eine flatternde Leinenhose. Er sieht aus, als gehöre er hierhin – so knorrig wie die Bäume. Als sein struppiger Hund meine Witterung aufnimmt und mich boshaft anknurrt, dreht der Mann sich zu mir. »Herr Willarth nehme ich an«, sagt er und packt den Hund am Halsband.

»Danke, dass Sie sich die Zeit für mein Anliegen genommen haben«, sage ich und kann im Mann vor mir nicht jenen Lacour wiedererkennen, den mir Kwak beschrieben hat.

»Für Karl tue ich das gerne. Der Mann sieht nicht nach viel aus. Aber Europa hat ihm viel zu verdanken.« Er dreht sein Gesicht in den Wind und schließt kurz die Augen. »Ah, der erste Herbststurm der Saison. Lassen Sie uns eine kurze Runde an den Klippen drehen.« Er hebt seinen Zeigefinger und sagt streng »Fouché«. Der Hund macht Sitz und glotzt mich grantig an. Lacour verschwindet in einem kleinen Schuppen, der direkt ans Haus gebaut ist, und ruft mich. Aber immer wenn ich eine Bewegung mache, fletscht der Hund die Zähne. Fouché macht seinem Namen alle Ehre.

Ein paar Minuten später kommt Lacour zurück. Er trägt einen Friesennerz. »Und Sie wollen unbedingt ohne Regenschutz gehen?«, fragt er und tätschelt den knurrenden Hundekopf. Nein, will ich nicht. Der verdammte Köter will es so. Ich sehe an mir herunter. Englischer Trenchcoat, französischer Dreiteiler, italienische Schuhe. Nicht die Montur, in der man gerne wandern geht. Am anderen Ende des Gartens schlüpfen wir durch eine kleine Zaunlücke und schlängeln uns dann einen Trampelpfad entlang, der im einsetzenden Nieselregen zunehmend glitschig wird. Auf beiden Seiten Farnkraut, Erika und Ginster. Der Hund stöbert irgendwo ein Dohlenpaar auf, das krächzend wegfliegt.

»Ein alter Schmugglerpfad«, erklärt Lacour. »Die Importsteuern so hoch und England so nah! Der Profit findet immer seinen Weg.«

Auf meinen glatten Ledersohlen habe ich Mühe, mit ihm Schritt zu halten. Ich stolpere hinter ihm her und erzähle ihm von meinem Gespräch mit Basedow. »Das mit der Insideruntersuchung sehe ich ähnlich wie Karl«, sagt er, bleibt stehen und gibt mir die Möglichkeit, zu ihm aufzuschließen. »Die eigentlich interessante Frage ist doch: Gibt es wirklich Beweise dafür, dass jemand an einer systematischen Destabilisierung der internationalen Finanzmärkte arbeitet? Und wie könnte man so jemanden identifizieren?«

Der Wind frischt zur Böe auf. Das Tosen wird lauter. Der Blick öffnet sich auf die diesige Küstenlinie, zum Kap mit seinem weiß bemalten Leuchtturm hin und hinaus auf die See. Dann sind es noch ein paar Schritte und wir stehen am Abgrund. Gut dreißig Meter fällt das feste Land ins kochende Meer. Schon von Weitem sieht man die schaumgekrönten Wellen. Wieder und wieder stürmen sie heran und stürzen sich mit ohrenbetäubendem Donnern gegen den Fels.

»Glauben sie an Gott, den Himmel und den Chor singender Engel?«, fragt Lacour. Er brüllt fast, so laut ist die Brandung. »Gut, ich auch nicht. Aber ich glaube an die Verdammnis. Die ewige Verdammnis. Und dorthin führt unser Weg, auf die dunkle Seite des Mondes.«

»Warum?«, rufe ich.

»Weil wir ein Monster namens deregulierte Finanzmärkte geschaffen haben. Die Krise ist systemimmanent. Wie sollen wir noch Freund und Feind unterscheiden, nachdem wir über unsere Wirtschaftsphilosophie auch noch die niedrigsten Triebe, ja sogar Todsünden wie Gier, als gemeinwohlstiftend geadelt haben?«

Weit draußen über dem Meer reißt der Sturm ein Loch ins Grau. Die untergehende Sonne färbt den Wolkensaum in starkes Rot. Dann verblassen die Farben zu einer Palette zart gelb-oranger Pastelltöne. Der Horizont verschmilzt mit dem Wasser. Immer wieder verschwinden tanzende Schiffslaternen in Wellentälern und tauchen an anderer Stelle von Neuem auf. Der Wind lässt etwas nach. »Und, habe ich Ihnen zu viel versprochen?«, fragt mein Gastgeber nun wieder in normaler Lautstärke. »Herrlich, nicht? Meine Frau hat diesen Ort geliebt. Den Atem der Ewigkeit, so nannte sie das Meeresrauschen an dieser Stelle immer. Manchmal denke ich ...«, sagt er, ohne den Satz zu beenden. Vielleicht ist die Geschichte mit der Geliebten beim Währungsfonds nur eine Intrige gewesen. Oder es gibt ihn zweimal: als treuen Privatmann und als dekadenten Karrierebeamten. Jedenfalls scheint es durchaus denkbar, dass er einem Komplott zum Opfer gefallen ist, wenn er so kritisch über die Liberalisierungsmission des Internationalen Währungsfonds denkt.

Der Regen wird nun wieder dichter und peitscht uns ins Gesicht. Mühsam suchen wir im Dämmerlicht den Weg zurück. Hinter einer Wegbiegung stolpere ich über Fouché und falle in den Dreck. Der Hund steht da wie festgefroren. Nimmt eine Witterung auf und beginnt plötzlich herzerweichend zu jaulen. Ich meine, keine zehn Meter von uns eine menschliche Silhouette durchs Gebüsch huschen zu sehen. Als ich genauer hinblicke, ist es nur ein mannshoher Strauch. Trotzdem bin ich froh, als das Haus in unser Blickfeld kommt. Es sieht heimelig und einladend aus mit seinen langgezogenen Sprossenfenstern.

Triefend von Wasser und Schmutz hole ich meine Reisetasche aus dem Auto. Im Badezimmer ziehe ich mir ein paar Freizeitklamotten an. Wieder halbwegs trocken, aber innerlich immer noch klamm, gehe ich in die Küche, aus der ich es klappern höre. Lacour hat einige Sandwiches vorbereitet. »Ah, so gefallen Sie mir schon besser«, sagt er, gießt einen Tee auf, reicht mir eine Tasse und gibt einen Schuss Cognac hinein. »Trinken Sie. Das wird Ihnen gut tun.« Ich nehme einen Schluck und fühle, wie die Wärme sich in meinen Gliedern ausbreitet. Meine Wangen beginnen zu glühen.

»Sie suchen an der falschen Stelle«, sagt er. »Ich glaube nicht, dass dieser Osama Bin Laden oder seine Organisation über die notwendigen Kenntnisse und Zugänge zum Kapitalmarkt für hochentwickelte Handelsstrategien verfügt. Außerdem muss er davon ausgehen, dass die Amerikaner ihm auf diese Weise auf die Schliche kommen könnten. Das wäre sogar ein Risiko für ihn.« Wir setzen uns in ein Paar bequemer Sessel. Lacour gießt mir

Tee nach. Mit einem Blick auf das Etikett der Cognacflasche und dem Kommentar »eigentlich eine Schande« holt er zwei tulpenartige Gläser aus einer Vitrine, bedeckt ihren Boden mit Cognac und reicht mir eines.

»Wenn Sie wirklich an der These einer systematischen Destabilisierung festhalten wollen, sollten sie breiter in die Untersuchung einsteigen«, fährt er fort. »Wer könnte ein Motiv und die Möglichkeit für so etwas haben? Al-Qaida ist nicht der einzige Feind des Turbo-Kapitalismus. Da gibt es eine lange Schlange. Und manche stehen schon viel länger an als die Islamisten. Wir hatten sogar einmal eine interne Untersuchung beim Internationalen Währungsfonds wegen auffälliger Finanzgeschäfte im Umfeld der Asienkrise. Sie wurde aber nicht weiter verfolgt.«

Kurz geht mir das Märchen vom Kommando Krikaljow durch den Kopf. »Interessant«, sage ich vorsichtig. »Aber aktuell nicht in unserem Fokus.«

Lacour lächelt nachsichtig und erzählt mir von der letzten großen lateinamerikanischen Schuldenkrise in den Achtzigern, von der zunehmenden Komplexität und Interdependenz des Finanzsystems und den ungeheuren Volumina des nomadisierenden Kapitals. Doch je länger ich ins Feuer starre, desto leiser werden seine Worte. Angenehm ermattet vom Spaziergang, das Salz noch im Haar und die Seeluft noch in der Nase, fühle ich mich leicht wie lange nicht. Die traurigen Zeiten seit dem Untergang der Midas, sie scheinen weit weg.

Es knackt im Kamin. Ein Funke springt auf die Steinplatten, wo er verglüht. Irgendwo schnarcht Fouché in seinem Korb. Ich spähe unauffällig auf die Uhr. Zehn Uhr durch. Lacour sagt gerade: »Eine Flutwelle wirtschaftlicher und politischer Instabilität rollt auf Südamerika zu. Argentinien ist der Finger im Deich. Und Argentinien hängt am Tropf des Währungsfonds. Wenn ich Sie wäre, würde ich versuchen, den Insidern in dieser Krise eine Falle zu stellen.«

»Wer kommt Ihrer Überzeugung nach denn für den Täterkreis in Frage?«, erkundige ich mich ohne wirkliche Überzeugung.

»Bei unserer internen Untersuchung haben wir damals drei Personen identifiziert, die für Insidergeschäfte in Frage gekommen wären«, sagt er und legt einen Ausdruck auf den Tisch. »Natürlich kann ich ihnen diese Liste nicht geben, sondern nur hier liegen lassen.« Er grinst mich an und verlässt den Raum.

Ich überfliege die Namen und Titel kurz. Chaudhuri, Osezua und Sakurai. Allesamt zweite Führungsebene im Internationalen Währungsfonds. Dann stecke ich die Liste ein und stehe auf. Mein Jagdinstinkt ist erwacht. Neugierig sehe ich mich genauer im Raum um. Auf einer Kommode entdecke ich einige private Fotos. In der Mehrzahl Familienbilder. Aber da ist auch eine andere Aufnahme – verblichen und in schwarz-weiß, mit Palmen im Hintergrund. Trotz der Tropenuniform kann ich Lacour sofort erkennen. Er wird ein wenig verdeckt von einem kleinen und kompakten Mann, der breitbeinig dasteht und ins Objektiv grinst. Ein Arm fehlt. Die dritte Person auf dem Foto kommt mir irgendwie bekannt vor. Es ist ein hochgewachsener Mann mit dunklem, lockigem Haar. Tantani! Nun werde auch ich langsam abergläubisch.

»Das wurde im Dezember 1971 in Laos aufgenommen«, sagt Lacour, als er zurück ins Zimmer kommt. »Damals hatten die USA ihren Krieg schon fast verloren und das Land glitt ins Chaos. Der Mann mit dem Lockenkopf nannte sich N.E. Schama, der andere mit dem Aussehen einer Bulldogge T.S. Smith. Offiziell ging es um Entwicklungszusammenarbeit, aber sie waren unter Decknamen für die CIA dort tätig. Schama war komplett verrückt.« Lacour lacht, als ob er sich an etwas erinnert. »Er kam erst im Herbst 1971 nach Vientiane. Schien auf der Suche nach sich selbst. Redete immer von der Poesie der Tat, von der Wahrheit des Krieges. Die Schlachthäuser von Vietnam, Kambodscha und Laos kann er nicht gemeint haben.« Er stellt das Foto wieder an seinen Platz. »Smith nennt sich heute Koski und ist der Terrorfinanzexperte des IWF. Wahrscheinlich werden sie ihm bald einmal über den Weg laufen. Schama nennt sich Tantani. Er ist der wichtigste Experte des Währungsfonds für Finanzkrisen. Wenn ich jemandem zutrauen würde, der Welt den Krieg zu erklären, dann ihm.«

Ich schreibe »N.E. Schama« unter die Namen der drei anderen Verdächtigen auf Lacours Liste. Erst seinen Nachnamen, dann ein Komma und schließlich die Anfangsbuchstaben seiner beiden Vornamen. Plötzlich werde ich stutzig. »Schamane«, so liest sich das! Kopfschüttelnd schreibe ich noch »Tantani« daneben. Ist er also wirklich kurz vor Jim Morrisions Tod der Kumpel des Sängers gewesen? Sommer 1971, Paris. Herbst 1971,

Vientiane. Die Murrant hat gesagt, dass es Gerüchte über ein Verschwinden von Morrison nach Südostasien gibt. Ich male einen Kringel um den Namen Tantani und stecke die Blätter in meine Aktentasche.

Der Sturm fährt ins Dach, ein Balken knarrt. Für einen Moment wünsche ich mir, es möge ein versöhnliches Jenseits geben und es möge genau so aussehen: die Bretagne, dieses Haus, dieses Wohnzimmer. Der behagliche Schein der Glut. Das Prasseln des Feuers im Kamin. Oben packen die Freunde ihre Sachen aus. Die ganze Ewigkeit ist die Vorfreude auf einen langen Abend mit Gespräch und Gelächter. Aber dann klingelt mein Handy. Es ist Suki. Die Verbindung ist elend schlecht. Aber sie reicht, um zu verstehen, dass es eine heiße Spur gibt. Und was für eine! Ich soll Lacour abhaken und nach London kommen. Alles Weitere später.

So schnell kommt man wieder im Diesseits an.

Kapitel 3

To the East to meet the Zsar

Es wird ja gerne von Arm und Reich gesprochen. Ach, wenn es doch so einfach wäre. Es gibt das wütende Elend, das aussichtslose Prekariat, die tapfere Armut, die ehrliche Bescheidenheit, die freiwillige Genügsamkeit, die besorgte Sicherheit, den schüchternen Wohlstand, das junge, ängstliche Vermögen, das alte, arrogante Geld, die erste Million und die zehnte. Und dann gibt es noch etwas ganz anderes. Lichtjahre davon entfernt. Geld in einer Größenordnung, die für Normalsterbliche unvorstellbar ist und wahrscheinlich selbst für die Besitzer abstrakt bleibt. Das sind die Superreichen, die Maharadschas unserer Tage, für die alle jene Gesetze außer Kraft gesetzt sind, die das Leben vom Rest der Menschheit bestimmen. Und unsere heiße Spur führt zu einem jener Menschen: Miloş Zoran.

Der Mann ist eine Legende. Er hat den Leerverkauf zu einer eigenen Kunstform entwickelt. Bei dieser Art von Geschäften leiht man sich Wertpapiere gegen eine Gebühr aus, um dann mit ihnen Handel zu treiben und sie später wieder zurückzugeben. Der Vorteil ist, dass man mit diesem Spiel mit relativ geringem Kapital eine sehr hohe Wette eingehen kann. Genau so hat Zoran im September 1992 das britische Pfund aus dem Europäischen Wechselkurssystem gejagt. Er hat einfach zehn Milliarden britische Pfund leer verkauft und dafür Deutsche Mark und Französische Franc erworben. Daraufhin wurde der Druck auf Großbritannien so stark, dass es das Pfund abwerten musste. Der 16. September 1992, auch der »schwarze Mittwoch« genannt, hat die Briten mehr als drei Milliarden Dollar gekostet und Zoran mehr als eine Milliarde eingebracht – und den Ehrennamen »der Mann, der die Bank von England geknackt hat«. Neben diesen in der Öffentlichkeit nicht ganz unumstrittenen Handelsaktivitäten, die Zoran über seinen »Tiger Value Creation Fonds« abwickelt, ist er

73

auch ein weltbekannter Philanthroph. Über seine »Better World Foundation« hat er angeblich bereits sechs Milliarden Dollar für Bildung, Gesundheit und Menschenrechte gespendet.

Als ich am Montagfrüh aus Paris kommend in Heathrow lande und die U-Bahn ins Zentrum nehme, kann ich mir immer noch nicht so recht erklären, warum ein Mann wie er in verdächtige Transaktionen verwickelt sein soll. Das hat er nicht mehr nötig. Doch die Auswertung, die mir Suki geschickt hat, weist ohne jeden Zweifel nach, dass eine ganze Reihe von verdächtigen Geschäften zum Tiger zurückverfolgt werden können, unter anderem substanzielle Investitionen in US-amerikanische Rüstungskonzerne kurz vor den Anschlägen.

Es ist ein gutes Stück vom Flughafen in die Stadt. Die Waggons sind vollbesetzt. Eng an eng stehen Arbeiter, Angestellte und Geschäftsleute. Sobald sich die Türen öffnen, hasten die Menschen mit schnellem Schritt und geradem Blick weiter. Die Londoner »Tube« pumpt die Menschenmassen durch den Untergrund wie Gas oder Wasser. Ein Unternehmer öffnet den Hahn der Neueinstellungen und die U-Bahn bringt ihm die Mitarbeiter ins Werk. Ein Supermarkt öffnet den Hahn der Preissenkungen und die U-Bahn füllt den Laden mit Käufern. Im unterirdischen Röhrensystem der Tube sind wir einfach nur das: Teil des Marktes, Teil der puren, rohen Energie des Big Business. Mind the gap!

Je näher wir dem Zentrum kommen, desto mehr Finanzmenschen steigen in meinen Waggon. Man erkennt sie an der Qualität ihrer Anzüge, den Marken ihrer Uhren, an den Zeitungen und Büchern, die sie lesen, und den Telefonaten, die sie führen. Mitarbeiter der Private Equity- und Hedgefonds-Boutiquen im West End oder der großen Investment- und Universalbanken in den wiederbelebten Docklands im Osten. Und selbst wenn sie nackt wären, würde man sie an ihren Gesichtern erkennen, die vom Sendungsbewusstsein der letzten rechtmäßigen Erben des British Empire künden. Denn mehr noch als Hongkong oder New York ist London die Hauptstadt des neuen Imperiums geworden, des größten in der Geschichte der Menschheit: des Weltreichs des Kapitals.

In der ganzen Geschichte findet man keine Ideologie, deren Herrschaft je allumfassender und alldurchdringender gewesen ist. Von Russland über Asien bis in den hinterletzten Winkel von Afrika bestimmt das Kapital das Leben der Menschen. Seine Religion ist der Liberalismus, sein Morgengebet die Financial Times, sein Prophet Professor Friedman und sein Schlachtfeld die Welt. Jeder Widerstand scheint zwecklos. Denn das Reich ist unsichtbar. Es ist ihm gleichgültig, wer regiert, solange sich nur niemand der Logik des Geldes widersetzt. Und auch ich bin nur ein Produkt dieser Logik. Ein Gespenst, das umgeht in Europa. An der Saint Paul's Cathedral steige ich aus. Oben spiegelt sich die Sonne in den Glasfassaden. Lloyds Banking, Old Mutual, Prudential, Standard Chartered – sie alle sitzen hier in der »City« in ihren Türmen, die den ehrwürdigen Tempel des alten Glaubens überragen. Dies ist der brodelnde Hexenkessel eines Kapitalismus, der alles verschlingt. Eines ungezügelten Systems, das alle Illusionen, Traditionen und Gefühle im eiskalten Wasser des Egoismus ertränkt. Vielleicht läuft gerade ein Mensch an mir vorbei, der morgen die Existenz einer Firma in Frankfurt mit einem einzigen Geschäft hinwegfegen wird. Wahrscheinlich frohlockt in einem Büro in der Nähe genau jener Banker, der uns bei unseren letzten verzweifelten Geschäften bei der Midas über den Tisch gezogen hat. Und ganz sicher sitzen überall in den Hochhäusern ein paar Händler, mit denen ich jahrelang auf den virtuellen Kapitalmärkten mit wechselndem Erfolg um Gewinne gerungen habe. Das mag alles so sein. Aber für mich ist es wie ein Rausch, hier zu stehen. An diesem Morgen ist die Stadt eine große Verheißung. Das glitzernde Zentrum der Welt. Und für ein Gespenst fühle ich mich viel zu lebendig.

Ich treffe Mascha in einer Kaffeebar ein paar Straßen weiter. Sie versteckt sich hinter einer großen Sonnenbrille und liest ein Buch über Ché Guevara. Als sie mich sieht, steckt sie das Buch in ihre Tasche und drückt mich fest. »Man trägt die Revolution nicht auf den Lippen, um von ihr zu reden, sondern im Herzen, um für sie zu sterben«, lacht sie. Dann wird sie ernst. »Das ist ein totaler Krieg da draußen. Irgendwann muss man die Seiten wählen, Wolf. Wie steht's mit dir?«

»Man kann nicht jeden Tag mit der Revolution flirten und jede Nacht mit dem Establishment ins Bett gehen«, antworte ich trocken. Ihre Miene verfinstert sich und wir ziehen los. »Sind wir angekündigt?«, frage ich, um unser Gespräch in andere Bahnen zu lenken.

Mascha sieht auf ihre Armbanduhr. Halb zehn durch. »Inzwischen wahrscheinlich schon. Aber wir konnten den Termin diesmal nicht über die IWF-Zentrale in Washington koordinieren lassen. Dafür gab es keine Zeit. Suki hat heute Morgen beim Tiger angerufen.«

»Was ist unser Plan?«, frage ich.

»Improvisieren«, sagt sie.

»Glaubst du wirklich, dass Zoran irgendwie in diesen Terrorgeschichten drinhängt?«

»Die Transaktionen lassen sich eindeutig zum Tiger zurückverfolgen. Mal sehen, welche Erklärung Miloş dafür hat.« Mascha kennt Zoran. Die beiden haben letztes Jahr ein paar größere Geschäfte miteinander gemacht.

Wenige Minuten später kommen wir zum Hauptsitz des Tigers. So verheißungsvoll sein Ruf, so enttäuschend ist seine Zentrale. Ein Bürohaus aus den siebziger Jahren mit braunverspiegelten Fenstern. In den unteren dreizehn Stockwerken sitzt der Fonds, darüber die »Better World Foundation«. Wie immer uns Suki angekündigt haben mag, es hat keinen großen Eindruck hinterlassen. Denn man lässt uns erst einmal eine geschlagene halbe Stunde am Empfang warten. Zoran will wohl ein bisschen mit uns spielen.

Schließlich holt uns ein junger Mann im Dreiteiler ab. Er hat ein Gebiss, wie es nur die amerikanischen Zahnärzte hinbekommen. Ich schätze das Investitionsvolumen für seine Zähne auf zehntausend Dollar und jenes für Anzug, Hemd, Krawatte, Schuhe, Manschettenknöpfe und Uhr zusammen auf noch einmal doppelt so viel. Er stellt sich als persönlicher Assistent von Miloş Zoran vor und begleitet uns freundlich plaudernd in den siebten Stock. Dort befindet sich eine schwere Tür. Der Assistent tippt einen Zugangscode in einen kleinen Kasten.

»Und hinein geht es in den Kaninchenbau«, sagt er, als sich eine massive Pforte öffnet. »Unsere Kunden lieben dieses Ambiente. Es vermittelt ihnen ein Gefühl von Sicherheit und Vertrauen.«

»Was ist die Mindestanlage?«, frage ich.

»Zwanzig Millionen«, antwortet er.

Wir betreten den einfach gehaltenen Empfangsbereich. Eine dunkle Holztheke mit bescheidenem Nelkenstrauß. Dahinter sitzt eine ältere Frau, die schwarze Wolle strickt. Über ihr hängt das Logo: ein stilisierter Tigerkopf mit weit aufgerissenem Rachen. Wir gehen einen geraden Gang entlang und kommen an eine Sicherheitsschleuse. »Unser Heiligtum«, sagt der Assistent. »Das Herz des Tigers.« Dahinter liegt ein Saal, in dem endlose Reihen von Computern surren. Rund um die Uhr werden hier die Preise in mehr als hundert Märkten auf der ganzen Welt analysiert, von Aktien und Anleihen über Rohstoffen wie Kupfer und Kaffee bis hin zu Schweinebäuchen und Weizen. Sobald die Maschinen eine Gewinnchance entdecken, schicken sie Kauf- oder Verkaufsorders an die Händlertruppe. Der Assistent redet von automatisierten Handelsstrategien, die auf komplexen Algorithmen beruhen.

Nachdem wir das Rechenzentrum wieder verlassen haben, kommen wir an einer großen Glaswand vorbei, durch die man in einen weiteren weitläufigen Saal blickt. Er ist drei Stockwerke hoch. Auf halber Höhe befindet sich eine Galerie. In dem vom Assistenten als »Galeere« bezeichneten Raum arbeiten eng an eng gut sechzig Händler. Jeder von ihnen sitzt vor sechs Monitoren voller Zahlen. Einziges Dekorationselement ist ein riesiges, gut fünf Meter hohes Aquarium mit buntschillernden Tropenfischen und Korallen, das wohl etwas Entspannung und Ruhe verbreiten soll. Doch selbst hier draußen vor der Scheibe liegt noch das Sirren der Milliarden in der Luft.

Man fühlt es: Hier werden Imperien errichtet und zerstört, Kontinente tauchen auf und gehen unter, die Menschheit entsteht und vergeht – alles in dieser Sekunde, alles in diesem nüchternen Saal. Vielleicht ist dies schon der Dritte Weltkrieg. Ein lautloses, unsichtbares, allumfassendes Ringen um Wohlstand und Reichtum, das weder Frontlinien noch Mitleid kennt. Ein Kampf, der so weit außerhalb der gewohnten Wahrnehmungsstrukturen liegt, dass nur die Auserwählten ihn sehen und verstehen können. Doch ich würde nichts lieber tun, als mich an einen dieser Tische zu setzen und wieder in die Märkte einzutauchen. Für einen Augenblick frage ich mich, wie das wäre, wieder eine Tastatur unter den Fingern und ein paar Bildschirme vor der Nase zu haben. Wie wäre es wohl, wenn die Märkte mir plötzlich eine ganz neue Melodie spielen würden – die Musik der Doors?

Da räuspert sich der Assistent und wir folgen ihm in einen

kleinen, nackten Besprechungsraum mit einem Tisch und sechs Stühlen. Ein Mann mit harten Gesichtszügen und Glatze betritt den Raum, er stellt sich als Prokurist und Leiter der Rechtsabteilung vor. Er sieht nicht nur so aus, als hätte er keinen Spaß am Leben, sondern sogar so, als hätten nicht einmal seine Eltern Spaß bei der Zeugung gehabt. Als wir uns alle gesetzt haben, legt er eine Mappe auf den Tisch, blättert mit traurigem Gesichtsausdruck durch die Papiere und sagt: »Frau Ivanova, Herr Willarth, ich bedaure sehr, aber mir ist nicht klar, auf welcher rechtlichen Basis wir das heutige Informationsgespräch führen. Wir sind in dieser Hinsicht zu nichts verpflichtet.«

»So kann man das sehen«, sagt Mascha verständnisvoll. Dann gibt sie mir ein Zeichen. Ich bitte unsere Gesprächspartner um ihre Visitenkarten, notiere die Namen in einem Block und lasse mir die Titel und Funktion genau erklären. So etwas wirkt immer ein wenig bedrohlich, hat uns Suki gesagt. Mascha tippt währenddessen etwas in ihr Handy.

»Was meinen Sie mit Ihrer Bemerkung, Frau Ivanova«, fragt der Prokurist.

Mascha blickt desinteressiert von ihrem Handy auf. »Man kann ihre Ausführung auch als Behinderung der Justiz interpretieren.«

Der Prokurist lächelt, als hätte er genau diese Antwort erwartet. »Das ist es ja eben. Sie sind Vertreter des IWF, der überhaupt keinen Status im Rahmen der Strafverfolgung hat. Der Tiger unterliegt der Jurisdiktion der britischen Börsenaufsicht FSA. Es ist rechtlich nicht einmal geklärt, ob ich Ihnen überhaupt sensible Informationen geben darf.« Danach hält er uns einen zehnminütigen Vortrag über das internationale Aufsichtsrecht. Als er endlich fertig ist, frage ich: »Wenn wir diese Fragen einmal beiseite lassen. Welche Art von Kooperation können Sie uns denn hier und heute anbieten?«

Der Prokurist reicht Mascha und mir eine Stellungnahme. Er wirft dem Assistenten einen siegessicheren Blick zu. Der lässt sein 10.000-Dollar-Lächeln aufblitzen. Mascha und ich lesen die zwei Dutzend Seiten durch, auf denen langwierige juristische Ausführungen stehen. Der Tiger habe nach britischem Kapitalmarktrecht völlige Freiheit in seiner Handelsstrategie. Die von uns als verdächtig identifizierten Geschäfte seien Teil der üblichen Maßnahmen des Tigers zur Risikodiversifikation. Ein erklärungsbedürftiges Verhalten liege nicht vor. Und so weiter. Mascha seufzt tief und legt die Stellungnahme auf den Tisch. »Genug gespielt, meine Herren. Wir sind offizielle Vertreter einer internationalen Untersuchung über Finanztransaktionen mit möglicherweise terroristischem Hintergrund und einem direkten Bezug zu den Anschlägen des 11. September. Wir erwarten hinsichtlich dieser Geschäfte volle Kooperation. Wir wollen alles wissen. Wer? Wann? Wie? Warum? Wo? Wir wollen jeden Fetzen Papier und jeden Byte elektronischer Dateien mit irgendeinem Bezug zu diesen Geschäften. Und wir wollen mit Herrn Zoran darüber sprechen, und zwar jetzt.«

Der Prokurist hebt beschwichtigend die Hände. »Aber, aber. Wir sind uns doch einig, dass rein rechtlich gesehen ...«

»Rein rechtlich gesehen befinden sich die USA im Krieg«, schneidet ihm Mascha das Wort ab. »Die UN-Resolution 1368 hat das Recht der USA zur individuellen und kollektiven Selbstverteidigung gestärkt. Die NATO hat zum ersten Mal in ihrer Geschichte den Bündnisfall ausgerufen. Auch Großbritannien befindet sich damit im Krieg. Und dieser Krieg wird nicht zuletzt gegen die Finanzierungsquellen der Terroristen geführt.«

Das Lächeln des Assistenten ist plötzlich wie weggewischt. Der Prokurist kratzt seine kahle Stirn. Bevor er sich sammeln kann, sage ich: »Der Tiger sollte die Chance nutzen, freiwillig mit uns zu kooperieren und sich zügig von einem – sicherlich unbegründeten – Verdacht reinzuwaschen. Schon um unnötige öffentliche Aufmerksamkeit in dieser Sache zu vermeiden.«

Mascha steht auf und zeigt auf die Tür. »Dahinter wartet entweder das Leben auf Sie, das Sie kennen, oder ein Albtraum, den Sie Ihrem schlimmsten Feind nicht wünschen. Die Entscheidung liegt bei Ihnen. Wir für unseren Teil würden es sehr begrüßen, wenn wir jetzt Herrn Zoran sprechen könnten.«

Zehn Minuten später sitzen wir mit dem Prokuristen und dem Assistenten im Büro des gefürchtetsten Investmentmanagers von London. Er erwartet uns hinter einem breiten Mahagoni-Tisch, auf dem Batterien von Handelsbildschirmen aufgebaut sind. Hinter ihm ist eine breite Fensterfront. Die Welt jenseits der getönten Scheiben hat einen goldbraunen Stich, der ihr eine enthobene, träumerische Schönheit gibt. Sie sieht aus wie ein altes Foto. Wenn Zoran dort hinausblickt, weiß er, dass unsere Gegenwart in seiner Welt schon Vergangenheit ist.

Der Mann, den die Märkte ebenso fürchten wie die Politik, trägt einen billigen hellgrauen Anzug, eine Krawatte mit schwindelerregendem Muster und eine dicke Brille mit altmodischem Gestell. Ebenso wie das Gebäude sieht er schockierend normal aus. Auf der Straße hätte man ihn für einen Schadenssachbearbeiter bei einer Versicherung gehalten. Er ist gerade dabei, mit grimmigem Gesichtsausdruck einige Pillen zu Dreiecken anzuordnen. Er begrüßt uns nicht, sondern wirft sich stattdessen eine Tablette ein und spült sie mit einem Schluck Wasser hinunter. »Vitamine und Spurenelemente«, sagt er und nimmt noch eine. »Habe ich meiner Frau versprochen. Sie meint, ich schlafe zu wenig. Aber ich kann nicht anders. Immer was los auf den Scheiß-Märkten. Gerade dieser Tage.« Er blickt auf einen der Bildschirme und scheint uns für einen Augenblick zu vergessen.

Angeblich fliegt Zoran einmal im Monat nach Zimbabwe, um dort Wasserbüffel mit einem Langbogen zu jagen. Mit dem Tiger jagt er alles andere. Auch Währungen. Immer wenn er eine erlegt hat, lässt er sich eine der Banknoten rahmen. An der Wand hinter seinem Schreibtisch sehe ich indonesische Rupiah, malaysische Ringgit, südkoreanische Won und thailändische Baht. Für Zoran eine Karte seiner Asientournee, für den Internationalen Währungsfonds eine Klagemauer. Denn der Währungsfonds soll genau die Art von Krisen verhindern, mit denen der Tiger einen Teil seiner astronomischen Profite macht. Als ich an der Wand neben einer englischen Pfundnote einen Zeitungsausschnitt über das Desaster der Midas entdecke, wird mir klar, dass Zoran auch gegen uns spekuliert hat.

Doch Mascha lässt sich weder von Zorans Ruf noch von seinen Erfolgen beeindrucken. »Du weißt, warum wir hier sind?«, fragt sie fordernd.

Zoran nickt. Sein Unterkiefer bewegt sich mahlend. Man sieht richtig, wie die Wut in ihm arbeitet. »Ich habe gerade mit dem Chef der FSA telefoniert. Die haben keinen blassen Schimmer von eurer Untersuchung hier. Er klang nicht gerade amüsiert, als er davon erfahren hat.« Er zeigt zur Wand. »Im Nachbarzimmer sitzen fünf meiner Anwälte, die sich schon darauf freuen, euch beiden die Funktionsweise eines Rechtsstaates zu erklären. Hier in London stellt man die Integrität des Finanzsektors über alles.«

Mascha schüttelt den Kopf. »Warum erklärst du uns nicht selbst, wie es zu diesen Geschäften gekommen ist, Miloş. Darauf wollen wir jetzt eine Antwort.« Sie holt unsere Auswertung heraus und schiebt sie über den Tisch zu Zoran hin.

Der grinst breit. »Du magst es schnell, hart und direkt, nicht Mascha? Das ist es doch, was man in der City über dich erzählt.« Der Assistent lacht kurz auf. Der Prokurist kichert leise. Maschas Lächeln scheint wie festgefroren in ihrem Gesicht. Zorans Mundwinkel sinken langsam wieder nach unten. Er setzt seine Brille ab, putzt sie und beginnt, unsere Auswertung durchzublättern. Vielleicht ist ihm gerade klar geworden, dass er einen großen Fehler begangen hat.

Der Hölle Rache kocht in Maschas Herz. Da bin ich sicher. Aber sie ist zu professionell, um sich zu einer unbedachten Reaktion hinreißen zu lassen. Stattdessen fixiert sie Zoran mit ihrem Blick. »Wie sind die verdächtigen Börsengeschäfte, die wir untersuchen, zur Zeit bei der US-Börsenaufsicht SEC klassifiziert, Wolf?«, fragt sie mit sehr ruhiger Stimme. Bemerkenswert.

»Als MUI«, antworte ich. »Matter Under Inquiry. Solche MUIs werden nicht immer an die große Glocke gehängt. Aber die SEC muss übermorgen wieder in einem Senatsausschuss zum Thema Terrorfinanzierung Stellung beziehen. Die Senatoren erwarten Erfolge. Ein Tigerfell käme da sicherlich nicht ungelegen.«

Zoran wirft sich noch eine Pille ein. »Was willst du von mir, Mascha. Was soll das?«, klagt er laut und ohne aufzusehen. »Ein Stockwerk über uns warten gerade ein paar Menschen auf mich, die gerne zwei Milliarden in den Tiger investieren würden. Du weißt doch, wie das Spiel läuft.«

Mascha lässt ihn immer noch nicht aus den Augen. »Dein Glück, dass es nicht um das geht, was ich will, sondern um das, was wir brauchen: Antworten.«

Er zuckt mit den Schultern. »Diese ›Geschäfte‹, wie du sie nennst, sind Teil unseres Risikomanagements«, sagt er. »Denn alles, was passieren kann, passiert auch irgendwann einmal. Und es passiert vielleicht jetzt gerade.« Er hat eine merkwürdige Art zu sprechen. Er öffnet die Lippen wie zu einem breiten Grinsen, doch er bringt die Zähne kaum auseinander.

»Bitte konkret«, mahnt Mascha.

»Ich wette auf ›schwarze Schwäne‹, auf Ereignisse, die auf den ersten Blick vielleicht unwahrscheinlich erscheinen. Unter anderem hatte ich eine Wette darauf laufen, dass die USA dieser Tage in den Krieg ziehen. Genauso wie ich Wetten gegen China und auf Afrika laufen habe. Reine Risikodiversifikation.«

Mascha überprüft mit äußerster Sorgfalt den Zustand ihrer blutrot lackierten Fingernägel. »Und du glaubst, damit kommst du durch? So wie die Amerikaner gerade drauf sind?«

»Mascha, bei mir sind Gelder von braven englischen Beamten angelegt, von Kirchen, Universitäten und gemeinnützigen Stiftungen. Herrgott, wir verwalten die Mittel des größten Anti-Aids-Programms in Afrika. Wir sind sauber.« Er scheint jetzt doch etwas verunsichert, denn er fuchtelt wild mit den Armen. »Die Anwälte da drüben werden euch völlige Kooperation und Transparenz hinsichtlich der fraglichen Geschäfte anbieten.«

Mascha sieht sich ihren linken Zeigefingernagel sehr genau an und zieht die Stirn kraus, als habe sie dort etwas wirklich Schreckliches entdeckt.

»Alles, was ich will, ist, dass unser Name da raus gehalten wird«, sagt Zoran. Seine Stimme hat einen flehenden Ton bekommen. Auf den amerikanischen Titelblättern im Zusammenhang mit den Terroranschlägen genannt zu werden, ist wohl einer der schwarzen Schwäne, auf den der Tiger nicht vorbereitet ist.

Mascha lächelt nachsichtig. »Volle Kooperation, Miloş! Und diese Zusicherung will ich schriftlich.«

Er nickt.

»Und die Midas?«, frage ich aus reinem Interesse.

»Das zweitbeste Geschäft meines Lebens«, sagt Zoran und die Spannung fällt von ihm ab. Jetzt kommt der Wertpapierhändler in ihm durch. »Das beste Geschäft ist der 11. September. Seht mich nicht so an! Seid nicht lächerlich! Ihr seid Profis. Die Zentralbanken fluten die Märkte gerade mit günstigem Geld. Wir können kurzfristig billig leihen und langfristig investieren, wir betreiben eine riesige Arbitrage, wir machen ein Vermögen, das ist das Profitabelste, was uns je passiert ist!«

Ist wohl Zorans Glückstag heute. Denn wenn Suki im Raum gewesen wäre, hätte sie ihn wahrscheinlich allein für diese Bemerkung in jene ewige Verdammnis geschickt, in die wir nach Lacours

Meinung alle unterwegs sind. Sie hat nicht nur die amerikanische Staatsangehörigkeit verliehen bekommen, sondern trägt seitdem auch den amerikanischen Patriotismus im Herzen.

Ich bringe meine Standardfrage: »Was halten Sie von der These, dass bestimmte Kreise auf eine systematische Destabilisierung der internationalen Kapitalmärkte hinarbeiten?«

Zoran denkt kurz nach. Dann macht er eine weit ausholende Geste, die sowohl sein Büro als auch die Märkte und den gesamten Planeten zu umfassen scheint. »Dies ist die Matrix! Es ist eine Übersetzung all unserer Ängste, Hoffnungen und Erwartungen in Geld, eine Abbildung der kaleidoskopischen Veränderungen einer Unzahl unsteter Variablen, ein fließendes Muster aus Chancen und Gefahren, deren genaue räumliche und zeitliche Ausdehnung wir weder vorhersagen können, noch ihre Form diktieren.« Eine Weile betrachtet er das virtuelle Geschehen auf seinen Monitoren. Sprudelnde Laufbänder, zuckende Kursverläufe, fiebernde Indizes, das Aufflackern der Kürzel von Aktien, Anleihen und Derivaten. Dieses geheimnisvolle Muster einer mitleidlosen Logik ohne sinnvolles Ziel. »Nein«, sagt er dann mehr zu sich als zu uns. »Jegliche langfristige Prognose oder Kontrolle ist unmöglich. Stabilität ist Illusion. Sie lässt sich nicht planen. Ebenso wenig wie Instabilität.«

Wen will er damit täuschen? Man mag Instabilität nicht planen können, aber man kann sie mit vielen Milliarden Dollar noch um ein Vielfaches verstärken, sie dramatisch zuspitzen und eine existenzielle Krise verursachen. Und genau das ist sein Job. Die Wand hinter seinem Schreibtisch, wo die Banknoten der abgewerteten asiatischen Währungen hängen, ist der Beweis dafür. Dort ist noch Platz genug für den argentinischen Peso, vielleicht auch für den US-Dollar und – wer weiß – irgendwann auch einmal für den Euro. Für Zoran ist es noch ein weiter Weg in die bessere Welt. Und vielleicht wird er nie dort ankommen.

Mascha räuspert sich. »Da ist noch eine Kleinigkeit«, sagt sie. Ihre Stimme hat einen verdächtig freundlichen Tonfall. »Eine persönliche Bitte gewissermaßen.« Sie lächelt und zeigt in Richtung von Assistent und Prokurist. »Feuer doch diese beiden Clowns für mich, würdest du das tun?«

Zoran glotzt sie an, als habe er nicht richtig verstanden. Dann berappelt er sich. »Aber Mascha!«, protestiert er. »Das war doch nicht persönlich gemeint eben.«

Mascha bleibt freundlich im Ton und hart in der Sache. »Ich möchte bis heute Abend eine Kopie ihrer Aufhebungsverträge, sonst stufen wir die Transaktionen des Tiger im Umfeld des 11. September als Matter under Inquiry ein. Ich tu dir nur einen Gefallen, glaub mir.«

Zoran blickt erst auf die beiden Todgeweihten, dann wieder auf Mascha und grinst plötzlich mit diesem wölfischen, ja sadistischen Gesichtsausdruck, den ich häufig bei Managern erlebt habe, die sich der darwinistischen Dynamik einer Situation hingeben. »Du hattest schon immer ein gutes Händchen mit dem Personal, Mascha«, sagt er ungerührt.

Der Mund des Assistenten öffnet sich und schließt sich wieder, ohne dass er einen Laut hervorgebracht hätte. Der Prokurist räuspert sich und will etwas sagen, aber Mascha schneidet ihm das Wort ab: »Meine Herren, das ist nur, damit Sie das verinnerlichen, was Herr Zoran gerade über mich gesagt hat: Ich mag es kurz und hart.«

Zwei Stunden später haben wir die Formalitäten mit Zorans Anwälten geklärt und stehen wieder unten auf der Straße. Mascha hakt sich bei mir ein und zieht mich zum Bordstein.

»Ein souveräner Auftritt«, sage ich anerkennend.

»Weißt du, wie man Souveränität definiert?« Sie zwinkert mir zu. »Die Fähigkeit, glaubwürdig zu drohen.«

»Glaubst du ihm?«, frage ich.

»Nicht eine einzige Silbe«, sagt Mascha. »Der geht über Leichen. Aber solange wir keine stichhaltigen Beweise haben, können wir ihn nicht hochgehen lassen.« Sie winkt ein Taxi heran. »Außerdem haben wir momentan mehr von einem lebendigen Tiger als von einem toten.«

Montag, 8. Oktober 2001, London

He went down and crossed the border, left the chaos and disorder

In der ersten Oktoberwoche zeigt sich, dass nicht nur Fjodor, Mascha und ich nicht mehr die gleichen sind wie damals bei der Midas. Auch Suki ist nicht mehr die Alte. Sie hat sich verändert, ist paragraphengläubig geworden, lebt in der ständigen, fast paranoiden Furcht, gegen irgendwelche geschriebenen oder ungeschriebenen Gesetze ihres neuen Berufs zu verstoßen. Als hätten wir das Wort »Furcht« überhaupt buchstabieren können, in jenen Tagen in unserem New Yorker Olymp. Wenn überhaupt Ende der Neunziger irgendjemand irgendetwas fürchtete, dann waren das die anderen Fonds und Banken, die vor uns zitterten. Nein, keiner von uns hat Suki jemals so nervös und fahrig erlebt. Am Mittwoch hat sie ein vertrauliches Dokument am Mittagstisch liegen lassen, am Donnerstag ihr Mobiltelefon bei einem externen Termin vergessen und am Freitag erschien sie unfrisiert zum Frühstück. Grund ist aber zu unser aller Überraschung nicht der schleppende Fortgang unserer Ermittlungen, sondern der Fluch einer guten Tat der US-Botschaft in London. Angeblich hat der Botschafter persönlich unsere Unterbringung im Ritz angeordnet. Wahrscheinlich hält er uns tatsächlich für kriegswichtig.

Suki möchte zwar nicht den Botschafter düpieren, fürchtet jedoch, dass ein Aufenthalt im Londoner Ritz von der internen Revision des Währungsfonds als Verschwendung von Steuergeldern missverstanden werden könnte. »In meiner neuen Welt geht es nicht um Ergebnisse, sondern um Prozesse«, klagt sie. »Das richtige Ergebnis hilft dir nichts, solange du dem vorgeschriebenen Prozess nicht folgst.« Und zwischen ihr und diesem Prozess scheint nun das Hotel Ritz zu stehen: ein Gebäude von ungeheuerlicher Wucht im Stil eines französischen Schlosses mit riesigen Schornsteinen und kupfernen Zierlöwen auf dem Dach. Selbst diese Fassade ist aber noch bescheiden im Vergleich zur frivolen Pracht des Interieurs, das ein einziger Rausch in apricot, blau, gelb und rosa ist; ein dekorativer Fieberwahn mit goldenen Ornamenten, bestickten Vorhängen, klirrenden Kronleuchtern und weichen Orientteppichen. So etwas kommt bei den Erbsenzählern in der Buchhaltung nicht besonders gut an. Die Zimmer sind für den Besuch einer US-Delegation reserviert worden. Um Geld zu sparen, hat die Botschaft gemäß ihrer Vorschriften einen Sondertarif gewählt, bei dem man die Zimmer fest bucht und kein Rücktrittsrecht hat. Die Rechnung hätte also in jedem Fall bezahlt werden müssen, obwohl die Delegation ihren Besuch kurzfristig abgesagt hat.

Seit gestern kennen wir auch den Grund für die Absage: Die »Operation Enduring Freedom« hat begonnen. Dauerhafte Freiheit soll vor allem nach Afghanistan gebracht werden. Aber im Rahmen der Terrorbekämpfung gibt es, wie Suki durchblicken lässt, geographisch noch wesentlich weiter gesteckte Ziele, die auch Algerien, Georgien, Marokko, Mauretanien, Niger, Nigeria, die Philippinen, Senegal, Tschad und die Karibik und Mittelamerika umfassen – und noch ein Land, dessen Namen sie nur flüstert: den Irak. Sie hat uns auch erzählt, dass die Operation eigentlich »Infinite Justice« heißen sollte, aber nicht durfte, weil aus islamischer Perspektive unendliche Gerechtigkeit allein bei Allah anzusiedeln ist. Den Amerikanern erscheint es offensichtlich zwar vernünftig, die islamische Welt mit Krieg zu überziehen, sonstige Beleidigungen, Irritationen oder Provokationen sind aber tunlichst zu unterlassen.

Ob nun diesseitige oder jenseitige Gerechtigkeit: Die Sache mit dem Ritz ist sauber. Niemand kann uns die Verschwendung von Steuergeldern vorwerfen. Suki fürchtet diesen Luxus trotzdem wie nichts anderes auf der Welt. Sie läuft im Hotel mit einer riesigen Sonnenbrille herum, die ihr Gesicht halb verdeckt, hat uns strikt angewiesen, keine Fotos zu machen und auch zu vermeiden, zufällig auf irgendwelchen Fotos im Hotel aufzutauchen. Außerdem hat sie eine geschlagene Woche lang mit der Spesenordnung verbracht, um sich in dieser Hinsicht abzusichern. Maschas Kommentar ist nicht gerade hilfreich gewesen. Als wir neulich gemeinsam die Eingangshalle betraten, hat sie mit Blick auf den bombastischen Tüll, die verschnörkelten Holzmöbel und die schmuckstarrenden Wände gesagt: »Wer immer nach den Ursachen der Oktoberrevolution sucht, findet sie hier.« Als wir Sukis gequälten Gesichtsausdruck sahen, haben wir beschlossen, dass jeder seine Rechnung selbst trägt. Zumindest Fjodor und ich können nun unsere verschwenderisch ausgestatteten Zimmer mit Blick auf die weitläufigen Grünanlagen rund um den Buckingham Palace in vollen Zügen genießen. Wer solche internen Herausforderungen zu meistern hat, braucht eigentlich gar keine Feinde oder Verdächtigen mehr.

Heute Morgen dann der Paukenschlag: Suki verteilt die Kopie eines Briefes an den Internationalen Währungsfonds. Der Text lautet: »WIR WERDEN DIE VIER NAMEN GOTTES MIT BLUT

IN DIE STRASSEN VON BUENOS AIRES SCHREIBEN. WENN DER VIERTE NAME GOTTES AUSGESRPOCHEN WORDEN IST, FOLGT DIE STUNDE NULL.« Die Buchstaben sind aus Zeitungen ausgeschnitten. Der Brief ist in Buenos Aires aufgegeben und abgestempelt worden. Washington schätzt das Schreiben als »authentisch« ein. Das Omega-Team soll sich auf die Spur konzentrieren, auf die uns Basedow und Lacour gebracht haben: Wir sollen die Möglichkeit einer Verschwörung im direkten Umfeld des Internationalen Währungsfonds und den Zusammenhang mit »destabilisierenden Handelsmustern« bei den jüngsten Finanzkrisen untersuchen, aber auch islamistische Hintergründe nicht ausschließen. Schon wegen der Referenz im Brief auf die vier Namen Gottes. Suki schwört uns eindringlich auf die Bedeutung unseres neuen Auftrags ein.

Ich muss an mein Gespräch mit Lacour denken. Wie hatte der Alte es noch formuliert? »Eine Flutwelle wirtschaftlicher und politischer Instabilität rollt auf Südamerika zu. Argentinien ist der Finger im Deich. Und Argentinien hängt am Tropf des Währungsfonds. Wenn ich Sie wäre, würde ich versuchen, den Insidern in dieser Krise eine Falle zu stellen.« Suki hat seine Liste mit den Namen der drei verdächtigen IWF-Manager und dem Namen Tantanis jedenfalls inzwischen zur Überprüfung nach Washington geschickt.

Das Bild, das wir in den nächsten Stunden Mosaiksteinchen für Mosaiksteinchen aus Studien, Analysen und Artikeln zusammensetzen, ist eher noch dramatischer als Lacours Einschätzung. Der Konsens von Washington, getragen vom absolut gesetzten Glauben an die freien Märkte, ausgedrückt durch die Paradigmen von Privatisierung, Liberalisierung, Deregulierung und schlankem Staat, befindet sich nach den meisten Analysen in seiner größten Bewährungsprobe seit Ende des Kalten Krieges. Asien- und Russlandkrise haben ganze Weltregionen verwüstet und traumatisiert. Der auf die Technologieblase folgende Börsenkrach hat eine Generation von Privatanlegern verbrannt. Die dabei offenbar gewordene systematische Anlegertäuschung durch Banken, Analysten und Wirtschaftsprüfer hat den Glauben in die staatlichen Kontrollmechanismen für die Finanzmärkte unterminiert und die etablierte Politik delegitimiert. Die zunehmende Wucht der kapitalismuskritischen Opposition, die sich in Seattle und Genua formiert hat, stellt das Bild von der wohlstandsstiftenden Wirkung der internationalen Kapitalströme und die demokratische Legitimation des Globalisierungsprozesses selbst in Frage. Und über dem Mittleren Osten lodert der Feuerschein eines irrationalen Hasses auf den Westen. In dieser Situation gewinnt Argentinien aus Sicht der Entscheidungsträger in Washington strategische Bedeutung.

Die Entscheidungsschlacht um das herrschende Wirtschafts- und Sozialmodell des Westens wird vor diesem Hintergrund eventuell am Rio de la Plata entschieden. Und der Ausgang ist offen. Denn das Land steckt in einer tiefen Wirtschafts- und Finanzkrise. Der Internationale Währungsfonds hat das Land bereits im Dezember letzten Jahres mit einem Milliardenkredit unterstützt und im August ein weiteres Hilfspaket angekündigt. Die Analysten sind sich uneinig, ob damit bereits eine Krise abgewendet worden ist, die »ganz Lateinamerika und auch die durch die Terroranschläge geschwächten internationalen Kapitalmärkte mit in den Abgrund reißen könnte«. Der Risikoaufschlag, den Argentinien als Zinsen an Käufer für seine Schuldscheine zahlen müsste, beläuft sich inzwischen auf fast 20 Prozent. Damit ist das Land faktisch von den internationalen Kapitalmärkten abgeschnitten. Es scheint nur eine Frage der Zeit, bis der Tiger und andere Fonds, die bereits seit Langem die Witterung des geschwächten Landes aufgenommen und sich an seine Fersen geheftet haben, zur Treibjagd ansetzen. Das ist kein Verbrechen, nur eine Marktbereinigung.

Am frühen Nachmittag mache ich mit Fjodor oben auf meinem Zimmer eine kurze Pause. Er sitzt am Schreibtisch und blättert in einem dicken Wälzer. Ich habe das Fenster geöffnet, hocke am Sims, rauche eine Zigarette und muss wieder an Tantani alias »der Schamane« denken. Sommer 1971, Paris. Herbst 1971, Vientiane. Ist er der unheimliche Mann namens »Otani« oder »Atoni«, von dem Spandler berichtet hat und der in den letzten Tagen von Morrison im Umfeld des Sängers war? Bestand irgendeine spirituelle Verbindung zwischen den beiden? Und wenn ja, hatte der patente Herr Tantani vielleicht der Welt den Krieg erklärt, wie es ihm Lacour durchaus zutraute?

Draußen fällt ein leichter, aber dichter Nieselregen. Der Green Park liegt beinahe völlig verlassen da. Nur die Hundebesitzer und ein paar Jogger sind unterwegs. Ich summe eines von Morrisons Liedern: »*Morning found us calmly unaware. / Noon burned gold into our hair. / At night, we swam the laughin' sea. / When summer's gone. / Where will we be?*«

»Noon burned gold into our hair – ich mag diese Zeile«, sagt Fjodor, ohne aufzusehen.

»Woran sitzt du?«, frage ich ihn.

»An der Sache mit dem Schwert.«

»Glaubst du, es gibt einen Zusammenhang zwischen der Prophezeiung von Morrison und dem anonymen Brief an den IWF?«, frage ich.

Fjodor sieht mich an, als wäre ich nicht von dieser Welt. »Natürlich.« Dann winkt er mich heran und blättert mit mir in einem dicken Bildband über traditionelle japanische Waffen. Aikuchi, Katana, Nagamaki, Odachi, Tachi, Tanto, Wakizashi – ohne jedes Holpern spricht er die Namen der Waffen aus und erläutert die Unterschiede zwischen den einzelnen Waffentypen. Aus welcher Epoche sie stammen und zu welchen Anlässen sie genutzt wurden. Dann zeigt er auf die Abbildung eines Schwertes namens »Murakumo no Tsurugi«, das »Schwert der den Himmel verdunkelnden Wolken«. Es soll seinem Träger geheime Kräfte verleihen. Aber es ist seit Hunderten von Jahren verschollen. »Man nennt es auch das Schwert der Engel«, sagt Fjodor mit Triumph in der Stimme und Flackern in den Augen.

Ich blicke über die sanft gewellte Parklandschaft Richtung Buckingham Palace, weiter über die chaotische Skyline von London und fühle mich von allen guten Geistern verlassen – bis auf den von Jim Morrison. »Du glaubst doch nicht wirklich, dass uns das bei unserer Untersuchung weiterbringt, oder?«, frage ich. Aber er lässt nicht locker, bis ich einwillige, die Wahrsagerin mit ihm aufzusuchen, von der Madame Murrant im Sommer in Paris gesprochen hat. Zur Einstimmung schaue ich mir in der U-Bahn das Nostradamus-Magazin an. Von der Edda über die Prophezeiungen der Königin Tautana bis zum Sechsten Siegel und dem kosmischen Aspekt des Wunders von Garabandal – so viel Endzeit war nie. Die Grafiken sehen sehr interessant und komplex aus. Sie erinnern mich an die Schaubilder des letzten Aktionärsbriefes für die Anteilseigner der Pequod.

Gegen drei Uhr steigen wir in einer Gegend mit Friseursalons, Teleboutiquen und Curry-Restaurants aus der Tube. Es riecht nach Räucherstäbchen und Gewürzen. Wir biegen in eine Straße ein, die auf den soliden englischen Namen »Brick Lane« hört. Doch überall wird nur Bengali und Hindi gesprochen. Zwei Ecken weiter liegt »Madame Babettes Laden der Erleuchtung«.

In den Regalen Utensilien aller Weltreligionen: indische Götter mit Elefantenrüsseln, kubanische Heiligenfiguren mit echten Tränen und nepalesische Tankas mit komplizierten Mustern. Dazu Bücher über Schamanismus, Steine zur Heilung zahlreicher Krankheiten, Kassetten mit Meeresrauschen und allerlei New-Age-Krimskrams. Außerdem eine Voodoo-Ecke mit Gebetslampen und Parfüms, die »Komm mit mir« oder »Geld Magnet« heißen. Ich entscheide mich für »Geh weg Böses« – ein Schnäppchen im ewigen Kampf gegen die Mächte der Finsternis. Ob es gegen die Frankfurter Staatsanwaltschaft hilft? An der Kasse thront eine Frau mit dunkler Haut, grauen Krausen und undefinierbarem Alter. Beim Atmen spannt sich ihr buntes Kleid gefährlich über der Körperfülle. Eine überreife, exotische Frucht kurz vor dem Platzen.

»Sind Sie Madame Babette?«, fragt Fjodor.

Sie wirft uns einen misstrauischen Blick zu. »Wer will das wissen?«

»Clothilde Murrant hat uns geschickt«, antwortet Fjodor. »Es geht um eine Prophezeiung.«

Sie mustert uns eine Weile lang schweigend, dann steht sie umständlich auf, watschelt zur Eingangstür, schließt sie ab und hängt ein »Closed«-Schild ins Fenster. Wir folgen ihr in einen Vorratsraum, der nach Holz, Ölen und Cremes duftet, und setzen uns an einen kleinen Tisch. Madame Babette schenkt einen Kräutertee ein. »Nun erzählen Sie mal«, sagt sie, stopft sich eine Pfeife und facht paffend die Glut an. Ich reiche ihr eine Kopie der Prophezeiung, die sie aufmerksam studiert. Dann schildert Fjodor ihr das Gespräch mit Frau Murrant. Als er ihr vom unmittelbar bevorstehenden Einzug des Antichristen in Paris berichten will, wiehert die Babette plötzlich los und schüttelt sich vor Lachen, dass die Cartier-Imitate an ihren Handgelenken klirren.

»Paris? Ach, Clothilde, mein Täubchen. Du warst nie die Hellste. Und dann diese typisch französische Eurozentrik«, prustet sie, zaubert einen Stadtplan von Washington unter der Tischplatte hervor und breitet ihn aus. *»Von Nord, von Ost, von Süd, von West.* / *Die vier Namen des Tieres und seiner Pest* – so lautet eines der zentralen Elemente der Prophezeiung. Wir brauchen also eine Stadt mit vier symbolischen Punkten in jeder Himmelsrichtung.«

Sie streicht mit der Hand über den Stadtplan und erzählt, dass in den Gründungstagen der Vereinigten Staaten ein französischer Freiwilliger der amerikanischen Revolutionsarmee mit der Planung jener Stadt betraut worden war, die ursprünglich in Anlehnung an das zweite Rom »Washingtonople« heißen sollte. Der Mann trug den Namen L'Enfant. »Passend für dieses Land, nicht wahr mein Herr?« L'Enfant hatte an der Académie Royale de Peinture et de Sculpture in Paris studiert und von dort eine Vorliebe für die Architektur des Absolutismus mitgebracht. Daher errichtete er die neue Stadt auf dem Grundriss der Schlossanlage von Versailles: Das Kapitol entstand an der Stelle des Hauptschlosses und das Weiße Haus an der des Lustschlosses Trianon. Fast exakt am Schnittpunkt der Sichtachsen vom Kapitol nach Westen und vom Weißen Haus nach Süden aber, dort wo sich im Schlosspark von Versailles Grand und Petit Canal kreuzen, wurde ein riesiger Obelisk gebaut: das Washington Monument. »Tja, die Hauptstadt der modernen Demokratie entstand auf dem Grundriss der versteinerten Staatsphilosophie des absoluten Königtums, das nenne ich Fortschritt!« Sie lächelt.

Ich deute auf die Karte der Stadt. »Aber diese Punkte ergeben doch nur ein Dreieck.«

Aus ihrem Lächeln wird ein breites Grinsen. »Nur wenn man die späteren Erweiterungen nicht berücksichtigt: Im Süden ist das Jefferson Memorial hinzugekommen, im Westen das Lincoln Memorial.« Sie legt einen ihrer dicken Finger auf die Karte und zeichnet ein unsichtbares Kreuz auf die Karte. »Man kann es sogar als Passionskreuz deuten. Dann bilden Constitution und Independence Avenue die äußeren Begrenzungen des Längsbalkens, die fünfzehnte und siebzehnte Straße jene des Querbalkens. Und Jefferson Memorial, Weißes Haus und Kapitol sind die Wundmale Christi an Händen und Füßen, der Obelisk der römische Speer in der Flanke des Gekreuzigten.« Washington scheint beim Standortwettbewerb um die Austragung des Jüngsten Gerichts eindeutig die Nase vorn zu haben. Paris liegt weit abgeschlagen auf Platz drei. Nur Buenos Aires kann wegen des Drohbriefes an den IWF noch halbwegs mithalten. »*Die Schattenreiter, sie galoppieren. / Die Menschheit kriecht bald auf allen Vieren*«, murmelt sie düster und blickt ganz versunken auf das quadratische Straßenmuster der amerikanischen Hauptstadt. »*Doch da ist ein Mensch voll Kummer und Hohn, / Im Herzen des großen Sängers kleiner Sohn. / Greift er ein in der Titanen Ringen, / Dann könnt' er vielleicht noch Erlösung bringen.*«

»Glauben Sie denn wirklich an diese Vorhersage, an die Rückkehr des Antichristen, das Schwert der Engel, an Seelenwanderungen und all das?«, frage ich.

Sie nickt. »Wir Hellseher sind wie die Gänse in den Sagen des Altertums. Wir spüren das Erdbeben, bevor es die Welt erschüttert. Und vielleicht ist auch Jim Morrison einer von uns gewesen. Und vielleicht ist sein Geist in Sie gefahren.«

»Dann ist es also meine Bestimmung gewesen, Sie heute aufzusuchen?«, frage ich ungläubig weiter.

»So ist es, mein Junge.« Madame Babette nimmt mein Gesicht zwischen ihre kräftigen, warmen Hände und drückt mir einen dicken, feuchten Kuss auf die Lippen. »Viel Glück jetzt«, sagt sie, befördert mich mit einem Klaps auf den Hintern endgültig hinaus auf die Straße und ruft uns hinterher. »Es gibt keine Zufälle. Alles ist miteinander verwoben.« Genau das hat mein Finanzmarktprofessor auch immer gepredigt.

Am Abend treffe ich Suki zu einem vertraulichen Gespräch über Fjodor in der Rivoli-Bar; einer Art-Deco-Symphonie aus Kampfer- und Zitronenholz, Goldblättern und Lalique-Glas. »Eine wahrhafte Offenbarung«, steht im Hotelführer oben in meinem Zimmer. Ich habe schon dreistere Lügen gelesen. Suki ist sichtlich irritiert von der Inneneinrichtung, lässt sich dann aber doch wenigstens auf ein Glas Wasser von mir einladen. Ich erzähle ihr die Morrison-Geschichte. »Fjodor hat sich da in etwas verrannt. Diese Prophezeiung ist zur Obsession geworden. Ich mache mir Sorgen, dass er unsere Mission gefährden könnte«, sage ich zum Schluss mit Nachdruck.

Aber Suki zeigt sich völlig unbeeindruckt. Im Gegenteil. »Vielleicht ist es ganz gut, wenn wir auch jemanden wie Fjodor im Team haben. Immerhin gibt es ja vielleicht einen religiösen oder auch okkulten Hintergrund des Schreibens und der verdächtigen Transaktionen«, sagt sie ruhig. Und was die ganze Morrison-Kiste betreffe, ginge es vom Standpunkt der Physik her nur um die Frage, was wahrscheinlicher sei: eine Geburt oder eine Reinkarnation. So sehr ich mich bemühe, ihr zu folgen, verstehe ich von ihrem anschließenden Vortrag über Ewigkeiten, Energiegesichtspunkte, Fragmente unseres Universums und das sogenannte Boltzmann-Gehirn nicht mal die Hälfte. Suki scheint neben allen anderen Dingen auch noch Zeit für ein Drittstudium in Physik gefunden zu haben.

Als ich einige Gläser Whisky später alleine an der Bar sitze, ziehe ich meine ganz eigenen Schlussfolgerungen aus unserem Gespräch, dem zweiten thermodynamischen Gesetz und der kosmologischen Konstante: Erstens ist relativ sicher, dass mein Leben nur eine momentane Fluktuation in einem Energiefeld im All ist. Zweitens ist es in einem der sich unendlich wiederholenden Universen durchaus möglich, dass der aus physikalischer Sicht absurde Überfluss an zusammenhängender Komplexität in unserer Menschenwelt durch das Entstehen eines Antichristen energieeffizient beendet wird.

Freitag, 19. Oktober 2001, London

Children of the night

Im Verlauf der Woche erweist sich zumindest die Insideruntersuchung als wesentlich dauerhaftere Schwankung im Energiefeld meines Lebens, als die Gesetze der Thermodynamik es eigentlich nahelegen würden. Nachdem wir gut zwei Wochen im Nebel gestochert haben, fallen in Washington einige Entscheidungen, die unserer Arbeit eine klare Richtung und neue Dynamik geben. Erstens haben wir erste Informationen zu den Namen auf der Liste von Lacour bekommen: Chaudhuri, Osezua und Sakurai. Und zweitens wird das Omega-Team seinen Arbeitsschwerpunkt baldmöglichst nach Washington ins Umfeld des Internationalen Währungsfonds verlegen. Nur Mascha soll in London bleiben, um dort engen Kontakt zu Leuten wie Zoran und anderen zentralen Spielern im Markt für Devisenspekulationen zu halten. So zumindest haben wir es verkaufen können. Denn Mascha fühlt sich nach Rücksprache mit ihren Anwälten immer noch nicht sicher genug, um mit Jelena auf Reisen zu gehen. Das Risiko, dass ihr Ex-Mann mit irgendwelchen fadenscheinigen Argumenten gegen die erstinstanzliche Sorgerechtsentscheidung zugunsten Maschas vorgeht, scheint noch zu hoch.

Wir arbeiten sehr fleißig für unseren ungenannten Auftraggeber in Washington. Sollte das wirklich die CIA sein, traut man uns jedoch noch nicht so recht über den Weg. Denn die Informationen zu den Namen auf der Liste von Lacour sind nicht besonders stichhaltig. Nirgendwo taucht eine direkte Verbindung zwischen den Männern und möglichen Insidergeschäften im Umfeld der Asienkrise auf. Vielmehr geht aus den Dokumenten, die wir erhalten, nur hervor, dass alle drei sich in privaten Gesprächen, im direkten beruflichen Umfeld und teils sogar bei öffentlichen Auftritten in einer Weise geäußert haben, die ihre Loyalität zum IWF und seiner aktuellen Politik zumindest in Frage stellen.

Der Inder Chaudhuri hat sich bereits als junger Mann unter dem Eindruck der Kulturrevolution im Nachbarland China vom glühenden Marxisten zum gemäßigten Demokraten gewandelt und lehnt seitdem jede Form der Orthodoxie ab. Auch die stramm neoliberale Ausrichtung des IWF, die er für Gift für Schwellenländer wie seine Heimat Indien hält. Der Fall des Nigerianers Osezua ist ähnlich gelagert. Er hat in Afrika das Umkippen der Befreiungsbewegungen in kleptokratische Diktaturen und die doppelzüngige Politik des Westens während des Kalten Krieges erlebt und ist seitdem ein strikter Gegner »ideologisch getriebener Großversuche«, wozu er auch die blinde Liberalisierungsagenda des Währungsfonds zählt. Und schließlich der Japaner Sakurai, der öffentlich in einer Studie behauptet hatte, dass Japan und China ihren wirtschaftlichen Aufstieg eher der sehr kontrollierten und langsamen Öffnung ihrer Märkte verdanken als dem Freihandelsmantra des Konsens von Washington.

Zu den wenigen konkreten Beweisen gehört ein Artikel der drei zur Afrikapolitik des Währungsfonds. Am Beispiel eines mit internationalen Mitteln geförderten Entwicklungsplans für den Viktoriasee schildern sie, wie sich die Entwicklungspolitik des Westens »vom Traum des Adam Smith zum Albtraum des Charles Darwin« entwickelt habe. Denn im und am Viktoriasee haben ihrer Ansicht nach nur die Stärksten überlebt. Wo es früher Hunderte von Arten gab, schwimmt jetzt allein die eine: der Nilbarsch. Man hat ihn in den Sechziger Jahren ausgesetzt, um die Fischereiwirtschaft anzukurbeln. Ein Segen für die europäischen Feinschmecker, ein Segen für die Fabrikbesitzer und Verpackungsproduzenten drüben in Tansania, ein Segen auch für die russischen Piloten, die den Fisch tonnenweise in klapprigen Iljuschins nach Europa fliegen und auf dem Rückweg Waffen für die Bürgerkriege oder humanitäre Hilfsgüter mitbringen. Doch der Raubfisch von der Größe eines Kalbs hat sich immens vermehrt und seitdem nahezu alle anderen Fischarten gefressen. Jetzt macht er sich über die eigenen Nachkommen her und wird sich selbst bald ausgelöscht haben und damit auch die Fischerei, die Fabriken und die Flugzeuge. Der Barsch wird alles mit in den madendurchzogenen, ammoniakverpesteten Abgrund reißen, in dem die Bevölkerung heute schon lebt: die Bauern aus dem Hinterland, die sich für einen Hungerlohn krummschuften; die Frauen, die ihre Nächte für zehn Dollar verkaufen; die leimschnüffelnden Kinder, die sich um eine Handvoll Reis prügeln. Alle werden sie zur Hölle fahren. Auch jene, die heute noch vom Barsch profitieren. Das ist die aberwitzige Logik des Sees – und der Politik des Internationalen Währungsfonds.

Das mag zwar harter Tobak für die Ideologen im IWF sein. Aber das ist sicher kein hinreichendes Material, um die drei mit einem Komplott oder einer Verschwörung in Verbindung zu bringen. Das ist die einhellige Meinung im Team. Was uns an herkömmlichen Informationen fehlt, versuchen wir durch Technik wieder wettzumachen. Am Freitagvormittag stellt uns Suki das neueste computergestützte Analyse- und Prognose-Instrument für die Kapitalmärkte vor.

»Die herkömmlichen Modelle fassen das Geschehen an den Finanzmärkten als zeitkontinuierliche Zufallsprozesse auf, also ganz ähnlich wie ein Roulettespiel. Die Entscheidungen der Spieler, auf eine bestimmte Zahl zu setzen, haben keinen Einfluss auf das kommende Ergebnis«, erklärt sie, während sie das Programm hochfährt. »Doch in unserem Geschäft ist es genau umgekehrt: Das Ergebnis hängt hauptsächlich vom Verhalten der Akteure ab.« Die kleine grüne Anzeige des Zentralprozessors springt auf Vollauslastung. Der Computer macht das Geräusch eines Passagierjets kurz vor dem Start. Dann öffnet sich eine graue Oberfläche mit dem blauen Schriftzug: »FORMEL-U – Fractal Foresight Model & Measurement Method for Longterm Uncertainty«. »Fraktale! Das ist die Zukunft«, sagt Suki. »Dann sehen wir einmal, was das Programm wirklich kann.«

Ich versuche, mich an meine Studienzeit zu erinnern. Die theoretischen Modelle haben mich nie sonderlich interessiert. Ich kam mir in den Vorlesungen immer vor wie jemand, der mit einer Frau schlafen will und dann in die Pathologie geschickt wird, um ihren Körper auszuweiden. Der Kapitalmarkt war schon immer eine magische und keine rationale Welt für mich.

Gut, dass wir Suki haben. Sie tippt einige Zahlenkürzel ein und sagt: »Die Risikoparameter bewegen sich alle im langfristigen Varianzkanal.«

»Das war vor der Asienkrise auch so. Was ist mit dem Ölpreis? Wie steht die Weltkonjunktur?«, fragt Mascha.

Wieder drückt Suki einige Tasten. »Kein Anlass zur Sorge. Amerika konsumiert, Asien exportiert, Europa verliert. Alles wie gehabt.«

»Was sagt das Programm zur Argentinienkrise?«, fragt Fjodor.

Suki gibt »Argentinien« und »Krise« in den Risikoevaluator ein. Der Bildschirm wird schwarz. In weißer Schrift laufen in Sekundenschnelle Hunderte von Zeilen durch das dunkle Feld. Die letzte lautet: »fatal error 15/36 execution.« Suki fährt das Programm wieder hoch und sucht diesmal nur nach »Argentinien«. Die Antwort: »Unbekannte Zone.« Sie steht fluchend auf und sucht nach dem Handbuch.

Ich setze mich an den Computer und tippe »Ehe« und »Glück« ein. Das Programm rechnet zwei Minuten lang und teilt uns dann mit: »Wahrscheinlichkeit eins zu sechs mal zehn hoch siebenundzwanzig.« Mascha lacht. Ich kämme die Zahlendatenbank nach Vergleichsbeispielen durch und werde fündig: Ein Zahlungsausfall Argentiniens hat dieselbe Eintrittswahrscheinlichkeit. Computerlogik erscheint mir weiblicher denn je.

Suki murmelt etwas von einer »Beta-Version«, vertreibt mich wieder vom Bildschirm und nimmt sich die Märkte für argentinische Staatsanleihen vor. Eine einfache Darstellung mit den täglichen Indexwerten und eine weitere mit den täglichen Indexveränderungen. Die Kurven zucken in sprunghaftem Verlauf über den Bildschirm. Sie zieht einige Unterstützungslinien ein, berechnet den gleitenden Durchschnitt und projiziert die Graphen in eine logarithmische Skala. Die Kurven werden sanfter. Sie lässt die Mustererkennung darüberlaufen. Das Programm zieht kleine Kästchen um einige Stellen in der fünfzigjährigen Zeitreihe. Es sind die tiefen Einbrüche, die Krisen, die Katastrophen. Suki vergrößert die Kästchen und vergleicht den Kurvenverlauf mit der Entwicklung der letzten Monate. Die Linien sehen ähnlich aus. Nun beginnt sie, mit einer Vielzahl von Parametern herumzuspielen; weitet die Schuldendefinition aus, setzt die Verträglichkeitsschwelle herunter und unterlegt das Ganze mit verschiedenen Dollarkurs- und Rohstoffpreis-Szenarien. Als sie schließlich einen Verhaltensrisikogenerator dazuschaltet, tauchen plötzlich überall rote Alarmmeldungen auf. »Argentinien steht am Abgrund«, bestätigt Suki zufrieden.

»Das wussten wir auch schon vorher«, sagt Mascha.

»Aber unsere Einschätzung basierte nicht auf einer so soliden Faktengrundlage. Außerdem geht es nicht nur um Wissen, sondern auch um Plausibilität«, antwortet Suki. »Nehmen wir an, du bist einer dieser Herrscher des Universums, der Chef einer Großbank, einer Zentralbank oder gar des Internationalen Währungsfonds. Du musst eine Entscheidung treffen, die das Leben von Millionen von Menschen beeinflussen wird. Und wie immer hast du nur die Wahl zwischen zwei Übeln. Nun, dann solltest du gute Gründe für deine Entscheidung haben. Richtig oder falsch sind Kategorien für den Wahlkampf. Im Zweifelsfall musst du einfach nur nachweisen, dass deine Entscheidung plausibel war. Und das leistet FORMEL-U. Das Programm ist ein Plausibilisierungsautomat, keine Wahrheitsmaschine.« Suki widmet sich wieder dem Bildschirm.

»Was suchst du jetzt noch?«, fragt Mascha.

»Irgendein Element, das notwendig wäre, damit diese Gleichungen aufgehen«, antwortet Suki. »In zwei Worten: Dunkle Materie.« Mir wird wieder einmal klar, wie wenig wir über sie wissen. Eigentlich nur die Art von Gerüchten, die es über jeden Menschen gibt, mit dem man einmal ein paar Jahre eng zusammengearbeitet hat. Angeblich ist sie als Tochter eines angesehenen Reeders in einem Herrenhaus in Seoul aufgewachsen – mit Orchideengarten, künstlichen Teichen und echten Pfauen. Als sie in die siebte Klasse kam, verlor ihr Vater alles und ihre kleine, heile Welt stürzte von einer Sekunde auf die nächste zusammen. Auf Bankrott stand in Südkorea damals Gefängnis. Die Familie flüchtete in die USA. Völlig mittellos kamen sie in einem heruntergekommenen Haus in New York unter. Ihr erstes Wort in Amerika war »FOB« für »fresh off boat«. Man sagt, sie hat in der Pink Pussy Cat Boutique in Hell's Kitchen Gummidildos verkauft, um ihr College zu finanzieren. Danach hat sie es bis nach Harvard geschafft. Studium der Betriebswirtschaft und der Psychologie – beides mit Auszeichnung bestanden. Trotz ihrer Auszeichnungen hat sie auch am nächsten Morgen ihre dunkle Materie nicht gefunden.

Donnerstag, 25. Oktober 2001, London

The smooth hissing snakes of rain

In der Nacht habe ich einen seltsamen Traum. Es ist kalt. Die Luft ist dünn. Mächtig, still und schneebedeckt ragen Berge vor mir auf. Der ewige Sturm auf den Gipfeln zieht feine silberne Striche in den Nachthimmel. Wolken aus Eisstaub. Sie glitzern im Mondlicht. Ich entdecke eine merkwürdige Felsformation. Ihre Silhouette erinnert an ein Wesen halb Mensch, halb Vogel. Fjodor, der gekleidet ist wie ein tibetanischer Mönch, dreht eine Gebetsmühle und singt mit monotoner Stimme: »Suuuukiiiii!« Dann ist da noch ein Schatten. Mit einem spitzen Pickel drauf. Er bewegt sich. »Willarth! Da sind Sie ja! Und wie gefällt Ihnen das?« Ein Arm holt weit aus und kehrt die ganze Bergkulisse zusammen. »Es ist erreicht. Jetzt ist Deutschland groß! Von Hamburg bis an den Himalaya!« Beim Aufflammen eines Streichholzes, das zu einer Zigarette geführt wird, sehe ich einen buschigen, altmodischen Bart, unruhige Augen, eine kitschige Operettenuniform und eine preußische Spitzhaube. »Habe es ja schon damals im Reichstag gesagt. Für mich gibt's keine Parteien mehr. Auch keine Deutschen. Nur noch Konsumenten.

Wer Revolutionslieder singen will, kann es ja im Fernsehen tun«, schnarrt Wilhelm Zwo. Dann richtet er sich auf, pafft einige Züge und prophezeit:»Morgen gibt's Kaiserwetter, Willarth. Da jagen wir den letzten Schneeleoparden.«

Am nächsten Morgen jagen wir jedoch keine seltenen Raubtiere, sondern Osezua, der uns ganz unverhofft vor die Flinte gelaufen ist. Suki hat uns in aller Herrgottsfrühe aus dem Bett geklingelt, weil sie kurzfristig erfahren hat, dass eine große Pressekonferenz von Währungsfonds und Weltbank zu einer neuen Afrika-Initiative am Flughafen Heathrow stattfinden soll. Laut Suki ist die Aktion Teil einer groß angelegten Image-Kampagne, einer Antwort auf die ständigen Attacken der Globalisierungsgegner und die Spuren, die sie in der weltweiten Wahrnehmung dieser Institutionen hinterlassen haben. Da macht sich ein PR-Blitz in Afrika immer gut. Vor allem Fototermine an frisch gebohrten Brunnen: strahlende Kinder mit weißem Lachen im schwarzen Gesicht, dazu sprudelndes Wasser vor einem dürren, braunen Hintergrund. Unwiderstehlich!

In einem Konferenzraum im Flughafengebäude hat sich die Presse breitgemacht. Drei Fernsehkameras sind aufgebaut, die Mikrofone der Radiojournalisten installiert und die Informationsmappen verteilt. Fjodor und ich verfluchen die frühe Stunde und den dünnen Kaffee – und danken den russischen Schnapsbrennern, dass der Wodka-Schädel von allen Katern der gnädigste ist.

Einige Journalisten haben den hochkarätigen Tross aus IWF und UNO auf dem einen oder anderen Reiseabschnitt begleitet und tauschen sich über ihre Erlebnisse aus. Da sind nette Geschichten, wie die vom Fototermin in einer ugandischen Schule. Anfahrt in einer Kolonne schwerer, gepanzerter Geländewagen über eine staubige Straße. Ankunft vor einem einstöckigen Häuserkomplex. Alles ist einfach und sauber. Die Wände sind gelb gestrichen, die Wellblechdächer rot, im Schulhof stehen Eukalyptusbäume, still ziehen die Wolken über den weiten Himmel. Uniformierte Schulkinder treten an und singen »Oh Uganda, Land of Beauty«. Die letzte Zeile lautet: Die Perle in der Krone von Afrika. Der Staatspräsident hält eine Rede. Die Geschäftsführende Direktorin des IWF hält eine Rede. Beide pflanzen einen Baum. Und damit endet ein langer und erbitterter Streit.

Der Währungsfonds hatte empfohlen, die höhere Schulbildung privatwirtschaftlich zu organisieren. Die ugandische Regierung baute ein System staatlich bezuschusster Schulen auf. Der IWF strich alle Unterstützung. Der Anteil der ugandischen Bevölkerung mit höherer Schulbildung stieg um sieben Prozent. Die neue Direktorin bot wieder Kredite an. Die ugandische Regierung lehnte das Geld ab. Weder der Präsident noch die Direktorin haben die Vorgeschichte des Baumes auch nur mit einem Wort erwähnt. »Vielleicht wird ja eines Tages eine Tafel angebracht, die daran erinnert. Daraus können die Kinder wirklich etwas lernen«, sagt der Journalist. Seine Kollegen lachen.

Andere Geschichten sind beklemmend, wie die aus Sierra Leone, die von einer schwedischen Journalistin erzählt wird. Zehn Jahre Bürgerkrieg haben das Land zerstört, zweihunderttausend Tote und eine Millionen Flüchtlinge hinterlassen. Eine nach unten offene Richterskala. Inzwischen sind über zehntausend UN-Friedenssoldaten im Land und überwachen die Entwaffnung der verschiedenen Milizen. Das klassische DDR-Programm: Disarmament, Demobilization, Reintegration. Die Lage ist undurchsichtig. Verschiedene Rebellen- und Milizengruppen machen nachts die Hauptstadt unsicher. Besichtigung eines Lagers für Kriegsopfer. Rebellen haben ihnen Hände oder Füße abgehackt, manchmal auch beides – als »Botschaft«. Sie erhalten weder Geld noch Lebensmittel, weil Sierra Leone aus UN-Sicht als »befriedet« gilt. Ein Krüppel rutscht auf Knien in den Weg der Delegation und bittet die Geschäftsführende Direktorin des IWF um eine Rückkehr des Krieges, damit sie wenigstens wieder etwas zu Essen haben. Als die schwedische Journalistin endet, lacht niemand mehr.

Schließlich marschiert die Geschäftsführende Direktorin des IWF, Nila Nyström, mit schnellem Schritt, gesunder Gesichtsfarbe, großem Gefolge und einem unerträglich munteren Lächeln herein. Sie kommt direkt aus Addis Abeba und hat auch Jeremy Westfal und unsere heutige Zielperson Osezua im Schlepptau. Am Rednerpult lässt sie die Funken fliegen. »Erster und einziger Punkt auf unserer heutigen Agenda: Halbierung der Weltarmut. Alternativen: keine. Voraussetzung: Rettung Afrikas.«

Dann kommt Jeremy Westfal nach vorne, ein früher für seinen Marktfundamentalismus berüchtigter Harvard-Ökonom, der den Rettungsplan für Afrika geschmiedet hat. Vor wenigen Jahren jettete Westfal noch mit einem »Flying Doctors« genannten Einsatzteam kreuz und quer über den Globus, um die ehemaligen kommunistischen Länder bei ihrem Übergang zur liberalen Marktwirtschaft zu beraten. In Russland ist er besonders erfolgreich gewesen. Die Industrieproduktion ist stärker eingebrochen als nach dem Überfall durch Hitlers Wehrmacht. Aber Westfal ist nicht der Mann, der sich von Fakten beeindrucken lässt. Jetzt will er fünfzig Milliarden pro Jahr, um gleich ganz Afrika zu retten.

Danach tritt der Zwei-Meter-Mann Osezua ans Mikrofon. Seit einer seiner Stammesbrüder in Nigeria ins Präsidentschaftsrennen eingestiegen ist, trägt er nur noch die bunten, weiten Hemden, die in seiner Heimat »Dashikis« genannt werden. Von seinen Freunden wird er Papa Sol genannt. Er sieht so aus, als hätte er zu viel, zu schwer und zu spät zu Mittag gegessen.

Doch die kleine Afrikafraktion im IWF hält den Blick aus seinen dunklen Augen unter den halbgeschlossenen Lidern für weise. Papa Sol sitze in diesen Momenten unter einem mythischen Baobab-Baum und blicke aus philosophischer Distanz mit genau der richtigen Gelassenheit auf die Märkte. Böse Zungen behaupten dagegen, er verdaue die märchenhaften Reichtümer, die seine Familie in Schweizer Schokolade investiert hat. Fast dreihundert Milliarden Petrodollar soll Nigeria in den vergangenen Jahrzehnten eingenommen haben. Doch die sind größtenteils von Politikern gestohlen worden. Früher nannte man Osezua den »Regenmacher« – wegen seiner Studien zur segensreichen Wirkung liberalisierter Kapitalmärkte, in der es nur so von Trickle-down-, Spill-over- und Splash-out-Effekten wimmelt. Aber inzwischen hat wohl auch er herausgefunden, dass Geld viel leichter von unten nach oben fließt als umgekehrt.

Wie dem auch sei: Wenn es einen Menschen auf der Welt gibt, den man als Propheten einer Wiedergeburt des schwarzen Kontinents ernst nehmen kann, dann ihn, als er jetzt über Grundschulen, Geschlechtergleichheit und Gesundheitsversorgung spricht. Seine letzten Worte hallen nach: »Die Zukunft der Globalisierung entscheidet sich in Afrika.«

Die Pressekonferenz endet nach einigen mäßig kritischen Fragen der Journalisten. Wer will schon zwischen Afrika und der

Zukunft stehen? Die Geschäftsführende Direktorin stellt sich noch zum Hintergrundgespräch zur Verfügung und wird zusammen mit Jeremy Westfal von einer Traube von Pressevertretern umringt. Osezua steht auf, blickt sich um und will schon in Richtung Tür verschwinden, als wir ihm den Weg abschneiden und unser Anliegen kurz vorstellen.

Osezua blickt erst misstrauisch auf uns und dann sehnsüchtig zur Tür. »Muss das jetzt sein?«

Ich nicke energisch. »Ja, bitte!«

»Also gut«, versetzt er mürrisch und trottet los. In der nächsten Flughafenhalle betreten wir eine First-Class-Lounge. Einige Geschäftsleute und Manager lungern in den Sesseln, hämmern E-Mails in ihre Laptops oder lesen Zeitungen. Am Empfang steht eine Servicekraft der Fluggesellschaft und langweilt sich. Wir setzen uns in eine kleine Sitzecke.

»Sind Sie zufrieden mit den Ergebnissen der Afrikareise?«, frage ich, um das Eis zu brechen.

»Wissen Sie, was ich immer denke, wenn ich über diesen Kontinent fliege? Wenn ich von oben auf die silberglitzernden Ströme, braunen Ebenen und grünen Hügel blicke? Ich denke, so muss sich Gott am siebten Tag der Schöpfung gefühlt haben.« Er macht eine kurze Pause. »Ich bin den Sermon über Hunger, Gesetzlosigkeit, Korruption und all die Hilfe, die der schwarze Kontinent angeblich braucht, so leid. Aber der ist nun einmal Teil des Geschäftsmodells der westlichen Entwicklungshilfeindustrie. Wenn Sie mich fragen: Afrika braucht keine Wohltätigkeit, sondern Wachstum. Der Kontinent ist ein gutes Geschäft, auch wenn es dort noch allerhand Hexen, Geister und Zauberer gibt.«

»Stimmt es, dass eine afrikanische Zeitung Frau Nyström als ›große Hexenmeisterin‹ aus dem Norden bezeichnet hat?«, wirft Fjodor ein. »Und dass mehrere Zeugen glaubhaft versichert haben, dass sie von ihr entführt worden seien und Furchtbares erlebt hätten?«

Osezua nickt.

»Also, das finde ich doch reichlich mittelalterlich«, sage ich.

»Was? Die Idee, dass alle Macht ihren Ursprung in der spirituellen Welt hat?«, fragt Osezua.

Ich nicke. »Sollen wir uns jetzt Amulette umhängen?«

»Das wäre vielleicht kein schlechter Anfang«, sagt Osezua.

»Wir glauben doch auch an unsichtbare Kräfte. Kapital ist schließlich genau das. Ein Aberglaube, aber ein mächtiger. Was ist wirklicher, Penisschrumpfer oder Aktienportfolios? Ich kann es ihnen nicht sagen.«

Ich lache.

Fjodor bleibt ernst.

Osezua sieht auf seine Armbanduhr. »Aber Sie interessieren sich doch nicht wirklich für Afrika, oder? Es geht wohl mal wieder um die verdammte Liste. Lacours Liste! Was wollen Sie wissen?« Osezua spricht langsam und bedächtig mit einer tiefen, kehligen Bass-Stimme. Und auch nach einer halben Stunde schneidender Fragen von Fjodor und mir über seine Beziehungen zu Sakurai und Chaudhuri, seine Einstellung zur politischen Agenda des IWF sowie mögliche Insidergeschäfte im Umfeld der Asienkrise hat sich weder der Ton seiner Stimme geändert noch seine ruhige Art zu sprechen. »Meine Herren«, sagt er schließlich freundlich, aber bestimmt, »diese ganze Geschichte mit irgendwelchen vermeintlichen Insidergeschäften ist einfach nur eine Intrige, um Dissidenten wie mich aus dem Währungsfonds zu entfernen. Das ist ein durchsichtiges Spiel. Die wollen uns fertigmachen.«

Vor den Scheiben stehen riesige Passagiermaschinen. Auf dem betonierten Vorfeld wirken sie mit ihren elegant geschwungenen Flügeln und Flossen unbeholfen wie gestrandete Wale.

»Kennen Sie Tantani?«, frage ich.

»Tantani?«, fragt er. »Fred Tantani? Den kennt doch jeder im IWF. Er ist unser wichtigster Mann in Buenos Aires.«

»Wie lange kennen Sie ihn denn schon?«

»Seit 1973«, sagt Osezua.

»Waren Sie schon gemeinsam auf Mission?«

Osezua nickt. »Häufiger. Das letzte Mal vor einigen Jahren in Indonesien. Der Hungeraufstand in Jakarta gegen die vom IWF geforderte Liberalisierung der Märkte für Grundnahrungsmittel. Wir haben es gerade noch rechtzeitig zum Flughafen geschafft. Es war Tantani, der das organisiert hat. Ich weiß nicht, was sonst passiert wäre.«

Ich muss improvisieren und denke mir schnell eine Geschichte aus. »Einige Menschen machen sich Sorgen, dass Tantani eventuell etwas überfordert mit der gegenwärtigen Situation in Argentinien sein könnte. Halten Sie das für plausibel?«

»Ich halte es eher für wahrscheinlich, dass der IWF mit Tantani überfordert ist.«

»Warum?«, frage ich.

»Tantani kennt die Praxis. Tantani ist die Wirklichkeit. Tantani weiß, dass es zahlreiche unwägbare Faktoren gibt, die in den Entwicklungsmodellen des Hauptquartiers nicht vorkommen und trotzdem entscheidend sind.«

»Welche Art von Faktoren?«, fragt Fjodor interessiert. »Meinen sie Aberglauben? Okkultismus?«

Osezua sagt: »Vielleicht ist Tantani genau das: ein Hexenmeister der unsichtbaren Kräfte des Kapitals. Wenn das stimmt, ist er sicher einer der besten.« Er klopft auf seine Uhr. »Ich muss jetzt wirklich los. Viel Glück bei Ihrer Mission«, sagt er noch, erhebt sich, drückt Fjodor mit den Worten »Grüße aus Afrika« ein Amulett in die Hand und geht.

Tantani ist die reinste Wundertüte! Der Mann hat eine Verbindung zu Osezua, arbeitet beim IWF und sitzt in Buenos Aires im Auge des Orkans der nächsten großen Finanzkrise. Außerdem traut Lacour ihm zu, der Welt den Krieg zu erklären. »Wenn das keine heiße Spur ist, darfst du mich bis zum Rest meines Lebens Jeremy Westfal nennen«, sage ich. »Wir haben wohl einen Hauptverdächtigen.«

Fjodor nickt. »Oder zwei«, sagt er und zeigt mir den Talisman, den Osezua ihm gegeben hat: Es ist ein Totenkopfamulett.

Kapitel 4

As we run from the day to a strange night of stone

Nach dem Start in Heathrow legt sich die Maschine in eine sanfte Kurve Richtung Atlantik. Ich überfliege die Schlagzeilen der Financial Times. Auf der Titelseite springt mir sofort eine kleine Meldung mit der Schlagzeile: SPANNUNGEN ZWISCHEN IWF UND ARGENTINIEN ins Auge. Die Linie des Währungsfonds scheint klar: Durchführung liberaler Reformen oder finanzieller Tod. Mit dieser Politik haben sie sich dieses Jahr schon in der Türkei durchgesetzt. Die Märkte für Gas und Zucker wurden geöffnet, die Telekom privatisiert, der Bankensektor modernisiert und das Land vor der Pleite gerettet. Nur, die Argentinier haben schon alles privatisiert und geöffnet, was an Unternehmen und Märkten im Land war. Die Linke spricht sogar von einer Plünderung. In Buenos Aires wurde nichts besser, aber alles teurer. In New York strichen einige Investmentbanker einen satten Bonus ein, kauften ihren Ehefrauen Blumen, ihren Geliebten ein paar Diamanten und sich selbst Segelyachten. So zumindest sehen es die Kritiker.

Aber Argentinien ist ein anderer Fall als die Türkei. Das Land scheint zu keinerlei Fortschritt fähig zu sein. Die Analysen teilen die argentinische Geschichte in »Epochen«, »Etappen« und »Phasen« ein. Aber so sehr die Autoren sich bemühen, die Ereignisse scheinen isoliert, zufällig und zerstreut. Die Argentinier sind mutig, sie wehren eine englische Invasion ab und lösen sich von Spanien. Sie kämpfen, immer kämpfen sie – vor allem gegeneinander. Sie foltern und werden gefoltert, sie verspielen die Demokratie und erobern sie zurück, aber letztlich verschwenden sie alle ihre Energie im Zeichen einer Farce. Zum wirklichen Drama hat es nie gereicht. Selbst die Kriege scheinen unwirklich. Dieser Angriff auf ein paar fast unbewohnte englische Inseln am Polarkreis, die von den Argentiniern Malvinas und von den Engländer Falklands genannt werden. Legitimiert durch eine fünfhundert Jahre alte Papstbulle. Nein, kein Problem dort unten wird je gelöst, nichts kommt jemals voran, ein Jahrzehnt endet so, wie das nächste beginnt. So scheint es.

Aber dann kommt plötzlich die Wende: Nach der Hyperinflation Ende der Achtziger Jahre leitet die argentinische Politik einen radikalen Kurswechsel in der Wirtschaftspolitik ein. Das Reformwerk wird »Plan de Convertibilidad« genannt und umfasst weitreichende fiskal- und strukturpolitische Maßnahmen, die dem wirtschaftsliberalen Konsens von Washington entsprechen – vor allem die Privatisierung der argentinischen Industrie. Ziel des marktorientierten Maßnahmenbündels ist die Steigerung der Effizienz und Produktivität der argentinischen Volkswirtschaft. Sein Architekt ist der Wirtschafts- und Finanzminister Arturo Dominguez, sein Fundament die Geldpolitik: Die Bindung des argentinischen Peso an den amerikanischen Dollar zum Kurs von eins zu eins soll die Furien der Inflation ein für allemal verbannen.

Der Konvertibilitätsplan bringt fast ein Jahrzehnt lang die erhofften Effekte. Bei schwacher Inflation wächst das Land durchschnittlich um sechs Prozent. Dann zeigt eine Reihe von externen Schocks die versteckten Bruchstellen auf. Die Einnahmenbasis des Staates hat sich zwar verbessert, bleibt aber zu schwach, was zu einem stetigen Anstieg der Verschuldung führt. Das starke Wachstum hat es möglich gemacht, wichtige Strukturreformen aufzuschieben. Als größtes Problem erweist sich jedoch ausgerechnet das Währungsregime.

Die Argentinier haben sich für eine »harte« Bindung an den Dollar entschieden. Wie hoch der Dollar auch steigen mag, der Peso muss ihm folgen. So ist das mit der Geldpolitik: Man kann sich seine Spielregeln zwar selbst setzen, aber danach kann man sie nicht mehr brechen. Und so gibt es keinen Spielraum für eine nominale Abwertung, als drei Faktoren sie Ende der Neunziger notwendig machen: die nachhaltige Kurssteigerung des amerikanischen Dollars, die Abwertung des brasilianischen Real und ein starker Anstieg der Staatsausgaben vor den Präsidentenwahlen. Argentiniens Exporte werden zu teuer. Das Land fällt in eine Rezession, aus der es sich bis heute nicht befreien kann.

Als der Champagner serviert wird, lege ich das Argentinien-Briefing beiseite und hole eine Informationsmappe zu Tantani aus meiner Aktentasche. Die wenigen Dokumente sind an allen entscheidenden Stellen fast durchgehend geschwärzt. Auffällig ist, dass es keine Informationen zu Tantanis Zeit vor 1971 gibt. Es ist, als hätte er vorher nicht existiert. Das wichtigste Zeichen, dass er in den Siebziger Jahren überhaupt gelebt hat, ist die Kopie einer Urkunde über die Verleihung der Naval Medal of Honor, verliehen 1973 für »auffällige Tapferkeit und Furchtlosigkeit unter Einsatz seines Lebens«. Es gibt sogar eine Ansicht vom Orden in Großformat. Man kann eine Gestalt sehen, die eine Schlange in jeder Hand hält. Sie wird als »Vater des Chaos« bezeichnet. Auch auf den Ärmeln von Jim Morrisons allgegenwärtigem Ledermantel war jeweils eine Schlange abgebildet.

Außerdem ist da ein altes Schwarz-Weiß-Foto von Fred Tantani. Er trägt einen Vollbart und hat einen durchdringenden Blick. Vielleicht sehe ich schon Gespenster, aber Jim Morrison sah ganz ähnlich aus. Ich krame eine Doors-CD aus dem Handgepäck, ziehe das Booklet mit einem Foto von Morrison heraus und lege es neben das von Tantani. Gespenstisch. Sie sehen tatsächlich fast aus wie Zwillinge. Feindliche Brüder? Oder nur die zwei Seelen einer Generation? Ich falte das Bild von Morrison in der Mitte und schiebe es über das Bild von Tantani, sodass ein neues Gesicht entsteht. Vielleicht ist Morrison gar nicht in der Badewanne der Pariser Wohnung in der Rue Beautreillis gestorben, sondern in einem Nachtclub, wie es so manche Legende will? Und wenn es so war, dann ist es vielleicht gar nicht Morrison gewesen, der damals gestorben ist, sondern sein Doppelgänger Tantani, dessen Weg sich zufällig mit dem des Sängers kreuzte. Und wenn alles das tatsächlich passiert wäre, dann würde auf mich in Buenos Aires mein Vater warten.

Aber nein, das ist unwahrscheinlich. Sehr unwahrscheinlich. Ich schlürfe den Champagner und muss an den Text der Prophezeiung denken: »*Das Kristallschiff wird verloren gehen. / Niemand mehr den Kurs klar sehen. / Und schutzlos liegt am End' der Welt, / Die ew'ge Stadt unterm Himmelszelt. / Wartet darbend auf den Held, / Der Rettung bringt, bevor sie fällt.*« Mit der Stadt am Ende der Welt könnte tatsächlich Buenos Aires gemeint sein. Jeder sieht nur das, was er sehen kann und will. Ist es nicht so?

Am späten Nachmittag lande ich am Dulles-Airport in Washington. Vor dem Ankunftsterminal wartet bereits eine Limousine auf mich. Der Fahrer nimmt mir das Gepäck ab, verstaut es in einem Kofferraum und fährt Richtung West Virginia. Ich dämmere weg, bis wir den Highway verlassen und in ein gesichtsloses Neubauviertel mit Einfamilienhäusern und Apartmentblocks hineinfahren. Schließlich halten wir vor einer unauffälligen, zweistöckigen Anlage. Die Umgebung ist trostlos. Eine Tankstelle, ein großer Parkplatz, ein Restaurant, die gleichmäßig rauschende Autobahn zur Linken, das Gewerbe- und Industriegebiet zur Rechten. Oben warten Fjodor und Suki auf mich, die bereits am Sonntag in Washington angekommen sind.

»Und? Habt ihr die dunkle Materie gefunden?«, frage ich zur Begrüßung.

»Du wirst dich wundern«, sagt Suki voller Vorfreude. »Denn eines steht fest: Wenn das Universum nur aus sichtbarer Materie bestünde, gingen die grundlegenden physikalischen Gleichungen nicht auf. Ähnlich sieht es in der Kapitalbilanz Argentiniens aus. Und ich weiß noch etwas«, fügt sie hinzu. »Wir haben uns die eigentliche Frage nicht gestellt.«

»Die da lautet?«, frage ich, während Fjodor und ich ihr in ein mit Computern vollgestopftes Arbeitszimmer folgen. Wir hocken uns alle drei an einen der Arbeitstische.

»Chaudhuri, Osezua, Sakurai, Tantani – was verbindet diese Männer wirklich?«

»Sie gehören derselben Generation an.«

»Allgemeiner.«

»Ideologie?«

»Enttäuschte Ideologie.« Sie reicht mir einen schmalen Band mit dem Titel »Proceedings of the International Development Conference, Paris, July 1973« und schlägt sie an einer markierten Seite hinten im Annex auf. Unter den Teilnehmern an einem Workshop zum Thema »Die Bewegung der blockfreien Länder: Ein dritter Weg zwischen Kapitalismus und Kommunismus?« finden sich sowohl die drei Personen von Lacours Liste als auch Tantani. »Diese Männer treffen sich 1973 in Paris. Zu alt, um einer neuen Ideologie wie dem Neoliberalismus zu verfallen, und doch noch zu jung, um die Welt nicht verändern zu wollen. Auf der Suche nach einem höheren Ziel. Was ist, wenn sie eine radikal neue Antwort auf die Herausforderungen der Unterentwicklung gefunden haben?«

»Welche?«, frage ich.

»Die Antwort, die damals die blockfreien Länder hatten. Der dritte Weg. Der Aufbau einer neuen Weltwirtschaftsordnung mit fairen Handelsbedingungen für alle Staaten; insbesondere für die Entwicklungsländer«, sagt Suki.

Dann führt Fjodor aus: »Seit Anfang der Siebziger Jahre sind Schritt für Schritt alle Sicherheitsmechanismen wieder außer Kraft gesetzt worden, die man als Lehre aus der Weltwirtschaftskrise 1929 eingeführt hatte. Das Trennbankensystem, das Verbot von Leerverkäufen, das Bretton-Woods-System von Kapitalverkehrskontrollen und festen Wechselkursen. Vielleicht ist ihnen klar geworden, dass der Währungsfonds unter den Vorzeichen liberalisierter Kapitalmärkte zur Inkassotruppe für unvorsichtige Großbanken verkommen würde. Vielleicht schmiedeten sie den Plan, einen Fonds zu gründen, wie ihn die Welt damals noch nicht kannte; einen Fonds, der genau das Negativ der Arbeit des Währungsfonds darstellte: ein Chaosfonds, für den die Abwertung irgendeiner beliebigen Weltwährung ein Gewinn war.« Er macht eine kurze Pause. »Ganz ähnlich wie der Tiger, nur dass er fast zwei Jahrzehnte früher an den Start gegangen ist und sehr viel besser informiert war. Und wer kann besser einschätzen, wann eine Währung abgewertet wird, als die IWF-Insider?«

»Und das Geld? Wie finanzieren sie den Fonds?«, hake ich nach.

Suki reicht mir ein weiteres Dokument. Es ist der Bericht eines Untersuchungsausschusses des amerikanischen Senats vom Anfang der achtziger Jahre zum Verbleib von vierzig Millionen Dollar aus den Air-America-Operationen in Laos. Auch Tantani wurde befragt. Doch das Geld blieb verschwunden. Suki meint, dass es der Grundstein des Fonds gewesen sei. Ein Leuchten zuckt über ihr Gesicht als sie feststellt: »Die Vier haben die Spielregeln des entfesselten Kapitals nur zwei Jahrzehnte früher durchschaut als alle anderen. Sie haben verstanden, dass man sich der Flut nicht entgegenstellen, ihre Energie aber durchaus nutzbringend einsetzen kann.«

»Haben wir irgendwelche Beweise?«, frage ich.

»Wenn es weder der amerikanische Senat noch die amerikanische Börsenaufsicht geschafft haben, wird das sicherlich schwer. Die Jungs sind gut, vielleicht sogar sehr gut. Aber auch wenn es keine Beweise gibt, so haben wir doch ein paar Argumente für unsere Theorie.« Sie dreht sich mit ihrem Stuhl zu einem Bildschirm und klimpert auf der Computertastatur wie eine Konzertpianistin auf ihrem Flügel. Wieder flackern Diagramme über den Bildschirm. Es mag ja sein, dass die fundamentalen und technischen Analysemethoden veraltet sind. Aber aus meiner Sicht haben sie einen unschlagbaren Vorteil: Ich verstehe sie. Dagegen kann ich den dreidimensionalen Fraktalgraphen, die Kwak jetzt mit dem FORMEL-U-Programm hervorzaubert, wenig abgewinnen. »Heute«, endet sie, »schätze ich das Volumen dieses Fonds auf mindestens acht Milliarden Dollar. Dies ist die Summe, die ein uns bisher unbekannter Spieler, der sich nach den von uns vermuteten Mechanismen verhält, benötigen würde, um einige der verdächtigen Handelsmuster während der letzten großen Finanzkrisen zu erklären.«

»Für diese Handelsmuster kann es auch ganz andere Erklärungen geben«, zweifele ich.

Sie zuckt die Schultern.

»Wenn ihr recht habt, was ist dann das Ziel dieser Gruppe?«, frage ich. »Die Überwindung des herrschenden Systems? Und danach? Wie soll er denn aussehen, dieser dritte Weg?«

Doch auch in den nächsten Stunden finden wir keine überzeugende Antwort auf diese Fragen. Fest steht nur: Wenn die Verschwörer tatsächlich über acht Milliarden Eigenkapital verfügen, dann haben sie die Möglichkeit, Geschäfte mit einem Nominalwert von 2.000 Milliarden Dollar einzugehen. Zumindest wenn wir den gleichen Hebel wie bei der Midas zugrunde legen, also den Faktor 250. Das ist genug Feuerkraft für eine wirklich große Finanzkrise.

Als wir dann spät am Abend noch bei einem Bier im Wohnzimmer sitzen, bringt CNBC eine aktuelle Meldung über Argentinien. Die Sprecherin trägt ein gut geschnittenes Kostüm mit cremefarbenen Applikationen und eine Kette aus dunklen Tahitiperlen. Ihr Stil erinnert an Mascha. Sie blickt kurz auf das Blatt, dann wieder in die Kamera. »Buenos Aires: Bei schweren Ausschreitungen am Rande einer Protestveranstaltung gegen den Sparkurs der Regierung sind heute mindestens zwanzig Menschen verletzt worden.« Der Filmbeitrag zeigt eine brodelnde Menschenmasse mit Spruchbändern. Dann ein Kameraschwenk auf eine Phalanx aus Polizeischilden. Tränengaswolken steigen auf. Dann kommt eine junge Frau ins Bild. »Noch nie ist ein Land in Friedenszeiten so rücksichtslos seiner Reichtümer beraubt worden«, sagt sie. Hinter ihr spannt sich ein Transparent mit der Aufschrift: JEDES HERZ EINE REVOLUTION. Der Fernsehkommentator spricht aus dem Off von »Esther Villaverde, einer Stimme der Globalisierungsverlierer«. Die Frau schaut an der Kamera vorbei und wettert weiter gegen das »marktfundamentalistische Flächenbombardement aus Washington«, dessen jüngster Kollateralschaden in Argentinien zu besichtigen sei.

Danach erscheint ein Mann mit einer Halbglatze und einem kurz getrimmten grauen Haarkranz am Bildschirm. Er steht vor einem Pult, das mit Mikrofonen gespickt ist. Seine Stirn glänzt im Scheinwerferlicht. Er tupft sie mit einem Taschentuch ab. Es ist Arturo Dominguez, der argentinische Wirtschafts- und Finanzminister. Angeblich hat er das Treffen der ibero-amerikanischen Wirtschafts- und Finanzminister letzte Woche in Lima mit dem Satz eröffnet: »Alle glücklichen Länder gleichen einander. Unglücklich ist jedes Land auf seine Art.« Jetzt bekräftigt er öffentlich: »Wir werden uns nicht dem Druck der Straße beugen, sondern weiter am strikten Konsolidierungskurs, der Politik des Null-Defizits und der Peso-Dollar-Parität festhalten. Schulter an Schulter stehen wir mit dem Internationalen Währungsfonds, um diese Krise zu meistern.«

Fjodor schaltet den Ton des Fernsehers aus und sagt: »Das ist genau das, was unsere Verschwörer wollen: die Revolution!«

»Nein«, widerspreche ich, einer plötzlichen Idee folgend. »Sie wollen die Rückkehr zum Verbot von Leerverkäufen und die Zerschlagung der heutigen Großbanken wie nach der Weltwirtschaftskrise 1929, die Wiedereinführung des Systems fester Wechselkurse und strikter Kapitalverkehrskontrollen wie nach der Bretton-Woods-Konferenz 1944. Sie wollen die Kapitalmärkte wieder in Ketten legen. Sie wollen gerade nicht die Revolution, sondern die Restauration.«

»Aber dafür brauchen sie eine Systemkrise«, sagt Suki. »Und die können sie über einen argentinischen Staatsbankrott vielleicht auslösen.«

Wir alle drei blicken auf den Fernseher. Fjodor schaltet den Ton wieder ein. »Es besteht kein Grund zur Beunruhigung«, sagt

Dominguez gerade. Hinter ihm hängt eine Fahne: zwei breite horizontale Streifen in Himmelblau an den Rändern und ein weißer mit einer Sonne in der Mitte. Ein Trauerflor wäre passender gewesen. Kein Himmel, nicht blau.

Freitag, 2. November 2001, Washington

It's all over for the unkown soldier

Suki meint, wir sollten uns unbedingt Rückendeckung holen, wenn wir näher an Chaudhuri, Osezua und Sakurai rankommen wollen. Es gebe jemanden, der sich sehr für unsere Arbeit interessiere und den sie uns vorstellen wolle. Es ist der Mann, den ich auf Lacours Foto gesehen habe: Koski! Wohl der wahre Leiter unserer Operation.

Nach Sukis Informationen kam er nach der Niederlage der Amerikaner in Vietnam zum Währungsfonds, kurz nachdem Robert McNamara, der Chefarchitekt des Krieges, zum Geschäftsführenden Direktor des IWF wurde. Es sind nicht zuletzt diese Personalrochaden gewesen, die den Verschwörungstheoretikern bis heute einen fruchtbaren Nährboden bieten: Da ist McNamara, der Technokrat, der daran glaubte, dass man den amerikanischen Feldzug in Indochina managen könne wie ein Unternehmen: durch statistische Kontrolle. Solange die »Kill-Ratio« stimmte, also auf einen getöteten GI genügend getötete Nordvietnamesen und Vietcong kamen, gewann Amerika den Krieg. Sein Vertrauen in diese Formel war so unerschütterlich, dass sie kaum Raum für menschliche Variablen ließ und gar keinen für das Unvorhersehbare. Und sind die Strukturanpassungsprogramme des IWF nicht genauso mechanisch? Hier am Schräubchen des Freihandels gedreht, dort etwas Liberalisierungsöl ins Getriebe geträufelt und fertig ist der Weltwohlstand. Immer komplexere Formeln, die zu immer banaleren Wahrheiten führen.

Und dann gibt es da diese eigenartige Geschichte mit den Abkürzungen, die Fjodor gestern ausgegraben hat. So steht »SWIFT« sowohl für »Society for Worldwide Interbank Financial Telecommunication«, als auch für »Shallow Water Inshore Fast

Tactical«. Warum wurde ein globales Informationsnetz der Banken wie einer der bekanntesten Bootstypen des Vietnamkrieges benannt? Und ist es Zufall, dass sich das politische Kürzel von Laos – PDR für »People's Democratic Republic« – auch in der Abteilung »Policy Development and Review« des Währungsfonds spiegelt? Und warum heißt die Kapitalmarktabteilung des IWF ausgerechnet »International Capital and Bond Markets« – was keinen großen Sinn macht, aber die gleiche Abkürzung wie jene der Interkontinentalraketen ergibt: »ICBM«? Hat McNamara den Währungsfonds vielleicht in ein finanztechnokratisches Abbild der amerikanischen Militärmaschinerie verwandelt? Hat er – und haben Menschen wie Tantani, Koski und Lacour – letztlich nur die Uniform gegen den Anzug getauscht? Ist es vielleicht sogar ein interner Machtkampf? Die drei enttäuschten Idealisten Chaudhuri, Osezua und Sakurai gegen die drei kalten Krieger: Koski, Lacour und Tantani? Und wenn ja, welche der Gruppen kann von einer Destabilisierung der Finanzmärkte am meisten profitieren?

Eines scheint jedenfalls festzustehen: Koski befehligte während des Krieges ein Geschwader von leichten Patrouillenbooten, die zu eben jener SWIFT-Klasse gehörten, auf dem Mekong. Er hatte die Aufgabe, kleinere Kampfeinheiten unauffällig ins Hinterland des Feindes zu bringen. Offiziell ging es um Aufklärung, aber die meisten vietnamesischen Rekruten waren Schwerstkriminelle, die ein üppiges Kopfgeld für jeden getöteten Vietcong bekamen. Koskis Spitzname unter den Kameraden war »Captain Doom«, aber in den Bordellen von Saigon wurde er auch der »Chicago Bulle« genannt. Bei einer verdeckten Mission in Laos im Rahmen der »Operation Tailwind« verlor er im September 1970 bei einem Feuergefecht seinen Arm und bekam im Gegenzug eine Prothese und einen Purple-Heart-Orden vom Staat spendiert. Danach wurde er zwar aus dem aktiven Dienst entlassen, arbeitete aber wohl weiterhin bei verdeckten Operationen mit. Soweit die Legende.

Wir sind um fünf mit ihm im Schulungszentrum des Währungsfonds verabredet. Koski meinte, wir sollten ruhig einmal »ein bisschen IWF-Luft schnuppern«. Als wir den Saal betreten, in dem er gleich einen Einführungsvortrag für neue Mitarbeiter halten wird, steht er hinter einem Rednerpult und ordnet einige Unterlagen. Seine Erscheinung entspricht in etwa dem Bild, das ich mir von ihm gemacht habe: kahl, klein und kompakt. Aufrechte Haltung, gerader Blick. Der fehlende rechte Arm fällt wegen der Prothese nicht so sehr auf, wie ich erwartet habe. »Suki hat mir schon viel über Ihre Arbeit erzählt«, sagt er zur Begrüßung. Dann wendet er sich an mich. »Willarth? Sie sind Deutscher, nicht? Ihr seid schon ein Mordsvolk, ihr Germanen«, lacht er und knufft mich hart mit seiner Linken gegen die Schulter. »Ich liebe die Deutschen. Ganz im Ernst. Wir haben unsere besten Kriege gegen euch geführt. Ja, mein Großvater und mein Vater, die konnten noch mit Ehre überhäuft nach Hause kommen. Leider war für meine Generation nur noch Vietnam übrig.« Dann wird er ernst. »Gut, dass wenigstens ihr eine Spur gefunden habt. Der Rest der Insideruntersuchung fällt gerade in sich zusammen. Alle Verdachtsmomente sind wie Seifenblasen geplatzt.«

»Bleiben Chaudhuri, Osezua, Sakurai und Tantani«, sagt Suki.

»Die ersten drei spielen keine Rolle.« Koski schüttelt seinen Kopf. »Aber Tantani? Das traue ich ihm zu. Kenne ihn ja gut genug. Mehr später«, sagt er und zeigt auf einige junge Leute, die den Saal betreten, sich fragend umsehen und schließlich in den mittleren Reihen Platz nehmen. »Hühner! Nichts als Hühner!«, brummt er. »Kanonenfutter für die Krisen des einundzwanzigsten Jahrhunderts.« Als Koski die Tür schließt, setzen wir uns in die hinterste Reihe.

Die neuen IWF-Mitarbeiter schauen Koski jetzt aus erwartungsfrohen Gesichtern an. Sie haben es geschafft! Sie gehören zu jener Handvoll Volkswirten, die der Währungsfonds jährlich einstellt. Alle mit Doktorgrad. Cambridge, Chicago, Harvard, Oxford, Stanford. Einstiegsgehalt bis zu hunderttausend Dollar – steuerfrei. Aber das ist es nicht allein. Status? Vielleicht. Visitenkarten aus schwerem Papier. Das blaue Wappen ist oben links eingestanzt: zwei Hemisphären mit einem Lorbeerblatt darunter. Aber Geld und einen guten Namen gibt es auch an der Wall Street. Nein, das Wichtigste ist wohl die Aussicht, bald irgendwo auf der Welt die wirtschaftliche Zukunft einer Nation zu bestimmen. Näher kann man Gott als Ökonom nicht kommen.

»Was ist Schicksal?«, fragt Koski ohne jede Einleitung und

lässt das letzte, deutlich betonte Wort eine Weile wirken. »Es ist das Unentrinnbare, Undurchdringliche und Alldurchdringende. Früher nannten wir es Gott. Dann nannten wir es Politik. Heute aber nennen wir es Markt. Er ist Anfang und Ende, Furcht und Hoffnung, Wohlstand und Armut. Und jede Reformanstrengung ist für das Volk nur ein weiteres Opfer, um unsere neue Schicksalsmacht auch gnädig zu stimmen.« Pause. »Und wer ist das Schicksal für die Armen der Welt?« Pause. »Sie, meine Damen und Herren, Sie sind ab jetzt dieses Schicksal. Sie haben die Verantwortung, das Versprechen der Moderne zu erfüllen. Vergessen Sie das niemals.«

Er kommt hinter dem Pult hervor, hakt die Hände hinter dem Rücken ein und plustert sich breitbeinig auf. Seine Vergangenheit als Offizier strömt ihm jetzt aus jeder Pore. Purple-Heart-Koski – ein Pitbull im Hühnerstall. »Das Herz der Kapitalmärkte mag in New York schlagen. Aber ihr Hirn sitzt nur ein paar Blocks von hier. Washington, Neunzehnte Straße, Hausnummer siebenhundert.« Dann nimmt er jedes einzelne Gesicht ins Visier und sagt: »Willkommen an Bord.«

Man kann zusehen, wie die Neuen um einige Zentimeter wachsen. Koski redet vom »Oberkommando der Weltwirtschaft«, das aus dem Internationalen Währungsfonds, der amerikanischen Notenbank Fed und der Treasury besteht – der Rest sei Nebensache. Und wieder tragen die Neuen den Kopf etwas höher. Und als er jetzt in hastigem Stakkato von den fünf Kontinentalbereichen des Fonds spricht, da klingt es nach Armeen, die »ihren gottverfluchten Frontabschnitt der Globalisierung« sauber zu halten haben. Erst danach beginnt er über Strukturanpassungsprogramme, Sonderziehungsrechte und Kontingenzkreditlinien zu sprechen, die für die meisten hier im Raum bald den größten Teil ihres Alltags ausmachen werden. Koski ist ein Schleifer, aber ein guter. Als er eine Stunde später mit ihnen fertig ist, sind sie bereit, morgens um sechs mit Krawatte, Dreiteiler und Aktenkoffer auf der Mall anzutreten, im Gleichschritt zum Hauptquartier des IWF zu marschieren und dabei die Wechselkurse der Weltwährungen abzusingen.

Koski schiebt seine Unterlagen zusammen und wir verlassen das Schulungszentrum. Vor dem Eingang empfängt uns ein Platzregen. Er plattert hell auf das Blech der Autos und etwas dunkler auf die Schirme der Passanten und verschwindet gurgelnd in einem Gully ein paar Meter weiter. Koski spannt einen Schirm mit dem Slogan »International Monetary Fund – Your Shelter in the Storm« auf. Doch eine Böe verfängt sich sofort im Stoff und stülpt die Streben nach außen. Mit einem Fluch entsorgt er den Schirm im nächsten Mülleimer. Koski, Fjodor und ich stapfen schutzlos weiter. Suki duckt sich unter einen Mini-Schirm, den sie aus ihrer kleinen Handtasche hervorgezaubert hat.

Nach wenigen Blocks sind meine Sohlen aufgeweicht und die Nässe dringt durch meine Strümpfe. Koski stoppt abrupt und hält eine Tür auf. Aus den Augenwinkeln sehe ich den Namen – »Zou Haikuan« – dann tauchen wir ein in eine Welt aus grünen Drachen, bonbonfarbenen Berglandschaften, Rüschen-Lämpchen, geschnitzten Wandvertäfelungen und Porzellanglückskatzen mit ewig winkenden Pfötchen. Ohne irgendjemand von uns zu fragen, bestellt Koski für alle das Spezialmenü und plaudert drauflos: Mikrokredite! Kleiner Einsatz, große Wirkung. Afrika! Die Chinesen sind gerade dabei, eine Einflussschneise quer durch den Kontinent zu schlagen. Ihre Einkaufsliste ist lang: Rohöl aus Angola, Platin aus Zimbabwe, Kupfer aus Sambia, Tropenhölzer aus Congo-Brazzaville, Eisenerz aus Südafrika. Überhaupt die Rohstoffe! Lange übersehen worden. Im Nahen Osten Terrorismus, in Lateinamerika Populismus, in Russland Nationalismus – Afrika sieht plötzlich verdammt attraktiv aus. Meinen Sie nicht? Geopolitik eben.

Endlich kommt die Vorspeise. Kleine, seltsam geformte, goldene Bohnen, dazu Chili, Sichuanpfeffer und geröstete Sesamsamen. Ich bin gerade dabei, mir einen Löffel voll in den Mund zu schieben, als mir Koskis neugieriger Blick und Sukis diabolisches Lächeln auffällt.

»Knusprig und leicht«, kommentiert Koski. »Und dann die einzigartigen Gewürze. Einfach köstlich.« Er kaut die Bohnen mit einer mahlenden Kieferbewegung. »Ich bin gerne hier. Es erinnert mich an die Zeiten im Dschungel. An manchen Tagen mussten wir einfach essen, was wir auf den Blättern fanden – oder darunter.«

Ich schlucke meinen Mundinhalt mit einem Schluck Tee herunter. Ein furchtbarer Verdacht kommt in mir hoch. »Suki, was heißt Zou Haikuan?«, frage ich.

»Seltsamer Geschmack«, sagt sie.

Ich spieße einige Bohnen auf. »Und was ist das?«

»Na, Bambusraupen!«

Fjodor blickt mich panisch an. Ich mache eine ratlose Geste. Er fragt den Kellner nach einem Schnaps. Es gibt zwar keinen russischen Wodka, aber chinesischen Maotai. Fjodor bestellt gleich eine ganze Flasche davon.

Ich habe das undeutliche Gefühl, dass es nur einen Weg gibt, sich bei Captain Doom Respekt zu verschaffen und der führt bis zum Ende des Insektenmenüs. Also unterdrücke ich meinen Brechreiz, bilde mir ein, ich äße ein sonderbares Gemüse und mache grimmige Mine zum bösen Spiel. Ich bin noch nicht ganz mit den Bambusraupen fertig, da werden auch schon die Bienenlarven serviert.

»Roh sehen sie etwas beunruhigend aus: Sie haben eine schleimige, tintenfischartige Oberfläche, und ein paar haben sich immer schon fast in Bienen verwandelt – mit schwarzen Augen und embryonischen Beinchen«, sagt Suki ganz sachlich. »Aber frittiert haben sie eine beinahe ätherische Leichtigkeit und schmecken köstlich.« Sie leckt sich die Lippen. »Mit einem kühlen Martini wäre das perfekt, meint ihr nicht?«

Koski lacht.

Ich kaue einfach weiter und lasse mich auch von den Riesen-Holzwürmern mit ihren fürchterlichen Mündern nicht beirren. Zum Äußersten entschlossen, beiße ich durch den röschen, federleichten Mantel hinein in eine weiche, gelbe Schicht, die an den Aggregatzustand von Ei im Glas erinnert und mild auf der Zunge zergeht.

Fjodor schiebt seinen Teller weit von sich weg und gibt auf. Seine Augen sind glasig. Die Hälfte der Maotai-Flasche ist leer.

Dann kommt auch für mich der Moment der Wahrheit, jener Moment, den ich insgeheim gefürchtet habe, ohne dass ich ihn hätte benennen können: Die Sandfüßler stehen vor uns. Unverkennbar! Ihre Beinchen ragen in alle Richtungen durch den Backteig. Diesmal muss ich mich zusammenreißen. Die frittierten Tierchen schmecken nach Fisch, nicht einmal unangenehm, aber ich komme einfach nicht über das Aussehen hinweg. Schon nach dem ersten Bissen habe ich das Gefühl, dass mir irgendetwas im Bauch herumkrabbelt.

Sogar Koski kämpft. Endlich schiebt er die Sandfüßler angewidert beiseite, breitet seine Serviette über die Reste und sagt: »Alle Achtung Willarth. Sie sind hartnäckiger als ich gedacht habe. Bis zu den frittierten Sandfüßlern hat bisher nur Suki durchgehalten. Lassen Sie uns besprechen, was wir besprechen müssen. Aber bitte bei einem ordentlichen Bier.«

Ein Porzellanglückskätzchen winkt mir zu. Zu jedem Menschen führt ein Weg. Aber den Weg, um Koskis Respekt zu gewinnen, möchte ich nicht noch einmal gehen.

Zwanzig Minuten später betreten wir das »Alamo« auf der Pennsylvania Avenue. Eine typische Downtown-Tränke, in der junge Politiker den Nachgeschmack ihrer ersten Intrigen und alte Beamte den Staub aus ihren Aktenordnern herunterspülen. An den Zeitschriftenständern hängen Weekly Standard und Village Voice in seltener Eintracht. Der Laden ist brechend voll. Die Luft ist heiß, feucht und muffig. Die altmodischen, großen Deckenventilatoren verteilen sie gleichmäßig im Raum.

Während wir uns zum Tisch schlängeln, begrüßt Koski immer wieder mit kurzem Kopfnicken Männer an den Nachbartischen. Als wir sitzen, mustert er uns eine Weile und schüttelt dann den Kopf. »Ihr seid ein gutes Team, Leute. Aber Argentinien, das ist Politik. Zu viel Politik. Vietnam war das Grab des Imperialismus des weißen Mannes. Argentinien wird vielleicht das Grab des Neoliberalismus des weißen Mannes. Außerdem ist Tantani ein zäher Hund. Ihr solltet lieber die Finger davon lassen.«

»Aufgeben ist keine Option«, sagt Suki.

Koski lässt geräuschvoll die Luft aus seinem mächtigen Brustkorb entweichen. Dann fährt er sich mit dem Zeigefinger zwischen Hemdkragen und Hals entlang, leert sein Bier in wenigen Zügen und bittet sofort um das nächste. »Wenn ihr an Tantani rankommen wollt, müsst ihr den Erfolg wollen wie den engen Arsch einer vietnamesischen Hure – mit rücksichtslosem Verlangen und der wahnwitzigen Hoffnung, sauber da wieder rauszukommen.« Koski macht eine entschuldigende Geste zu Suki, blickt eine Weile ins leere Glas und sagt dann: »Fred ist einer der Besten.« Er lockert seine Krawatte, öffnet den obersten Knopf seines Hemdes, kippt das nächste Bier in sich hinein und erklärt, dass sich die westlichen Geostrategen Anfang der Siebziger Jahre, als Vietnam, Kambodscha und Laos an den Kommunismus verloren gingen, darauf konzentrierten, nicht noch Südamerika zu verspielen. Dafür brauchten sie Geld aus schwarzen Kassen und die Kassen wiederum brauchten einen Kassenwart. Und den spielte Tantani. »Der Mann versteht etwas von Geld!«, sagt er und starrt dann eine Weile auf den Ventilator, der schräg über uns an der Decke hängt.

Die Drehachse hat eine leichte Unwucht. Das Sirren seiner Flügel schwillt an und ab. »Damals hat Charlie immer die Rotoren gezählt und schon auf uns gewartet.« Koski murmelt etwas von »Long Range Recon«: »Ich habe gesehen, wie ein Freund zerfetzt wurde, weil sein verdammtes M-16 klemmte. Wie viel glaubst du, hat die Industrie verdient am M-16? Wie viele Leute hier in diesem Raum haben ein Vermögen damit gemacht?« Vielleicht ist der Weg vom Dschungel Washingtons in jenen Vietnams kürzer als man denkt, jedenfalls gleitet Koski mit jedem Bier tiefer und tiefer hinab in die Erinnerung an die trüben Wasser des Mekong.

Irgendwann krempelt er seine Ärmel hoch und zeigt uns seine Prothese. »Es gab nur eine Regel für unsere Missionen: Verlasse niemals das verdammte Boot! Niemals! Denn wenn du es tust, musst du den Weg durch den Dschungel ganz bis zum Ende gehen – und zwar zu Fuß.« Er grinst irre. »Tantani hat sich nicht daran gehalten. Natürlich nicht!« Koski bricht ab, schlägt sich mit der flachen linken Hand hart ins Gesicht, bestellt einen Schnaps und kippt ihn runter. Danach scheint er wieder einigermaßen klar im Kopf zu sein. »Also, wollt ihr die Sache trotzdem durchziehen?«

Fjodor murmelt etwas Unverständliches. Seit dem Insektenessen und dem chinesischen Schnaps hat er kein klares Wort mehr von sich gegeben.

Ich nicke.

Suki bekräftigt: »Unbedingt!«

»Dann braucht ihr Unterstützung von höchster Stelle. Sonst kommt ihr nicht weit. Ich besorge euch einen Termin bei Nila Nyström«, sagt Koski. »Außerdem braucht ihr das beste Handelsüberwachungssystem. Ich sehe einmal, was ich da für euch tun kann.« Er schreibt sich einige Merkpunkte auf einen Zettel. Als wir uns bedanken wollen, winkt Koski ab. »Tantani ist ein Freund. Mehr noch: Er ist ein Kamerad. Aber wenn er sich auf so eine Sache eingelassen hat, müssen wir ihn aus dem Verkehr ziehen, bevor andere das tun. Die schicken sonst ihre Schakale.«

»Schakale?«, frage ich.

Koski nickt. »Tantani weiß zu viel. Vielleicht kommt irgendjemand auf die Idee, dass es besser ist, wenn er für immer schweigt.«

Als wir gemeinsam vor die Tür treten, hat sich der Regen verzogen. Die Pennsylvania Avenue glänzt matt. Eine Ampel spiegelt sich im nassen Asphalt. Ihr Licht steht auf rot. Laos reimt sich auf Chaos.

Mittwoch, 7. November 2001, Washington

Ship of fools

Koski hält Wort und besorgt uns den Termin bei Nila Nyström. Doch als mir das Sekretariat der Geschäftsführenden Direktorin am Mittwochmorgen kurzfristig ein Zeitfenster anbietet, sind Fjodor, Mascha und Suki gerade bei einem Treffen mit hochrangigen Vertretern der Federal Reserve, auf das wir seit Tagen hingearbeitet haben. Ich muss die Sache also alleine schaukeln.

Kurz nach zehn steige ich vor dem wuchtigen Bau des Währungsfonds aus, gehe auf die Fassade aus beigem Sandstein zu, an der als einziger Hinweis ein Messingschild mit der Aufschrift »IMF – International Monetary Fund« angebracht ist, gehe dann die geschwungene Einfahrt hinauf, in der Betonsperren gegen Autobomben aufgestellt wurden, komme an den beiden Springbrunnen vorbei, weise mich bei den uniformierten Wächtern aus, warte, bis sie meinen Namen auf der Besucherliste gefunden haben, durchquere eine Sicherheitsschleuse und stehe in einem dreizehn Stockwerke hohen, lichten Atrium mit einem Boden aus poliertem Marmor.

Die Halle der verlorenen Schritte. Der heilige Gral der Märkte!

Nach dem Krach der Straße ist die Stille überwältigend. Hundertvierundachtzig Fahnen hängen nahezu bewegungslos von der Decke. Vereinzelt stehen Menschen und unterhalten sich. Der Tonfall ist gedämpft. Die Farben der Anzüge und Kostüme sind gedeckt. Nur hier und da der Farbtupfer eines Kopftuchs, eines Schleiers. Es herrscht eine geradezu weihevolle Atmosphäre, die sich wie eine Mischung aus Vatikan und Wall Street anfühlt.

Ich gebe meinen Pass am Empfang ab, bekomme einen Besucherausweis ausgehändigt und warte darauf, dass mich jemand abholt. Eine freundliche Dame nimmt mich mit zu einem Aufzug, der uns mit leisem Surren nach oben befördert. Dort betreten wir eine Zimmerflucht mit flüsternden Sekretärinnen und raunenden Referenten. Am Ende des Flurs findet sich die geräumige Residenz der Geschäftsführenden Direktorin. Die Aussicht ist beeindruckend. Weit schweift der Blick über die Dächer von Washington hin zur mächtigen Kuppel des Kapitols.

Nila Nyström erwartet mich an der Fensterfront. Eine zerbrechliche Silhouette – und doch auf Augenhöhe mit der amerikanischen Politik. »Sie sind zu spät«, sagt sie, ohne sich umzudrehen. Zwei Abfangjäger donnern über die Stadt. Die Fenster vibrieren. »Wenn Amerika nur seine eigenen Ängste zu fürchten hat, muss die Welt Amerikas Ängste fürchten.« Sie weist auf einen Stuhl. »Wie kommen Sie auf die Idee, einen Teil meiner Führungskräfte in Ihre Insider-Ermittlungen reinzuziehen?«, sagt sie barsch.

»Sie haben unseren Bericht gelesen?« Ich setze mich.

Sie nickt. »Wer kennt diesen Bericht sonst noch?«

»Nur Koski, mein Team und Sie«, antworte ich und beschließe, die Fakten noch einmal zu einem großen Bild zusammenzufügen: In den Siebziger Jahren stattet Tantani die lateinamerikanischen Diktaturen mit reichlich Kredit aus, in den Achtzigern berät er die Demokratien bei der Rückzahlung derselben Kredite, in den Neunzigern verkauft er die Ideen der Neoliberalen mit neuen Krediten. Zentrum der Aktivitäten ist Argentinien. Auch während der Militärdiktatur hat Tantani dort Reformprogramme umgesetzt und mit Milliardenkrediten unterstützt. Dabei hat er sich so tief in die argentinische Wirtschaftspolitik verstrickt, dass ein Bankrott des Landes zwangsläufig sein Lebenswerk zerstören würde. Unterstützt wurde und wird er bei all diesen Aktivitäten von einem Freundeskreis, der sich seit Jahrzehnten, genauer, seit der Internationalen Entwicklungskonferenz 1973 in Paris kennt: Chaudhuri, Osezua, Sakurai. Auch die Rollen von Koski und Lacour müssen untersucht werden.

Während ich spreche, fahren unten Schützenpanzer und Mannschaftstransporter vor. Polizisten schwärmen aus, sperren die Straße, leiten den Verkehr um und bringen Passanten zu den nächstgelegenen U-Bahn-Eingängen. Im Gebäude heult ein durchdringender Sirenenton auf.

Ich klopfe meine Taschen ab. Als ich die Form meiner Zigarettenschachtel ertastet habe, entspanne ich mich. »Wollen wir gehen?«, frage ich.

Von den Gängen her ist Getrampel, Getuschel und Türenschlagen zu hören. Eine Sekretärin steckt ihren Kopf zur Tür herein. Die Direktorin schüttelt den Kopf. Ein zweiter Alarm ertönt, erst lang, dann in immer kürzeren Abständen. Bald herrscht absolute Stille.

»Sicher ein Fehlalarm«, sage ich.

»Wenn Sie mich fragen, ist dieser ganze Krieg ein Fehlalarm.« Sie blickt nachdenklich auf meine Papiere. Und wie sie so dasitzt, sieht sie für ihre gut fünf Jahrzehnte wirklich noch sehr passabel aus. Vielleicht hat die Situation ja tatsächlich eine romantische Note; die Aussicht, gemeinsam zu verglühen und zu einem einzigen Ascheklumpen zu verschmelzen.

»Spüren Sie etwas?«, fragt die Direktorin plötzlich. »Nein? Aber ich! Ich spüre einen heißen Atem in meinem Nacken. Den Atem eines bösen Tiers. Es jagt mich tagein, tagaus. So wie es alle meine Vorgänger gejagt hat und alle meine Nachfolger jagen wird. Es wartet darauf, dass ich einen Fehler begehe.« Sie spricht mit einem nachsichtigen, fast mütterlichen Ton, den ich nicht bei ihr vermutet hätte. Dann steht sie auf, nimmt unseren Bericht und steckt ihn in den Schredder neben ihrem Schreibtisch. »Ich brauche alle verfügbaren Köpfe an der Front, Herr Willarth. Und ich kann ganz sicher keine Unruhe in meinem Führungsteam wegen Ihrer Hirngespinste gebrauchen.«

Irgendwie kann ich sie verstehen: Asien, Russland, Börsenkrach, Bilanzfälschung, Anlegerbetrug, Seattle und Genua, dann der Anschlag. Jetzt droht mit Argentinien ein Musterbeispiel der neoliberalen Politik unterzugehen. Das gesamte Kapital des Internationalen Währungsfonds ist auf die argentinische Karte gesetzt – was tun, wenn sie nicht sticht? Und dann komme ich daher und erkläre ihr, dass ein Teil ihrer Führungsmannschaft in ein Komplott verwickelt ist – darunter ihr wichtigster Mann in Buenos Aires. Aber ich kann mich ihrem Willen nicht fügen. »Sie können diesen Bericht vernichten. Aber früher oder später wird es einen neuen geben«, sage ich. »Selbst wenn Sie die Wahrscheinlichkeit, dass wir recht haben, für noch so klein halten, sollten Sie sich dagegen absichern.«

»Sie meinen, ich soll Sie als so eine Art Versicherung ansehen?«, fragt sie und scheint noch nicht überzeugt.

»Sie haben doch auch eine Lebensversicherung, oder nicht?«, sage ich.

Sie lacht. »Meine Lebensversicherung habe ich schon mit jemand anderem abgeschlossen, Herr Willarth. Koski ist heute Morgen nach Buenos Aires geflogen, um da einmal nach dem Rechten zu sehen.«

Darauf hätte ich vorbereitet sein müssen. Es geht gar nicht um die Frage, ob wir Recht haben oder nicht. Sie will nur das Omega-Team aus dem Spiel haben und die Sache intern regeln!

Sie lächelt mich an. »Aber ich habe ein Interesse daran, dass die Insideruntersuchung nicht völlig aus dem Ruder läuft. Wir haben nichts zu verbergen. Das sind die Spielregeln: Erstens, niemand erfährt zum gegenwärtigen Zeitpunkt von Ihrem Bericht. Zweitens, Sie können sich hier in den nächsten Tagen einmal umsehen und sich ein Bild von Chaudhuri, Osezua und Sakurai machen. Drittens, Sie gehen äußerst behutsam vor, und zwar nur Sie. Den Rest des Teams möchte ich hier nicht sehen. Das würde zu viel Aufmerksamkeit erregen. Viertens, ich erfahre als Erste von irgendwelchen neuen Erkenntnissen in dieser Sache und das mündlich, niemals schriftlich. Verstanden?«

Nach Lage der Dinge ist das wohl das beste Angebot, das ich rausholen kann. Eine halbe Stunde später lerne ich die Welt des IWF unterhalb des Geschäftsführungsstockwerks kennen, als ich Nyströms Sekretärin zu meinem neuen Arbeitsplatz folge. Die Gänge liegen im Neonlicht. Unser Weg führt über abgetretenen Standardteppichboden und vorbei an kleinen fensterlosen Büros, die an Verliese erinnern. Auf den Tischen stehen Referententischlampen mit müdem Schein.

Schließlich kommen wir zu einem langgezogenen, rechteckigen Raum, der angefüllt ist mit Tastenklappern, Telefongebimmel und Gesprächsgemurmel. Am Ende ein Glaswürfel mit heruntergelassenen Jalousien. Dahinter hockt wahrscheinlich der

Inder. Varahagiri Chaudhuri, im IWF nur Vara genannt, Leiter der Abteilung Policy Development and Review, kurz: PDR. Die Sekretärin führt mich an einen kleinen, kahlen Schreibtisch und stellt mich kurz den Kollegen vor. Die sind bunt aus allen Ecken der Welt zusammengewürfelt, begrüßen mich freundlich und laden mich gleich zum Mittagessen ein. Es hat seine Vorteile, von der Sekretärin der obersten Chefin eingeführt zu werden.

Zu meiner Überraschung gehen wir nicht in die Kantine des Währungsfonds, sondern in jene der Weltbank, die auf der anderen Seite der 19. Straße liegt. Man erreicht sie durch einen unterirdischen Tunnel. Es herrscht reger Verkehr. Einem unerklärlichen Gesetz folgend strömen Hundertschaften unter der Straße hindurch, um in der jeweils anderen Kantine zu essen – plappernd und im hellen Polohemd die Weltbanker, schweigend und im dunklen Anzug die IWFler. Schon die architektonische Trennung der Institutionen offenbart eine tieferliegende Frage. Der Währungsfonds soll die Stabilität des Finanzsystems wahren, die Weltbank die Entwicklung fördern. Aber führt Stabilität zur Entwicklung oder ist es genau umgekehrt? Die Entwicklungsspezialisten, kurz »Right-Brainer« genannt, und die Stabilitätsexperten, »Left-Brainer« genannt, stehen sich oft genug unversöhnlich gegenüber. Von ihren Kritikern werden die beiden Institutionen daher häufig als doppelköpfiges Monster bezeichnet, das sich – so die vage Hoffnung zumindest der Linken – irgendwann einmal selbst zerfleischen würde. Doch diese Hoffnung trügt. Denn in einer einzigen Frage scheinen sich alle hier einig: Wer nicht dazu gehört, ist schlicht ein »No-Brainer«.

Vara taucht auch nach dem Mittagessen nicht auf. Dafür bringt der Nachmittag eine andere Entdeckung: Ich finde den einzigen Raucherraum im Gebäude. Er wird von meinen Kollegen nur »Krasnojarsk-26« genannt. Die Suche ist ein halbstündiger Kreuzweg tief in die Innereien des Gebäudes. Die Einrichtung ist dem Stil der späten Sowjetzeit nachempfunden. Selbst der Zigarettenautomat an der Wand ist ein klobiges, mechanisches Ungetüm. Daher trägt der Raum den Spitznamen jener streng geheimen, unterirdischen Stadt in Sibirien, in der die Russen einst das Plutonium für ihre Atomwaffen produziert haben. Wie ich herausfinde, gibt es keinen besseren Ort, um sich schnell und unauffällig mit den Betriebsgeheimnissen des Währungsfonds

vertraut zu machen. Im wabernden Tabakqualm verschwimmen
die Hierarchien. Zumal sich rundherum auch der Slide-Strich
etabliert hat. Auf dunklen Gängen und in miefigen Ecken raunen
die Powerpoint-Junkies, wenn sie ihre Präsentationen untereinander tauschen. So wird aus einem Strukturanpassungsprogramm
für Bosnien auch schnell mal eines für Burundi. Das schadet
aber nicht. Der Währungsfonds bleibt seinem Patentrezept treu,
komme, was da wolle: Defizit runter, Zinssätze hoch, Geldzufuhr
drosseln, Augen zu und durch. Reine Mechanik.

Nach drei Zigaretten im ewigen Dunst von Krasnojarsk-26 ist
mir zwar schlecht, aber ich bringe in dieser Viertelstunde mehr in
Erfahrung, als ich in einem Vierteljahr aus den offiziellen Berichten erfahren könnte. Hier hält man die argentinische Finanzver-
fassung unumwunden für »eine Anleitung zum Staatsbankrott«,
schätzt die Liquiditätsdecke des Finanzsystems als »äußerst dünn«
ein und vermutet hinter einer verspäteten Meldung der Quartalszahlen eine »beginnende Kapitalflucht und schwindende Währungsreserven«. Doch nach der Kritik am Krisenmanagement in
Asien und Russland braucht der Internationale Währungsfonds
eine Erfolgsgeschichte. Also trägt er das Beispiel Argentiniens seit
einigen Jahren vor sich her wie eine Monstranz. »Sieh her, liebe
Finanzgemeinde! Schaut, ihr Ungläubigen! Das Wunder der frei-
en Kapitalmärkte wirkt! Und wir haben es verkündet.« Auf der
Jahrestagung des IWF vor drei Jahren bezeichnete die Direktorin
Argentiniens Erfahrungen mit dem neoliberalen Wirtschaftsre-
gime als »beispielhaft«. Im O-Ton: »Dieses Land hat der Welt
eine Geschichte zu erzählen; eine Geschichte über die Bedeutung
von offenen, freien und befreiten Märkten.« Nicht auszudenken,
wenn diese Geschichte kein gutes Ende fände! Deshalb hat der
Währungsfonds das Wunder nicht nur verkündet, sondern ver-
teidigt es auch mit viel Geld gegen die ewigen Zweifler.

Der Rest des Tages verläuft ereignislos. Um sechs Uhr abends
geht die Deckenbeleuchtung aus. Das Zeichen für den offiziellen
Dienstschluss. Die Sonne draußen steht so tief, dass der Lichthof
im Schatten liegt. Die Wände scheinen enger zusammenzurü-
cken, die Luft aus dem Raum herauszupressen. Dann gehen die
Schreibtischlampen an und es folgt die Anstandsüberstunde, die
ein sechsstelliges Gehalt nach einer unausgesprochenen Überein-
kunft gebietet. Als sich das Büro schließlich geleert hat, sehe ich

noch Licht in Varas Glaskasten und klopfe einfach an die Tür. Er ist ein drahtiger Endfünfziger mit grauen Haaren und einem makellos sitzenden Anzug. Er entschuldigt sich dafür, dass er noch nicht die Zeit gefunden hat, mich persönlich zu begrüßen, bittet mich freundlich herein und bietet mir sofort einen Stuhl an. »Viel zu tun dieser Tage«, sagt er mit einem schicksalsergebenen Schulterzucken. Auf seinem Tisch steht eine kantige Plexiglasstele, in die eine Medaille für fünfundzwanzig Jahre treuer Dienste für den IWF eingelassen ist. »Tombstones« heißen die Dinger – Grabsteine.

»Argentinien?«, frage ich.

Er nickt und redet von »Interpretationsspielräumen«, »komplexen Prozessen« und »ungünstigen Marktkonditionen«. Meine Rückfragen beantwortet er präzise und höflich. Schließlich sind wir mit dem Thema durch und er nimmt die Brille ab und spielt mit den Bügeln.

Ich zeige auf ein silbergerahmtes Bild, das schräg neben seinem Telefon steht: eine junge Version von Vara, eine Frau im Sari und drei lachende Kindergesichter. »Ihre Familie?«

Vara lächelt. »Mein lieber Herr Willarth. Sie sitzen doch nicht hier, um mit mir über meine Familie zu plaudern. Ich stehe auf einer Liste, die Ihnen Lacour gegeben hat. Ist es nicht so? Und jetzt gehen Ihnen viele Fragen durch den Kopf.« Er macht eine Pause. »Osezua hat mich angerufen, kurz nachdem Sie sich in London getroffen haben.«

Natürlich! Wie kann man nur so dumm sein und annehmen, dass die Männer nicht untereinander kommunizieren? Ich fluche innerlich. Das Überraschungsmoment ist dahin. »Was ist der Hintergrund dieser Liste?«

»Osezua, Sakurai und ich kennen Lacour gut. Wir sind gewissermaßen gemeinsam hier beim Währungsfonds groß geworden. Wir sind, oder wir waren, Freunde. Als die ganze Geschichte mit der Vorteilsnahme für die Geliebte bei Lacour hochkam, mussten wir vor einem Untersuchungsausschuss aussagen.«

»Sie haben gegen Lacour ausgesagt?«, frage ich.

»Wir haben die Wahrheit gesagt«, antwortet Vara. »Lacour hat sich da selbst reingeritten. Niemand hätte ihn retten können. Auch wir drei nicht.« Er fährt sich durch die grauen Haare und entfernt sorgfältig ein Stäubchen von seiner Schreibunterlage.

»Wenn Sie wüssten, auf wie vielen Listen ich in meiner Position stehe. Wie viele Menschen lieber heute als morgen hinter meinem Schreibtisch sitzen würden. Wie viele Finanzdiplomaten darum kämpfen, einen Vertreter ihrer Nation in diese Funktion zu bekommen. Ich könnte mich hier tagein tagaus mit nichts anderem als den Intrigen gegen mich beschäftigen.«

»Und ihr Treffen mit Osezua und Sakurai 1973 in Paris?«

»Paris!« Ein Leuchten geht durch Varas Gesicht. »Haben wir drei damals von einer anderen Welt geträumt? Natürlich! Sehen wir die Gegenwart und die aktuelle Rolle des IWF kritisch? Natürlich! Aber deshalb sind wir noch lange nicht im bewaffneten Widerstand oder planen eine Destabilisierung der internationalen Finanzmärkte. Die Geschichte ist über unsere Träume hinweggegangen. Eine Rückkehr in die heile Welt von Bretton Woods ist nicht möglich – und so heil war die auch nicht. Das ist alles.«

»Und Tantani?«, frage ich.

»Er balanciert irgendwo auf einem schmalen Grat zwischen Genie und Wahnsinn. Aber ohne ihn wäre uns Asien um die Ohren geflogen. Und noch viel mehr. Eine Institution wie der IWF braucht solche Menschen.«

»Halten Sie es für möglich, dass Tantani die professionelle Distanz zu seiner Funktion und seinem Auftrag verloren hat?«, bohre ich weiter.

Varas Augen verlieren sich im Raum, der außerhalb des Lichtkegels der Schreibtischlampe düster und unergründlich scheint. »So eine ähnliche Frage haben die uns damals in der Untersuchungskommission über Lacour auch gestellt«, sagt er schließlich, steht auf und reicht mir die Hand zum Abschied. »Möglich ist alles, Herr Willarth.«

Donnerstag, 15. November 2001, Washington

When summer's gone

Meine Tage beim IWF nach dem Gespräch mit Vara sind weitgehend ohne neue Erkenntnisse geblieben. Ich hocke tagsüber in der Abteilung PDR, gehe mittags rüber in die Weltbank-Kantine und rauche nachmittags ein paar Zigaretten in Krasnojarsk-26. Abends schiebe ich dann meine Papiere zusammen, nehme den Stapel, fahre auf meinem Bürostuhl zur Rückwand und schließe ihn vorschriftsmäßig in einen Aktenschrank ein. Dann stoße ich mich von der Mauer ab und nutze den Schwung, um bei gleichzeitiger Sesseldrehung zum Schreibtisch zurückzugleiten. Ich bin sehr zufrieden mit dem Fluss meiner Bewegungen, der jeden Tag harmonischer wird.

Außerdem habe ich mich mit einer dicken Porzellangans angefreundet, die aus unerklärlichen Gründen in einem der Büros schräg gegenüber steht. Durch die abgedunkelten Scheiben kann man meist nur Silhouetten dort erahnen. Doch wenn die Sonne im richtigen Winkel einfällt, ist ein heller Gegenstand direkt am Fensterbrett deutlich zu erkennen. Und jeden Nachmittag gegen fünf taucht das späte Licht des Tages die Gans in einen hehren, reinen Glanz. An jedem anderen Ort hätte ich sie für ein Zeichen von schlechtem Geschmack gehalten, von unheilbar schlechtem Geschmack. Punktum. Doch an diesem Ort scheint sie mir ein subtiles Zeichen des Widerstands. Denn im IWF herrscht die reine Abstraktion: Krieg ist eine schwerwiegende Fehlallokation von Ressourcen, Religion ein weltanschaulicher Zugehörigkeitsparameter, Verarmung eine regressive Einkommensentwicklung und Heimat der »Ort, den man am besten kennt«. Und so bekommt die Gans eine heroische Note, wie sie so weithin sichtbar durch eines von tausend gleichförmigen Fenstern lächelt. So fett und weiß, kitschig und konkret – so herrlich subversiv.

Das, was mir am meisten Sorgen bereitet, ist die Entwicklung von Fjodors geistigem Zustand. Selbst Suki fragt sich mittlerweile, ob es eine gute Idee war, ihn in die Sache mit den vier Namen Gottes reinzuziehen. Themen jenseits des unmittelbar bevorstehenden Weltuntergangs liegen seit der Sache mit Purham und der Papsttafel letzten Sonntag definitiv unterhalb seiner Wahrnehmungsschwelle. Für die operative Arbeit ist er in dieser Verfassung kaum noch zu gebrauchen.

Eine völlig abstruse Geschichte. Vor drei Wochen haben die Kuratoren eines Washingtoner Museums bei einer Bestandsaufnahme in ihren Lagerräumen eine Tafel aus weißgeädertem, rötlichem Marmor entdeckt. Sie ist in der Mitte zerbrochen und trägt die Inschrift »Rome to America«. Die Vorgeschichte der Steinplatte reicht in die Entstehungszeiten der Vereinigten Staaten zurück. Als die Amerikaner ihre neue Hauptstadt planten, beschlossen sie, fast exakt am Schnittpunkt der Sichtachsen vom Kapitol nach Osten und vom Weißen Haus nach Süden einen riesige Obelisken zu bauen – fast einhundertsiebzig Meter hoch und mehr als neunzigtausend Tonnen schwer: das Washington Monument.

Damals luden die Vereinigten Staaten die ganze Welt ein, Gedenksteine für diesen Bau zu stiften. Die besagte Marmortafel wurde vom Heiligen Stuhl in Rom geschickt. Sie stammte ursprünglich vom Concordia-Tempel auf dem Forum Romanum, der im vierten vorchristlichen Jahrhundert zur Feier des Endes der Kämpfe zwischen Patriziern und Plebejern errichtet worden war. Doch die Tafel der Eintracht sorgte in ihrer neuen Heimat sofort für Zwietracht und wurde von der radikal antikatholischen »Know-Nothing«-Partei gestohlen, zertrümmert und am Grund des Potomac versenkt. Sie blieb bis Anfang letzter Woche verschwunden.

In einer anderen Zeit wäre die Wiederentdeckung der Tafel vielleicht folgenlos geblieben. Nicht so am Anfang des dritten Jahrtausends. Seit der amerikanische Präsident vom Gottvater persönlich von seiner Trunksucht erlöst worden ist, hält er sich nicht nur für gewählt, sondern für auserwählt. Unter diesen Umständen ist der Fund des inzwischen »Papsttafel« genannten Steines zum Gegenstand einer ebenso bizarren wie bezeichnenden Diskussion geworden. Während einige Demokraten darauf hinweisen, dass die Tafel eine Mahnung ist, die Steuererleichterungen für das reichste Promille der Bevölkerung rückgängig zu machen und mehr für den sozialen Ausgleich zu tun, interpretiert die amerikanische Rechte das Zeichen ganz anders. Eine ihrer herausragenden Stimmen ist der Donnerbass des Predigers John Purham.

Korpulent und charismatisch hat er ein missionarisches Medienimperium aufgebaut. Dazu gehört auch ein Radiosender, den wir regelmäßig mit einer Mischung aus Neugier und Befremden hören. Auch die Lobbyisten der K-Street und die ausländischen Botschafter analysieren Purhams Radioprogramm täglich, um die Regeln des neuen Spiels in Washington zu verstehen. Denn die religiöse Rechte ist inzwischen zu einem mächtigen Chor angeschwollen. Und Purham gibt den Rhythmus vor. An einem Tag vergleicht er Lincoln mit dem Gottessohn – »Jesus starb für die Welt, Lincoln für sein Land. Jetzt gehört er der Ewigkeit. Amen« – an einem anderen fordert er die Abschaffung der schädlichen Theorien der biologischen Evolutionslehre. »Die Erde wurde vor sechstausend Jahren von Gott geschaffen. Wer etwas anderes behauptet, lügt. Und die Dinosaurier sind allesamt vor viertausendvierhundert Jahren zugrunde gegangen. In der großen Flut, vor der sie auch Noahs Arche nicht retten konnte.«

Mit seinen Radiopredigten treibt er eine unübersehbare Vielfalt von Organisationen an, die für »traditionelle« amerikanische Werte und gegen die liberale Moderne kämpfen, insbesondere gegen alle säkularen, feministischen und kulturrelativistischen Tendenzen – und gegen jede Einbindung der Vereinigten Staaten in internationale Vereinbarungen und Organisationen. »American Values«, »Americans for Tax Reform«, »Campaign for Working Families«, »Christian Coalition«, »Concerned Women for America«, »Eagle Forum«, »Family Research Council«, »Focus on the Family«, »National Right to Life Committee« – die Liste lässt sich beliebig verlängern. Amerikas religiöse Rechte ist das große Tier, das nicht nur die Geschäftsführende Direktorin des IWF fürchten muss.

Als ich jedenfalls am Sonntagmorgen noch ganz verschlafen in die Küche schlurfe, erwartet mich dort nicht nur ein übernächtigter Fjodor, sondern auch das an die ewige Verdammnis mahnende Grollen von »Purhams Predigt Programm«. »Der Papststein ist ein Zeichen!«, ruft Purham dem amerikanischen Volk über das Radio zu. »Eine Mahnung! Die große Hure Babylon muss ein für allemal vernichtet werdet. Satan sitzt in Bagdad!«

Fjodor sieht mit kleinen roten Augen von seinem leeren Wodkaglas auf und lallt: »*Verdorrt einst des Midas gold'ne Hand, / Kommt Krieg bald ins Prophetenland*«. Da betritt Suki die Küche und sieht uns fragend an. Sie trägt morgens vor dem Duschen immer eine Art Bademantel, der an einen Kimono erinnert und mit großen, weißen Lilien bestickt ist, die sich um ihre schmalen Hüften bis unter die kleinen Brüste ranken. In dieser Verkleidung sieht sie auf exotische Weise hübsch aus – und irgendwie verboten. Wie befürchtet trägt dieser Anblick zu einer weiteren Destabilisierung von Fjodors Gemütszustand bei.

Er sagt nur noch: »Purham schreibt Geschichte, wir nur Vermerke.« Dann sinkt sein Kopf auf die Tischplatte. Zusammen mit Suki schleife ich Fjodor ins Bett. Aber auch der Montag bringt keine Besserung. Fjodor will erst wieder aufstehen, wenn er mit mir zusammen zu der Stelle fahren kann, an der vor fast sechzig Jahren der Lastwagen mit den Indianern verunglückt und die Seele des sterbenden Schamanen in Jim Morrison gefahren ist.

Vielleicht ist das der Grund, warum mir an diesem Morgen der Gebäudekomplex des IWF düsterer denn je erscheint. Ein grimmiger Wächter über das globale Gleichgewicht der Märkte. Wie alle großen Institutionen ist er die organisatorische Antwort auf eine schmerzhafte geschichtliche Erfahrung, oder vielmehr eine von drei Antworten der internationalen Gemeinschaft auf die Weltwirtschaftskrise und die Weltkriegskatastrophe: Frieden durch Dialog, Wohlstand durch Handel, Entwicklung durch Stabilität – institutionell ausgedrückt: UNO, WTO und IWF.

Seit den Siebziger Jahren hat sich der Fonds in das genaue Gegenteil seines historischen Ausgangspunktes verwandelt. Die eine Lehre aus der Weltwirtschaftskrise war, dass freie Märkte versagen können; die andere, dass dieses Versagen auch den Zusammenbruch von freiheitlichen Gesellschaften nach sich ziehen kann. Der IWF aber predigt spätestens seit Anfang der Neunziger Jahre die totale Entfesselung des Kapitals und vertritt zudem die Meinung, diese Botschaft sei vollkommen unpolitisch. Er hat damit eine Kreatur erschaffen, die nichts auf Leistungsbilanzen und den Rest der ökonomischen Theorie gibt: die elektronische Herde. Sie besteht aus Geldmanagern, Händlern und Portfoliostrategen und ist chronisch nervös. Für sie gibt es nur zwei Arten von Geschichten: Am Anfang der einen steht »hanging at the edge of a cliff«, am Ende der anderen ein »mountain of gold«. Ein Verdacht, ein falscher Ton, ein Gerücht reicht, und sie stiebt in Sekundenschnelle in wilder Stampede auseinander und trampelt dabei mit ihren Abermilliarden alles nieder. Ja, der IWF hat Menschen wie mich, Fjodor, Mascha, Suki und Zoran erst erschaffen. Und nun wird er sie nicht mehr los, die Geister, die er rief.

Am späten Nachmittag habe ich endlich mein Treffen mit Sakurai. Als Leiter der Research-Abteilung ist er so etwas wie der Chefvolkswirt des Währungsfonds. Laut meinen Informationen steht er schon mit einem Bein in Japan, um seine Laufbahn mit einem Sitz im Direktorium der japanischen Notenbank zu krönen. Als offizieller Grund für den Wechsel zurück in die Heimat wird ein Herzinfarkt Anfang des Jahres genannt. Inoffiziell heißt es aber, dass es unüberbrückbare Differenzen zwischen ihm und der Führung über die grundlegende Ausrichtung der IWF-Politik gibt. So oder so, er hat nichts mehr zu verlieren.

Als ich an Sakurais Türe komme, wird gerade sein Namensschild abgeschraubt. Sein Büro ist ein großzügig geschnittener Raum mit Sitzgruppe, einem Tablett mit Wasser- und Obstsaftfläschchen für Besucher und einem mehrere Meter langen Sideboard zum Abstellen jener Kunstgegenstände und Geschenke, die im Laufe der Jahrzehnte auf den langen Reisen um den Globus zusammengekommen sind. Der Japaner ist gerade dabei, seinen persönlichen Kram in einen Karton zu packen. In Krasnojarsk-26 habe ich das Gerücht gehört, dass er auf ärztlichen Rat hin vielleicht direkt in den Ruhestand gehen wird.

Ich betrete den Raum. Sakurai hält gerade ein altes Foto in der Hand. Es zeigt einen Offizier mit einem leicht gebogenen Schwert. Der Uniform des Mannes nach zu urteilen, ist es wohl fast ein Jahrhundert alt.

»Ein Familienmitglied?«, frage ich nach der Begrüßung.

Sakurai nickt. »Das letzte Foto von meinem Urgroßvater. Er ist 1904 bei den Kämpfen mit den Russen um Port Arthur gefallen.« Er zeigt auf das Schwert. »Ein uraltes und unersetzbares Familienerbstück. Wir wissen nicht, was daraus geworden ist. Die Inschrift lautete: ›Dies ist das Schwert der Engel – trifft es Gott, dann schneidet es Gott‹.« Er seufzt.

Das Schwert der Engel! Vielleicht ist Fjodor doch nicht so verrückt wie ich ihm unterstelle. »Warum machen Sie sich nicht selbst auf die Suche?«, frage ich. »Sie haben doch bald mehr Zeit.«

»Zwischen der Schlacht um Port Arthur und dem heutigen Tag liegt das 20. Jahrhundert. Zwei Weltkriege. Kommunistische Revolutionen. Der Aufstieg des sowjetischen Imperiums und sein Niedergang. Wo bitte soll ich mit der Suche anfangen?« Sanft legt er seine Hand auf sein Herz. »Außerdem ist mein Zustand laut ärztlichem Befund drei bis vier. Es gibt keine Kategorie fünf.« Er holt eine Plexiglasstele aus einem Karton, den er schon fertig gepackt hat. Die gleiche goldene IWF-Verdienstmedaille wie bei Vara ist in sie eingelassen. Der typische Loyalitäts-Grabstein. Sakurai liest die Inschrift vor: »Reichtum ist unteilbar wie Frieden« und wendet sich an mich: »Das stammt aus der Zeit nach dem großen Krieg. Damals träumte die Welt noch. Sie lag ja auch in Trümmern und hatte nichts als ihre Träume.« Er lässt die Stele in den Mülleimer fallen. »Ich habe weder Zeit für Spiele, Herr Willarth, noch Lust darauf. Der nächste Mittwoch ist mein letzter Arbeitstag. Ich hätte mich diesem Gespräch also leicht entziehen können.« Er bietet mir einen Stuhl an und setzt sich in seinen Drehsessel mit Armlehnen. »Es geht das Gerücht um, dass Sie einen Zusammenhang zwischen verdächtigen Finanzgeschäften und einigen Personen beim IWF untersuchen. Und dass unter anderem Osezua, Chaudhuri und ich auf dieser Liste stehen.«

Ich nicke. Wahrscheinlich hat Vara ihn gewarnt. Oder sogar die Geschäftsführende Direktorin?

»Wir sind unschuldig und schuldig zugleich«, sagt er zu meiner Überraschung. »Unschuldig in Ihrem Sinn. Aber schuldig in einem weiteren moralischen Sinn, weil wir nichts unternommen haben, um dieses System hier zu stoppen.« Dann holt er einen Schlüssel aus der Tasche und entriegelt das Schreibtischschloss. »Mein Giftschrank«, sagt er, öffnet eine Schublade, nimmt eine Mappe heraus und lässt sie über den beinahe leeren Tisch zu mir hinschliddern. »Nicht zu fassen, was einem bei so einem Umzug alles abhandenkommen kann.«

Ich öffne die Mappe. Darin liegt ein Bericht mit dem Titel: »Task Force Argentina: Progress Report October – strictly confidential«. Ich lese die Zusammenfassung. Die Arbeitsgruppe Argentinien geht davon aus, dass Argentinien kurz vor dem Bankrott steht. Sie schildert die Konsequenzen in aller Schonungslosigkeit. Am Ende der Kreditlinien und Währungsreserven wartet der Abgrund: Zahlungsausfall bei den Staatsschulden. Aufgabe des Wechselkursregimes. Zeitweiser Zusammenbruch des Bankensystems. Einbruch der Exporte. Auflösungserscheinungen in der Wirtschaft. Eine allumfassende Krise bricht aus. Wochen einer traumatischen Anpassung. Politische Orientierungslosigkeit. Zunehmende soziale Instabilität. Chaos! Chaos! Chaos!

»Wir haben daran geglaubt«, sagt Sakurai. »Wirklich daran geglaubt, dass es Fortschritt gibt, dass wir die Methoden kennen, dass wir etwas bewegen können.« Er sieht sich um, dann senkt er den Blick: »Ich bin nicht hierhin gekommen, um Marktfundamentalismus zu predigen. Ich glaube nicht an Ideologie. Nur an konkrete Ergebnisse. Mein Ziel war die Humanisierung der Welt, nicht ihre De-Humanisierung. Und jetzt sind meine Nächte ein Tunnel – leer, hohl, dunkel, und am anderen Ende nur Ungewissheit.« Er steht auf, zieht seinen Mantel an, legt sich einen roten Schal um den Hals und nimmt den Pappkarton mit seinen persönlichen Andenken. Ich begleite ihn nach unten, sprachlos über die Offenheit, mit der Sakurai mit mir gesprochen hat und die ich mir nur durch die kritische Kondition seines Herzens erklären kann. Vielleicht will er einfach reinen Tisch machen, bevor er sich auf die Reise macht.

In der Halle bleibt Sakurai vor einer übermannsgroßen Holzstatue stehen. Sie hat weit aufgerissene, bedrohliche Augen, Flügel wie ein Feuerschein und umkrallt mit den Füßen eine Schlange; eine Mischung aus Mensch und Vogel.

»Wissen Sie, was das ist?«

Ich schüttele den Kopf.

»Ein Geschenk der indonesischen Zentralbank. Das ist ein Garuda. Nach hinduistischer Tradition verspeist er jeden Tag eine Schlange und trägt dann den Sonnengott Vishnu auf seiner Bahn um die Welt. Er wird oft als Wächterfigur in Tempeleingängen aufgestellt.« Sakurai fährt zärtlich mit der Hand über das Holz. »Der Garuda ist der Hüter aller Verbindungen, Freundschaften, Beziehungen und Partnerschaften. Er sieht böse aus, steht aber für das Gute in der Welt. Vor allem ist er immer siegreich. Ich habe den Internationalen Währungsfonds lange Zeit ganz ähnlich gesehen.« Er schweigt für einen Augenblick. »Wenn Tantani wirklich unten in Buenos Aires sitzt, um dieses System zu beenden, habe ich Sympathie für sein Ziel.«

Durch die großen Glasscheiben des Atriums sehe ich ihm nach. Ein kleiner, fragiler Mann mit einem roten Schal und einem Pappkarton. Unbeirrt geht er seinen Weg. Und ich beneide ihn darum.

You're lost little girl

Am Morgen hat das Wall Street Journal mit der Schlagzeile aufgemacht: ARGENTINIEN VOR DEM BANKROTT? Seitdem ist es mit der relativen Ruhe in den Büros und auf den Gängen des IWF vorbei. Denn nicht nur in der Presse verdichten sich die Zeichen für eine Krise von historischen Ausmaßen. Es beginnt damit, dass alle möglichen Länder plötzlich öffentlich bekräftigen, dass sie nicht Argentinien sind. Sowohl die Finanzminister der direkten Nachbarn Brasilien, Paraguay und Uruguay als auch jene von Ecuador, Kolumbien und Venezuela stellen überrascht fest, dass sie sich völlig unbeabsichtigt auf dieselbe Kontinentalscholle verirrt haben.

Die Sache ist nicht ohne Ironie: Schließlich haben gerade die Argentinier immer behauptet, dass sie eigentlich gar nicht zu Lateinamerika gehören. Sie seien vielmehr ein Stück Europas, das nur aus einer Laune des Schicksals heraus in einer mondlosen Nacht an diesem Erdteil gestrandet sei. Doch die Zeiten haben sich geändert und nun legen selbst weit entfernte Völker wie Thais, Türken und Turkmenen Wert darauf, auf keinen Fall mit den Argentiniern verwechselt zu werden. Natürlich würde nicht einmal ein Kind auf diese Idee kommen, aber Kinder haben auch nicht die Angewohnheit, Volkswirtschaften auszulöschen. Die elektronische Händlerherde schon. Ihr reicht eine mehr oder weniger stichhaltige Übereinstimmung – wie eine ähnliche Außenhandelsstruktur oder ein vergleichbares Länderrisiko – und die Gelder werden abgezogen.

Und dann geht es in der Regel ganz schnell nach unten. Der Grund ist ein einziger Buchstabe: das große »D«. Die Rating-Agentur Standard & Poor's behauptet »D« steht für »Default«, aber in Wirklichkeit steht es für »Desaster«. Das Land befinde sich »effektiv in einer Situation der Nichterfüllung seiner Verpflichtungen«, teilt die Agentur mit. Mit diesem Satz ist Argentinien praktisch aus der Finanzgemeinde exkommuniziert.

Es gibt viele Definitionen von Finanzzyklen. Die von Mascha ist die kürzeste. »Phase eins: Gier frisst Hirn. Phase zwei: Angst frisst Gier.« Wenn man zu Börsencrash und Terrorkrieg den möglicherweise größten Zahlungsausfall der Geschichte addiert, kommt definitiv Phase zwei heraus. Und so muss ich an Miloş Zoran und seinen Tiger-Fonds in London denken. Ich stelle mir vor, wie Miloş oben auf der Galerie im Handelssaal erscheint. Ein unersättliches Raubtier, das »D« in den Tickern der internationalen Agenturen für Finanznachrichten fest im Blick. Erst taucht es bei Bloomberg, dann bei Reuters und Dow Jones auf. Das Opfer wird fixiert, dann gestellt. Raus aus dem Peso! Raus aus den Anleihen! Raus aus den Aktien! Anlagestrategien werden zerfetzt, Optionsscheinprogramme laufen aus dem Geld. Derivatepositionen reißen Löcher in die Portfolios. Widerstandslinien werden gezogen und durchbrochen. Die Stunde der Spekulanten schlägt. Argentinien ist in der Abwärtsspirale und irgendwo im Durcheinander lauern Hedgefonds wie der Tiger und warten auf ihre Stunde. Das hat Mascha über Nacht aus London bestätigt.

Als ich am Freitagvormittag eine Zigarette in Krasnojarsk-26 rauche, brodelt die Gerüchteküche: Der Fonds spiele ein taktisches Spiel gegen die Spekulanten, um Rache zu nehmen für die Asienkrise. Die Amerikaner spielten ein taktisches Spiel mit dem Fonds, um die Argentinier in die NAFTA zu zwingen. Die Geschäftsführende Direktorin spiele ein taktisches Spiel mit den Amerikanern, um sie zu einer Reform der Stimmrechtsverteilung zu bewegen. Die Argentinier spielten ein taktisches Spiel mit dem Fonds und den Amerikanern, um von ihrem Schuldenberg herunterzukommen. Die Banken spielten ihr übliches Spiel mit dem Rest der Welt, um sich ihre Verluste durch Steuergelder ersetzen zu lassen. Nur in einem sind sich die Kollegen einig: Wenn Argentinien nicht der Finger, sondern das Loch im Deich ist, würden wir bald an Russland zurückdenken wie an einen Kindergeburtstag.

Und dann wird es um elf Uhr tatsächlich ernst: Sakurai hat, wie einige Kollegen an den Nachbartischen flüstern, gestern Nacht einen Vermerk herumgeschickt, der es an Deutlichkeit nicht mangeln lässt: Anhaltende Kapitalflucht, abnehmende Währungsreserven, die wirtschaftliche Kernschmelze sei in vollem Gange, ohne die Freigabe der ausstehenden Kredittranche des Währungsfonds werde es zur Zahlungsunfähigkeit Argentiniens kommen. In diesem Falle drohe die Rückkehr zu Nationalismus, Sozialismus und Populismus in ganz Südamerika.

Der IWF sollte sofort, wiederholt und unterstrichen, das Notfallprogramm starten. Der Vermerk ist an die Direktorin gerichtet, aber Kopien gehen an die Leiter der Stabsabteilungen. Damit ist es offiziell. Habemus Praedictum! Die Direktorin hat daraufhin umgehend eine Sitzung des Crisis Response Committees für dreizehn Uhr im Lagezentrum einberufen. Ich bekomme einen Anruf aus ihrem Sekretariat mit der Anweisung, dass ich an der Sitzung teilnehmen soll.

Soweit ich in Erfahrung bringen kann, liegt der Raum in der obersten Etage des Währungsfonds und wird intern nur War Room genannt. Er ist Teil des Emergency Operations Centers, zu dem auch mehrere komplett ausgerüstete Büros gehören, die jederzeit mit Personal besetzt werden können. Ich setze mich sofort mit dem Sicherheitsdienst in Verbindung, um zu erfahren, wie genau ich in das EOC gelange. Eine Stimme bedeutet mir, dass die Bearbeitungszeit für die Aufnahme meiner biometrischen Daten sechs Wochen beträgt. Als ich daraufhin zu bedenken gebe, dass es sich um einen Notfall handelt und dass das EOC ja genau dafür eingerichtet worden sei, sagt mir die nun beleidigt klingende Stimme: »Dann gehen sie halt über das Treppenhaus und durch den Notausgang hinein wie alle anderen auch.« So viel zur Theorie.

Die Praxis beginnt mit einem Tumult im War Room. Mittendrin das gequälte Gesicht von Vara, der gerade versucht, das Chaos zu ordnen. »Lasst alle Hoffnung fahren, die ihr hier eintretet«, sagt er und erklärt, dass das Notfall-Operationszentrum zurzeit nicht funktionstüchtig ist. Anscheinend hat man die ständig parallel zum Budget expandierenden Beraterstäbe, die sich mit der internen Reform des Fonds beschäftigen, zunächst »provisorisch« hier einquartiert. Es geht um das MAOAM-Projekt: More Ambition, Orientation And Momentum. Jedenfalls halten die Damen und Herren inzwischen das gesamte Stockwerk dauerhaft besetzt. Außerdem überwintert die Kakteensammlung der Chefsekretärin in den Duschräumen. Vara zuckt mit den Schultern und scheucht den letzten Berater hinaus.

Als der zwölf Meter lange Saal leer ist, wirkt er bedrückend. Er wird fast vollständig von einem ovalen Besprechungstisch ausgefüllt. Die Stühle haben Sitzflächen und Armstützen aus schwarzem Leder auf einem verchromten Gestell. Marke Bauhaus. Der Teppichboden ist anthrazitgrau. Man munkelt, dass die Direktorin die Einrichtung bewusst so nüchtern gestaltet hat, um sich und allen anderen zu jedem Zeitpunkt die Bedeutung unserer Aufgabe vor Augen zu führen. Jedenfalls hat sie alle Spuren ihres französischen Vorgängers getilgt, bis auf ein großformatiges Wandfresko an der Längsseite, das in farbenfrohem Kontrast zum Rest der Einrichtung steht. Es zeigt eine Gruppe tanzender Frauen mit prallen Brüsten, umrahmt von Dschungelvegetation. Im unteren rechten Drittel dominiert ein Mann, aus dessen Unterleib ein Penis von opulenten Ausmaßen sprießt. Der offizielle Titel des Freskos lautet »Arcadia«, doch im Fonds nennen es alle nur »Schwellkörperattacke«. Angeblich hasst die Direktorin diese Malerei. Aber weil es ein Geschenk der Organisation Amerikanischer Staaten ist und von einem der berühmtesten zeitgenössischen Künstler Südamerikas extra für den Besprechungsraum entworfen wurde, hätte seine Entfernung zum diplomatischen Eklat geführt.

Ich sehe auf die Uhr. Noch zehn Minuten bis zum offiziellen Beginn der Sitzung. Zeit fürs Schaulaufen des Managements. Der Zeitpunkt des Eintreffens richtet sich nach der tatsächlichen oder auch nur subjektiv empfundenen Wichtigkeit der eigenen Person – und des Themas. Da kommt auch schon ein ganzer Schwung von Managern, die sich leise tuschelnd hinsetzen und mich misstrauisch beäugen. Soweit ich das einschätzen kann, alles Top Dogs. Zu guter Letzt schreitet Sakurai sehr würdig und nach allen Seiten hin grüßend durch den Raum. Es ist seine letzte Sitzung. Er nimmt sein Handy und knipst es aus. Wir alle folgen seinem Beispiel. Es sieht ganz so aus, als wäre man nicht zum Plaudern gekommen. Alle Abteilungsleiter, die im Fonds Rang und Namen haben, sind versammelt – inklusive Vara und Osezua.

Eine Tür fliegt auf und die Geschäftsführende Direktorin kommt herein. Die Männer springen auf. Es fehlt nicht viel und sie hätten die Hacken zusammengeschlagen, salutiert und Meldung erstattet. Sie setzt sich genau so, dass alle anderen ungünstig zu ihr positioniert sind. Missmutig blickt sie erst zum Fresko, dann auf Osezuas bunten Dashiki und schließlich in die Runde. Eine kleine frostige Person mit eisgrauen Augen. Sie gibt dem Leiter der Abteilung Crisis Containment ein Zeichen. Die

Rollläden werden heruntergefahren. Eine Projektionswand mit einer Weltkarte taucht aus dem Nichts auf.

Krisensimulation!

Der Krisenexperte spricht von Argentinien und davon, dass sich durch die »teilweise hypertrophe Expansion und Vernetzung der Finanzmärkte« auch die Risikolage in vielfacher Hinsicht verschärft habe. Dann zählt er die verschiedenen Ansteckungswege auf: Handelsverbindungen, Wechselkurse, finanzielle Verflechtungen, Portfolioeffekte. Auf der Weltkarte färbt sich Lateinamerika rot, Mittelamerika und die Karibik orange, die Türkei und der Balkan gelb.

Nach dem Vortrag öffnet die Direktorin eine Mappe mit Unterlagen und fragt: »Nun, meine Herren? Was sind Ihre Vorschläge?«

Alle lassen betreten die Köpfe hängen, taxieren sich dabei jedoch aus den Augenwinkeln und brennen darauf, einander an die Kehle zu gehen. Sie müssen nur noch wissen, wen die Direktorin zum Abschuss freigibt. Und so hocken die Manager am ovalen Tisch, ganz im Bann der ersten Frau, die es in der Geschichte des IWF bis an die Spitze gebracht hat. Doch sie sitzt einfach nur da im eng anliegenden, hochgeschlossenen Kostüm, ganz in schwarz, vor dem blassgrauen Hintergrund der Scheibe, das silberne Haar so straff zurückgesteckt, dass es den Betrachter beim Hinsehen schmerzt. Sitzt da und wartet, während vor den Fenstern einige Schneeflocken als Vorboten des Winters vorbeitrudeln.

Mit der Stille wächst das Gewicht von jedem Wort, das als nächstes gesprochen wird. Denn der Sitzungssaal ist nicht irgendein Besprechungsraum, sondern heißt im Insider-Jargon der »Raum der Konditionalität«. Die Kredite des IWF sind immer an Konditionen geknüpft. Meistens an solche, die für die Kreditnehmer schwer zu schlucken sind. Hier haben bisher fast alle die Bedingungen des Währungsfonds akzeptiert: Hier hat sich der koreanische Finanzminister während der Asienkrise mit einer freundlichen Verbeugung jegliche Einmischung des Fonds in die Wirtschaftspolitik seines Landes verbeten, sein türkischer Kollege hat den Forderungskatalog wütend auf den Tisch geworfen und ein Ausscheren seines Landes aus der NATO angedroht, ein brasilianischer Wirtschaftsminister ist wüste Beschimpfungen ausstoßend verschwunden – geholfen hat es nichts. Am Ende haben sie alle unterschrieben.

Mit einer Ausnahme: Malaysia. Ein Land nach dem anderen geriet Ende der Neunziger in den Mahlstrom der Asienkrise. Und trotz der teilweise fatalen Folgen für die Volkswirtschaften hielt der IWF am Dogma der offenen Märkte fest. Nur Malaysia schlug alle Ratschläge des Währungsfonds in den Wind. Das Land hat gegen den erklärten Willen des IWF Kapitalverkehrskontrollen eingeführt. Und es hat gegen die erklärte Lehre des IWF damit Erfolg gehabt und die Krise wesentlich besser überstanden als die Länder, die der aus Washington vorgegebenen Politik folgten. Das Erste hätte der Währungsfonds noch vergeben können, das Zweite aber war unverzeihlich. Denn die Aura der Unfehlbarkeit gehört beim IWF ebenso zum Geschäftsmodell wie beim Papst.

Nein, hier wird nicht verhandelt, hier werden nur Offenbarungseide und Kapitulationen entgegengenommen. Und mit diesem Wissen sitzt die Geschäftsführende Direktorin da und wartet, bis das Gewicht dieser Vergangenheit die Egos ihrer Manager auf eine erträgliche Größe zusammengedrückt hat. Eine wahre Schneekönigin denke ich und frage mich, ob auch die anderen die Poesie dieses Augenblicks erfassen können. Aber da ist wohl zu viel gespannte Erwartung im Raum, gespielte Gelassenheit, angestrengtes Wegschauen. Osezua sieht wieder so aus, als hätte er zu schwer und zu spät gegessen. Vara versucht in einem Moment höchster Konzentration, die buschig aus den Nasenhöhlen wuchernden Haare mit der Oberlippe zu erreichen. Sakurai ist der Einzige, der es wagt, die Direktorin offen anzublicken. So ist es nicht überraschend, dass sich ihre Augen gerade auf ihn richten. Zumal er sich etwas ungünstig unter dem Schwellkörperattacke-Fresko positioniert hat. Der Riesen-Penis hängt über ihm wie ein Fallbeil.

Die Manager am Tisch verstehen den Wink. Einer nach dem anderen kritisiert die ökonometrischen Modelle der Research-Abteilung scharf. Nur Osezua und Vara halten sich auffällig zurück. Sakurai lässt das Sperrfeuer mit freundlich distanziertem Lächeln über sich ergehen. Dann weist er darauf hin, dass er das Crisis Response Committee in den letzten zwölf Monaten mehrmals auf die Schwächen der argentinischen Fiskalpolitik hingewiesen hat. Dies führt zu energischen Erwiderungen auf allen Seiten. Nachdem alle Abteilungen etwas Schmutz abbekommen haben, räuspert sich die Geschäftsführende Direktorin zufrieden: »Meine Herren, ich sehe aktuell keine Grundlage für eine Überweisung der ausstehenden Kredittranche an Argentinien. Die Reformbemühungen der argentinischen Regierung reichen an keiner Stelle aus. Ihre Meinung bitte.«

Am Tisch herrscht betretenes Schweigen.

Die Direktorin faltet ihre Hände wie zum Gebet. »Ich möchte kein zweites Russland sehen. Was sagt Tantani?«

»Das kann er Ihnen am besten persönlich mitteilen. Er wartet in der Leitung«, antwortet Vara.

»Holt ihn rein«, seufzt die Direktorin.

Vara beugt sich über den Tisch und drückt einen Knopf in der Sprechanlage. Nichts passiert. Er wird nervös und drückt einen anderen Knopf und noch einen. Irgendwann knarzt es und nach einigen Hallo-Hallos von beiden Seiten steht die Leitung.

»Es gibt eine wichtige Neuigkeit, die ich gerne erst bilateral mit der Direktorin besprechen würde«, hören wir Tantani.

»Dies ist nicht die Zeit für irgendwelche Heimlichkeiten«, sagt die Nyström mit schneidender Stimme. »Also: Wie ist die Lage vor Ort?«

Tantani beginnt, die argentinische Minusbilanz herunterzurattern. Ich versuche mir ein Bild von ihm zu machen. Aber es fällt mir schwer. Er ist nur eine sonore Stimme am anderen Ende des amerikanischen Kontinents. Das, was er sagt, hört sich jedenfalls sehr sachlich und fundiert an. Da ist kein Anzeichen von Überspannung. »In einem Satz zusammengefasst: Ohne die Auszahlung der IWF-Kredittranche gehen Weihnachten hier die Lichter aus«, sagt Tantani schließlich. »Bis dahin müssen wir die Banken im Ungewissen und die Märkte in Ruhe lassen. Gleichzeitig müssen wir den Reformdruck auf die Argentinier aufrechterhalten.«

Ein Raunen geht durch den War Room. »Völlig unmöglich«, ruft einer der Manager.

»Willkommen in meiner Welt«, kommentiert die Direktorin kalt. »Was müssen wir noch wissen, Tantani?«

Eine Weile lang knackt und rauscht es in der Leitung. Die Unruhe am Tisch nimmt zu. Dann sagt er: »Diese Neuigkeit ist streng vertraulich.«

»Wenn es mit Argentinien zu tun hat und ich es wissen muss, müssen es alle hier im Raum wissen. Worum geht es?«, fragt die Direktorin.

Wieder ein kurzes Schweigen in der Leitung. Dann räuspert sich Tantani. »Koski ist tot. Wahrscheinlich ein Unfall. Es ist wohl gestern Nacht passiert. Jedenfalls wurde er heute Morgen aus dem Hafenbecken gefischt.«

Es ist das erste Mal in diesen Tagen, dass ich einen überraschten, ja ratlosen Ausdruck in Nila Nyströms Gesicht entdecke. »Bitte informieren Sie mich persönlich über jede neue Entwicklung in dieser Sache«, sagt sie. Dann macht sie Vara ein Zeichen, die Konferenzschaltung zu beenden. »Meine Herren: Argentinien hat höchste Priorität! Volle Kooperation und kein Wort über die Sache mit Koski, verstanden?« Plötzlich sieht sie mich an. »Herr Willarth, sieht so aus, als hätten wir noch etwas zu besprechen.«

Sie schließt die Sitzung. Als wir den Aufzug in die Tiefgarage nehmen, sagt sie: »Die Wände hier haben Ohren.« Unten angekommen steigen wir in das Rückabteil einer schweren Limousine. Ein Leibwächter setzt sich nach vorne neben den Fahrer. Die beiden sind durch eine Scheibe von uns getrennt. Wir fahren die Neunzehnte runter und nehmen dann die Constitution Avenue an der Fed und dem Vietnam Memorial vorbei. Der Himmel hängt grau und tief, aber es schneit nicht mehr.

Mir scheint, als läge eine Art tiefes elektrisches Brummen über der Stadt. Es entsteht, wenn die Macht vom Weißen Haus in die Welt geschickt wird; wenn sie sich dann durch ihr unterirdisches und weit verzweigtes Netz ausbreitet, in den Schaltzentralen wieder zusammenläuft und dort, in den Ministerien und Botschaften, umgespannt wird, bis sie schließlich, ganz unverdächtig, in Form eines Papierpackens auf dem Tisch eines Referenten landet. Der wirtschaftlich, militärisch und diplomatisch mächtigste Apparat der Welt ist in Bewegung gekommen und bereitet einen Krieg vor.

»Koski tot. Ausgerechnet Koski! Ich hatte auf ihn gesetzt«, sagt die Direktorin.

»Glauben Sie, es war ein Unfall?«, frage ich.

Wortlos reicht sie mir einen Umschlag.

Es ist ein zweiter Drohbrief, in derselben Machart wie der

erste. Die Buchstaben sind aus Zeitungen ausgeschnitten. Der Text ist diesmal etwas anders: »ZÄHLT DIE WOCHEN, DIE EUCH BLEIBEN. BALD FOLGT DIE STUNDE NULL.«

»Und jetzt?«, frage ich.

»Darüber müssen wir uns dringend unterhalten«, sagt sie, ohne konkret zu werden.

Einige Minuten später stellt der Fahrer den Wagen etwas abseits von einigen Touristenbussen auf den Parkplatz hinter dem Besucherzentrum des Nationalfriedhofs ab. Wir steigen aus und laufen auf die hohen Gittertore des Friedhofs zu. Der Leibwächter folgt uns außer Hörweite. Er trägt eine kleine, längliche Schachtel.

»Ich lege für alle meine Mitarbeiter die Hand ins Feuer, Herr Willarth«, sagt sie. »Chaudhuri, Lacour, Osezua, Sakurai und Koski – Gott hab ihn selig – keiner von ihnen hat irgendetwas mit einem Komplott zu tun. Da bin ich mir ganz sicher.«

Der spärliche Schnee ist schon geschmolzen. Die Baumstämme sind dunkel von der Nässe. Die Blätter sammeln sich am Wegesrand und zwischen den endlosen Reihen weißer Steine. Einige späte Sonnenstrahlen kämpfen sich durch die Wolkendecke, aber sie wärmen nicht. Die Grabtafeln werfen lange Schatten auf den grünen Rasen. Ich schlage meinen Mantelkragen hoch und ziehe meine Handschuhe an. Das Regierungsviertel liegt am anderen Ufer des Potomac. All diese Säulen, Kuppeln und Tempel, dieses kryptische Gemenge aus antiken und christlichen Symbolen, aus Elementen des Absolutismus und der Aufklärung. Was ist das, wenn nicht der Versuch einer architektonischen Heiligsprechung der amerikanischen Politik?

»Und was ist mit Tantani?«, frage ich.

»Tantani ist einer meiner besten Männer. Aber er ist schon lange da draußen unterwegs. Vielleicht zu lange«, sagt sie, kleine Dampfwolken ausstoßend, während wir einen asphaltierten Weg hinaufschlendern. »Buenos Aires! Dort wurden die beiden Drohbriefe aufgegeben und dort ist jetzt Koski umgekommen. Die ganze Geschichte mit Argentinien wird mir jedenfalls langsam unheimlich. Ich wäre daher bereit, eine Mission von Ihnen und Ihrem Team zu unterstützen.« Wir biegen in eine Allee ein. Immer wieder Ausblicke auf die sanften Hügel von Arlington, die weiß gesprenkelt sind von den Grabsteinen. An flachen Stellen stehen sie in langen, geraden, parallelen Reihen – hier und da unterbrochen von einem Baum – an den Hängen folgen sie den Konturen und bilden Wellenmuster. Braune Stellen deuten auf neue Todesfälle hin. Irgendwo liegt eine grüne Matte um ein frisch ausgehobenes Erdloch. Eine kleine Trauergemeinde. Ein Salut kracht. Die Vögel flattern auf. Der Krieg geht weiter.

Am Halbrund des Memorials für John F. Kennedy bleiben wir stehen. Grobe Platten aus Granit, zwischen denen der Klee sprießt, in der Mitte ein großer runder Stein mit der ewigen Flamme. Die Direktorin macht dem Leibwächter ein Zeichen. Der öffnet die Schachtel und entnimmt ihr eine langstielige Rose, die sie bedächtig niederlegt. Die Hände übereinandergeschlagen und den Kopf gesenkt, steht sie eine Weile da und starrt auf die Flamme.

Dann zeigt sie auf einen Wegweiser zum Grab von Robert Kennedy und zitiert: »›Manche Männer sehen die Dinge, wie sie sind, und fragen: warum? Ich träume Dinge, die niemals waren, und frage: warum nicht?‹ Vielleicht träumt ja auch Tantani von den Dingen, die niemals waren, und fragt sich: warum nicht? Was immer Tantani getan hat, bringen Sie ihn zurück nach Hause. Und vergessen Sie nie: Tantani ist dort unten unsere erste Verteidigungslinie und unsere letzte.«

Erst am Abend wird mir klar: Nyström hat mir das Spiel meines Lebens angeboten. Ein Mensch namens Tantani, eine Währung namens Peso und ein Land namens Argentinien – kann man sich einen höheren Einsatz denken?

Kapitel 5

Strange days have found us

Das Flugzeug schwenkt in eine Schleife über das Delta des Rio de la Plata ein. Fjodor starrt geistesabwesend aus dem Flugzeugfenster mit einem ebenso breiten wie blöden Grinsen, das ich schon lange nicht mehr an ihm gesehen habe. Seit dem Abflug habe ich mich die ganze Zeit gefragt, wie Suki ihn gestern Abend überredet hat, seinen Widerstand aufzugeben und endlich aus dem verdammten Bett herauszukommen, in das er sich nach der Purham-Predigt eine geschlagene Woche lang verkrochen hatte. Jetzt fällt mir eine violette Verfärbung seiner Haut am Halsansatz auf, die verdächtig nach einem Knutschfleck aussieht. Da ich Fjodor ganz sicher nicht geküsst habe, kommt dafür nur eine andere Person in Frage: Suki! Es scheint mir zwar völlig unglaublich, weil ich sie immer für ein fleischloses Wesen gehalten habe, aber es gibt keine andere logische Alternative.

Ist es möglich, dass sie sein Werben und seine Liebe über Jahre hinweg ignoriert hat und ihn dann ausgerechnet in seinem schwächsten Moment erhört hat? In dem Augenblick, als er ungewaschen, hoffnungslos, verwirrt und zu Widerstand oder klaren Gedanken kaum fähig im Bett liegt? *Sidewalk crouches at her feet / Like a dog that begs for something sweet / Do you hope to make her see, you fool? / Do you hope to pluck this dusky jewel?* Nein, er ist gar nicht in der Lage gewesen, sich Suki zu pflücken. Überhaupt ist Suki nicht die Frau, die sich pflücken lässt. Sie ist wie Mascha. Sie nimmt sich, was sie braucht. Und doch ist Fjodor definitiv in den Genuss ihres dunklen Juwels gekommen. Anders kann ich mir seinen Gesichtsausdruck nicht erklären. Das ist sein Orgasmus-Grinsen. Jetzt erkenne ich es wieder.

Buenos Aires taucht unter uns auf. Eine Siedlung von ungeheuren Ausmaßen, wie zufällig hingekippt ans Ufer eines schlammigen und trägen Stroms. Suki, Fjodor und ich schweigen beklommen. Im CIA-Jargon nennt man unsere Reise eine FIFO FINO-Mission: Fly in, fly out – failure is not an option! Wir alle drei haben den Flug über versucht, uns innerlich auf das erste Aufeinandertreffen mit Tantani vorzubereiten. Aber wie sollen wir uns die Unbefangenheit gegenüber einem Mann bewahren, dem wir ein Komplott zur Destabilisierung der internationalen Finanzmärkte nachweisen wollen?

Unser Plan ist, Tantani eine Falle zu stellen. Wir wollen ihm ein gefälschtes Dokument zuspielen: die Entscheidung des IWF-Direktoriums, Argentinien mit einem großen Notfallkredit zu retten. Wenn er tatsächlich der von uns gesuchte Insider ist, wird er sein Geld auf einen Kursanstieg der argentinischen Staatsanleihen setzen. Wahrscheinlich wird er seinen Einsatz durch Leerverkäufe und Derivate hebeln. Währenddessen werden wir die Märkte mit einem System namens PROMIS überwachen, das für uns verdächtige Finanztransaktionen in argentinischen Staatsanleihen identifizieren und zu den jeweiligen Auftraggebern zurückverfolgen kann. Suki hat tagelang darum gekämpft, dass wir Zugriff auf dieses System bekommen. PROMIS steht für »Prosecutor's Management Information System«. Angeblich nutzen es fast alle namhaften Geheimdienste des Westens, um Wertpapiergeschäfte an den wichtigsten Finanzmärkten der Welt in Echtzeit zu beobachten – darunter die CIA und der Mossad. Wir haben erst gestern Abend grünes Licht für diese Operation bekommen. Von »oberster Stelle«, wie Suki betont hat. Koski hat sich anscheinend vor seiner Abreise nach Argentinien auch in dieser Frage für uns eingesetzt. Armer Teufel! Den Mekong überlebt, um dann im Rio de la Plata zu ersaufen.

Nach der Landung der übliche Flughafenparcours über Flure und Treppen bis zur Einreisekontrolle. Dort hat sich eine kurze Schlange gebildet. Als ich an die Reihe komme, sieht mir der Grenzpolizist kurz und scharf ins Gesicht und vergleicht es mit dem Bild in meinem Ausweis. »Haben Sie Kinder?«, fragt er und erspart mir die Antwort. »Besser so«, sagt er und zeigt auf das Durcheinander am Schalter für den Rückflug unserer Maschine nach Washington. Zwei hochschwangere Frauen streiten um den letzten freien Platz. »Die wollen, dass ihre Kinder in Amerika zur Welt kommen. Für den richtigen Pass.« Er drückt mir den

Stempel in den Ausweis. »Bienvenido a la Argentina. Der Letzte macht das Licht aus!«

Im Trubel der Ankunftshalle entdecken wir einen Fahrer, der ein Schild mit unseren Nachnamen hochhält. Direkt daneben steht ein anderer Mann im Getümmel und telefoniert. Eine imposante Gestalt im schwarzen Anzug. Ich schätze ihn auf fast zwei Meter und gut 100 Kilo. Er ist korpulent, aber nicht fett, hat ein scharf geschnittenes Gesicht und graumelierte, lockige Haare. Seine verschatteten, dunklen Augen wirken geheimnisvoll, seine verwelkten, sinnlichen Lippen maßlos. Wir alle denken das Gleiche: Das muss Tantani sein!

Als wir uns aus dem Gedränge lösen und auf ihn zukommen, schaltet er das Handy aus und winkt uns zu. Seine Bewegungen sind sparsam und geschmeidig wie die eines Raubtiers. »Keinen Moment zu früh!«, ruft er. »Da kommt sie ja, die schwere Kavallerie! Gut, dass die Zentrale endlich Verstärkung schickt.« Er stellt sich vor, drückt uns einem nach dem anderen fest die Hand und sieht jedem dabei tief in die Augen. Ich habe den Eindruck, dass er unsere Gefühle lesen kann wie ein offenes Buch: Sukis beinahe körperliche Abneigung, Fjodors spontane Faszination und meine instinktive Distanz. Unbefangenheit fühlt sich jedenfalls anders an. »Willkommen in Argentinien, dem Land der Zukunft!«, sagt Tantani. »Schade eigentlich, dass es nie dort ankommt, immer nur in seiner Vergangenheit.« Er lacht mit einem tiefen Bass. Ein Prediger der anderen Art.

Sein Fahrer nimmt uns einige Gepäckstücke ab. Als wir den Ausgang erreichen und die automatischen Schiebetüren auseinandergleiten, erwartet uns ein Sommertag auf der Südhalbkugel. Wir betreten eine Welt aus flüssigem Metall. Gleißend spiegelt sich die Sonne im Blech der Autos. Flirrend steht die Hitze über dem Asphalt der Anfahrtsstraßen und Parkplätze. Die Luft fühlt sich wattig, schwül und klebrig an. Man schreitet nicht, man watet durch diese Form der Hitze und schwitzt schon vor dem ersten Schritt. Wir sind froh, als wir die Großraumlimousine erreichen. Sie ist frisch poliert und glänzt im Schwarz italienischer Särge. Erschöpft lassen wir uns ins kühle Rückabteil fallen. Während der Wagen den Flughafenbereich verlässt, sich auf der Autobahn einfädelt und überraschend schnell beschleunigt, unterhalten wir uns über die aktuellen Entwicklungen in Argentinien.

Wir fahren in nordöstlicher Richtung. Die Limousine segelt fast lautlos dahin. Beim Spurwechsel schaukelt sie sanft. Ihre Innenausstattung aus dunklem Stoff und Holz dämpft unsere Stimmen. Zuerst sieht man nur das flache, verbrannte Land, gesprenkelt mit traurigen Bäumen und schiefen Hütten. Dann flackern die elenden Vorstädte an den Scheiben vorbei. Am Fahrbahnrand stehen große Plakatwände: Schutz vor Karies, vor schlechtem Atem, vor Haarausfall, vor Impotenz, vor Schmerz. Und mittendrin die Werbekampagne einer Kosmetikfirma. Eine verheißungsvolle Schöne haucht: »Nimm dir alles vom Leben, du bist es dir wert.« Danach kommen wir in eine dichter besiedelte Gegend mit einfachen Wohnsilos, deren Tristesse mich an die Moskauer Kindheitsfotos von Mascha erinnert. Der Wagen verlangsamt seine Fahrt, als die Autobahn in einem riesigen Boulevard mündet. Ich zähle sechzehn Spuren. »Bescheidenheit bei der Stadtplanung kann man den Argentiniern wohl nicht vorwerfen.«

»Die Nueve de Julio. Diese Schneise haben die vor hundert Jahren quer durch die Stadt getrieben. Von Norden nach Süden. Sozusagen als symbolische Zähmung der Barbarei durch die Ordnung«, sagt Tantani.

»Das nenne ich Effizienz. Die Amerikaner führen einen Bürgerkrieg, um den Süden niederzuwerfen, und die Argentinier bauen eine Straße.«

»Moderner. Aber auch nicht ganz so erfolgreich.«

Die Häuser scheinen jetzt wohnlicher und vertrauter. Sie könnten auch in Madrid oder einer anderen europäischen Metropole stehen. Nur die Anordnung ist verstörend: Mitten auf der monströsen Nueve de Julio findet sich ein Obelisk. Vor dem Bahnhof Retiro ragt eine Big-Ben-Replik in den Himmel, das Opernhaus sieht aus wie eine Scala-Kopie und viele Ecken erinnern mit ihren Jugendstilbauten an Paris. »Wenn Buenos Aires schlafen geht, träumt es von der Seine«, sagt Tantani.

»Sie kennen Paris?«, frage ich.

Tantani sieht mich mit einem Mal sehr aufmerksam an. »Ich habe einige Monate dort verbracht«, sagt er. »Aber das waren andere Zeiten, Herr Willarth. Wilde Zeiten.«

Die Limousine fährt auf den mächtigen Kuppelbau des argentinischen Parlaments zu, der dem US-Kapitol nachempfunden ist. Dann biegt sie in eine Hotelauffahrt ein und bleibt mit sanftem Ruck vor dem Eingang stehen. Der Fahrer steigt aus, holt unsere Taschen aus dem Kofferraum und stellt sie in einen Gepäckwagen vom Hotel. Suki und Fjodor gehen durch die Drehtür zur Rezeption. Ich will mich ihnen gerade anschließen, als Tantani sagt: »Die Geschäftsführende Direktorin hat Sie als Experten angekündigt. Darf ich fragen, was genau Ihre Spezialisierung ist?«

Ich mustere ihn, wie er da im Halbdunkel der Limousine auf meinen ersten Fehler lauert. »Meine persönliche Expertise ist Konkursverschleppung«, antworte ich wahrheitsgemäß.

Tantani grinst von einem Ohr zum anderen. »Der richtige Mann zur richtigen Zeit am richtigen Ort. Auf die Nyström ist einfach Verlass!« Die Tür klappt zu. Der Motor heult auf. Ich sehe dem Wagen hinterher, wie er in Richtung Kongressgebäude entschwindet, und frage mich, was wohl Tantanis Pläne für uns sein mögen.

Da unser einziger Programmpunkt für diesen Tag »Ankunft« lautet, schlendern wir am frühen Abend durch die Innenstadt. Der Himmel spannt sich weit und blau über Buenos Aires. Im Schaufenster einer Bäckerei biegen sich die Bleche unter dem Gewicht der Brote, Kekse, Kuchen und Torten. An der nächsten Ecke ein Gemüseladen: Innen sind Grapefruits, Limetten und Tangerinen in perfekten Pyramiden arrangiert, die Auslage draußen ist ein Mosaik aus roten Pfefferschoten, Pflaumen, Orangen und grünen Zwiebeln. Und selbst das Angebot eines kleinen Kiosks auf der anderen Straßenseite verrät einen beinahe künstlerischen Sinn für Farbe, Form und Überfluss. Absteigende Terrassen von Zigarettenpäckchen und Karamellriegeln in glänzenden, bunten Päckchen. Da ist keine Spur von Schwermut, eher eine tänzerische Leichtigkeit und Eleganz. Alles ist Farbe und Form. Alles will der Schwerkraft der Wirtschaftsdaten trotzen. Nichts hat die Stadt heute von ihrer oft besungenen Melancholie.

Wir kommen an die Plaza de Mayo, die sich mit dem bescheidenen Cabildo und der Kathedrale einen Hauch der Kolonialzeit erhalten hat. Damals und lange vor der Erfindung rußender Dieselmotoren haben die ersten Siedler den Ort »Puerto de Nuestra Señora de Santa María del Buen Aire« getauft. Trotz dieser Ehrbezeugung für die Heilige Jungfrau ist die Kathedrale fünf Mal zerstört worden. Die sechste, klassizistische Version hat durchgehalten und beherbergt als größten Schatz den wieder eingebürgerten Leichnam des Generals San Martín. In der Kirche hat der Bischof von Buenos Aires Anfang der Siebziger Jahre den Anführer des Militärputsches gegen die Demokratie, General Videla, mit dem Gottessohn verglichen und die Machtübernahme der Militärregierung mit dem Fest der Auferstehung. Von wegen Lamm Gottes!

Der Platz selbst liegt etwas abseits der großen Blechströme mit ihrem infernalischen Krach. Eine luftige, grüne Tasche im Häusermeer. Hochstämmige Palmen und schlanke Laternen. Zu den Straßen hin stehen wie hingetupft Bäume, dahinter erheben sich Jugendstil- und Art-Deco-Fassaden und die drei Tempel der weltlichen Macht: die Nationalbank, das Wirtschaftsministerium und, zum Fluss hin, die Casa Rosada, der bonbonfarbene Regierungspalast. Fjodor behauptet, General Videla habe sich seinerzeit eine Kapelle dort hineinbauen lassen, um für göttlichen Beistand zu beten. Den Krieg gegen die Engländer um einige hauptsächlich von Schafen bewohnte Inseln am Polarkreis hat er trotzdem verloren. Vielleicht kniet gerade wieder ein argentinischer Führer dort und betet – diesmal um den Beistand der Märkte.

Krieg hin, Krise her, wir verweilen einen kostbaren Augenblick lang im Hier und Jetzt, halten unsere Gesichter in den Abendwind und tauchen in das mediterrane Ambiente ein. Selbst das Grüppchen demonstrierender Frauen vor dem Präsidentenpalast macht den Eindruck einer Folkloregruppe. Sie eifern gegen die Regierung, den Sparkurs, den Währungsfonds, gegen alles und jeden. Aber was ist die Alternative?

Wir mischen uns unter die Demonstranten. Die Rednerin sieht in ihrem altmodisch geblümten Kleid und den zu einem Dutt zusammengesteckten Haaren aus wie die lebenslustige und humorvolle Großmutter, die ich mir immer gewünscht habe. Es dauert eine Weile, bis ich mein verrostetes Spanisch, das ich drei Semesterkursen und einer längeren Affäre mit einer Puerto Ricanerin in New York verdanke, wieder zum Laufen bekomme. Und es dauert noch länger, bis ich die Sätze der Rednerin in irgendeiner Form mit ihrer Erscheinung in Einklang bringen kann.

»Es stimmt, ich habe mich gefreut am 11. September«, sagt sie. »Weil es die Unternehmen getroffen hat, die für die Armut in der Welt verantwortlich sind. Nein, es steht nicht mehr in unserer Macht, noch etwas für die Menschen in den Türmen zu tun. Aber ja, es hätte jeden Tag in der Macht der Manager im World Trade Center gestanden, etwas für die verelendeten Massen ihrer Opfer zu tun.« Ich habe das ungute Gefühl, dass die Frau uns direkt anblickt. »Wie soll ich nicht zufrieden sein, dass diese Hurensöhne in den Tod gesprungen sind? Sie tun mir nicht leid. Ich hoffe, sie haben sich vorher noch in die Hosen geschissen vor Angst.«

Suki kann kein Spanisch. Aber irgendwie bekommt sie doch den Sinn der Rede von der freundlichen alten Dame mit. Denn plötzlich ist Sukis Gesicht wie versteinert. Sie murmelt »Mord ist Mord ist Mord.« Ich lege meine Hand auf ihren Arm, mache ihr ein Zeichen zu schweigen und beginne vorsichtig den Rückzug. Als ich einige Schritte rückwärts mache, trete ich einer älteren Frau auf die Füße. Böse blickt sie mich an. »Dies war nur der Anfang der Sühne für die Sünden«, sagt die Rednerin. Die Frauen klatschen. Ich entdecke eine Lücke und schlüpfe hinaus. Fjodor, Suki und ich entfernen uns mit schneller werdendem Schritt. »Die Amerikaner, der IWF, die WTO – alle haben sie auf uns geschissen. Sie werden dafür mit der gleichen Münze bezahlen wie die Herren im World Trade Center auch«, verfolgt uns die Stimme. »Kein Mitleid, Schwestern. Denkt an das, was uns Ché mitgegeben hat: Ein Revolutionär muss eine kalte Tötungsmaschine werden. Angetrieben von purem Hass.«

Ich muss an das denken, was Mascha mir vor einigen Wochen in London gesagt hat: Das ist ein totaler Krieg da draußen. Und irgendwann muss man seine Seite wählen. Wie wahr, wie wahr! Wir drei fühlen uns jedenfalls erst in der Bar unseres Hotels wieder einigermaßen sicher. Suki bestellt sich einen doppelten Whisky. »Was um Gottes Willen war das?«, fragt sie sichtlich erschüttert. Es ist das erste Mal, dass ich sie Alkohol trinken sehe.

»Wut!«, sagt Fjodor. »Sinnlose Wut!«

»Nein,«, widerspreche ich. »Das ist blinder Hass. Die Art von Hass, die nur Fanatismus und Ideologie erzeugen können. Das ist die Zukunft, die Tantani vorbereitet.«

The highway to the end of the night

Die IWF-Vertretung in Argentinien residiert zusammen mit einigen sehr ehrwürdigen Anwaltskanzleien und Wirtschaftsprüfungsgesellschaften in einem Bürohochhaus im Geschäftszentrum von Buenos Aires ganz in der Nähe des Flusses. Die Innenausstattung der Lobby ist herrschaftlich: eine hohe Eingangshalle, kühler Marmor, eine Ledersitzecke mit der aktuellen Wirtschaftspresse, eine Rezeption mit ausnahmslos blond gefärbten Empfangsdamen im marineblauen Kostüm. Die Aufzüge liegen hinter einer sechs Meter hohen Spiegelwand, die sich wie von magischer Hand für den Auserwählten öffnet.

Als ich im obersten Stock aussteige, empfängt mich Tantanis Sekretärin, die in ihrer makellosen Eisigkeit ein Schmuck selbst fürs Oval Office gewesen wäre. Tantani ist noch nicht da. Sein Zimmer hat denselben großzügigen Schnitt wie das von Sakurai in Washington. Auch die Möblierung ist ähnlich. Während der Arbeitsplatz des Japaners jedoch eine penible Ordnung ausstrahlte, scheint Tantani nach dem Schumpeter-Diktum von der schöpferischen Zerstörung zu leben. Aus einer Schranktür quillt Schmutzwäsche, der Boden ist mit Zeitungsstapeln in verschiedenen Stadien der Vergilbung bedeckt, vereinzelte Schuhe stehen herum und auf dem Fenstersims schimmeln Kaffeetassen vor sich hin. Ich entdecke sogar eine Ausgabe der Zeitschrift »Nostradamus« mit dem Titel »Ist die Globalisierung ein Werk des Antichristen? Neue Antworten aus den Prophezeiungen des Johannes.«

Ich setze mich in das provisorische Büro, das mir Tantani in einem Besprechungsraum eingerichtet hat. Sofort rufe ich Fjodor an und erzähle ihm von der Nostradamus-Zeitschrift bei Tantani. Suki hat beschlossen, dass wir uns aufteilen. Sie bereitet zusammen mit Mascha die Falle für Tantani vor. Fjodor verfolgt die Spur der Drohbriefe. Ich soll mich an Tantani ranhängen, mich irgendwie in sein Leben schleichen und sein Vertrauen erwerben. Wir haben beschlossen, möglichst nah an der Wahrheit zu bleiben, weil wir davon ausgehen müssen, dass Tantani seine Informationsquellen beim IWF in Washington hat. Wir arbeiten also ganz offiziell an einer Untersuchung zu »auffälligen, eventuell illegalen« Handelsstrategien im Umfeld der Argentinienkrise.

Wie auch immer. Gegen ein Uhr mittags erwische ich Tantani in der Kaffeeküche, schweigend und unrasiert. Das Gesicht ist aufgeschwemmt mit zwei kleinen roten Augen drin, die ausdruckslos in den Abgrund der vergangenen Nacht starren. Anscheinend bringt er zwei Leben in einer schlaflosen Existenz unter – das eine tagsüber, das andere nachts. »Na, Willarth?«, sagt er, als er mich sieht. »Da haben Sie sich aber eine ganz schön miese Mission andrehen lassen, was? Die Regierung ist schwach. Der Druck der Straße nimmt zu. Die Linke träumt schon von einem Volksaufstand.« Er zieht eine zerknitterte Zeitungsseite aus seinem Jackett und reicht sie mir. »Haben Sie schon von Esther Villaverde gehört? Sie macht gerade mächtig Wind und wird schon als Jeanne d'Arc der Barrikaden gefeiert.«

Auf der Seite ist ein Foto von der Frau, die wir vor einiger Zeit abends in Washington im Fernsehen gesehen haben. Die Stimme der Globalisierungsverlierer, wie der Kommentator sie genannt hat. Der Zeitungsfotograf hat Esther Villaverde leicht von unten aufgenommen. Trotzig reckt sie ihre Faust in den Himmel. Unter dem Bild steht: »Acción Directa fordert Beteiligung an den Konsensgesprächen«. Im Artikel heißt es, dass sie einen Zusammenschluss der Kräfte des linken Spektrums in einer gemeinsamen Dachorganisation plant. Sie soll »Liga de la Defensa de los Derechos Ciudadanos« heißen, kurz LIDER.

»Mittelstandsspross bekennt sich zum Kampf gegen die Armut. Das ist doch nur die übliche Mitleidssoße, die es immer schon als Beilage zur Weltgeschichte gegeben hat – von Thomas von Aquin bis Ché Guevara«, sage ich und gebe ihm den Artikel zurück.

»Ich bezweifle, dass die Welt bereits die höhere Natur der Sache begreift, die wir gerade erschaffen«, erwidert Tantani und fügt sofort hinzu: »Nur ein Zitat von Dexter White. Hat er bei der Unterzeichnung vom Gründungabkommen des Währungsfonds gesagt. Oder halten mich die Zyniker in Washington schon für irre, weil ich unsere eigenen Propheten zitiere?« Er sieht auf seine Uhr. »Wie wäre es mit einem Mittagessen?«

Es geht mitten hinein ins Getümmel der Fußgängerzone

in der Florida, wo sich um diese Uhrzeit die argentinische Geschäftswelt in all ihrer italienischen Eleganz tummelt. An den Rändern warten Schuhputzer auf Kundschaft und Bettler auf Almosen. Überall sind »Cafénautas« unterwegs; Männer, die aus großen, auf ihren Rücken geschnallten Thermoskannen Kaffee zapfen und im Einwegbecher verkaufen. Zucker, Plastiklöffel, Servietten und Wechselgeld tragen sie in einem kleinen Laden vor dem Bauch. In der Nähe der Ecke zur Lavalle hat sich vor einer Anzeigetafel mit den Börsenkursen eine Ansammlung gebildet. Es sind viele ältere Menschen darunter, deren Pensionen zum Teil in Aktien ausgezahlt wurden. Ohnmächtig müssen sie zusehen, wie ihre Altersvorsorge jeden Tag an Wert verliert.

Eine Gruppe von Mädchen in kurzen Röckchen kommt uns entgegen. Die Männer rufen ihnen Sprüche hinterher. »Beruhigend, dass es zumindest einige letzte Dinge gibt, die selbst diese politische Klasse noch nicht hat zugrunde richten können«, sagt Tantani, lotst mich in eine Seitenstraße und dann ins Restaurant »La Bombacha«.

Im Eingangsbereich renne ich fast in eine Kuh mit treudumm-braunen Augen und gepflegt glänzendem Fell. Erst auf den zweiten Blick erkenne ich, dass sie ausgestopft ist. Ein altes Männchen mit einem Staubwedel kriecht darunter hervor. Die Kuh heißt Maria del Carmen – nach seiner dritten Ehefrau. »Stellen Sie sich vor, die Stadtverwaltung will Maria wegschaffen«, sagt er aufgebracht. »Diese Bürokraten behaupten, dass sie die öffentliche Gesundheit gefährdet. Dabei weiß doch jeder, dass viel mehr Krankheitskeime in den Plüschtieren der Spielautomaten stecken. Weil nie jemand gewinnt, liegen sie jahrzentelang in den unhygienischen Maschinen.« Er wirft der dummen Kuh einen liebevollen Blick zu. »Aber ihr wird nichts passieren. Ich habe beantragt, dass sie in die Liste des Kulturerbes der Stadt aufgenommen wird.«

»Sie lachen, Willarth«, sagt Tantani, während uns der Geschäftsführer zu einem freien Tisch bringt. »Aber Argentinien hätte für die Landwirtschaft das werden können, was Indien für die Dienstleistungen und China für die Industrie heute schon sind: ein Kraftzentrum, mit dessen Größe und Effizienz es nur wenige aufnehmen können. Nein, ein Gift alleine hätte ein Land wie dieses nicht so kaputt machen können. Ein Land so groß wie

Indien, so fruchtbar wie Europa, so reich an Bodenschätzen wie Afrika. Dazu war ein ganzer Giftcocktail nötig. Der Wohlfahrtsstaat eines faschistoiden Perón. Der Abnutzungskrieg gegen das Bürgertum erst durch die Linksguerilla, dann durch die Diktatur und schließlich durch Hyperinflation und Wirtschaftskrise. Zu guter Letzt noch der Import der neoliberalen Orthodoxie aus Chicago, um die größte wirtschaftliche Plünderung eines Landes seit dem Kongo ideologisch zu bemänteln.«

In der Mitte des Raumes befindet sich ein offenes Feuer mit glühenden Kohlen – darüber eine große Esse. Um das Feuer drehen sich Metallkreuze mit kopflosen und gehäuteten Ziegen, Lämmern und Schweinen. Einige Köche in Gaucho-Aufmachung springen herum und schneiden Stücke ab. Wir setzen uns an einen rustikalen Holztisch mit karierter Tischdecke. Um uns herum wird laut gesprochen und gelacht. Die Stimmen verschmelzen in meinen Ohren zu einer einzigen Melodie im weichen, fast italienisch anmutenden Spanisch der Argentinier. So animiert das Ambiente im »La Bombacha«, so karg die Speisekarte. Die kulinarische Fantasie der Köche scheint sich darauf zu beschränken, eine Kuh von der Weide zu holen, sie totzuschlagen und zu häuten, und Knochen, Fleisch und Innereien dann über einem Feuer zu rösten. Dazu wird Salat gereicht und Rotwein aus Mendoza.

»Wie sehen Sie die Sache mit Koski«, frage ich.

»Tragisch, aber höchstwahrscheinlich ein Unfall«, antwortet er und fasst den Stand der Ermittlungen zusammen: Die Rekonstruktion der Todesumstände hat ergeben, dass Koski wahrscheinlich bereits in der Nacht vom Donnerstag, den 15. November, auf Freitag, den 16. November, nach einem sehr guten Abendessen und mit einem Blutalkoholspiegel, der eine Kuh umgebracht hätte, von einer Kaimauer in Puerto Madero ins Wasser gefallen ist. Der Reißverschluss seines Hosenschlitzes stand beim Auffinden der Leiche offen. Daher gehen die Ermittler davon aus, dass Koski dabei war, ins Hafenbecken zu urinieren, als er das Gleichgewicht verlor und stürzte. Wegen der zahlreichen Hautabschürfungen und den gebrochenen und eingerissenen Fingernägeln vermutet der Pathologe, dass Koski sich dann lange und geradezu panisch gemüht hat, sich mit seinem einem Arm wieder aus dem Wasser herauszuziehen. Aber die Mauern der

Mole am vermuteten Ort seines Sturzes sind glatt und vom Wasserspiegel aus zu dieser Uhrzeit gut drei Meter hoch. Wenn er nicht betrunken gewesen wäre, hätte er vielleicht die Segelboote gesehen, die in der Nähe vertäut lagen und die er trotz seiner Behinderung wahrscheinlich mit etwas Anstrengung erreicht hätte. Es gibt keine Anzeichen von einem Fremdverschulden oder gar einem Verbrechen.

Nach einer wahren Fleischorgie streichelt Tantani eine Stunde später zufrieden seinen Bauch. »Das argentinische Fleisch ist nun einmal unschlagbar – ob auf dem Teller, auf dem Polofeld oder im Bett.« Mir ist es ein Rätsel, wie er nach einem Kir Royal, einer halben Flasche Wein und einem Cognac noch klar denken kann. Aber ihm scheint es sogar wieder besser zu gehen als vorher. Zum Kaffee pafft er eine dicke Zigarre und schwadroniert mit zu Schlitzen zusammengekniffenen Augen über die argentinische Innenpolitik, die tatsächlich eine haarsträubende Komplexität aufweist.

Es ist schwierig sich vorzustellen, was für ein Mensch Tantani vor dreißig Jahren gewesen sein mag. Paris Anfang der Siebziger. Tantani ist noch ein junger Mann, der Morrison auf seinen letzten Tagen begleitet. Aber welche Verbindung hat Tantani heute noch zu jener Zeit? Spielt das noch eine Rolle für ihn? Ich muss an ein Zitat von Morrison denken, das ich neulich gelesen habe: »Ich mag die Ideen, die von der Zerstörung der herrschenden Gesetze berichten. Ich bin an allem interessiert, was sich um Aufruhr, Unruhe, Chaos und spezielle, scheinbar unsinnige Aktivitäten dreht. Für mich scheint das ein Weg zur Freiheit zu sein; eine äußere Revolte ist ein Weg zu innerem Frieden.« Ist es das, was Tantani antreibt? Der Weg zum inneren Frieden über die äußere Revolte?

»Sie erwähnten, dass Sie in Paris waren Anfang der Siebziger«, sage ich und wage mein Glück. »Haben Sie dort zufällig etwas von Jim Morrison mitbekommen?«

Tantani sieht mich neugierig an. »Warum interessiert Sie das?«

»Eine gewisse Schwäche für seine Musik und seine Lyrik.«

»Ich war ein Fan von den Doors, seit ich sie im Whisky a Go Go am Sunset Strip in West Hollywood gesehen habe. 1971 war ich geschäftlich in Paris. Ich ging in dieselben Clubs wie

Morrison und eines Abends saß ich bei ihm am Tisch. Danach dann jeden Abend. Es war gar nicht so schwer an ihn ranzukommen, wie man sich das vielleicht heute vorstellt. Irgendwie hat er geahnt, dass es bergab ging. Er hat damals immer gesagt: ›Fred, du trinkst mit Nummer drei.‹ Jimi Hendrix war im September 1970 in London an seinem eigenen Erbrochenen erstickt, Janis Joplin im Oktober des Jahres in Los Angeles an einer Überdosis Heroin gestorben. Es war mir völlig klar, dass das Ende der Hippie-Ära begonnen hatte.«

»Waren Sie während Morrisons letzter Tage bei ihm?«

Er nickt. »Nicht meine schönsten Erinnerungen. Er war damals schon ziemlich kaputt.«

»Hat er jemals ein Mädchen in Deutschland erwähnt?«

Tantani denkt eine Weile nach. »Er hat mir gegenüber ein paar Mal ein Mädchen erwähnt. Sie hieß Ella, Ilse oder Elsa oder so etwas in der Richtung. Keine Ahnung, warum ihn die Begegnung so mitgenommen hat. ›Der letzte unverdorbene Mensch, dem ich begegnet bin‹, hat er immer gesagt.«

»Ist Ihnen eine Prophezeiung oder ein Gedicht in Erinnerung, das er damals geschrieben hat? Vielleicht sogar auf Deutsch.«

Tantani lacht. »Ach, Herr Willarth. Jim hat immer geschrieben und gedichtet. Am Ende war er doch gar kein Sänger, sondern ein Prophet. Wissen Sie, was er geschrieben hat an einem seiner letzten Tage? *Leave the informed sense in our wake / You be Christ on this package tour / – Money beats soul – / Last words, last words / Out.* Ein toller Spruch für seinen Abgang oder?« Er macht eine Pause. »Wo wir gerade bei dem Thema Geld sind: Was machen eigentlich Ihre Kollegen den lieben, langen Tag?«

Es ist die Frage, auf die Fjodor, Mascha, Suki und ich schon lange vorbereitet sind. »Sie sitzen in der amerikanischen Botschaft und installieren ein System namens FORMEL-U.«

»FORMEL-U?« Tantani lacht wieder. Er lacht überhaupt gerne und laut. »FORMEL-U kann nicht einmal im Nachhinein die Weltwirtschaftskrise von 1929 vorhersagen. Was wollt ihr denn mit diesem Schrott?«

»Anfang Dezember bekommen wir PROMIS. Dann können wir die Märkte etwas engmaschiger überwachen.«

Tantani wird mit einem Mal ernst. »Geht es bei der ganzen Sache am Ende etwa um meinen Kopf?«

Ich schüttele energisch den Kopf.

»Aus Inhaltsfragen werden Verfahrensfragen. Das ist Bürokratie. Aus Verfahrensfragen werden Personalfragen. Das ist Politik.«

Ich schweige.

»Lacour wurde ins Exil geschickt. Chaudhuri, Osezua und Sakurai stehen auf irgendwelchen schwarzen Listen. Koski ist tot. Wie heißt es so schön? Die alte Garde stirbt, aber sie ergibt sich nicht.« Tantani grinst breit und zahlt die Rechnung. Danach schlendern wir die Calle Florida entlang zur Plaza San Martín und betreten den großzügig angelegten Park. Das Denkmal des Generals auf einem galoppierenden Pferd bekrönt einen Altar des Vaterlandes aus braun-rotem Marmor. Soldaten in heroischen Posen bewachen ihn. Seine Schlachten sind auf den Seitenreliefs verewigt. Er wacht über einen Teil der Stadt, wo das Schachbrettmuster durch Diagonalen und krumme Straßen durchbrochen wird. Der Park fällt hier zum Fluss hin ab und mündet in den Vorplatz des Bahnhofs Retiro. Ein wüster, von Bussen und Autos umtoster Ort, der in Dieselwolken gehüllt ist.

Als wir weitergehen, treffen wir im Schatten eines Ombú-Baums mit weit ausladender Krone auf einen ausgemergelten alten Mann. Sein Sommeranzug hat jede Form verloren, schlackert auf dem Gerippe. Im Knopfloch welkt eine rote Nelke. Um seinen Hals trägt er große Bögen mit nummerierten Zettelchen. Seine Augen liegen so tief in den Höhlen, dass man ihre Farbe nicht bestimmen kann. Er stützt sich auf eine Krücke. Zu meiner Überraschung grüßt er Tantani freundlich und vertraut.

»Herr Tantani! Wie schön, dass Sie mich einmal wieder beehren«, ruft er.

»Hast du mir vor zwei Monaten nicht erzählt, dass du erblindet bist?«, fragt Tantani mit gerunzelter Stirn. »Damals habe ich dir ein paar Scheine zugesteckt für die Operation.«

Der alte Mann zieht seine Augenbrauen hoch und hebt die Hände. »Es war das falsche Geschäftsmodell. Zwar bekommt man wegen des Mitleidseffekts ein bisschen mehr Geld, aber man wird auch häufiger beschissen.« Er lächelt verschmitzt. »Ich denke, die Sache mit der Krücke ist der perfekte Kompromiss. Wollen Sie Ihr Blindengeld zurück?«

»Lass stecken«, lacht Tantani und stellt ihn vor. »Eduardo Malau, er ist gewissermaßen im gleichen Geschäft wie wir vom IWF: Er verkauft falsche Hoffnungen.« Tantani zeigt auf die Lose.

Ich schüttele dem Alten die Hand.

In einem Gebüsch in der Nähe raschelt es. Der Alte lehnt die Krücke gegen eine Bank und geht unerwartet agil in die Hocke. »Evita!«, sagt er. »Meine neue Freundin. Sie ist sehr scheu. Hat mich drei Wochen gekostet, sie handzahm zu machen. Ich habe sie nach unserer inoffiziellen Nationalheiligen benannt.« Eine getigerte Katze streckt vorsichtig ihren Kopf zwischen den Blättern hervor und huscht dann zu Malau, der ihr irgendeinen Leckerbissen gibt und sie dann streichelt. »Sie ist etwas ganz Besonderes. Das eine Auge ist blau, das andere ist grün.« Malau steht wieder auf. »Mit den Katzen läuft es bei mir irgendwie runder als mit den Menschen«, lacht er.

Zum Abschied kaufe ich ihm einen ganzen Bogen mit Losen ab. Als Tantani und ich danach Richtung Büro laufen, sagt er: »Wissen Sie Willarth, ein Quäntchen Glück – vielleicht ist das schon alles, was dieses Land bräuchte, um nicht zur Hölle zu fahren.«

»Glück kommt leider in den Rechenmodellen des Währungsfonds nicht vor«, sage ich.

»Ebenso wenig wie Unglück«, antwortet er und bleibt plötzlich stehen. »Sagen Sie Willarth, Ihre vielen Fragen nach Paris, die passen so gar nicht ins Bild. Warum interessiert Sie das wirklich?«

»Ich bin der Sohn von Elsa Willarth, der Frau, von der Jim Morrison kurz vor seinem Tod gesprochen hat. Ich bin etwas mehr als neun Monate nach dem Konzert geboren, auf dem die beiden sich kurz kennengelernt haben.«

Tantani bleibt stehen und schweigt eine Weile. »Sie wollen mir doch nicht etwa sagen, dass Sie sein Sohn sind?«, fragt er dann.

Ich zucke die Schultern. »Es ist zumindest eine Möglichkeit. Meine Chancen stehen gar nicht schlecht.«

»Das ändert alles«, sagt er und reicht mir die Hand: »Fred, nenn mich bitte Fred. Und lass uns heute Abend ausgehen und einen Schluck auf Jim trinken.«

Ich weiß nicht, ob es an meiner Beichte liegt. Aber ich habe das Gefühl, dass ich dabei bin, einen Weg in sein Leben zu finden. Jedenfalls sitzen wir gegen zehn in der Limousine und Tantani reicht mir ein Bild. Es ist ein Schwarz-Weiß-Foto, das ein merkwürdig verschlungenes Paar in Tanzhaltung zeigt und mit großzügig geschwungener Silberschrift signiert ist. »Meine Ballade für einen heiligen Narren, deine Alicia«, entziffere ich. »Sind Sie das?«

»Nein, so gut tanze ich nicht.«

»Ich meine den heiligen Narren, Fred.«

Er lächelt. »Wenn hier einer ein Narr ist, dann bist du das. Lässt dich zum Laufburschen des IWF machen. Hast du doch gar nicht nötig.«

Wir biegen in die Corrientes ein. Der Verkehr staut sich bis zum Obelisken. Tantani redet kurz mit dem Fahrer, flucht lauthals, springt aus dem Wagen und geht zu Fuß weiter. Ich folge ihm. Schwitzend schieben wir uns durchs Gedrängel. Eine seltsame Lebenslust liegt über der Stadt. Blitze erleuchten den Himmel, kein Donner, einige Regentropfen fallen, verdunsten aber sofort wieder auf dem heißen Asphalt. Wir betreten ein Café mit Kuchen in der Auslage. Die Confiteria Ideal. Der Lärm der Straße bleibt hinter uns. Nur vereinzeltes Hupen dringt gefiltert durch die handbemalten Fenster, die blind sind vom Staub. Die wenigen Gäste im Erdgeschoss scheinen noch aus der Zeit des heruntergekommenen Jugendstildekors zu stammen. Ein gebückter Mann spielt ein weichgespültes »Strangers in the night« auf einem Synthesizer. An der geschwungenen Treppe, die in den ersten Stock führt, steht ein kleines Schild mit einem Paar in Tangopose. »Heute Milonga! El Ciego und Orchester.«

Der Durchgang zum Tanzsaal im ersten Stock wird von zwei wuchtigen Chinavasen bewacht. Die schweren dunkelroten, beinahe schwarzen Damastvorhänge sind fast zugezogen. In den matten Scheiben sehe ich mein schwankendes Ebenbild. Als Tantani die Vorhänge beiseiteschlägt, fährt die Musik in mich wie ein elektrischer Schlag: ein merkwürdig taumelnder, rauschhafter, synkopischer Rhythmus. Als würde man zwei Melodien übereinanderlegen und gleichzeitig spielen. Erdig und dunkel die eine, leicht und hell die andere. Eng gedrängt bewegen sich die Tänzer – die Lider halb gesenkt, den Blick ausdruckslos wie in Trance. Da zerreißt die Klage eines Bandoneons den Takt.

Wir setzen uns an einen der Tische in der zweiten Reihe. Noch kommt die Musik aus der Konserve. Eine Männerstimme besingt die Rückkehr in den Süden. Eng umschlungen tanzen zwei Frauen an uns vorbei. Die eine hat einen Pagenschnitt und ein karges Gesicht. Die andere trägt hochgesteckte, mühsam gebändigte Locken. Sie hat die Augen geschlossen. Nicht nur wir, alle bemerken die beiden Frauen. »Alicia, meine Königin der Nacht«, flüstert Tantani.

Im selben Moment gehen die Neonröhren aus und der Raum wird nur noch von den alten Lampen erhellt, die wie Friedhofsblumen mit gläsernen Blüten von den holzverkleideten Pfeilern hängen. Das Orchester nimmt auf der Bühne Platz. Eine rote Nelke schmückt das Klavier und ein alter, ganz in schwarz gekleideter Mann wird in den Saal geführt. Tantani erklärt mir, dass die Nelke an Pugliese erinnern soll. »Großer Komponist und Orchesterleiter, ein treuer Kommunist dazu. Trug immer einen Pyjama unterm Tuxedo, weil er häufig verhaftet wurde und auf diesen Komfort auch im Knast nicht verzichten wollte. Und immer wenn er saß, hat sein Orchester eine Blume aufs unbesetzte Klavier gestellt.«

Der Blinde nimmt Platz, breitet ein Handtuch über sein linkes Knie, nimmt das Bandoneon, legt es behutsam zurecht, zieht das Instrument weit auseinander, gibt mit seinem rechten Fuß leise den Rhythmus vor und flüstert nur für seine Mitspieler hörbar den Namen des Stückes.

Eine Sekunde der Stille.

Dann schnellt das Knie mit dem Instrument nach oben. Der Ton des Instruments erfüllt für einige Takte stolz und einsam den Raum. Das Orchester setzt ein und nach einer Respektpause von einigen Takten schieben sich die ersten Paare über die Tanzfläche. Es riecht nach Schnaps, Schweiß und Leidenschaft. Die unsinnigsten Geschichten beginnen gerade – mit einem vorsichtigen Blick, einem leise gehauchten Kompliment, dem heißen Atem des Tanzpartners im Nacken.

»Vorsicht, mein Junge«, knarrt Tantanis Stimme. »Der Tango riecht nach Leben, aber er schmeckt nach Tod.«

Die Reihen der Tänzer lichten sich etwas, als die Musik verstummt. Tantani, der sich schon die ganze Zeit nervös an den Manschettenknöpfen gezupft hat, blickt Alicia an und die beiden treffen sich auf der Tanzfläche. Er zieht sie in einer einzigen geschmeidigen Bewegung zu sich hin. Wange an Wange lehnen sie gegeneinander. Sein Arm umfängt ihren Rücken, ihrer ruht auf seiner Schulter.

Die Violinen legen vor. Tantani stellt Alicia ins Kreuz. Sie verharrt, das eine Bein hinter das andere gehakt. Rückwärts schreitet er in einem sich erweiternden Bogen um sie herum, bis fast ihr ganzes Körpergewicht auf ihm ruht. Ihr Leib biegt sich elastisch. Seine Knie knicken unmerklich ein. Ihre Oberkörper verschmelzen. Sein Fuß fängt an, kleiner werdende Kreise auf das Parkett zu zeichnen. Ihr linker Arm hebt sich leicht, um dann sanft seinen Nacken streichelnd auf die Schultern zurückzufallen. Die Geigen setzen kurz aus. Ihr eingehaktes Bein schnellt nach oben. Tantani bringt sie in eine Linksdrehung und führt sie in eine fließende Schrittfolge, die seine Königin der Nacht mit einer kurzen, abgehackten und präzisen Fußbewegung stoppt.

Und plötzlich fühle ich es. Zwischen Tantani und Buenos Aires existiert eine geheime Symmetrie. Im Zentrum des Geschehens steht dieses Café in der Nähe des Obelisken. Eine Unterwasserwelt. Tausende von Metern unter dem Meeresspiegel des Tages. Im Tiefseedunkel der Stadt, am Grund eines nachtblauen Ozeans.

Samstag, 24. November 2001, Buenos Aires

A face from the ancient gallery

Recoleta ist das Viertel der wichtigen Botschaften, schicken Apartments, Designerboutiquen und Kunstgalerien. Buenos Aires erinnert hier an eines der eleganten gutbürgerlichen Arrondissements von Paris. Die Häuser haben polierte Messingtürklopfer und uniformierte Pförtner. Die Straßen und Plätze werden von alten Bäumen beschattet. Hierhin sind die Reichen vor mehr als hundert Jahren gezogen, um den Cholera- und Gelbfieber-Epidemien im Stadtzentrum zu entkommen. Hier verteidigen sie auch heute ihre Normalität gegen die Krise.

Es gibt eine frisch getünchte Kirche, deren weiße Mauern im

Licht des Vormittags strahlen, und einen Friedhof, auf dem prominente Tote nicht weniger elegant residieren als ihre Nachkommen jenseits der Friedhofsmauern. Eine dicht bebaute Totenstadt mit prunkvollen Grabmalen. In einem von ihnen ruht Eva Perón. Santa Evita, die inoffizielle Nationalheilige Argentiniens. Doch Argentinien wäre nicht Argentinien, wenn zwischen Evitas frühem Krebstod mit nur 33 Jahren in Buenos Aires und ihrer Bestattung in derselben Stadt nicht fast ein Vierteljahrhundert voller wahnwitziger Wendungen liegen würde.

Nach ihrem Ableben 1952 wurde ihr Körper auf Veranlassung ihres Ehemannes, des argentinischen Präsidenten Juan Domingo Perón, einbalsamiert und in einem gläsernen Sarg im argentinischen Kongress zur Schau gestellt. Als Perón 1955 durch einen Militärputsch gestürzt wurde, entführten die Generäle die Leiche. Doch der Offizier, der mit der Aufbewahrung von Evitas Körper betraut war und ihn in einem Hinterzimmer seines Hauses versteckt hatte, wurde darüber verrückt. Als seine Frau dem Geheimnis auf die Spur kam, brachte er sie um. Nach diversen anderen Abenteuern wurde Evita 1957 schließlich inkognito nach Italien verschifft und unter falschem Namen in Mailand begraben. 1971 ließ Perón ihren einbalsamierten Körper dann ausgraben und in sein Exil nach Madrid überführen. Evita wurde im Esszimmer seines Hauses aufgebahrt. Angeblich musste sich Peróns dritte Frau Isabel in ein Bett neben den Leichnam legen, um es Evitas Seele zu erleichtern, in Isabels Körper zu wandern. Perón kehrte 1973 zusammen mit Isabel und Evitas Leichnam aus dem Exil nach Buenos Aires zurück, wurde erneut zum Präsidenten gewählt, starb jedoch 1974. Isabel folgte ihm ins Präsidentenamt. Doch die Seelenwanderung war wohl missglückt und zwei Jahre später wurde sie beim nächsten Militärputsch abgesetzt. Und wieder standen die Generäle vor der Frage, was sie mit Evita machen sollten, die inzwischen in der Präsidentenresidenz in Oivos begraben lag. Sie fürchteten, dass der Leichnam von linken Gruppen entführt und politisch instrumentalisiert werden könnte, holten die arme Evita wieder aus der Erde und bestatteten sie 1976 schließlich unter mehreren Stahlplatten sechs Meter tief in der Erde des Friedhofs La Recoleta.

»Es heißt, ihr blondes Haar sei auch 1976 noch so füllig wie in den Zeiten ihrer Jugend gewesen und ihr Körper noch völlig intakt, nur leicht und schmal wie der eines zwölfjährigen Mädchens«, sagt Fjodor, der eine Faszination für alles Makabre und Abgründige entwickelt zu haben scheint, seit er sich mit Morrisons Prophezeiung beschäftigt. »Der Einbalsamierungsprozess von Evita hat angeblich sechs Monate gedauert. Das Blut wurde zunächst durch Alkohol ersetzt und dann durch heißes Glyzerin, das durch Ferse und Ohr in den Körper gepumpt wurde.«

Wir sitzen im Schatten eines Sonnenschirms in einem der Cafés vor dem Kulturzentrum Recoleta und warten auf einen Mann namens Gustave Moulinez, einen international sehr renommierten Antiquitätenhändler, der sich gerade geschäftlich in Buenos Aires aufhält. Angeblich weiß er, wo das Schwert der Engel ist. Mascha hat die Sache eingefädelt. In ihrem Adressbuch steht von »A« wie Abramow bis »Z« wie Zingarewitsch das ganze Alphabet der russischen Oligarchen. Einer von ihnen hat ihr den Gefallen getan, sich einmal nach dem Schwert umzuhören. Wenn mehrere Milliarden Dollar Vermögen einen Kunstgegenstand suchen, geht das natürlich wesentlich schneller als bei einer Anfrage von Fjodor. Gustave Moulinez meldete sich jedenfalls schon eine Woche später bei Maschas Oligarchen-Freund, der den Kontakt sofort an Mascha weitergab. Sie hat das Treffen organisiert und uns als mögliche Käufer avisiert. Wir haben uns daher in Schale geschmissen und schwitzen in unseren Anzügen.

»Und was glaubst du, macht deine Evita, wenn dein Antichrist kommt?«, frage ich Fjodor und fächele mir mit der Getränkekarte etwas Luft zu. »Wird sie das Glyzerin aus ihren Adern schütteln, die Stahlplatten beiseite schieben und dem einfachen Volk beistehen?«

»Es ist weder MEINE Evita, noch MEIN Antichrist, noch MEINE Prophezeiung«, antwortet er wütend. »Und Evita wird zu Recht verehrt. Sie hat sich um die gekümmert, die nichts haben.«

»Aber selbst in Saus und Braus gelebt.«

»Das Volk hat sich durch sie zum ersten Mal politisch vertreten gefühlt.«

»Kurzfristige soziale Wohltaten erkauft mit langfristigem wirtschaftlichem Schaden. Die Peróns sind die Ursünde der argentinischen Wirtschaftspolitik. Das Land muss sich noch heute mit den Folgen herumschlagen.« Umherirrende Tote, Heilige mit Schwertern, Kriege am Ende der Welt – ich bin nach den letzten Tagen einfach nicht mehr in Stimmung für argentinische Geschichtsstunden.

Da huscht ein alter Mann mit einer Sporttasche wie ein Schatten von Tisch zu Tisch. Als er näher kommt, erkenne ich ihn: Der verblichene Sommeranzug ohne jede Form. Die rote Nelke im Knopfloch. Der Losverkäufer aus dem Parque San Martín. Ich winke ihn heran. »Ah, der Freund von Herrn Tantani«, ruft er freudig. »Heute habe ich etwas Besonderes für Sie im Angebot.« Er erzählt uns, dass er seine bescheidene Pension gleich durch eine Reihe von Gelegenheitsjobs aufbessert. Der sonntägliche Handel mit Andenken läuft am besten. Er hat alles, was das Touristenherz begehrt. Für die Romantiker gibt es den Plexiglaswürfel mit einem eingegossenen, verbrannten Stofffetzen und einer kleinen Messingplakette, auf der steht »Medellín 1935«. Natürlich ein Teil des Anzugs, den der große Tangosänger Gardel an seinem Todestag beim Flugzeugabsturz trug. Für den Feinsinnigen ein Paar alter Ballettschuhe, die Isadora Duncan bei ihrem legendären Auftritt in Buenos Aires trug. In einer Schatulle mit Glasdeckel. Für den Fußballfan »die ersten Kinderfußballschuhe des Diego Maradona«. Und für den Perversen ein benutztes Höschen von Evita Perón. Fjodor entscheidet sich für den Anzugfetzen von Gardel, ich für die Ballettschuhe von Isadora. Wir bekommen sogar noch einen Preisnachlass.

»Und das ist alles echt?«, frage ich, nur um Malaus Antwort zu hören.

»Nun, zumindest echter als das Heilsversprechen des IWF. Zumindest, wenn man Herrn Tantani glauben darf.« Malau zählt die Scheine, schüttelt uns heftig die Hände und zieht vergnügt pfeifend weiter.

Gegen elf erscheint ein sehr distinguiert aussehender, älterer Herr im dunklen Anzug zwischen den Tischen, der zu Maschas Beschreibung von Moulinez passt. Er sieht sich suchend um. »Gustave Moulinez?«, rufe ich und hebe die Hand. Der Mann kommt an unseren Tisch, macht zwei durchtrainierten Männern am Eingang des Cafés ein Zeichen und setzt sich. »Dann sind Sie die Herren Fjodor Kerenin und Wolfgang Willarth.« Er begrüßt uns mit einem knappen Kopfnicken und mustert uns mit wässrigen grauen Augen, die nie stillzustehen scheinen.

»Sie sind geschäftlich in der Stadt?«, frage ich.

Er nickt und bestellt einen Kaffee. Fjodor und ich schließen uns an.

»Kann man denn hier im Moment gute Geschäfte machen?«

»Aber natürlich«, lacht Moulinez freundlich. »Ich bin ja nicht hier, um zu verkaufen, sondern um zu kaufen. Dies war einmal eines der reichsten Länder der Erde. Sie glauben nicht, welche Schätze ich in den Häusern finde. Und Sie glauben noch viel weniger, wie billig ich diese Schätze kaufen kann, wenn ich Bargeld auf den Tisch oder ein Konto in der Schweiz lege. Die Menschen sind ja wirklich verzweifelt.« Er hält einen Moment inne und fügt nachdenklich hinzu. »So ist das Geschäft, meine Herren. Wo es brennt, billig einkaufen. Wo es blüht, teuer verkaufen.« Er leckt sich seine schlaffen, weibischen Lippen. »Und Sie? Halten Sie sich auch geschäftlich hier auf?«

»So kann man es ausdrücken«, antworte ich.

»Darf ich fragen, in welcher Branche Sie tätig sind?«

»Finanzen.«

Sein Gesichtsausdruck wird noch freundlicher. »Und Sie sammeln antike japanische Schwerter? Nicht mein Fachgebiet. Aber ich habe einige ausgewählte erstklassige Stücke im Angebot. Alle mit Gutachten und Echtheitszertifikat.«

Ein Kellner bringt den Kaffee an den Tisch.

»Wir suchen ein bestimmtes Stück«, sage ich.

»Ja, Frau Ivanova erwähnte das. Das Schwert der Engel, nicht? Aber vielleicht reden wir ja gar nicht vom gleichen Gegenstand«, sagt er. »Das Schwert, das ich meine, stammt aus dem Besitz einer russischen Adelsfamilie, die nach der Oktoberrevolution von Moskau nach Paris emigriert ist. Ich habe zwar keine genauen Informationen zur Herkunft des Schwertes, aber der Urgroßvater der Familie hat als Offizier im russisch-japanischen Krieg von 1904 gekämpft. Daher gehe ich davon aus, dass er das Schwert aus diesem Krieg mitgebracht hat. Vielleicht hat er es einem verwundeten oder getöteten Japaner abgenommen.«

»Das passt«, antworte ich. »Wir kennen die japanische Seite der Geschichte. Das Schwert ist 1904 bei einem Angriff auf Port Arthur verloren gegangen.«

Moulinez öffnet seine Aktentasche, zieht ein paar eng bedruckte Seiten daraus hervor, setzt eine Brille auf und liest einige unterstrichene Stellen. »Das Schwert hatte eine Inschrift. Wissen Sie zufällig, wie die Inschrift lautet?« Er macht eine entschuldigende Geste. »Nur, um sicher zu gehen.«

»Die Inschrift lautet: ›Dies ist das Schwert der Engel – trifft es Gott, dann schneidet es Gott‹.«

Er seufzt und trinkt einen Schluck Kaffee. »Diese Waffe habe ich erst vor ein paar Monaten verkauft.«

»Gibt es eine Möglichkeit, über Sie mit dem Käufer in Kontakt zu treten, um es zurückzukaufen?«, frage ich.

»Er hat es für 50.000 Dollar erworben«, sagt Moulinez und versucht in meinem Gesicht zu lesen, ob mich diese Summe beeindruckt.

»Wir bieten das doppelte inklusive Ihrer Kommission«, sage ich forsch.

Er flucht so laut, dass seine beiden Leibwächter zu unserem Tisch herübersehen. »Ich würde das Geschäft ja liebend gerne machen, nur wie? Der Käufer war angeblich schon Jahrzehnte hinter dem Gegenstand her. Ich habe ihn nie persönlich gesehen, denn das Schwert wurde von einem Boten abgeholt und bar bezahlt. Nur mit ihm telefoniert. Der Mann hatte einen merkwürdigen Namen. Die Vorwahl in der Anzeige lautete immer +54-11.«

»Argentinien?«, sage ich.

»Buenos Aires«, bestätigt Moulinez.

»Können Sie sich an seinen Namen erinnern?«, frage ich.

»Diskretion ist sehr wichtig in meinem Geschäft«, sagt er höflich, aber sehr bestimmt.

»In unserem auch«, antworte ich. »10.000 Dollar, falls wir den betreffenden Herren finden.«

»So macht man Geschäfte!«, sagt der Mann sichtlich erfreut. »Er hieß Schama. N. E. Schama. Einen solchen Namen kann man sich gut merken. Sehr außergewöhnlich. Eine Adresse habe ich nicht, aber ich will versuchen, ihn ausfindig zu machen.«

»Tantani hat also das Schwert!«, sagt Fjodor, nachdem Moulinez sich auf den Weg zum nächsten Geschäftstermin gemacht hat.

»Das ist zumindest wahrscheinlich«, sage ich. »Aber was in drei Teufels Namen will er damit?«

»Oder was in den vier Namen Gottes«, sagt Fjodor.

The Lizard King

Im Morgengrauen stehe ich auf dem kleinen Balkon meines Hotelzimmers. An Schlaf ist nicht mehr zu denken. Schwül und klebrig liegt der Smog über der Stadt, die sich auch über Nacht kaum abgekühlt hat. Von Osten her füllen sich die Straßen mit Licht. Die Sonne steht noch so tief, dass ein Teil des weitläufigen und eleganten Platzes mit seinen hohen Bäumen und geometrischen Rasenflächen im Schatten liegt. Ein Bus hält zischelnd. Einige Nachtschwärmer stolpern heraus, orientieren sich blinzelnd und steuern dann irgendeine Querstraße an. Der Kongress erinnert im Glanz der frühen Stunde an ein Märchenschloss. Mächtige Seitenflügel, tempelartige Treppenaufgänge und der von einer hochgestreckten Kuppel gekrönte Zentralbau. Ein hundert Jahre jüngeres, aber frühzeitig gealtertes Duplikat des Washingtoner Kapitols. In den Gebäudenischen bewegt sich etwas. Es sind Obdachlose, die sich aus ihrem Nachtquartier erheben.

Ich höre, wie sich die Balkontür des Nachbarzimmers öffnet. Fjodor tritt in Pyjamahose und Unterhemd hinaus und grüßt mich kurz. Dann stehen wir eine Weile schweigend, jeder auf seinem Balkon, den Blick starr geradeaus, ohne uns anzusehen.

»Du hältst mich für übergeschnappt, oder?«, fragt er schließlich.

»Nur für ein wenig überspannt«, antworte ich.

»Das klingt zwar freundlicher, meint aber dasselbe.«

»Fjodor, ich denke, dass uns der ganze Aberglaube mit dem Schwert und der Prophezeiung keinen Schritt weiterbringt.«

»Was du denkst oder was ich denke, ist für die Untersuchung völlig unerheblich. Entscheidend ist, was Tantani denkt.« Fjodor fährt fort. »Im Sommer 1971 hält er sich im Umfeld von Morrison auf. Es ist zumindest möglich, dass er die Prophezeiung kennt. Vielleicht hat er sie schon vergessen, als er beim Währungsfonds Sakurai kennenlernt. Als der ihm von dem Schwert der Engel erzählt, macht er sich ein Hobby daraus, die Waffe wieder aufzutreiben und setzt ein paar Antiquitätenhändler darauf an. Vielleicht hat er auch diese Idee schon fast wieder aufgegeben, als Moulinez ihm plötzlich das Schwert anbietet, das er so

lange gesucht hat. Vielleicht ist auch all das noch auf einer spiele-
rischen Ebene, aber dann beginnt sich die Prophezeiung Strophe
für Strophe vor seinen Augen zu verwirklichen. Aus Spiel wird
Ernst.«

»Du meinst, er nimmt die Prophezeiung wörtlich?«

Fjodor schüttelt den Kopf. »Nein, ich meine, er sieht sie als
ein Zeichen für das Ende seiner Welt.«

»Und du?«, frage ich. »Meinst du wirklich, die Welt geht bald
unter?«

»Diese Welt hier in Argentinien schon. Aber dafür braucht
man wohl keine Prophezeiung. Das sagen ja auch die Wirt-
schaftsexperten voraus.« Er blickt mich an. »Ich denke, dass das
Ende der Welt weder wahrscheinlicher noch unwahrscheinlicher
ist als ein Happy End für Mascha und dich. Fünf Sigma oder so.
Dafür magst du mich gerne als übergeschnappt bezeichnen.« Er
lacht und verschwindet in seinem Zimmer.

Als Fjodor und ich später beim Frühstück sitzen, kommt Suki
mit sorgenvollem Gesichtsausdruck an den Tisch. »Es gibt einen
neuen Brief an den IWF«, sagt sie und legt ein Blatt auf den
Tisch. Dort steht: DER ERSTE NAME GOTTES WIRD BALD
AUSGESPROCHEN WERDEN. ZÄHLT EURE TAGE. Er ist in
derselben Art gemacht wie die vorhergehenden.

»Irgendwelche neuen Erkenntnisse?«, frage ich.

Suki schüttelt den Kopf. »In Buenos Aires aufgegeben. Unmöglich, hunderte von Postämtern und tausende von Brief-
kästen in dieser Stadt zu kontrollieren. Ungewöhnlich ist, dass
keine konkreten Forderungen gestellt werden.« Dann besorgt sie
sich einen Fruchtsalat und einen Saft am Frühstücksbuffet und
setzt sich zu uns an den Tisch. »Wir müssen Tantani jetzt die
Falle stellen«, sagt sie. »Noch ist die Situation offen. Aber das
kann sich bald ändern.« Sie legt eine Zeitung auf den Tisch und
tippt auf einen Artikel.

Es ist ein Interview mit dem amerikanischen Finanzminister.
Er zeigt sich zwar »zufrieden« mit den argentinischen Sparplä-
nen, verkündet aber bereits im nächsten Satz, man sei nicht
mehr lange bereit, Argentinien aus den Steuereinnahmen der
Vereinigten Staaten zu unterstützen. Das Land lebe seit mehr als
siebzig Jahren mit derlei Krisen, »und den Argentiniern gefällt
es, so zu sein«. Außerdem verweist er darauf, dass ein Bruchteil

der von den Argentiniern in diesem Jahr hinterzogenen Steuern ausreichen würde, um die Haushaltsschwierigkeiten der Regierung zu lösen. Von den mehr als einhundert Milliarden Dollar an Schwarzgeld im Ausland ganz zu schweigen. Washington mag eine noch so gläubige Stadt sein, in Wirtschaftsfragen vertraut man dort nicht auf die Hand Gottes, sondern auf die unsichtbare Hand des Marktes.

Nachdem Suki ihr karges Frühstück beendet hat, geht sie gemeinsam mit uns den Plan durch, mit dem wir Tantani festnageln wollen. »Erfolgsfaktor eins: Plausibilität. Ein Rettungsplan für Argentinien muss in der aktuellen politischen Lage noch plausibel sein«, sagt Suki. »Deshalb sollten wir nächste Woche handeln, bevor es weitere politische Absetzungsbewegungen hinsichtlich einer Argentinienrettung in Washington gibt.«

Fjodor und ich nicken.

»Erfolgsfaktor zwei: Glaubwürdigkeit. Der Rettungsplan selbst muss auch auf einen Experten wie Tantani sehr glaubwürdig wirken«, fährt sie fort. »Wir greifen daher auf einen Plan mit dem Codenamen Pampa Rain zurück, der tatsächlich vor einigen Monaten im IWF zur Rettung von Argentinien vorbereitet worden ist. Außerdem werden wir für das Dokument das Papier, die Schrifttypen und die Formatierung des Währungsfonds nutzen.«

»Ist der Währungsfonds eingeweiht?«, frage ich.

Sie schüttelt den Kopf. »Erfolgsfaktor drei: Geheimhaltung. Die Information darf nur durch eine einzige Person in die Welt gelangen können: Tantani. Nur so können wir sicherstellen, dass PROMIS und unsere anderen Überwachungssysteme nicht an der schieren Anzahl verdächtiger Geschäfte ersticken, die sie identifizieren. Wir haben die Systeme heute Morgen scharf gestellt. Ob Telefonate oder E-Mails, wir erfassen jede Form elektronischer Kommunikation von Tantani. Die Telefonüberwachung gilt übrigens darüber hinaus für Chaudhuri, Lacour, Osezua, Sakurai und sogar für die Nyström. Für uns natürlich auch.«

»Was ist, wenn Tantani anfängt, sich über sein Netzwerk beim Währungsfonds ein eigenes Bild zu machen?«, fragt Fjodor. »Er wird wahrscheinlich nichts tun, bis er nicht noch zumindest ein oder zwei Bestätigungen hat, dass Pampa Rain wirklich implementiert wird.«

Suki nickt. »Erfolgsfaktor vier: Zeitdruck. Wir werden ihm das Dokument genau so zuspielen, dass er kaum noch Zeit für solche Rückfragen hat. Natürlich müssen wir die Glaubwürdigkeit bereits im Vorfeld stärken. Wir werden dafür sorgen, dass zwei von Tantanis Bekannten aus Washington, die regelmäßig in Kontakt zu ihm stehen, nächste Woche gezielt einige Andeutungen über ein IWF-Rettungspaket machen. Dann wird ihm das Dokument zugespielt.«

Ich habe noch viele Fragen, stelle aber erst einmal nur eine davon: »Sollten wir nicht wenigstens die Geschäftsführende Direktorin des IWF einweihen?«

»Nein«, sagt Suki bestimmt. »Es ist leichter für sie, die ganze Sache zu dementieren, wenn sie nichts von unserer Operation weiß.«

»Und wenn es zu breiteren Marktverwerfungen kommt?«, fragt Fjodor. »Was, wenn die elektronische Händlerherde wild wird?«

Suki lächelt zufrieden. »Wenn nur Tantani die Information hat, dann müssen alle anderen, die argentinische Staatsanleihen kaufen, die Information von ihm haben. Sie sind also kriminelle Insider!«

»Tantani weiß, dass wir genau solche Transaktionen untersuchen. Warum sollte er das Risiko eingehen, geschnappt zu werden?«, frage ich.

»Weil er ein Spieler ist. Genau wie du, Wolf«, antwortet sie.

Ich bin nicht restlos überzeugt. Alles hängt davon ab, dass Tantani einen Fehler macht. Aber das Bessere ist ja bekanntlich der Feind des Guten. Und eine wirkliche Alternative zu diesem Vorgehen fällt mir auch nicht ein. Wenn alles gut geht, wissen wir Ende nächster Woche, ob Tantani unser Mann ist oder nicht. Außerdem wissen wir, ob er mit anderen beim IWF unter einer Decke steckt oder nicht. Für diese Aussicht kann man schon einmal ein Risiko eingehen.

»Und?«, fragt Suki jetzt. »Seid ihr dabei?«

Fjodor grinst.

Ich nicke.

Und für einen Moment treten alle Bedenken in den Hintergrund. Zum ersten Mal seit den guten alten Tagen der Midas spüre ich es wieder: die Klarheit im Kopf, die Unruhe im Herzen und das Kribbeln im Bauch – das Omega-Team im Jagdfieber.

Als wir abends bei einem Whisky an der Hotelbar sitzen, fragt Suki: »Glaubt ihr, dass Tantani hinter dem Tod von Koski steckt?«

»Nein!«, sagt Fjodor bestimmt. »Wenn, dann ist es jedenfalls nicht Teil seines Plans.« Er holt einen Stadtplan von Buenos Aires aus seiner Tasche, schiebt die Gläser beiseite und breitet ihn aus: »Die vier Namen Gottes werden mit Blut in die Straßen von Buenos Aires geschrieben. So steht es in den Drohbriefen. Es spricht also alles eher für sehr blutige, aufmerksamkeiterregende Morde und nicht eine undurchsichtige Tat, die auch als Unfall gedeutet werden könnte.« Fjodor malt einen Kreis um den Standort des Obelisken von Buenos Aires am Schnittpunkt der Avenidas Corrientes und Nueve de Julio. »Wenn wir die Prophezeiung von Morrison zu Rate ziehen, dann könnte man die Drohbriefe so interpretieren, dass jeder Tatort in einer der Himmelsrichtungen liegt.« Fjodor nimmt einen Schluck Whisky. »Ich denke, dass der Obelisk das Zentrum dieser Geschehnisse ist. Aber es ist schwierig, die künftigen Tatorte genau zu bestimmen. Wir haben nur die Himmelsrichtung, aber nicht die Entfernung zum Obelisken.« Er fährt mit dem Finger die Nueve de Julio entlang. »Zwei Morde werden irgendwo auf dieser Straße stattfinden.«

»Warum das?«, frage ich.

»Weil sie von Norden nach Süden verläuft. Der Norden steht für Zivilisation, Licht und Ordnung, der Süden für Barbarei, Dunkelheit und Chaos.«

Ich bin wider Willen doch etwas beeindruckt von Fjodor. Sicher, er hat einfach die Washington-Logik von Madame Babette auf Buenos Aires übertragen. Aber man kann ihm nicht absprechen, dass seine Ausführungen im abwegigen Paralleluniversum eines verwirrten Menschen durchaus Sinn machen könnten. Ich wende mich an Suki. »Und du? Was hältst du von den ganzen Spuren und Theorien, die wir in den letzten Wochen verfolgen?«, frage ich sie.

Sie blickt mich völlig ausdruckslos an – wie immer. »Die einzelnen Details sind mir nicht so wichtig«, sagt sie. »Entscheidend ist das große Bild.« Sie bittet den Barkeeper um ein Blatt Papier und malt drei große Kreise darauf, die sich in der Mitte leicht überschneiden. »Fassen wir einmal zusammen, was wir über Tantani wissen: Im Sommer 1971 ist Tantani in Paris und verbringt seine

Tage mit Jim Morrison. Vielleicht liest er dort auch dessen Prophezeiung. Ziemlich genau dreißig Jahre später erhält der IWF Drohbriefe, die vom Inhalt her gut zur Prophezeiung passen. Außerdem ist Tantani zumindest aller Wahrscheinlichkeit nach im Besitz eines Schwertes, das im Rahmen der Prophezeiung bedeutsam ist.« Suki schreibt die Stichworte »Morrison«, »Prophezeiung«, »Schwert« und »Drohbriefe« in den ersten Kreis. »Nach dem Tod von Morrison geht er im Auftrag der CIA noch im selben Jahr nach Laos, wo er Koski und Lacour kennenlernt.« Sie schreibt die Worte »Kalter Krieg«, »CIA«, »Koski« und »Lacour« in den zweiten Kreis. »Nach der endgültigen Niederlage der Amerikaner in Vietnam kommt er 1973 zusammen mit Koski und Lacour zum IWF, eventuell hat er immer noch CIA-Verbindungen. Jedenfalls ist er aktiv in die Unterstützung der südamerikanischen Militärdiktaturen in den Siebziger Jahren verwickelt. Spätestens in dieser Zeit lernt er auch Chaudhuri, Osezua und Sakurai kennen. Seit den Neunziger Jahren hält er sich hauptsächlich in Argentinien auf und begleitet die Umsetzung des neoliberalen Wirtschaftsprogramms als offizieller Repräsentant des Währungsfonds.« Suki schreibt »IWF«, »Argentinien«, »Osezua«, »Chaudhuri« und »Sakurai« in den dritten Kreis. Dann malt sie ein großes »T« in den Bereich in der Mitte, wo sich die drei Kreise überschneiden. »Versteht ihr? Selbst wenn eine der Spuren, die wir verfolgen, ins Leere führen sollte, ist es absolut unwahrscheinlich, dass alle drei Spuren, die zu Tantani führen, nichts wert sind.« Sie umkringelt das »T«. »Tantani ist unser Mann«, sagt sie.

Ich blicke erst auf ihre Kreise, dann auf Fjodors Stadtplan und frage: »Sind wir noch die Jäger oder schon die Gejagten?«

Weder Fjodor noch Suki geben eine Antwort darauf.

Mittwoch, 28. November 2001, Buenos Aires

The devil was wiser

Ohne jede Vorwarnung klingelt uns Suki Kwak am Morgen um vier aus den Betten und teilt uns mit, dass die Operation Pampa Rain um Punkt acht Uhr startet. Kurz berichtet sie, dass Tantani sich an einen seiner Washingtoner Kontakte gewendet hat, um genauere Informationen über das weitere IWF-Vorgehen in Argentinien in Erfahrung zu bringen. Dieser habe ihm dann, nachdem er sich ausreichend geziert habe, nicht nur die echten Unterlagen zum Notfallpaket für Argentinien übermittelt, sondern auch das gefälschte Protokoll der Zustimmung des IWF-Exekutivkomitees zu seiner Umsetzung. Dann sammelt sie unsere Handys ein und bittet uns eindringlich, auch vom Telefon im Hotelzimmer keine Gespräche mehr zu führen. Völlige Funkstille! Reine Sicherheitsmaßnahme. Es gehe auch um unseren Schutz in diesen sehr sensiblen Stunden. Standard Operating Procedure halt.

Als uns eine Großraumlimousine am Hintereingang des Hotels abholt, ist es noch dunkel. Unser Weg führt uns erst durch die Stadt, die nicht enden will, dann über die Autobahn. Im ersten Licht des Tages fahren wir dann irgendeine staubige Abfahrt herunter und halten schließlich vor einer niedrigen Lagerhalle, vor der zwei Männer stehen und rauchen. Als wir aussteigen, unterhalten sie sich kurz mit Suki.

Wir befinden uns irgendwo im Niemandsland zwischen Stadt und Pampa. In der Nähe eine leerstehende Betonruine. Daneben ein paar Hütten, die offen, faulig und schief am Rand einer holprigen Straße stehen. Aus den Wellblechdächern ragt hier und da als Symbol bescheidenen Wohlstands eine Antenne. Kreuz und quer gespannt sind Kabel, mit denen illegal Strom abgezapft wird. Ein paar baufällige Baracken, einige Rauchsäulen über wilden Müllkippen, das war's.

Vor einer der Hütten hängt ein ausgeblichenes Werbeschild mit der Abbildung eines Erfrischungsgetränks. Ein Hund mit verfilztem Fell erhebt sich langsam von seinem Platz im Schatten, öffnet sein Maul, um zu gähnen, dehnt seine Glieder und sucht sich ein neues Plätzchen für seinen Morgenschlaf. Hühner irren zwischen den Steinen herum. Ich steige einen Schutthügel hinauf. Von dort oben kann ich das große, weite Nichts sehen, das die Stadt umgibt. Ein paar Häuser, einige Pappeln, Felder – manche grünlich, manche bräunlich – und dahinter der endlose Ozean der Pampa. Irgendwo im Westen brandet er gegen die hochgelegenen Wüsten, über denen die Gipfel der Anden thronen, im Norden schluckt ihn der Dschungel und jenseits dieses grünen Meeres im Süden herrscht die nur noch vom

Wind durchbrochene Stille Patagoniens. Ich lasse meinen Blick schweifen, bis er an den Ausläufern der ins Land wuchernden Stadt hängenbleibt. Sie liegt im tropischen Dunst, der sich mit Smog vermischt. Verschwommen erahne ich die Hütten der Elendsquartiere. Ihre Silhouetten ragen als bleiche Skelette aus der Brühe. Nichts bewegt sich. Als habe eine Pest die Bewohner dahingerafft. Eine Steinwüste, die zehn Millionen Menschen unter sich begraben hat. Ein Bild nicht für Sinn, sondern für Sinnlosigkeit.

Ich schliddere den Hügel wieder hinunter zur Lagerhalle. Unser Arbeitsraum liegt im Kellergeschoss. Die niedrige Decke drückt aufs Gemüt. Ein Bunker. Unsere Computer sind auf einfachen Tischen aufgebaut. Sogar ein Fernseher ist installiert. Und auch sonst hat Suki an alles gedacht: Plastikbecher, zwei Dutzend Flaschen mit Mineralwasser, einige Thermoskannen mit Kaffee, Notizblöcke, Stifte. Um sieben testet Suki die Systeme. Darunter auch zwei Bildschirme, auf denen das PROMIS-System läuft. Ab und an spricht sie mit Leuten am Telefon. Wahrscheinlich mit Langley.

Sie hat uns eine Kopie des Dokuments zum Lesen gegeben, mit dem wir Tantani in die Falle locken wollen. Das fiktive Verlaufsprotokoll einer Sitzung des IWF-Exekutivdirektoriums in Washington. Wenn man das Protokoll liest, sieht man den großen Sitzungssaal vor sich, den mir Vara vor einigen Wochen einmal gezeigt hat: einen ovalen Raum, zwanzig Meter lang und sieben Meter hoch, mit vornehm blauem Teppichboden und einer Wandtäfelung aus Leder und Holz, geschmückt nur von den sechs großen Porträts der bisherigen Geschäftsführenden Direktoren, mit einem Tisch in Hufeisenform in der Mitte und dreißig grauen Drehstühlen am Rand. Man kann sich die vierundzwanzig Exekutivdirektoren auf ihren Stühlen dazu vorstellen, die Dokumentenstapel an jedem Platz – mit der Empfehlung des IWF-Managements für ein großvolumiges Rettungspaket mit dem Decknamen »Pampa Rain« und einer fünfzigseitigen Begründung für die Empfehlung. Man kann sich vorstellen, wie die Geschäftsführende Direktorin die Sitzung eröffnet; wie sie jedem einzelnen der anderen Direktoren das Wort erteilt, um Meinungen, Zweifel und Fragen kundzutun; wie das technische Personal aus den Abteilungen Westliche Hemisphäre, Krisenprävention, Kriseneindämmung und PDR dazu Stellung nimmt; wie die Nyström in einer zweiten Runde wieder jeden einzelnen Direktor anspricht.

Über die dürren Worte des Protokolls kann man nachvollziehen, wie sich jetzt eine Diskussion unter den Exekutivdirektoren entwickelt und wie einer nach dem anderen sich der Empfehlung des IWF-Managements anschließt. Die Konsequenzen eines Argentinienbankrotts wären gravierend. Erstens in ideologischer Hinsicht: Ein Zusammenbruch des Landes würde das liberale Entwicklungsmodell in Kreisen der Schwellenländer diskreditieren. Zweitens in Hinsicht auf die internationalen Kapitalmärkte: Ein Zusammenbruch würde den gesamten Kontinent in eine Abwärtsspirale bringen, der sich sogar zur internationalen Finanzkrise ausweiten könnte. Drittens in Hinsicht auf die westlichen Banken: Ein Zusammenbruch würde die ohnehin schon angespannte Ertragslage weiter verschlechtern, worauf die Banken mit einer Einschränkung der Kreditvergabe an die Industrie reagieren würden – mit allen bekannten schädlichen Effekten für das Wirtschaftswachstum in den Industrieländern. Viertens in Hinsicht auf die Migration: Ein Zusammenbruch würde mit an Sicherheit grenzender Wahrscheinlichkeit auch Mittelamerika und Mexiko in Mitleidenschaft ziehen, was wiederum den Einwanderungsdruck auf die USA erheblich verstärken würde. Das Dokument ist in Form und Inhalt eine perfekte Fälschung. Nachdem ich das fiktive Dokument gelesen habe, sehe auch ich keine sinnvolle Alternative zur Rettung Argentiniens mehr. Ein Meisterstück. Aber würde sich auch ein mit allen Wassern gewaschener Hund wie Tantani davon täuschen lassen?

Kurz vor acht sind alle Systeme hochgefahren. Wir überprüfen die elektronischen Auftragsbücher von Banken und Brokern, soweit wir über PROMIS darauf zugreifen können. Es gibt erste Auffälligkeiten. In den letzten Wochen war der Markt für argentinische Staatsanleihen so gut wie tot. Doch nun liegen Kaufaufträge in Höhe von 20 Millionen Dollar vor. Zehn Minuten später sind es 30 Millionen. Eine halbe Stunde später 300 Millionen. Die Kaufanträge sind auf gut drei Dutzend Banken und Broker verteilt. »Das sind Iceberg-Orders«, sagt Suki. »Eindeutig!«

Eisbergtransaktionen! Sie werden hauptsächlich genutzt, um großvolumige Transaktionen in einer Weise durchzuführen, die den Kurs »schont«, ihn also möglichst wenig bewegt. Die Gegenpartei sieht immer nur die kleine Spitze des Eisbergs und niemals den ganzen Umfang der Tansaktion. Daher braucht PROMIS relativ lange, um die einzelnen Kauforders zu summieren.

»Ein Volumen von 300 Millionen schon. Mehr als drei Dutzend Händler im Spiel. Das ist nicht nur ein Fonds, der da spekuliert,« sage ich. »Es müssen mehrere sein!«

Suki nickt. »Die Kauforders sind auf 43 Händler und 645 Einzeltransaktionen aufgeteilt«, sagt sie tonlos. Nicht nur sie, wir alle haben uns die Sache anders vorgestellt.

»Wir müssen klar priorisieren«, sage ich. »Sonst wird es Monate dauern, das aufzudröseln. Tantani hat anscheinend ein paar Spieler eingeweiht. Dann wird er auch nicht als erster in den Markt gegangen sein. Wir wählen also nach Zeit aus: Uns interessieren nicht die ersten drei Spieler, die Kaufaufträge gegeben haben, sondern die nächsten drei Spieler. Und von denen interessiert uns der Spieler mit der komplexesten rechtlichen Struktur. Schachtelkonstruktionen. Holdinggesellschaften in Steuerparadiesen wie den Cayman-Inseln, den englischen Kanalinseln, den Bermudas. Darauf müssen wir achten.«

Fjodor nickt

Suki tippt mit schwindelerregender Geschwindigkeit Tastenkombinationen in den Computer ein. PROMIS rechnet und rechnet. Als um neun Uhr die Börse in Buenos Aires öffnet, geht der Hexensabbat in den argentinischen Anleihemärkten richtig los. In unserem Plan waren wir davon ausgegangen, dass wir zu diesem Zeitpunkt bereits eine schöne saubere Spur verfolgen würden, die uns unweigerlich zu Tantani führen würde. Stattdessen stecken wir tief im Morast von hunderten von Einzeltransaktionen, die in Sekundenschnelle per Knopfdruck durch das komplexe Geflecht der elektronischen Netzwerke gejagt werden.

Die nächste Hiobsbotschaft erreicht uns kurz nach zehn. Wir schalten den Fernseher ein und sehen einen Korrespondenten, der vor der großen Anzeigetafel mit den Börsenkursen in der Nähe der Ecke Lavalle steht. Die Meldung flackert über den elektronischen Ticker. »Umschuldungsabkommen beinahe abgeschlossen. Großes IWF-Beistandspaket für Argentinien!« Und dann beginnt das Feuerwerk. Der MERVAL, der Leitindex der argentinischen Börse, klettert sofort in die Gewinnzone, steht nach einer halben Stunde mit fünf Prozent und nach zwei Stunden mit zwanzig Prozent über dem gestrigen Tiefstpunkt. Der Wertanstieg von argentinischen Staatsanleihen ist sogar noch dramatischer. Gegen zwölf zeigen sie in den Nachrichten eine dichte Menschentraube vor der elektronischen Tafel, die ungläubig auf die Erholung des Aktienmarktes starrt. In ihren Gesichtern kämpfen Zweifel und Hoffnung. Die Hoffnung siegt. Einige sprechen von einem »vorzeitigen Weihnachtsgeschenk aus Washington«. Es gibt nur einen kleinen Pferdefuß: Dieses Geschenk wird sich schneller wieder verflüchtigen als die Wahlversprechen einer Regierungspartei. Wütend schaltet Suki den Fernseher aus. Wir können die hoffnungsvollen Gesichter einfach nicht mehr ertragen.

»Warum gibt es kein Dementi?«, frage ich. »Warum dementiert weder der IWF noch die argentinische Regierung?«

»Vielleicht weil dieses Gerücht ganz gut in ihr politisches Spiel passt«, sagt Suki und telefoniert mehrfach mit Langley. Anscheinend gehen sowohl der argentinische Präsident als auch die Geschäftsführende IWF-Direktorin davon aus, dass die jeweils andere Seite das Gerücht lanciert hat, um Verhandlungsbereitschaft zu signalisieren. Die argentinische Seite bezieht zur Mittagszeit Position: Sie dementiert, dass ein Umschuldungsabkommen mit den Banken unterschrieben und damit eine der Bedingungen für weitere Unterstützung durch den IWF erfüllt worden sei, aber das Land befände sich auf gutem Weg zu einem »virtuellen Vergleich mit seinen Gläubigern«. Dominguez zeigt sich vor laufenden Kameras zuversichtlich, dass Argentinien in den kommenden Tagen eine neue Vereinbarung mit dem Währungsfonds erzielen werde und beteuert, dass eine Abwertung des Peso undenkbar sei. Auch der Währungsfonds lässt sich bei seiner Antwort ein Hintertürchen offen. Ein großvolumiges Rettungspaket sei aktuell nicht geplant, doch man sehe Anzeichen für ein »tragfähiges Reformprogramm zur langfristigen wirtschaftlichen Gesundung«. Die Hoffnung stirbt zuletzt!

Es sind die politischen Unwägbarkeiten, die den Markt in den nächsten Stunden treiben. Wir können in keiner Weise mehr in das Geschehen eingreifen, sondern dem Drama nur weiter zusehen. Wenn auch nur irgendwie ruchbar werden sollte, dass die CIA im Rahmen von verdeckten Ermittlungen die Kurse argentinischer Staatsanleihen manipuliert hat, wäre das eine Katastrophe. Die Frage ist nur, wann sich im Markt die Meinung durchsetzt, dass die Rettung des Landes weit weniger sicher ist, als die ersten Gerüchte am Vormittag es nahelegten.

Wenigstens eröffnet uns das eine zweite Chance, Tantani zu kriegen. Er wird nicht so dumm gewesen sein, als erster in den Markt reinzugehen. Aber er wird schlau genug sein, die Gewinne mitzunehmen, bevor der Markt wieder zusammenbricht. Gegen zwei Uhr haben wir tatsächlich eine erste Datenpeilung, die über mehrere Zwischenstationen zu einer gewissen »LK-Holding« auf den Cayman-Inseln führt. Diese Firma war am Morgen der fünfte Spieler, der mit Kaufaufträgen für argentinische Staatsanleihen in den Markt gegangen ist. Jetzt ist sie der erste Spieler, der anfängt, die Positionen wieder zu liquidieren. Zwar nutzt Tantani wieder Iceberg Orders, aber diesmal sind wir besser vorbereitet und heften uns an seine Fersen. Ich kann ihn und die anderen Insider verstehen. Es mag ja sein, dass Gott nicht würfelt, aber die Kapitalmärkte tun das schon. Wer sicherstellen will, dass er auf der Gewinnerseite steht, muss halt die Würfel zinken. Und wer steht schon gerne auf der Verliererseite? Gleichzeitig bewundere ich Tantanis Nerven. Ich hätte das nicht durchgehalten. Die Geldgeister und Gierdämonen hätten mich in einer solchen Situation sicher fest im Griff. Nur ein Stündchen mehr. Ach, ein kurzes Stündchen nur, hätten sie mir ins Ohr geflüstert und am Ende wäre es ausgegangen wie mein Investment im Neuen Markt.

Die Luft in unserem Bunker brennt. Immer wieder intensive Telefonate mit Langley und anderen CIA-Standorten. Einmal hat Suki einen Hörer zwischen Schulter und Ohr geklemmt, hält einen Kaffee in der einen Hand und macht mit der anderen Notizen, während Fjodor gegenüber an zwei Telefonen gleichzeitig hängt und Dokumente vergleicht, die aus den Faxgeräten surren. Es klingelt, summt und bimmelt im Minutentakt. Gesprochen wird nur im Stakkato und immer mit Ausrufezeichen: »Jetzt! Sofort! Bis gestern! Höchste Prio! Beine machen!« Gegen zwei Uhr teilt uns Suki schließlich mit: »Die LK-Holding ist auf den Cayman-Inseln registriert. Sie sitzt in einem Bürohochhaus, in dem auch sage und schreibe 5.000 andere Firmen gemeldet sind. Sie ist bisher in keiner Weise aktenkundig geworden. Hauptgesellschafter ist eine Person namens Liz Kingard.«

»Liz Kingard?«, wiederhole ich. »Noch nie gehört.«

Nach einer guten Weile springt Fjodor plötzlich auf und ruft: »*I am the Lizard King / I can do anything.*«

»Lizard King!«, sage ich. »Ein weiterer Alias von Jim Morrison. Das ist ganz Tantanis Art von Humor.«

Wir wenden uns wieder dem Geschehen an den Märkten zu. Noch werden die von der LK-Holding verkauften Papiere sofort von den Spekulanten der zweiten Welle aufgesogen. Doch dann verkündet PIMOC, der weltweit größte Investor in Anleihen gegen fünf Uhr, dass er keine argentinischen Anleihen mehr hält und nicht an eine kurzfristige Rettung des Landes glaubt. Nun beginnt das, was in Finanzkreisen noch am selben Abend »Bloody Wednesday« getauft wird. Die Kurse für argentinische Staatsanleihen fallen in ungeahnte Tiefen. Die Hedgefonds und Banken der zweiten Welle finden keine Käufer mehr für ihre überteuerten »bonos argentinos« und verlieren bis zum Handelsschluss mehr als eine halbe Milliarde Dollar. Die ganze Hausse hat sich so schnell aufgelöst wie ein Teelöffel Salz im Rio de la Plata.

Um acht Uhr abends fahren wir die Computer herunter. Auf den Tischen überall zusammengeknülltes Papier, vollgekritzelte Seiten, Teller voller angebissener Sandwichs und halb abgenagter Hähnchenschenkel. Irgendwo ragt eine Gabel aus einem vergessenen Salat. Spuren einer virtuellen Schlacht. Suki gibt uns unsere Handys zurück. Wir setzen uns vor die Lagerhalle auf eine Mauer in die Abendsonne und warten auf den Wagen, der uns zurück zum Hotel bringen würde.

»Jetzt haben wir Tantani«, sagt Fjodor ohne großen Enthusiasmus.

»Wenn wir irgendeine Verbindung zwischen ihm und der LK-Holding herstellen können vielleicht«, sagt Suki. »Aber wir brauchen ein Telefonat, eine E-Mail, irgendetwas.«

»Reicht das, was wir heute gesammelt haben, um Tantani aus dem Verkehr zu ziehen?«, frage ich.

»Wahrscheinlich«, nickt sie und bittet mich um eine Zigarette.

»Eigentlich sollten wir feiern«, sagt Fjodor. »Aber ich fühle mich nicht danach. Habt ihr die Hoffnung der Menschen gesehen, die sie im Fernsehen gezeigt haben?«

»Operation gelungen, Patient tot!«, sage ich. »Wir haben gerade das Weihnachtsfest eines ganzen Volkes versaut.«

Suki massiert erst ihre Nasenwurzel, dann die Schläfen. »Die Menschen! Die Menschen!«, sagt sie. »Was meint ihr, wie ich mich fühle. Tantani hat vor unseren Augen sein Ding durchgezogen und alles, was wir haben, ist eine LK-Holding auf den Cayman-Inseln und den Namen Liz Kingard.« Die Zigarette glüht auf, als sie einen tiefen Zug nimmt. Dann muss sie husten, wirft die Kippe auf den Boden und tritt die Glut aus. »Eine halbe Milliarde Schadensersatz für die CIA, wenn das raus kommt. Ich bin erledigt!« Sie legt ihre Hände auf ihr Gesicht und sackt in sich zusammen.

»So darfst du nicht denken, Suki«, sagt Fjodor. »Es geht um die Stabilität des internationalen Finanzsystems. Um das ganz große Spiel!« Er legt seinen Arm um ihre Schultern. Es ist eine ganz natürliche Bewegung. Suki lässt die Hände langsam sinken und starrt Fjodor völlig perplex an. Ganz so, als hätte sie seit ewigen Zeiten niemand mehr auf diese Art in den Arm genommen. Ich erwarte, dass sie sich jeden Augenblick mit einer brüsken Bewegung von Fjodors Arm befreien wird, aber sie sagt nur: »Glaubst du das wirklich?«

Dann sitzen wir drei schweigend nebeneinander im Niemandsland der Krise. Nicht nur Buenos Aires, sondern der ganze Rest der Welt scheint für einen Moment unendlich weit entfernt. Wind kommt auf und trägt den Geruch von feuchter, fruchtbarer Erde zu uns hin. Am Horizont zucken einige Blitze auf. Donner rollt über das flache Land. Sein Echo klingt in meinen Ohren wie Artilleriesalven. Aber Fjodor widerspricht mir. Es ist das Geräusch von Pferdehufen. *Die Schattenreiter, sie galoppieren. / Die Menschheit kriecht bald auf allen Vieren!*

Kapitel 6

In a desperate land

Tantani hat um acht Uhr früh angerufen und mich eingeladen, ihn zu einem Treffen mit dem argentinischen Wirtschafts- und Finanzminister zu begleiten. Eine halbe Stunde später holt er mich mit der Limousine im Hotel ab. »Dominguez hat mich einbestellt. Mal sehen, was er zu sagen hat«, sagt Tantani. Er kramt in einer Aktentasche, zieht einen breiten Ausweis mit der Aufschrift »IWF – Internationaler Währungsfonds« aus der Tasche und hängt ihn mir um. »Sonst muss ich erst eine halbe Stunde erklären, was du eigentlich bei dem Treffen verloren hast.« Wir fahren einen weiten Umweg zum Ministerium, weil viele Straßen im Stadtzentrum gesperrt sind. Die halbe Stadt hat sich dort versammelt, um ihrer Wut auf die Regierung Luft zu machen.

»Was war am Mittwoch eigentlich auf den Märkten los? Wer hat dieses Gerücht über ein neues IWF-Rettungspaket in die Welt gesetzt?«

»Wir haben keine gesicherten Informationen«, lüge ich. »Aber wir gehen davon aus, dass es regierungsnahe Kreise aus Argentinien waren, die Verhandlungsspielräume mit dem Währungsfonds austesten wollten.«

»Hat euer FORMEL-U-Programm denn gar keine Erkenntnisse ausgespuckt?«

»Doch«, sage ich. »Aber viel zu viele. Es waren Dutzende von Händlern aktiv und beinahe alle Leerverkäufer von Rang und Namen. Unmöglich, sich da ein klares Bild zu machen.«

Tantani nickt voller Verständnis und zeigt auf eine Gruppe von Demonstranten mit einem »Stop Dominguez«-Plakat. »Armes Schwein«, sagt er mit echter Empörung.

Nach allem, was ich weiß, hat Tantani Recht. Jahrelang hat man Dominguez dafür verehrt, dass er die Inflation in den Griff bekommen hat. Argentiniens große Währungskrisen kamen mit der Rückkehr der Demokratie in den Achtzigern. Die Diktatur hatte die Kassen geleert und einen Haufen Schulden hinterlassen. Die neu gewählten Politiker wollten geliebt werden. Da konnten sie nicht sparen. Also warfen sie die Notenpresse an und schickten den Peso zur Hölle. Eine traumatische Erfahrung, die für eine Weile jedes Vertrauen in die argentinische Wirtschaftspolitik zerstörte.

Denn Geld ist mehr als nur ein Tausch- und Zahlungsmittel. Es ist gespeicherte Energie, die jederzeit aktiviert werden kann. Es verbindet Vergangenheit, Gegenwart und Zukunft. Es stiftet Sinn und Sicherheit – solange sein Wert stabil ist. Wenn er es nicht ist, wird diese Verbindung gekappt. Eine galoppierende Inflation vernichtet die in der Vergangenheit gespeicherte Energie und schleudert die Gesellschaft in eine zukunftslose Gegenwart. Sparen, planen, investieren – nichts macht mehr Sinn im Währungstaumel. Es ist paradox: Je schlechter das Geld wird, desto mehr nimmt es Besitz von der Wirklichkeit. Die Leute reden, handeln und träumen Geld. Sie gehen zum Geldwechsler, wie die Leute anderswo einkaufen – nur um zu sehen, welche neuen Kurse es gerade gibt. Sie nehmen eine zweite Arbeit an und manchmal eine dritte. Sie sind besessen von der Notwendigkeit, Geld zu machen und wieder auszugeben, bevor es ihnen zwischen den Fingern zerrinnt. Zögern ist Verlust. Schon am Nachmittag kippen die Busfahrer die Münzen vom Morgen auf die Straße. Die Unternehmen sorgen sich nicht mehr um ihre Produktivität; mehr als drei bis vier Prozent pro Jahr sind da nicht rauszuholen. Bei einer Hyperinflation können sie durch die richtige Anlageentscheidung das Zehnfache an einem Tag gewinnen – oder verlieren. Das Land wird zum Spielkasino.

Daher ist es, wenn man Tantanis Meinung denn folgen will, nicht nur eine nationale, sondern auch eine persönliche Tragödie, dass man Dominguez jetzt als Mitschuldigen an der Misere anklagt. Er ist inzwischen so unbeliebt, dass sich schon dunkle Legenden um ihn ranken. So heißt es, Dominguez bringe den Fluch über alle, die mit ihm in Kontakt kommen. Eine Zeit lang hat man ihn sogar von den Spielen der Nationalmannschaft ausgeschlossen. Trotzdem ist er momentan der wichtigste Mann nach dem Präsidenten. Im Zeichen der Krise sind ihm neben dem Finanzressort auch die Bereiche Arbeit und Wirtschaft unterstellt worden. Durch ein Notstandsgesetz kann er praktisch gegen das Parlament regieren. Aber vielleicht hat man ihn auch nur hochgelobt, damit er umso tiefer fallen kann. Die Intrige ist das Wesen der Politik, meint Tantani immer.

Als Eier auf unserem Autofenster zerplatzen, zucke ich zusammen. Eine Gruppe von Demonstranten mit Plakaten und Transparenten wirft uns drohende Blicke hinterher. »Nichts drückt die Idee der Unendlichkeit klarer aus als die menschliche Dummheit«, sagt Tantani. Die Männer haben grimmige Gesichter und kräftige Oberarme. »Nicht genehmigt, die Kundgebung«, kommentiert der Fahrer. »Ölarbeiter. Das riecht nach Ärger.«

Die Zufahrt zum Hintereingang des Ministeriums wird von den Sicherheitskräften freigehalten. Wir passieren mehrere Absperrungen und tauchen dann in die Tiefgarage ab. Dort werden wir von einer hochgewachsenen jungen Frau begrüßt. Sie stellt sich als persönliche Referentin von Dominguez vor und begleitet uns zum Aufzug. Er ist anscheinend das einzige Regierungsmitglied, das sich noch im Zentrum aufhält. Der Rest ist geflohen.

Wir gehen über stille Flure. Ein roter Läufer am Boden. Porträts an der Wand. Türen aus dunklem Holz. Die junge Frau bittet uns um etwas Geduld und geleitet uns in einen schmucklosen Saal, an dessen Wänden Stühle aufgereiht sind. Darauf ein Dutzend Menschen in den unterschiedlichsten Phasen der Apathie. Vor allem Männer. Sie haben feuchte Flecken unter den Achseln und schweißglänzende Gesichter. Drei kommen mir bekannt vor. Ich erkenne zwei Staatssekretäre aus dem Finanzministerium namens Bergovic und Gómez und den Präsidenten der Zentralbank namens Paltrana. Ihre Fotos waren in den vergangenen Tagen oft in der Presse zu sehen. Sie begrüßen uns höflich, aber distanziert. Ein junger Mann versucht, die Atmosphäre mit einem Witz aufzulockern. »Was ist der Unterschied zwischen dem Protokoll und dem Terrorismus?«, fragt er. »Mit dem Terrorismus kann man verhandeln.« Außer Tantani lacht niemand. Und selbst der lacht nur kurz. Dominguez ist berüchtigt dafür, dass er sein Vorzimmer zur Erniedrigung der Mitarbeiter einsetzt. Er pflegt sie stundenlang dort warten zu lassen, dann einzeln zu sich zu zitieren und sie anzuschreien, wenn ihm irgendetwas nicht passt. Und so ist Neid in den Gesichtern der anderen, als wir nach kurzer Rückfrage vorgelassen werden.

Dominguez empfängt uns hinter einem wuchtigen Tisch aus dunklem Holz. Die Vorhänge sind zugezogen und das Zimmer wird nur von altmodischen Lampen erhellt. Vor den holzgetäfelten Wänden stehen kleine Tischchen mit verwelkten Blumensträußen. Nur die Geräusche der Großkundgebung draußen, die verschwommen zu uns dringen, bringen etwas Leben in den Raum. Der Minister telefoniert gerade. »Wer? Die Gewerkschaft der Transportarbeiter. Nein! Auf keinen Fall! Wir werden jede Straßensperre räumen. Wenn es sein muss, mit Gewalt!« Er legt auf. »Verdammte Piqueteros.« Wieder klingelt das Telefon. Dominguez ignoriert es nach einem Blick auf die Anzeige und einem »Der schon wieder«. Dann erhebt er sich und weist uns zwei Stühle zu, die schon vor dem Tisch bereitstehen. »Herr Tantani vom IWF«, sagt er und macht eine Bewegung zum Fenster. »Wir haben so gut wie keine Unterstützung mehr für den Sparkurs und die weitere Liberalisierung unserer Märkte, den der Währungsfonds zur Bedingung für weitere Kredite macht.«

»Dieser Kurs ist aber die Voraussetzung für eine langfristige wirtschaftliche Besserung«, sagt Tantani. »Sie wissen das genauso gut wie wir. Der IWF ist nur der Überbringer einer schlechten Nachricht. Argentinien muss seinen Agrarsektor weiter öffnen.«

»Der IWF glaubt doch nicht im Ernst, dass wir unsere einzige weltmarktfähige Industrie für etwas Kleingeld aus Washington opfern, während die Landwirtschaftssubventionen der USA und der EU sich gleichzeitig auf jährlich dreihundert Milliarden belaufen?«, ruft Dominguez. »Nennen Sie das Freihandel? Herrgott, was wollen Sie denn noch? Ein Protektorat kommt sie teurer.« Sein Kopf ist rot. Er tupft sich mit einem Taschentuch den Schweiß von der Stirn. »Außerdem leben wir immer noch in einer Demokratie. Das Volk geht gegen jede weitere Sozialkürzung auf die Straße. Diese Regierung kann keinen Schritt mehr auf den IWF zugehen. Nicht einmal einen Millimeter.«

Tatsächlich hat seine Koalitionsregierung unter Führung der Radikalen Bürgerunion schon einen Vizepräsidenten und ein halbes Dutzend Minister verschlissen. Der Senat und die Mehrheit der Provinzen, darunter die drei größten, werden von den oppositionellen Peronisten kontrolliert. Im Oktober haben sie auch noch die Mehrheit im Unterhaus erobert. Ihr Hauptanliegen scheint inzwischen, die Regierung über den Umweg einer von ihnen mitinszenierten Wirtschaftskrise zu stürzen. »Ein Quasi-Staatsstreich!«, wie Dominguez klagt.

»Wo liegt dann die Kompromisslinie?«, fragt Tantani. »Der IWF in Washington braucht irgendetwas, irgendeine Geste, um wieder aktiv zu werden – und sei sie symbolischer Natur.«

»Sie vergessen, dass Argentinien bereits völlig durchliberalisiert, durchprivatisiert und dereguliert ist«, sagt Dominguez. »Das Tafelsilber ist schon verscherbelt. Wir haben nichts mehr anzubieten als unsere nackte Existenz.«

»Wir haben volles Verständnis dafür, dass der Druck der Straße einen starken Eindruck auf die Regierung macht«, sagt Tantani. »Aber es geht bei unserem Reformpaket ja nun gerade auch um die Zukunft dieser Menschen.« Dann redet er von Sachzwängen, von wirtschaftlichen Notwendigkeiten und vor allem von langfristigen Perspektiven. Seine Stimme wird weich und lockend. Aber Dominguez verschränkt nur die Arme und sagt: »Langfristig ist zu spät.« Plötzlich nimmt er mich ins Visier. »Und der, Tantani? Den kenne ich noch gar nicht.«

»Willarth. IWF-Vertreter beim Internationalen Finanzstabilitätsforum«, stelle ich mich vor.

»Na das ist ja einmal eine schöne Überraschung«, bellt Dominguez. »Dem Finanzstabilitätsforum ist auch schon aufgefallen, dass es eine Krise hier gibt. Überhaupt: Was machen eigentlich die Europäer? Die haben doch auch ein paar Stimmrechte beim IWF und pochen sonst immer auf ihre sozialen Werte. Wollen die einfach zusehen, wie der Währungsfonds einen Parkplatz aus Argentinien macht?« Nachdem er sich wieder etwas beruhigt hat, steht er auf, geht zum Fenster und öffnet die Vorhänge. Deutlich kann man jetzt den Lärm der Kundgebung auf der Plaza de Mayo hören, das Auf- und Abschwellen der Lautsprecheransagen, den grellen Ton von Trillerpfeifen und das Geklapper der Kochtöpfe.

»Das da draußen ist nicht irgendein anonymer Druck von der Straße. Das waren einmal meine Wähler. Ich sehe keine Möglichkeit, den Forderungen des IWF unter den gegebenen Umständen nachzukommen.«

»Das wäre eine Katastrophe«, sagt Tantani.

»Nein, das wäre Demokratie«, widerspricht der Minister und macht eine energische Handbewegung zum Ausgang hin.

Beim Hinausgehen bleibe ich kurz vor einem Porträt stehen. Es zeigt einen Mann in Galauniform mit hohem Stehkragen, Epauletten und goldenen Applikationen. Seine Brauen sind hochgezogen und die Augen schimmern lebendig im Halbdunkel.

»San Martin«, erklärt Dominguez mit etwas zu viel Pathos in der Stimme. »Ein Nationalheld. Wie alle anderen hat er teuer dafür bezahlt. Dreißig Jahre Exil. Nennen Sie mir einen Straßennamen in Buenos Aires und ich sage Ihnen, auf welche Art dieses Land den Namensgeber gestraft hat.« Er beginnt an den Fingern abzuzählen: »Rosas verschlug es nach England, Sarmiento starb in Paraguay, Artigas verfaulte im Kerker, Alberdi in der Obdachlosenabteilung eines Pariser Krankenhauses, Belgrano, Facundo, Urquiza, Dorrego und Lavalle hatten noch Glück: Alle exekutiert!« Dann zieht er die Augenbrauen so hoch wie sein Held auf dem Porträt. »Jeder für sich werden wir Sklaven sein, nur zusammen werden wir sie schlagen.« Und mit diesen Worten entlässt er uns.

»San Martin! Als ob der Dominguez jemals einen Dreck geschert hätte«, meint Tantani, als wir in der Tiefgarage aus dem Aufzug treten.

»Haben wir gewonnen oder verloren?«, frage ich.

»Weder noch«, sagt Tantani. »Wir haben verhandelt.«

»Wie geht es jetzt weiter?«, frage ich.

Tantani grinst. »The party is not over until the fat lady sings.« Was wohl so viel heißen soll wie: Das Spiel ist noch offen. Als ob der IWF hier in Argentinien noch um den Sieg spielen würde!

Wir wollen gerade losfahren, als mehrere Autos auf den Plätzen neben uns einparken. Ein Staatssekretär namens Vitrelli steigt aus – und dazu ein beachtliches Gefolge an Leibwächtern und Beamten. Er sieht aus wie einer dieser graumelierten Diplomaten, die nur die geschliffene Sprache der Kommuniqués kennen, begrüßt Tantani aber fast freundschaftlich.

»Wir kommen gerade vom Finanzminister«, sagt Tantani. »Die Situation scheint ziemlich festgefahren zu sein.«

Vitrelli schüttelt den Kopf. »Dominguez hat heute die Konsequenzen aus seinen Meinungsverschiedenheiten mit dem Präsidenten gezogen und ist zurückgetreten.«

»Das hat er eben gar nicht erwähnt.«

»Er weiß es auch noch nicht«, sagt Vitrelli und dreht eine

Weile nervös den wuchtigen, goldenen Ring an seinem linken Ringfinger – erst im, dann gegen den Uhrzeigersinn. Schließlich verabschiedet er sich.

»Nichts gegen Dominguez. Aber das war ein überfälliger Schritt«, kommentiert Tantani.

»Ich dachte, Sie mögen den Mann«, sage ich.

Tantani geht nicht auf meine Bemerkung ein, sondern lächelt nur versonnen. »Hätte mir denken können, dass so etwas in der Luft liegt. Bergovic, Gómez und Paltrana im Vorzimmer. Die haben nur auf Vitrelli gewartet, um Dominguez jetzt einen Dolch in den Rücken zu rammen.« Er schweigt kurz. »Kenne die vier noch von früher.«

»Aus den dunklen Zeiten?«, frage ich. »Kredite für die Diktatur, das ist heute umstritten.«

Er wischt das mit einer Handbewegung weg – fast ärgerlich. »Vielleicht sind diese vier jetzt Argentiniens letzte Hoffnung auf eine Rettung durch den IWF. Anders als Dominguez, dieser liberale Träumer, sind sie Pragmatiker. Außerdem haben sie gute Kontakte nach Washington – immerhin waren sie einmal unsere Verbündeten im Kampf gegen den Kommunismus. Wahrscheinlich wird Vitrelli jetzt die Verhandlungen mit dem IWF übernehmen.«

Wir steigen in unsere Limousine und fahren aus der Tiefgarage. Wir sind gerade einmal drei Blocks weit gekommen, als uns einige Polizisten ein Zeichen machen, dass wir umkehren sollen. Unser Fahrer lässt die Scheibe runter. »Einige Demonstranten haben die Absperrungen durchbrochen«, sagt der Polizist. »Sie müssen zurück zum Ministerium.« Doch dort sind die Polizeiketten inzwischen auch sehr massiv. Fluchend lenkt unser Fahrer den Wagen auf einen Supermarktplatzplatz in einem Hinterhof. Wir müssen zu Fuß weiter. Doch als wir die Straße wieder betreten, stehen keine zehn Meter von uns die Vorposten des Demonstrationszuges.

Es sind einige eher grobschlächtige Typen mit Ansteckern der Gewerkschaft der Ölarbeiter, die uns misstrauisch mustern.

»Er ist einer von ihnen!«, schreit jemand.

»Komm, Wolf«, ruft Tantani. »Zurück zum Ministerium.« Er schafft es mit dem Fahrer gerade noch über die Kreuzung, bevor weitere Demonstranten aus einer Querstraße gelaufen kommen und meinen Fluchtweg blockieren.

Die Gesichter der Arbeiter, die mir gegenüberstehen, verdüstern sich noch mehr. Ihre Blicke richten sich auf meine Brust. Unwillkürlich reiße ich mir das Schild mit dem dicken Aufdruck »IWF« vom Hals. Bevor die Arbeiter verstehen, was passiert, sprinte ich in einen dicken Pulk von Demonstranten. Während ich mich laufend und springend immer tiefer in die Menge hineinbewege, höre ich die Schreie meiner Verfolger. Irgendwo plärren Lautsprecher. »Ein von Apathie und Zynismus befallenes Bürgertum – das ist es, was sie wollen. Atomisierte Individuen statt Gemeinschaft, Einkaufszentren statt Kirchen«, sagt der Redner. Rempelnd, drückend, strauchelnd tauche ich in die schwitzende Masse ein. »Argentinien wurde als Testareal des Neoliberalismus missbraucht. Und hier und heute rufen wir der faktischen Weltregierung, bestehend aus Internationalem Währungsfonds und Welthandelsorganisation, zu: Ihr habt uns Wohlstand versprochen und Verderben gebracht.« Tosender Beifall. Über der Bühne hängt ein Plakat der Bürgerrechtsliga: »LIDER – die andere Zukunft«.

Da entdecke ich eine Straße, die ruhig aussieht, und renne hinein. Zu spät erkenne ich, dass an ihrem Ende auch Personensperren aufgestellt sind. Zwei Mannschaftswagen fahren auf. Bereitschaftspolizisten springen heraus. Ich beschleunige meinen Schritt, während die Geräuschkulisse hinter mir zunimmt. »Generalstreik!«, höre ich den Schlachtruf der Demonstranten. Ich bin schon auf zwanzig Meter herangekommen, als die Gitter beiseite geräumt werden. Die Polizisten bilden mehrere dichte Reihen, heben die Schilde und klappen mit der Schlagstockhand die Helmvisiere herunter. Sie tragen Gasmasken. Ich fummele mein Portemonnaie heraus, schwenke irgendeinen Ausweis und rufe auf gut Glück: »Ich arbeite für den Währungsfonds«.

Die Phalanx aus Plexiglasschilden bewegt sich nicht. Ein dumpfer Knall. Irgendetwas schlägt hinter mir auf. Die Polizisten beginnen, mit ihren Stöcken auf die Schilde zu klopfen und setzen sich in Bewegung. Auch eine Antwort. Krampfartig schießen mir Rotz und Tränen ins Gesicht. Das Geräusch der Stockschläge wird lauter. Ich halte mir meine Krawatte vor Nase und Mund und laufe zurück. Blind taumele ich in die Menge und stoße mit jemandem zusammen.

»Da ist er ja.« Der erste Schlag trifft mich völlig unvorbereitet. Mein Kopf schleudert nach hinten, dass die Nackenknochen knacken. Instinktiv krümme ich mich zusammen, bedecke mein Gesicht mit den Händen und halte die Unterarme vor meinen Oberkörper. Ich fühle etwas in der Nierengegend. Ein stechender Schmerz rast durch meinen Körper. Nach Luft schnappend liege ich am Boden und bekomme mehrere Tritte ab. Die Luft vibriert, als ein paar Meter entfernt Polizei und Demonstranten aufeinandertreffen. Gellende Pfiffe. Schreie. Die Schüsse von Reizgasmunition. Einmal, zweimal, dreimal – ich höre auf zu zählen. Jemand packt meinen rechten Arm, zerrt ihn hoch und biegt ihn nach hinten. Ich will aufschreien, aber da kommt fast nichts, nur ein kläglicher Laut.

»Seid ihr blöd?«, fragt plötzlich eine Frauenstimme. Sie klingt gedämpft, als käme sie durch einen Mundschutz. »Das ist doch genau das, was die wollen. Euch kriminalisieren. Wenn ihr so weitermacht, haben wir morgen wieder die Milicos an der Macht.« Der Griff lockert sich. Jemand hilft mir hoch und zieht mich fort. Ich stütze mich auf eine Schulter, humple durch den Tumult. Immer wieder stoße ich unsanft gegen Menschen und Gegenstände. Dann ein Luftzug im Nacken und im selben Augenblick höre ich einen Aufschrei direkt neben mir. Gummigeschosse. »Sollen wir das Barrio Norte niederbrennen?«, quakt es aus einem Lautsprecher. »Sollen wir euch das Feuer geben?«

Als wir ein Haus betreten, lässt der Schlachtenlärm nach. Ich werde auf einer Kiste abgesetzt. »Gewalt ist keine Lösung. Das ist alles«, höre ich die Frau sagen, ohne sie zu sehen. Ihre Schritte entfernen sich. Um mich herum stöhnende Menschen. Jemand reicht mir ein feuchtes Tuch und eine Wasserschale. Ich wasche mein Gesicht und tupfe meine Augen ab. Wieder und wieder. Nach einer Weile wird es besser. Erst schemenhaft, dann immer genauer kann ich meine Umgebung wahrnehmen. Es ist ein einfacher Ausschank, den man zum Lazarett umfunktioniert hat. Die meisten Verletzungen sind nur Platzwunden und Prellungen. Nach dem ersten Schreck pressen sich die jungen Leute einen Verband auf die Wunde und lachen wieder. Beinahe stolz vergleichen sie ihre Verletzungen. Der Wirt geht ab und an durch die Reihen und gibt ein paar Bierflaschen in die Runde. Wer genäht werden muss, bekommt ein Glas Rum spendiert.

Neben der Theke steht ein kleiner Stand mit Totenkopffiguren in allen Größen und Farben. An Ständern hängen, in schwarze Folien verpackt, schwarze Gebetsbüchlein. In goldener Schrift steht ihr Verwendungszweck darauf: zum Erwerb von Gesundheit, Geld und Liebe. Außerdem gibt es verschiedene Utensilien, die einen rituellen Zweck zu haben scheinen: kleine Spiegel, schwarzes Salz, weiße Kerzen. Dahinter ist ein Vorhang.

Ein Raunen geht durch den Raum. Ich höre die Stimme der Frau, die mich eben gerettet hat. Sie spricht mit den verletzten Demonstranten, schüttelt Hände, klopft Schultern. Als sie in mein Blickfeld kommt, erkenne ich, dass es Esther Villaverde ist. Die Führerin der außerparlamentarischen Opposition persönlich hat mich gerettet! Sie ist Mitte Zwanzig und trägt Jeans und ein enges Gandhi-T-Shirt. Ihre Halskette aus groben Holzscheiben sieht nach Indio-Folklore aus. Sie hat einen sinnlichen Mund, aber die Nase ist etwas zu lang, die Augen sind etwas zu klein und die Brauen etwas breit für ihr schmales Gesicht. »Die Menschenrechtsbeobachter sind jetzt da«, sagt sie zu einem jungen Mann, der wie ein Student aussieht. »Aber ich will auch die Presse, hörst du? Wir müssen das dokumentieren.« Sie fährt sich durch ihr langes kastanienbraunes Haar, das leicht rötlich schimmert, erkennt mich und fragt: »Geht's wieder?«

Ich nicke.

»Was war da eigentlich los? Was wollten die Arbeiter von Ihnen?«

»Ich arbeite für den Währungsfonds.«

Sie zieht eine Augenbraue nach oben und sagt dann kalt: »Dann hätte ich Sie da draußen liegen lassen sollen.«

»Was Ihnen nicht passt, soll also einfach plattgemacht werden?«, frage ich.

»Die Aggression geht vom System aus und nicht von uns«, antwortet sie, als habe sie es auswendig gelernt. Dann verschwindet sie wütend hinter dem Vorhang neben der Theke. Unter Schmerzen stehe ich auf und humpele ihr mühsam hinterher. Als ich den Stoff des Vorhangs vorsichtig beiseiteschiebe, schrecke ich unwillkürlich zurück: Im diffus beleuchteten Nachbarraum steht ein Skelett im langen Brautkleid und streckt mir seine knöcherne Hand entgegen. Es steht in einer Art Schrein mit einem goldenen Rahmen. Dichtes Haar umhüllt den Schädel, der fratzenhaft unter dem Schleier hervorragt. Überall flackern Kerzen in verrußten Trinkgläsern.

Kurz nach mir betritt ein Zwei-Zentner-Mann den Raum, bekreuzigt sich, kniet vor dem Gerippe nieder und zündet eine Zigarette an. Mehrmals bläst er Rauch durch den Schleier, dann stellt er die glimmende Zigarette in den Aschenbecher vor dem Schrein und betet. Als er sich wieder erhebt, zeige ich auf die Knochenbraut und frage: »Wer ist das?«

»La Santa Muerte, Genosse. Eine Heilige.«

»Sie sieht furchtbar aus.«

»Aber das ist doch ein bildhübsches Antlitz!«, antwortet er mit großer Geste. »Sehen Sie nur. Ein Lichtstrahl kommt daraus hervor!«

»Denkst du an die Menschenrechtsbeobachter, Claudio?«, sagt die Villaverde zu dem Hünen. Sie sitzt etwas versteckt im Halbdunkel. Deshalb habe ich sie beim Betreten des Raumes nicht bemerkt.

Claudio nickt und geht hinaus.

»Was willst du noch?«, fragt sie mich dann barsch.

»Mich bei Ihnen bedanken«, sage ich.

»Wir reden uns hier mit den Vornamen an. Das ist demokratischer.«

»Wolf«, sage ich.

»Esther«, antwortet sie und fügt mit einer Geste zum Skelett hinzu: »Bedank dich bei ihr.«

»Diese Braut ist makaber.«

»Reich oder arm – im Tod sind wir alle gleich«, sagt Esther. »Hast du dir schon einmal überlegt, warum Leute wie Claudio die Santa Muerte anbeten? Vielleicht verspricht sie ihnen ein höheres Maß an Gerechtigkeit als unser beider Heilsbotschaften und die der katholischen Kirche zusammengenommen.«

In meinem zerrissenen Anzug finde ich irgendwo eine verbeulte Schachtel Zigaretten, zünde zwei an, gehe zur Heiligen, blase ihr Rauch ins verschleierte Gesicht und stelle beide Zigaretten in den Aschenbecher. Eine für Koski und eine andere für meine Rettung. »Danke!«, sage ich zum Schädel und meine Esther.

»Das war nur eine Regung allgemeiner Menschlichkeit«, lacht

sie. »Eine Gefühlsregung, die man in deinem System wohl nicht mehr kennt. Claudio wird dich später aus der Gefahrenzone bringen. Nimm es bloß nicht persönlich.«

»Ein Revolutionär muss eine kalte Tötungsmaschine werden. Angetrieben von purem Hass«, zitiere ich. »Hat er das nicht gesagt, euer großer Ché?«

»Im Krieg werden die Opfer gezählt«, entgegnet Esther. »Das Elend tötet leiser, langsamer und effizienter. Wie viele Gräber sind es in Argentinien? Und welche davon gehen auf das Konto des IWF? Hast du darüber schon einmal nachgedacht?« Während sie spricht, umgibt sie ein merkwürdiges Leuchten. Es kommt mir vor, als sähe ich die brennende Ungeduld einer Jugend auf der Suche nach Wahrheit und Gerechtigkeit in ihr gespiegelt. Die Glut der Rebellion. Anders kann ich mir ihre Anziehungskraft nicht erklären.

Sonntag, 2. Dezember 2001, Buenos Aires

Time to live, time to lie, time to love, time to die

Es ist eine ehrwürdige demokratische Tradition, unbeliebte Neuigkeiten freitags abzuladen – weil am Wochenende weniger Menschen Zeitung lesen oder Fernsehen schauen. In den USA nennt man es den »Friday Dump«.

Sei es aus nationaler Eigenart oder aufgrund der abschmelzenden Währungsreserven und anhaltenden Kapitalflucht, der argentinische Präsident variiert die Tradition leicht und lässt die Bombe erst am Sonntag platzen: drakonische Kapitalverkehrsbeschränkungen. Gemäß Notstandsdekret darf jeder Argentinier ab sofort nur noch zweihundertfünfzig Pesos oder Dollar pro Woche von seinen Bankguthaben in bar abheben. Der Geld- und Kapitalverkehr ins Ausland unterliegt strengen Kontrollen. Der Präsident bekräftigt, dass die Regierung mit diesen Maßnahmen »Angriffen von ausländischen Spekulanten und einigen skrupellosen Argentiniern« begegne. Wohl um die Märkte zu beruhigen, weist er ausdrücklich darauf hin, dass eine Einigung mit dem IWF bezüglich der Auszahlung weiterer Gelder unmittelbar bevorstehe. Angesichts dieser einschneidenden Maßnahmen hält sich der Schock über den Rücktritt von Dominguez in engen Grenzen. Um die öffentliche Meinung hätte der Präsident sich in diesem Fall gar keine Sorgen machen müssen. Ein Sender namens »Radio Libertad – die Welle der Freiheit«, den ich jetzt immer morgens höre, verabschiedet sich auf seine Art von Dominguez: »Dank dir, du hast unseren Wortschatz bereichert«, frotzelt der Moderator. »Im argentinischen Wörterbuch steht ›Finanzpolitik‹ jetzt für die Privatisierung der Gewinne bei gleichzeitiger Verstaatlichung der Schulden, ›Liberalisierung‹ für den Ausverkauf der heimischen Industrie und ›Währungsstabilität‹ für den Zusammenbruch der Exportwirtschaft.«

Überhaupt hat die Krise ihr eigenes Vokabular gefunden. Die Beschränkung des Bargeldumlaufs wird »Corralito« genannt. Die Müllsammler, die jeden Morgen mit dem »weißen Zug« in völlig ausgeschlachteten, an Viehtransporter erinnernden Waggons ins Zentrum gebracht werden, sind »Cartoneros«. Die Arbeitslosen, die durch Firmen- oder Straßenblockaden auf ihr Elend aufmerksam machen wollen, »Piqueteros«. Und nachdem die Wirtschaftsturbulenzen nun auch den argentinischen Mittelstand erreichen, sind neue Formen des Protests hinzugekommen: das bewusste, massenhafte und gemeinschaftliche Abschalten aller Lichtquellen zu einer bestimmten Uhrzeit, der »Apagón«, und das Schlagen auf Töpfe und Pfannen, der »Cacerolazo«. Während Sommer und Krise die Stimmung auf der Straße aufheizen, wird der Staatssekretär im Finanzministerium Gómez, den wir am Freitag im Vorzimmer von Dominguez gesehen haben, noch am Sonntagmorgen auf einer Sondersitzung des Parlaments als neuer Finanzminister vereidigt.

Am Nachmittag sitze ich mit Fjodor und Suki in der Hotelbar und verfolge die aktuellen Entwicklungen im Fernsehen. Wieder eine Massenkundgebung in Buenos Aires. Das Bündnis der außerparlamentarischen Opposition LIDER redet von einhunderttausend friedlichen Teilnehmern, die Polizei von fünfzigtausend Menschen, unter die sich gewaltbereite Splittergruppen gemischt haben. So oder so, die Bilder sind überwältigend. Das Zentrum überschwemmt von den Massen. Was zählt da noch der Einzelne? Auf dem Podium die geballte Prominenz von LIDER. Ich entdecke Esther Villaverde. Sie steht etwas verdeckt in der zweiten Reihe. Ansonsten nur die üblichen Parolen.

Die Redner sprechen von einem neuen Wirtschaftskonzept. Sie nennen es »Produktivmodell« – im Gegensatz zum »Kapitalmodell«, das der Währungsfonds propagiere. Im Kern geht es um eine Abkehr vom freien Markt. Der allmächtige Staat. Interventionismus, Dirigismus, Protektionismus, Verstaatlichung, Sozialtransfer. Nicht der mündige Bürger als Leistungsträger, sondern der unmündige Untertan als Leistungsempfänger ist das neue, alte Leitbild. Es wird alles nett und freundlich verkauft. Keinem soll wehgetan werden. Jeder soll etwas bekommen. Und diese Mischung soll dann zu einem »explosiven, nachhaltigen und sozialverträglichen« Wachstum führen. Und die Dinosaurier sind allesamt vor viertausendvierhundert Jahren zugrunde gegangen. In der großen Flut, vor der sie auch Noahs Arche nicht retten konnte. Amen!

»Das ist historisch«, sagt Fjodor. »Ein Aufbruch in eine neue Zeit!«

»Tatsächlich?«, fragt Suki, nimmt die Fernbedingung und schaltet durch die US-amerikanischen Sender. Nichts von den argentinischen Ereignissen. Zu dramatisch sind die Ereignisse in Washington selbst.

Dort dreht sich alles um den offiziellen Weihnachtsbaum des amerikanischen Präsidenten. Die Familie, die den jährlichen Wettbewerb der amerikanischen Christbaumfarmer um die Lieferung der Präsidententanne gewonnen hat, brachte den Baum unter epischen Anstrengungen fünftausend Kilometer von der Westküste bis an die Ostküste. Obwohl der Vater auf der Fahrt an einem Herzinfarkt gestorben ist, hat sein Sohn die Mission fortgesetzt. Die Witwe sagt: »Mein Mann ist für eine gerechte Sache gestorben. Es ist so eine große Ehre – größer als sich irgendjemand vorstellen kann.« Doch ausgerechnet jetzt, so kurz vor Weihnachten, ist die Familie ins Zwielicht gerückt. Angeblich handelt es sich bei dem Baum um den Klon des berühmten ersten White-House-Christbaums von achtzehnhundertsechsundfünfzig. Und diese Kopie ist von Wissenschaftlern der Weihnachtsbaum-Weltmacht Dänemark hergestellt worden. Ein klarer Fall von Outsourcing – so etwas kommt beim amerikanischen Arbeiter an den Festtagen gar nicht gut an.

Suki lächelt traurig. »Siehst du? Historisch wäre es nur, wenn die Amerikaner es zur Kenntnis nehmen würden. So bleibt auch diese Demonstration eine argentinische Anekdote. Die Geschichte von einigen wohlmeinenden Gutmenschen, die unter dem Banner von LIDER genau jene Peronisten zurück an die Macht geputscht haben, die ihnen den ganzen Schlamassel eingebrockt haben.«

»Gutmenschen?«, frage ich und zeige auf mein lädiertes Gesicht. Zwar hat mir der Arzt gestern nach einem längeren Blick auf die Röntgenaufnahme versichert, dass nichts gebrochen ist, aber auch ohne Brüche ist es schmerzhaft. Am Morgen musste ich ins Bad kriechen. Alle Knochen tun mir weh. Ich habe blaue Flecken und Abschürfungen. Die Unterlippe ist aufgeplatzt und geschwollen, immerhin alle Zähne sitzen noch fest im Kiefer. Dafür schmerzen die Rippen umso mehr. Nach mehreren großen Tassen Kaffee zum Frühstück fühle ich mich immer noch wie ein Wrack – aber zumindest wie ein halbwegs seetüchtiges Wrack.

Am Abend holt mich Tantanis Fahrer ab und bringt mich zum Puerto Madero; einer maroden Hafenanlage vom Anfang des letzten Jahrhunderts, die im Boom der Neunziger wiederentdeckt wurde. Jetzt soll es eines der hippsten Viertel der Metropole sein. Das Epizentrum der Jeunesse Dorée von Buenos Aires. Doch als ich aussteige, liegt eine Tristesse über der Gegend, die mitten im Sommer spätherbstlich anmutet. Anscheinend sind die Reichen und Schönen schon weitergezogen. Zugvögel nach einem vorzeitigen Wintereinbruch. Jetzt werden sie in Punta del'Este am Strand liegen und sich zukoksen. Die dicke Dame hat gesungen. Die Feier ist vorbei.

Tantani hat mich eingeladen, um sich dafür zu entschuldigen, dass er mich Freitag in der Hand der Demonstranten zurückgelassen hatte. »Ich hätte Sie gar nicht erst in diese Situation bringen dürfen«, hat er das eine um das andere Mal gesagt und geschworen, dass er mich danach drei Stunden lang hat suchen lassen. Jetzt erwartet er mich an einer Straßenecke. »Ich hatte gerade in der Gegend zu tun«, sagt er und klopft mir auf den Rücken. Seine linke Hand ist frisch bandagiert. Ein Haushaltsunfall, kommentiert er leichthin.

Wir gehen hinunter zur Hafenpromenade. Rechts von mir ragt

ein futuristischer Hochhauspulk in den brennenden Abendhimmel, in der anderen Richtung liegen die hübsch renovierten Warenspeicher. Ihre Backsteinfassaden leuchten karmesinrot in der untergehenden Sonne. Der Dunstdeckel über Buenos Aires ist aufgerissen. Ein Gluthauch fährt durch die leere Straße und treibt zerfetzte Plastiktüten und zerfledderte Zeitungen vor sich her. Weiter unten an der Mole liegt ein Museums-Segelschiff. Seine nackte Takelage erinnert an kahle Äste. Die meisten Erfrischungsbuden sind geschlossen. An der Promenade steht ein herrenloser, altmodischer Fotoapparat. Die schwarze Decke flattert im Wind. Selbst das ewige Geschrei der Möwen hört sich an wie eine Klage. Ein Mädchen mit einem Blumenkorb sitzt einsam und verlassen auf einer Bank und singt ein Lied.

»Dreizehn Jahre alt und muss schon Blumen verkaufen«, sagt Tantani.

»Auf eine hier kommen einhundert in Lagos, Monrovia oder Brazzaville, und die verkaufen nicht nur Blumen«, sage ich.

Das Mädchen blickt fragend zu uns herüber.

»Es gibt aber einen fundamentalen Unterschied zwischen den einhundert Mädchen in Monrovia und diesem einen hier.« Tantani winkt sie heran, kauft zwei rote Nelken, steckt sich eine ans Revers und gibt mir die andere. »Das Schicksal dieses Mädchens hier können wir beeinflussen, jenes der Mädchen in Monrovia nicht.«

»Glaubst du denn, irgendjemand könnte Argentinien jetzt noch retten?«, frage ich.

»Ein Land retten?« Er lächelt freudlos. »Gott, Wolfgang. In meinem Alter ist man froh, wenn man sich selbst retten kann. Das ist auch schon eine Leistung. Glaub mir.« Er wendet sich unvermittelt der Blumenverkäuferin zu: »Argentinien retten. Das könnten nur die Argentinier selbst, oder?« Tantani wie er leibt und lebt.

Wir schlendern weiter und geraten plötzlich in eine Gruppe übelriechender, abgerissener Gestalten. Obdachlose, Straßenkinder, Müllsammler. Sie warten an einem Kiosk, an dem ein großes Transparent befestigt ist. »Wir kämpfen für ein Argentinien, in dem die Hunde der Reichen nicht mehr besser ernährt sein werden als die Kinder der Armen.« Tantani erzählt mir, dass gestern in einer elenden Provinz namens Corrientes im Norden des Landes ein Viehtransporter verunglückt sei. Die Bewohner eines staubigen Örtchens in der Nähe hätten sich auf die verendenden Tiere gestürzt und sie bei lebendigem Leibe auseinandergerissen. »Menschen, durch die Armut reduziert auf den Status von Bestien«, flucht Tantani. »Hunger in einem Land, das einen Kontinent ernähren könnte.« Seine Wut klingt ehrlich.

Schließlich betreten wir eines der Speicherhäuser. »Triste-le-Roy« steht über dem Eingang. Als wir den weiten Loft im vierten Stock erreichen, sehe ich mich verblüfft um. Alles ist symmetrisch. Die Bar am langen Ende des Raumes findet ihre Entsprechung in einer anderen, exakt identischen gegenüber. Die großen Spiegel hinter der Theke werfen einander eine Kaskade unendlicher Reflexbilder zu. Selbst die Gäste gleichen einander.

»Unheimlich. So etwas habe ich noch nie gesehen.«

»So eine Blume blüht nur im Untergang. Für Normalsterbliche ist die Warteliste drei Monate lang.«

»Für dich nicht?«

Tantani lacht. »Ich bin nicht sterblich.«

Am Tisch wird Champagner mit Pfirsichmark serviert. Ein Gruß des Hauses. Ich frage: »Worauf trinken wir? Auf die Auszahlung der IWF-Notkredite?«

Tantani runzelt die Stirn. »Vielleicht auch auf mein Henkersmahl.« Er hebt das Glas.

»Wie darf ich das verstehen?«, frage ich. Meine Stimme scheint mir dünn, zittrig, verräterisch.

»Du und deine Freunde, ihr seid doch nur hier, um mir irgendetwas anzuhängen, oder?« Er hebt das Glas. »Sei's drum: Ein Mann des Wissens muss bereit sein, nicht nur seinen Feind zu lieben, sondern auch seinen Freund zu hassen. In diesem Sinne auf dich, mein Lieber.« Er leert das Glas in einem Zug und widmet sich der Speisekarte. »Chartreuse von Langustinos mit Thai-Spargel und Imperialkaviar, Mille-Feuille von Gänsestopfleber und Périgord-Trüffel mit glacierten Braeburn-Äpfeln, Lammrückenfilet mit Gremolada im Focaccia-Mantel gebacken auf Auberginenpüree mit Thymian-Jus.« Seine Zunge schnellt kurz hervor und benetzt die Lippen. »Das ist Lyrik.« Mit Kennermine und meine Einwände ignorierend bestellt er uns ein opulentes Vier-Gang-Gourmetmenü mit drei Zwischengängen. Bei der Weinauswahl drückt er einen exklusiven Saint Julien für die

Fleischgänge durch. Spätestens beim marinierten Bonito singt er ein Hohelied auf die Küche. »Nur die Sinne können die Seele heilen. Dieser Koch holt sich auch noch den zweiten Stern, das kannst du mir ruhig glauben.« Bis zum Hauptgang redet er nur über das Essen und den Genuss. Dann legt er plötzlich sein Besteck beiseite und fragt: »Ich habe heute Morgen meine Abberufung nach Washington erhalten. Von Frau Nyström persönlich. Der Rückflug ist für nächste Woche gebucht. Was legt ihr mir eigentlich zur Last?«

Ich zögere mit der Antwort.

»Nun komm schon. Was habt ihr gegen mich in der Hand?«, bohrt er.

Ich entscheide mich für die Wahrheit. Tantani ist schließlich so etwas wie ein väterlicher Freund. »Es gibt keinerlei Beweise, wenn du das meinst. Aber da ist die Sache mit dem Schwert der Engel. Es wurde von jemandem mit deinem früheren Decknamen gekauft.«

»Das Schwert der Engel? Na, ihr habt ja wirklich tief gegraben«, lacht er. »Ich gestehe: Ich habe das Schwert gekauft. Es ist ein Abschiedsgeschenk für Sakurai.«

»Für 50.000 Dollar?«

»Die Suche ist ein wenig zur Obsession geworden bei mir.« Er scheint erleichtert, lehnt sich zurück und nimmt dann einen Schluck Wein. »Ist das schon alles?«

Ich schüttele den Kopf. »PROMIS war schneller einsatzfähig als ursprünglich geplant. Wir haben einige verdächtige Transaktionen in argentinischen Staatsanleihen zu einer LK-Holding auf den Cayman-Inseln zurückverfolgen können. Die Holding ist auf den Namen Liz Kingard registriert. Es gab am betreffenden Tag mehrere Telefonate aus Buenos Aires mit der Holding.«

Tantani stellt das Glas ab, drückt sein Kreuz durch und beugt sich zu mir hin. »Dann waren die Gerüchte über ein IWF-Rettungspaket letzten Mittwoch also eine Falle? Na, wenn schon! Ihr habt nichts auf der Hand!«

»Und was ist mit Koski?«

Tantani senkt den Blick. Er dreht das Glas auf der Tischdecke aus schwerem weißen Leinen. Erst im Uhrzeigersinn, dann dagegen. »Es war ein Unfall, Wolf. Ein tragischer Unfall. Er wollte mich unbedingt mit zurück nach Washington nehmen. Wir haben uns gestritten. Ich war so wütend, dass ich ihn an einer Mole zurückgelassen habe, obwohl er völlig betrunken war. Als ich eine halbe Stunde später zurückkam, um ihn zu suchen, war er verschwunden.« Er hebt seinen Blick wieder und sieht mir traurig in die Augen. »Und jetzt schicken sie dich, um mich nach Hause zu holen. Den Sohn meines Seelenverwandten Morrison. Diesmal habe ich wohl keine Chance mehr, oder?«

»Ich fürchte nicht«, sage ich. »Wir sind davon überzeugt, dass du seit geraumer Zeit deinen eigenen, privaten Krieg gegen das Weltfinanzsystem und für die Solidarität oder auch nur für das eigene Wohlbefinden führst. Das Kapital stammt aus den schwarzen Kassen des Kalten Krieges. Es ist besser, wenn du jetzt aufgibst, bevor wir unwiderlegbare Beweise finden.«

Er nickt. »Und wenn ich das täte?«

»Kannst du bald Herrn Lacour in seiner Villa Elba Gesellschaft leisten und die frische Luft der Bretagne genießen.«

»Die Bretagne?« Er lächelt versonnen.

»Nun komm schon«, sage ich. »Entweder eine ordentliche Abfindung. Oder eine Untersuchung durch den Disziplinarausschuss und eine weniger ordentliche Abfindung. Es gibt Schlimmeres. So viel haben wir nicht gegen dich in der Hand. Noch nicht.« Ich taxiere das Monstrum an Lebenslust, das mir gegenübersitzt. In der Fläche leistet sich eine Organisation wie der IWF sicherlich so manchen komischen Vogel, aber Tantani ist einer dieser Exoten der Peripherie, für die es kein Zurück mehr gibt. Unmöglich, ihn wieder auf die offizielle Linie zu bringen. Unmöglich, ihn noch einmal in irgendein Büro einzusperren. Andererseits kann sich eine Institution, die sich einer globalen und damit notwendigerweise abstrakten Gerechtigkeit verschrieben hat, auf die Dauer keine allzu menschlichen Entgleisungen seiner Repräsentanten leisten, kein offensichtlich unprofessionelles Verhalten dulden. Er weiß es und ich weiß es auch: Er würde einfach nicht mehr in die Fassadenwelt Washingtons passen.

»Ich fürchte, du warst nur Teil des Ablenkungsmanövers. Natürlich. Bei solchen Aufgaben schicken die immer zwei Teams. Dein verdammtes Glück, Wolfgang.«

»Die Schakale?«, frage ich. »Koski sprach darüber.«

»Was weißt du schon über die Schakale?«, sagt er.

Ich versuche, mich an das zu erinnern, was ein Freund mir einmal erzählt hat. »Jaime Roldós, Präsident von Ecuador, Omar Torrijos, Präsident von Panama. Beide haben sich dem Ausverkauf ihrer jeweiligen Länder entgegengestellt. Beide starben Anfang der Achtziger bei Flugzeugabstürzen.«

Tantani steckt seine Nase in einen Schwenker mit Armagnac und betrachtet mich über den Gläserrand hinweg. »Die Achtziger sind Geschichte, Wolf. Aber leider haben sich nur die Methoden geändert, nicht das Spiel.«

Eine halbe Stunde später brechen wir auf. Es ist beinahe zwei Uhr in der Nacht. Und das Triste-le-Roy entfaltet seine wahre Identität – den Charme einer beinahe venezianischen Morbidität. Vorher ist alles blitzende Oberfläche gewesen, die das Auge verwirrte. Nun füllen Schatten den Saal. Leise Gespräche an den wenigen besetzten Tischen, schweigsame Kellner, gebrochene Symmetrien. Und als Tantani vor der Tür »Spiegelland« sagt, weiß ich nicht, ob er damit das Restaurant oder Argentinien meint.

Wir treten hinaus auf die Promenade. Die Speicherhäuser stehen im Dunkeln. Nur hier und da erleuchtete Fenster. Irgendwo wummern die Bässe eines Nachtclubs. Das Johlen eines Besoffenen. An einem Laternenmast baumelt ein Damenslip. Der Rio de la Plata plätschert im Hafenbecken. Im Dunst auf dem Fluss ein Schiffshorn.

»Hörst du das?«, fragt Tantani. Tatsächlich schwillt das Geheul jetzt an. »Unheilvoll, aber lebendig. Ja, so ist Buenos Aires. Es ist schmutzig, gefährlich und in jeder Hinsicht schwierig, aber es lebt!« Er atmet tief ein. »Es geht doch nichts über den Geruch brennender Barrikaden am Abend!«, sagt er dann. »Das riecht wie damals. Das ist die Krise, Wolf, meine Krise.« Er wirkt merkwürdig euphorisch. Vielleicht glaubt er, dass die Zuspitzung der Ereignisse ihn unersetzbar macht.

Eine Kolonne von Polizeiautos rauscht an uns vorbei. Sie halten ganz in unserer Nähe vor einem der luxussanierten Häuser. Die Blaulichter werden ausgeschaltet, die Sirenen ersterben mit einem Wimmern. Türen öffnen sich und die Straße belebt sich mit Uniformierten. Geschnarre aus den Funkgeräten. Wir gehen näher heran und sehen, wie eine abgedeckte Bahre aus der Haustür getragen wird. Einer der Polizisten stolpert. Ein blutverschmierter Arm rutscht unter der Plane hervor. Da sehe ich ihn aufblitzen, den schweren goldenen Siegelring von Vitrelli. »Und das? Ist das auch ein Unfall?«, frage ich. Aber niemand antwortet. Als ich mich umsehe, ist Tantani verschwunden.

Montag, 3. Dezember 2001, Buenos Aires

Danger at the edge of the town

Die Nachricht von den Ausschreitungen kommt als Sondermeldung in den Morgennachrichten. Trotz eines massiven Aufgebots der Polizei ist es gewaltbereiten Gruppen gelungen, von einer spontanen Protestkundgebung am Rande der inneren Peripherie ins Stadtzentrum vorzudringen und dort bis in die frühen Morgenstunden zu randalieren. Man sieht eine johlende, jubelnde Masse vor dem Gebäude, in dem die IWF-Repräsentanz untergebracht ist. Ein Regen von Molotow-Cocktails. Fenster werden mit Stühlen eingeschlagen, Scherben und Papiere regnen auf die Straße, Rauch und Flammen quellen aus einigen Stockwerken. Im Fernsehen sieht es weniger wie Ausschreitungen und mehr wie ein Bürgerkrieg aus.

Tantani ist nicht zu erreichen. Vom Fenster meines Hotelzimmers aus sehe ich, dass die Polizei das Kongressgebäude weiträumig mit Gittern absperrt. Ansonsten scheint alles ruhig. Ich beschließe, mir ein persönliches Bild von der Lage zu machen, gebe kurz Fjodor und Suki Bescheid und laufe dann zur IWF-Repräsentanz.

Während sonst das Lärmen des Verkehrs die Straßen erfüllt, klingt die Geräuschkulisse an diesem Morgen gedämpft. Nur hin und wieder hupt ein Taxifahrer, wie um sich seiner selbst zu versichern. Auch aus den Kaffeebars dringt kaum ein Lachen. Stumm starren die Menschen auf die Fernseher und trinken ihren Cortado, einen mit Milch verschnittenen Espresso. An Ampeln wartend lausche ich den Gesprächsfetzen. Hier ist das Auto des Nachbarn in Flammen aufgegangen, dort das Lebensmittelgeschäft vom alten Alvaro ausgeräumt worden, und im Viertel Olivos hat angeblich erst ein Spezialkommando den randalie-

renden Mob davon abgehalten, die Töchter der oberen Mittel-
klasse zu schänden.

Als ich die sechszehnspurige Nueve de Julio überquere,
kommt sie mir mehr denn je vor wie ein riesiger abstruser Riss
quer durch die Stadt. Ein kurzer Blick zum Obelisken, der einige
Blocks weiter nördlich ins helle, klare Morgenlicht ragt. Dann
gehe ich die Avenida de Mayo hinunter, vorbei an den Pracht-
bauten vergangener Zeiten. Rund- und spitzbogige Fenster, beschattet von fließenden, steinernen Drapierungen. Kaskaden
kunstvoll gewölbter Dächer. Das ganze Füllhorn des Jugendstils.
Doch die grauen Sandsteinportale haben an diesem Morgen etwas trostlos Verlorenes. Und die dunklen, schweren Holzpforten
scheinen etwas zu verbergen.

An der Plaza de Mayo sind alle öffentlichen Gebäude weiträumig abgesperrt. Die Palmen sehen zerzaust aus. Viele Laternen
sind zerschlagen. Einige Lampen baumeln traurig an ihren Kabeln. Die Blumenrabatten und Rasenflächen sind zertrampelt.
Die unvermeidlichen wütenden Frauen sehen etwas einsamer
aus als sonst. Sie stehen vor schwer bewaffneten Bereitschaftspolizisten. Bis zur vergangenen Nacht ist ihr Kesselgerassel das
Markenzeichen der Krise gewesen. So wie vor ihnen die Madres
de la Plaza de Mayo mit ihren weißen Kopftüchern zum Sinn-
bild des Widerstands gegen die Diktatur geworden sind. Doch
nun hat die Krise ein neues Symbol: die sinnlose, zerstörerische
Wut der Elendsviertel.

Schließlich komme ich zur IWF-Repräsentanz. Das Foyer
des Bürohauses hat bis auf die eingeschlagenen Eingangstüren
kaum gelitten. Jemand hat die Parole der Nacht an eine Wand
gesprüht: »Nieder mit dem Wirtschaftsterrorismus«.

Ein Ziviler unterhält sich mit einem uniformierten Polizisten,
der Notizen macht, und wendet sich dann an mich. »Sind Sie
Herr Tantani?«

»Nein, ich bin Wolfgang Willarth. Ich arbeite oben mit ihm
in der IWF-Repräsentanz.«

Der Mann im Anzug stellt sich als »Coronel Palacio von der
Gefahrenabwehr des argentinischen Innenministeriums« vor. Als
ich seinen Händedruck erwidere, meine ich in seinem Gesicht
all das zu finden, was ich für die argentinische Krankheit verantwortlich mache: einen gottergebenen Fatalismus, verbunden mit

einem süffisanten Blick auf die Welt, als ginge sie hier keinen etwas an, und obendrauf den schroffen Stolz des Kreolen, der sich jede Einmischung verbietet.

»Sagen Sie, warum ist denn die Gefahrenabwehr des Innenministeriums eingeschaltet?«, frage ich.

»Auf den ersten Blick sieht das hier natürlich nach einer spontanen Entladung des Volkszorns aus. Aber wir können nicht ausschließen, dass es sich um einen politischen Anschlag handelt.«

»Das bedeutet?«, frage ich.

»Tantani könnte gefährdet sein. Sie auch«, sagt der Mann. »Wie damals in den Siebzigern. Trotzkistische Volksbefreiungsfront, Montoneros und wie sie nicht alle hießen. Immerhin haben wir ja mit Herrn Koski schon einen toten IWF-Repräsentanten.«

»Und der Tote gestern in Puerto Madero?«, frage ich.

»Das haben Sie mitbekommen?«, fragt Palacio überrascht und fügt dann ernst hinzu. »Vitrelli. Mord.«

Ich muss an Tantanis bandagierte Hand gestern denken.

»Können Sie mir etwas zu den näheren Tatumständen sagen?«

Palacio denkt kurz nach. »Na gut, das wird eh bald in die Presse durchsickern«, sagt er dann. »Vitrelli ist mit einem einzigen Streich geköpft worden. Der Pathologe hat gesagt, dass er so etwas noch nie gesehen hat. Natürlich bekommt er in einer Stadt wie Buenos Aires öfter mal eine kopflose Leiche auf den Tisch. Aber Köpfe werden in der Regel immer erst nach der Tat entfernt, um die Identifizierung zu erschweren. Den Blutspuren in der Wohnung von Vitrelli nach zu urteilen lebte er jedoch, als das passierte. Es gibt keine Spuren eines Kampfes. Der Mann steht also einfach mit dem Rücken zu seinem Mörder da und lässt sich mit einem sauberen Schlag seinen Kopf abtrennen. Können Sie sich das erklären?«

Ich schüttele den Kopf. Die bandagierte Hand! Das Schwert der Engel! Der erste Name Gottes! Mir wird kurz schwindelig.

Palacio mustert meine roten Beulen und blauen Flecken. »Hatten Sie gestern auch Feindkontakt?«, fragt er.

»Das argentinische Volk ist nicht mein Feind«, antworte ich.

»Mit Feindkontakt meine ich in Ihrem Fall eine Begegnung mit der Wirklichkeit«, sagt er und grinst kurz. Dann wird er wieder sachlich. »Wissen Sie, wie viele Zimmer dieses Bürohaus hat?«

Ich schüttele den Kopf. »Warum?«

»Über einhundertfünfzig. Und davon sind nur sieben völlig ausgebrannt. Während im übrigen Gebäude wahllos randaliert wurde, hat man dort nach ersten Aussagen der Feuerwehr sehr gründlich mit Brandbeschleunigern und Benzinkanistern gearbeitet. Betroffen sind vor allem die oberste Etage und der Keller. Genauer: die Geschäftsräume und das Archiv der IWF-Repräsentanz. Eine größere Anzahl sensibler Dokumente dürfte wohl für immer verloren sein.«

»Die elektronischen Daten müssen doch irgendwo gesichert sein«, sage ich, nicht weil ich das weiß, sondern weil es bei einer Institution wie dem Währungsfonds anders nicht denkbar ist.

»Das dürfte kaum für die Dokumente aus den Siebzigern zur Rolle des IWF während der Zeit der Militärdiktatur gelten. Sie stammen von Untersuchungsausschüssen, die damals sowohl vom argentinischen als auch vom amerikanischen Kongress gefordert wurden.« Der Argentinier lächelt. »Dies ist keine Unterstellung, nur eine Feststellung.« Wir gehen zu einem von zwei noch funktionstüchtigen Aufzügen und fahren nach oben in die IWF-Repräsentanz.

Als sich die Türen des Aufzugs öffnen, traue ich kaum meinen Augen. Die Büros sind nicht wiederzuerkennen. Keine Steckdose, kein Computer, kein Telefon und kein Schrank scheinen dem Zerstörungsrausch entkommen zu sein. Im Wirrwarr entdecke ich die Sekretärin. Keine Spur mehr von ihrer sonst so makellosen Haltung. Heulend sitzt sie auf dem einzigen noch intakten Bürostuhl. Feuerwehrmänner stehen gelangweilt herum und diskutieren die einzige Frage, die vom allgemeinen Nihilismus der Hauptstadtbewohner verschont bleibt: die Aussichten von Boca Juniors beim nächsten Meisterschaftsspiel. Mit ihren schweren Mänteln, Helmen und Stiefeln sehen sie martialisch aus.

Palacio geht voran. »Das kriegt man nicht alle Tage zu sehen, was?«, sagt er. Der Schutt knirscht unter seinen Füßen. Durch die herunterhängende Deckenverkleidung und die verrußten Scheiben haben sich die früher einladend hellen Büros in einen dunklen Irrgarten verwandelt. Wir betreten den einzigen Arbeitsraum, der noch einen ganz passablen Eindruck macht. In der Mitte des Zimmers liegt eine Flasche, aus deren Öffnung eine verkohlte Lunte hängt. Es riecht intensiv nach Benzin. Wohl ein

Blindgänger. Palacio betrachtet die Zerstörung, die uns umgibt. »Gewalt durch die Hände des Volkes ist keine Gewalt, sondern Gerechtigkeit«, sagt er schließlich.

»Das sehe ich anders«, widerspreche ich. »Ich mache mir Sorgen um den höchsten IWF-Repräsentanten hier im Land, Herrn Tantani. Ich habe ihn heute nicht erreicht.«

»Wir werden uns darum kümmern und Sie auf dem Laufenden halten«, nickt Palacio. »Und selbstverständlich alles tun, um die segensreiche Arbeit des Währungsfonds hier im Land zu schützen.«

Nachdem die Spurensicherung gegen Mittag durch ist, verbringe ich den Rest des Tages mit Tantanis Sekretärin, Fjodor, Suki und einigen weiteren Helfern damit, die Schäden so gut wie möglich zu inventarisieren und intakte Aktenbestände und Bürotechnik in Kartons zu verpacken.

Währenddessen verfolgen wir die Berichterstattung über die nächtlichen Ausschreitungen auf einem Fernseher, der die Zerstörungsorgie wundersamerweise überstanden hat. Hinsichtlich der Demonstrationen ist von vielen Verletzten auf beiden Seiten und von noch mehr Verhaftungen die Rede. Der Innenminister verkündet eine Einschränkung des Versammlungsrechts, stellt für den Fall weiterer Gewaltausbrüche die Verhängung des Ausnahmezustands in Aussicht und fordert, eine hohe Mauer um die Elendsviertel zu ziehen. Radio Libertad spricht von über eintausend Tränengasgranaten, die abgeschossen wurden. Das Wasser in den Wasserwerfern war mit Reizstoffen versetzt und führte zu großflächigen Hautverätzungen. Ein junger Mann wurde von einem Räumfahrzeug überfahren und wird wahrscheinlich gelähmt bleiben. Der Einsatz von Gummigeschossen hat zumindest in einem Fall zu schwersten Verletzungen geführt: Eine Studentin hat das Augenlicht verloren.

Hinsichtlich der Plünderungen und Zerstörungen handelt es sich nach ersten Erkenntnissen nur teilweise um spontane Aktionen. Augenzeugen sprechen von gut organisierten Gruppen. Ein Senator der Regierungspartei äußert den Verdacht, dass die Anstifter im Kreis der Opposition zu suchen sind. Der Sprecher der oppositionellen Peronisten dementiert heftig und kritisiert das völlig unzureichende Krisenmanagement des Innenministers. Der rückt seinerseits auf einer Pressekonferenz am frühen Nachmittag von der Sprachregelung ab, dass es sich bei den Gewalttätern um »kriminelle und drogensüchtige Jugendliche« gehandelt habe, lenkt den Verdacht auf linke Splittergruppen und möchte deren Mitverantwortung für die Ermordung von Vitrelli nicht mehr ausschließen. Er spricht von »Chaoten mit Verbindungen zu Parteien wie Acción Directa«. Das wiederum ruft einen Aufschrei der in der LIDER zusammengefassten außerparlamentarischen Opposition hervor, die bekräftigt, dass die eingeschlagene Eskalationsstrategie gegen die »neorassistische Wirtschaftsdiktatur der etablierten Parteien« zwar Straßensperrungen, zivilen Ungehorsam und wilde Streiks vorsieht, der aktive Einsatz von Gewalt jedoch strikt abgelehnt wird.

Am Abend haben wir die noch brauchbaren Überreste der IWF-Repräsentanz in Argentinien auf zwei Umzuglaster gepackt. Die italienische Botschaft hat uns einen Lagerraum für die Kisten angeboten, wo sie erst einmal provisorisch, aber sicher untergebracht werden können. Nach Rücksprache mit der Geschäftsführenden Direktorin rufe ich die Mitarbeiter der IWF-Repräsentanz Argentinien zusammen, wünsche ihnen ein frohes Weihnachtsfest und schicke sie in einen bezahlten Sonderurlaub.

Bevor Tantanis Sekretärin geht, reicht sie mir einen Schlüsselbund, den sie in Tantanis Zimmer gefunden, aber vorher noch nie gesehen hat. Außerdem ein Buch, angeblich seine Lieblingslektüre. Der Titel lautet: »Los siete locos«. Laut Klappentext handelt der Roman von sieben Narren, die sich zusammenschließen, um den Wahnsinn zur Methode zu erheben und eine Herrschaftsform mit betont irrationalem Einschlag zu etablieren: Eine kleine Schar von Auserwählten soll dank der Fiktion eines Gottes, dank Verbrechen und einem streng organisierten Geheimbund die große Masse anführen, die auf diesem Umweg wieder das erhält, was sie zu ihrem Glück braucht: Metaphysik und einen Gott. Die erforderliche finanzielle Basis verschafft sich der Geheimbund durch einen Bordell-Konzern. Eine sehr passende Lektüre für jemanden wie Tantani. Was mich jedoch mehr interessiert, ist der Bund mit den vier Schlüsseln. Ein Schlüsselbund für eine Mietwohnung, wie man ihn in jeder Großstadt zu Hunderttausenden finden kann: ein einfacher kleiner Schlüssel, der wahrscheinlich zu einem Briefkasten passt, und drei Schlüssel mit kompliziert ausgefrästen Bärten, die wahrscheinlich zu einer Haustür passen und zu einer mit zwei Schlössern gesicherten Wohnungstür.

Ich wiege den Schlüssel in der Hand. Vielleicht öffnet einer von ihnen ja die Tür zu einer neuen, uns noch unbekannten Welt, einer Seite von Tantani, die er uns bis jetzt verheimlicht hat.

Montag, 10. Dezember 2001, Buenos Aires

No safety or surprise

Was für eine Woche! In der Nacht auf Montag die Zerstörung der IWF-Repräsentanz. Dienstag dann das vorläufige und sehr ernüchternde Ergebnis unserer Operation Pampa Rain: Zwar sind gleich ein Dutzend Spieler identifiziert worden, bei denen ein starker Verdacht auf Insiderhandel in argentinischen Staatsanleihen besteht – darunter auch der Tiger aus London. Aber in juristischer Hinsicht ist es mehr als fraglich, ob Beweise aus geheimdienstlichen Ermittlungen überhaupt zu Insiderverfahren zugelassen sind. Außerdem hat die Rechtsabteilung der CIA wegen der starken Marktverwerfungen, die unser gefälschtes Dokument hervorgerufen hat, kalte Füße bekommen und alle Ergebnisse als »Top Secret« eingestuft. Das hört sich zwar für Außenstehende wichtig an, bedeutet aber in Wirklichkeit meistens nur, dass die Dokumente für Jahrzehnte in irgendwelchen Geheimdienstarchiven verschwinden, wie uns Suki erklärt.

Die LK-Holding hat eine nachrichtendienstliche Sonderbehandlung bekommen. Der Aufwand war hoch, die Ergebnisse sind bescheiden. Zwar konnten am Tag unserer Marktmanipulation sieben Anrufe aus Buenos Aires bei der Firma nachgewiesen werden, doch die stammten durchweg von gestohlen gemeldeten Handys, die mit ebenso vielen handelsüblichen, vorbezahlten SIM-Karten funktionierten. Diese Spur führt also genau so ins Leere, wie alle anderen Versuche, Tantani festzunageln. Es gibt keinerlei Hinweise auf eine Verbindung zwischen Tantani und dem weiteren Kreis unserer Verdächtigen, bestehend aus

Chaudhuri, Lacour, Osezua und Sakurai, oder eine Verbindung dieser Verdächtigen zur Holding. Auch eine Überprüfung des geschäftlichen und privaten Umfelds von Tantani hat keine Verdachtsmomente erbracht.

Wie von Suki befürchtet, reagiert das Hauptquartier in Langley heftig auf den Misserfolg der Operation Pampa Rain. Am Mittwoch verschwindet sie für fast einen halben Tag in der amerikanischen Botschaft, die jenseits von Recoleta in einem nicht minder eleganten Stadtteil von Buenos Aires namens Palermo liegt, und schlägt erst am Mittag völlig aufgelöst wieder bei uns im Hotel auf. Sie ist mit sofortiger Wirkung zurück nach Washington beordert worden, um persönlich über unsere Aktivitäten Rechenschaft abzulegen. Der Tenor: Die Risiken der operativen Umsetzung der Operation hätten uns klar sein müssen. Die knappen Mittel der Agency sollen eingesetzt werden, um aktive Al-Qaida-Terroristen zu verfolgen – nicht inaktive CIA-Agenten wie Tantani. Etwas anderes sei »weder intern noch politisch vermittelbar«. Es gebe keinen erkennbaren Zusammenhang zwischen unseren Operationen und den Insidergeschäften im Umfeld des 11. Septembers. Unsere Untersuchung sei aus dem Ruder gelaufen – und so weiter und so fort.

Was uns erst einmal rettet, ist ein weiterer anonymer Brief an den IWF mit einer weiteren Variation des schon bekannten Themas. Der Text lautet diesmal: DER ERSTE NAME GOTTES IST MIT BLUT IN DIE STRASSEN GESCHRIEBEN WORDEN. BEREUT EURE SÜNDEN! Ein Zusammenhang mit dem Mord an Vitrelli ist offensichtlich. Vor diesem Hintergrund interveniert Nila Nyström noch am Mittwochnachmittag an höchster Stelle und bittet eindringlich, die Arbeit des Omega-Teams zumindest bis zur Aufklärung dieser Affäre weiterzuführen. An Sukis Abberufung ändert sich zwar nichts, aber sie bekommt noch ein paar Tage Aufschub. Außerdem erklärt sich Langley bereit, Fjodor und mich bis auf Weiteres vor Ort zu belassen und unsere Arbeit, wenn auch in wesentlich bescheidenerem Umfang als bisher, weiterhin zu unterstützen. Am inoffiziellen Ziel der Operation hat sich nichts geändert, wir sollen Tantani möglichst bald aufspüren und ihn zu einer Rückkehr nach Washington bewegen. Das alles soll geräuschlos vonstatten gehen. Mission impossible!

Der Donnerstag bringt die nächste Hiobsbotschaft: In einer

Telefonkonferenz teilt uns ein Mitglied der US-Untersuchungs-kommission zum 11. September mit, dass im Hauptteil des Abschlussberichts keinerlei explizite Aussagen zu den möglichen Insidertransaktionen im Umfeld der Anschläge oder zu den Ergebnissen der Arbeitsgruppe des Internationalen Stabilitätsforums mehr geplant sind. Die Faktenlage lasse das nicht zu. Nur noch in einigen Fußnoten wird wohl darauf hingewiesen werden, dass »einige statistische Auswertungen zwar Anzeichen von Unregelmäßigkeiten« gezeigt hätten, eine umfangreiche internationale Untersuchung aber »keine empirischen Indizien für einen kriminellen oder gar terroristischen Hintergrund der betreffenden Transaktionen« ergeben habe. Damit war es also nur noch eine Frage von Wochen, bis die Arbeitsgruppe unter dem Dach des Internationalen Finanzstabilitätsforums aufgelöst würde. »Wir sind als Tiger losgesprungen und als Bettvorleger gelandet«, kommentiert Suki bitter.

Am Freitag fallen die Beziehungen zwischen der argentinischen Regierung und dem IWF dann auf einen neuen Tiefstpunkt. Der Präsident spricht sich »endgültig und unwiderruflich« gegen die Bedingungen des Währungsfonds für neue Kredite aus. »Argentinien geht von heute an seinen eigenen Weg.« Seitdem beschießen sich die Kontrahenten in einem noch anonym über die Presse geführten Fernduell. La Nación zitiert auf der Titelseite »gut unterrichtete Personen« aus der Regierungspartei. Sie sprechen von »unannehmbaren und beleidigenden Bedingungen«, die in die »soziale Katastrophe« geführt hätten. Über die Washington Post stänkern auf Seite fünf dem IWF nahestehende »Experten« zurück, die argentinische Regierung sei in die »Falle eines billigen Populismus« getappt und befinde sich »auf einem Kamikazekurs wider jede wirtschaftliche Vernunft.« Kurz: Das Spiel ist in den Sphären der hohen Politik angekommen.

Wir sind noch dabei, die Ereignisse der letzten Tage zu verdauen, als Sukis Glaube an die Welt am Samstag vollends ins Wanken gerät. Grund ist die Pleite eines großen amerikanischen Energieunternehmens namens NOREN. Das Geschäftsmodell der Firma bestand, wie seit dem Insolvenzantrag immer offensichtlicher wird, nur aus zwei Säulen: verdächtig guten Beziehungen zur Politik und Betrug in einem geradezu obszönen Ausmaß. Das Unternehmen war durch die Liberalisierung der

Strommärkte groß geworden und hat sich dadurch ausgezeichnet, alle seine Versprechungen zu brechen, die Stromnetze in gutem Zustand und die Strompreise niedrig zu halten. Stattdessen kam es zu vermehrten Stromausfällen und einem Anstieg der Strompreise von bis zu 300 Prozent. Bis dahin ist die Geschichte zwar ärgerlich, aber noch im Rahmen des Üblichen. NOREN hat jedoch nicht nur die Hälfte der früheren Regierungsmannschaft mit Posten versorgt, sondern auch 188 Kongressabgeordnete und 71 Senatoren mit Geld. Darüber hinaus hat das Unternehmen 30 Milliarden US-Dollar an Schulden in seiner Bilanz versteckt.

Fjodor, Mascha und mich überrascht das wenig. Wir sind unserem Fühlen und Denken nach Europäer, die nach einer kollektiven Erfahrung von 3.000 Jahren Korruption jeder Form von Idealismus mit Skepsis begegnen. Vor allem aber sind wir in unseren Herzen Geschäftsleute. Im Grunde interessiert es uns nicht, welchen Interessen wir dienen. Hätte uns Miloş Zoran ein gutes Angebot gemacht, wir säßen heute in seinem Handelsraum in der City und würden gegen den argentinischen Peso wetten. Kwak ist anders. Sie kommt mir immer vor wie ein asiatisch-amerikanischer Hybrid. Sie glaubt mit der tiefempfundenen Ernsthaftigkeit ihres Geburtslandes an die leichtfertigen Versprechen ihrer neuen Heimat in Amerika, an die Zeile vom »land of the free and home of the brave«. Sie hat sich den USA mit derselben Liebe hingegeben wie eine Nonne sich ihrem Gott und ihrem Glauben hingibt. Und es ist traurig mit anzusehen, wie ihre Überzeugung jetzt ins Wanken kommt. »Dieses System ist von innen heraus verfault«, sagt sie immer wieder fassungslos und hört sich dabei an wie Mascha an jenem Abend vor fünf Monaten in Frankfurt, als sie uns die Köpfe der Wall-Street-Manager auf einem Silbertablett servieren wollte.

So stehen die Dinge im Omega-Team, als am Montagvormittag eine schwarze Mittelklasselimousine vor unserem Hotel hält, sich eine der hinteren Türen öffnet und Coronel Palacio mir ein Zeichen macht, zu ihm in den Wagen zu steigen. Er hat mich am Morgen angerufen. Er habe wichtige Neuigkeiten, die er mir persönlich mitteilen wolle.

Während der Fahrt fasst Palacio kurz den Stand der Ermittlungen zum Verschwinden Tantanis zusammen. Freds Wohnung in Recoleta wurde überprüft, es wurden aber keine Hinweise auf seinen möglichen Aufenthaltsort gefunden. Genauer gesagt: Palacio hat gar nichts gefunden. Nicht einmal Fingerabdrücke von ihm. Die Wohnung ist so sauber, als wäre sie nie benutzt worden. Keine Haare im Abfluss, keine benutzte Zahnbürste, keine Krümel neben dem Mülleimer. Palacio meint, alles spreche dafür, dass jemand mit forensischer Erfahrung sehr, sehr gründlich aufgeräumt habe.

Dichtbebaute Straßenzüge ziehen am Autofenster vorbei. Eine Kreuzung sieht aus wie die andere. Hier ein Eckcafé, dort ein Gemüseladen, eine Wäscherei oder eine Werkstatt. Manche Geschäfte warten vernagelt auf einen Käufer oder Nachmieter. Vor anderen stapeln sich Kisten verrottender Lebensmittel, um die sich Straßenkinder und Obdachlose prügeln. Der elektrische Strom in diesem Teil der Stadt ist erst in der Frühe wiedergekommen und viele Kühltruhen sind abgetaut. Der IWF hatte vor einigen Jahren die Privatisierung der Energieversorger empfohlen. Die neuen Eigentümer haben die Preise erhöht, die Gewinne ins Ausland geschafft und nichts in die Versorgungsinfrastruktur investiert. NOREN lässt grüßen.

Ich muss an mein Zusammentreffen mit Tantani an meinem ersten Morgen in der IWF-Repräsentanz denken. Mein Gefühl, dass er zwei Leben in einer schlaflosen Existenz unterzubringen versucht. Und dann die Tangonacht. Ja, zwei Leben. Vielleicht also auch zwei Wohnungen. »Haben Sie nach möglichen Zweitwohnungen gesucht?«

Palacio lächelt. »Selbstverständlich. Sowohl unter dem Namen Tantani als auch unter den beiden anderen Namen, die Sie uns gegeben haben: Schama und Kingard. Aber bis jetzt haben wir keinen Treffer.« Er macht eine Pause. »Haben Sie eine Erklärung für sein Verschwinden? Ist irgendetwas vorgefallen, das ihn aus der Bahn hätte werfen können?«

»Nein«, lüge ich.

»Schlecht«, sagt er plötzlich. »Sehr schlecht! Wir haben nämlich einen weiteren Mord in Tantanis Kreisen. Paltrana. Der Präsident der argentinischen Zentralbank. Zwei Morde an prominenten Figuren der argentinischen Finanzszene, die in die Verhandlungen mit dem IWF involviert waren. Ein einziger solcher Vorfall kann Zufall sein. Aber zwei Morde? Das ist ein Muster.

Vor allem, weil Paltrana auf dieselbe Weise seinen Kopf verloren hat wie Vitrelli. Geköpft!«

»Wo liegt der Tatort?«, frage ich.

»Im Westen der Stadt. Gar nicht so weit von ihrem Hotel«, antwortet Palacio. Als der Wagen jetzt hält, macht er mir ein Zeichen auszusteigen.

»Und der Mord an Vitrelli? Wie man hört, geht das Innenministerium inzwischen offiziell von einer Destabilisierungskampagne linker Kräfte aus.«

Er wiegt seinen Kopf. »Meiner Meinung nach stammen die Bekennerschreiben von Trittbrettfahrern. LIDER ist viel zu intelligent, um den linken Rand des bürgerlichen Lagers abzuschrecken. Die gewaltbereiten Splittergruppen halte ich für ein Phantom. Der Rest ist Politik.«

»Sehen Sie eine Verbindung zwischen den Morden und der Zerstörung der IWF-Repräsentanz hier in Buenos Aires?«

»Zu früh für ein Urteil«, antwortet er.

»Und wie steht es mit dem Schutz der segensreichen Arbeit des Internationalen Währungsfonds?«, frage ich. »Schon vergessen?«

»Fragt sich nur, wen ich hier vor wem schützen soll: Sie vor den Argentiniern oder Argentinien vor Ihnen. Außerdem gehören Sie nicht zum offiziellen Personal des IWF. Sie sind nur ein externer Berater, mit dem ich in Ermangelung anderer lokaler Ansprechpartner ein informelles Gespräch führe.«

Wir verabschieden uns. Ich steige aus und stehe wieder am Ausgangspunkt unserer Tour – vor dem Hotel. So bewegt man sich in dieser Stadt. Immer im Kreis!

Am späten Abend gehe ich mit Fjodor und Suki in eine schicke Rooftop Bar, die über den Dächern von Palermo liegt. Suki ist auf einen Flug am nächsten Vormittag gebucht. Eigentlich wollen wir nur einen Abschiedsdrink zusammen trinken, aber angesichts des neuen Mordes beugen wir uns über den Stadtplan von Buenos Aires. Fjodor sagt »Vitrelli«, malt einen Kreis um den Tatort in der Zone von Puerto Madero und fährt mit dem Finger die Avenida Corrientes bis zum Obelisken hinauf. Dann nimmt er mit Mittel- und Ringfinger den Abstand zwischen Obelisk und der ersten Markierung, überträgt ihn Richtung Westen und malt einen Kringel oben in Congreso, nicht weit von unserem

Hotel. »Paltrana« schreibt er daneben. Auf dieselbe Weise spiegelt er die Entfernung vom ersten Mord zum Obelisken noch entlang der Nueve de Julio nach Norden und nach Süden. »Mord Nr. 3« beschriftet er den Kringel im Norden und »Mord Nr. 4« den Kringel im Süden. »Wir werden die vier Namen Gottes mit Blut in die Straßen von Buenos Aires schreiben«, murmelt er, nimmt einen breiten Filzstift und verbindet die Punkte zu einem Kreuz.

»Die vier Namen Gottes!«, sagt Suki.

Fjodor nickt. »Das Tetragrammaton. Der Name Gottes hat im jüdischen Mystizismus vier Buchstaben: JHVH. Die Konsonanten des hebräischen Jahwe. Nach der Tradition sind sie zu heilig, um ausgesprochen zu werden. Vier Buchstaben. Vier Morde. Die Zahl Vier ist das Wesen aller Dinge. Sie ist ein Ausdruck von Gerechtigkeit.«

»Und du glaubst, Tantani steckt dahinter?«, fragt sie.

»Das glauben wir doch alle, oder?«, brummt Fjodor.

»Dieser blutige Wahnsinn muss beendet werden!«, ruft Suki.

Fjodor kratzt sich den Kopf. »Nur wie? Du weißt selbst, dass wir sowohl deinen Freunden in Langley als auch Nila Nyström absolute Verschwiegenheit hinsichtlich unseres Verdachts zugesichert haben. Wir können also auf keinen Fall argentinische Stellen einschalten.«

»Für die Suche nach Tantani schon«, entgegne ich. »Aktuell ist er nur als vermisst gemeldet. Ihn nicht suchen zu lassen, würde uns nur verdächtig machen.« Ich streiche über die Karte. »Er hat ein zweites Leben, irgendwo hier in der Stadt. Einen zweiten Kreis von Leuten, die ihm gestohlene Handys besorgen können, die seine Briefe zur Post bringen und die weder E-Mail noch Telefone benutzen.« Ich lege den Schlüsselbund auf den Tisch, den mir Tantanis Sekretärin nach der Zerstörung der IWF-Repräsentanz überreicht hat. »Die Argentinier haben unter allen drei uns bekannten Namen gesucht: Tantani, Schama, Kingard – aber es gibt keine auf diese Namen registrierten Wohnungen oder Häuser in der Stadt, außer der Wohnung in Recoleta.

Wir sitzen eine Weile da und denken nach. Die Abenddämmerung setzt das endlose Häusermeer langsam, aber sicher in Brand, bis alles lichterloh in Flammen steht. Ein höllisches Inferno. Jede Feuerwehr wäre machtlos. Dann legt sich die Nacht über die Stadt. Plötzlich gehen die Lichter und die Musik in der Bar aus. Die ganze Stadt liegt mit einem Mal finster da. Nur noch der Schein brennender Straßensperren Richtung Zentrum verbreitet Licht. In der Nähe Sirenen, in der Ferne Hubschrauberrotoren. Irgendwo krachen Schüsse. Es geht wieder los auf den Straßen. Eine Zehn-Millionen-Stadt in völliger Dunkelheit. Ich habe nie etwas Unheimlicheres erlebt. Der Tag gehört unserer Vernunft, aber die Nacht gehört Tantani. Er ist irgendwo da draußen und wartet auf uns. Ich meine schon seinen heißen Atem in meinem Nacken zu spüren.

Sonntag, 16. Dezember 2001, Buenos Aires

A spy in the house of love

Als Fjodor und ich am Morgen gegen neun in den Frühstücksraum hinunterkommen, stehen einige Gäste wie gebannt vor dem Fernseher: Der Kommentator spricht von den »Adventsmorden«, der argentinische Präsident von einem »unentschuldbaren, an Fahrlässigkeit oder gar Beihilfe« grenzenden Versagen der Sicherheitskräfte. Er kündigt einen unabhängigen Untersuchungsausschuss an. Der Innenminister ist zurückgetreten. Mehrere für den Personenschutz der amtlichen Würdenträger verantwortliche Polizeioffiziere sind beurlaubt. Paramilitärische Einsatzgruppen sind auf dem Weg nach Buenos Aires, um die regulären Polizeikräfte zu unterstützen. Die Sicherheitsmaßnahmen in der Hauptstadt werden verdoppelt.

Nach Vitrelli und Paltrana ist nun augenscheinlich auch der neue Wirtschaftsminister Gómez ermordet aufgefunden worden. Die Presse will inzwischen in Erfahrung gebracht haben, dass die Tatumstände in allen drei Fällen »grausam und blutig« gewesen seien. Von Verstümmelungen, ja von Enthauptungen ist die Rede. Auch die Briefe werden erwähnt. Anscheinend macht der Mörder sich nicht mehr die Mühe, sie nach Washington zum IWF zu schicken, sondern legt sie einfach neben seine Opfer.

Das Bekennerschreiben einer islamistischen Terrorgruppe im Internet, die sich der Morde an Vitrelli, Paltrana und Gómez bezichtigt, schafft zusätzliche Verwirrung. »Der Krieg gegen die Ungläubigen ist in eine neue Phase getreten. Wir werden das Kreuz in alle großen Metropolen des Westens zeichnen – mit Blut und Feuer. Tod den Kreuzzüglern des Westens.« Amerikanische Geheimdienstexperten bezweifeln öffentlich die Echtheit des Schreibens. Die Morde trügen nicht die Handschrift der Islamisten. Außerdem stehe Argentinien nicht an vorderster Front im Krieg gegen den Terror. Trotzdem werden ungute Erinnerungen an die beiden schweren Anschläge in Buenos Aires in den Neunzigern wach: auf die israelische Botschaft und auf das jüdische Gemeindezentrum. Beide gelten bis heute als unaufgeklärt.

»Der dritte Name Gottes! Die Geschichte läuft völlig aus dem Ruder. Wir müssen ihn kriegen. Und zwar bald!«, sagt Fjodor. Er ist unrasiert. Seit Suki uns Richtung Washington verlassen hat, versteckt er seine Augen hinter dunklen Sonnengläsern.

Ich nicke. »Zeit, sich einmal seine Zweitwohnung anzusehen.«

Wir haben wertvolle Tage verloren, weil wir das Nächstliegende übersehen haben. Der Name, unter dem Tantani sein zweites Leben führte und unter dem er auch ganz offiziell registriert ist, lautet nicht Frederico Tantani oder N.E. Schama oder Liz Kingard. Er lautet ganz schlicht »Frederico James Douglas Morrison«! Unter diesem Namen hat Tantani bereits 1976 ein Haus an der Ecke Tacuarí und Chile gekauft, am Rande des Tangoviertels San Telmo. Dort bewohnte er mehr als ein Vierteljahrhundert unter demselben Decknamen eine Wohnung im fünften Stock. Es ist so banal, dass wir uns im Rückblick fragen, warum wir nicht schon vorher darauf gekommen sind.

Eine Stunde später stehen wir vor dem Haus Calle Chile 910. Die Fassade erzählt von zehn Jahren Blüte und neunzig Jahren Vergessen. Ein Mietshaus im Stil der Pariser Jahrhundertwende. Der Architekt war ein Franzose, der erst sein Herz und dann seinen Verstand an Buenos Aires verlor. Ein Block weiter oben das gleichmäßige Rauschen der Nueve de Julio, neun Blocks weiter unten der ruhig dahinfließende Rio de la Plata. Ein verrammelter Zeitungskiosk. Ein paar geparkte Autos. Ein Colectivo keucht den Streik ignorierend und völlig überfüllt die Tacuarí entlang. Ein alter Mercedes-Bus. Ein Passant sagt: »Und wenn es Hunde und Katzen regnet, auf die Linie Sechzig ist Verlass.« Ein ganz gewöhnlicher Regen würde mir völlig reichen. Ich wische den Schweiß mit einem Stofftaschentuch aus meinem Nacken und blicke auf das Gebäude.

Drei Tage lang haben wir uns im Viertel herumgetrieben in der Hoffnung, Tantani dabei zu erwischen, wie er sich in seine Zweitwohnung schleicht. Vergebens. Dafür kennen wir seine Nachbarn jetzt besser als ich jene meines Hauses in Frankfurt nach zwei Jahren.

Die Mieterschaft mutet an wie ein Spiegel der Stadt. Ein Mikrokosmos, der Buenos Aires im Kleinen abbildet. Im Erdgeschoss liegt das Café Isadora, das nach der skandalumwitterten amerikanischen Tänzerin benannt ist. Darüber wohnt in der ersten Etage ein arbeitsloser Metzger, der in den Schlachthäusern von Mataderos gearbeitet hat. Drei Kinder und kaum etwas zu beißen. Vormittags treibt er sich in der Hoffnung auf einen Gelegenheitsjob im Hafenviertel herum. Wenn er nachmittags zurückkommt, sind die Kinder bei Oma. »Jetzt fress' ich dich«, brüllt er dann, kaum dass die Wohnungstür ins Schloss gefallen ist. Seine Frau, drall und dunkel, schreit im Bett so laut und pünktlich – immer um fünf – dass der Rest des Hauses seine Uhren danach stellt.

Im selben Stockwerk wohnt eine alleinerziehende Anwältin. Sie arbeitet jeden Tag bis drei, kommt gegen vier nach Hause, verlässt pünktlich Viertel vor fünf ihre Wohnung, trinkt einen doppelten Espresso im Café Isadora und kehrt erst nach dem Orgasmus der Metzgersfrau wieder ins Haus zurück. Ihre Tochter ist vierzehn Jahre alt und frühreif. Sie hat schlechte Noten in der Schule und raucht manchmal Joints oben auf dem Dach zwischen der Wäsche, die dort zum Trocknen hängt.

Die zweite Etage ist den Kreativen gewidmet. Im A-Apartment ein Modedesigner mit wechselnden Freunden. Seine Kunstkittel mit der Aufschrift »Bringen wir die Arbeit in Mode« haben ihn über Buenos Aires hinaus berühmt gemacht. Sie werden in einer Arbeitslosen-Kooperative genäht. »Nicht nur Fabrikarbeiter, auch Ärzte tragen Kittel, deshalb sind sie das Textilsymbol für Arbeit schlechthin«, steht im Prospekt. Und weil diese Geschichte so anrührend ist, verkauft sie sich sogar in New York. Er nimmt sieben Dollar pro Kittel, die Boutique in Soho siebzig. Vielleicht ist das die Zukunft, die Politik über die Mode zu verkaufen.

In der anderen Wohnung haust ein Fotografenpaar. Sie macht Hochzeits- und Werbefotos und bringt das Geld nach Hause. Er nennt sich Künstler, lichtet das Gewirr von Stromkabeln in den Villas de Miseria ab, das Muster der Pflastersteine in La Boca, die strenge Glas-Beton-Geometrie der Bankenfassaden im Zentrum. Seine letzte Ausstellung liegt schon einige Jahre zurück. Manchmal trifft er die Tochter der Anwältin und raucht eine Tüte mit ihr, hoch oben auf dem Dach. Er sagt, dass er eine neue Muse braucht. Sie ahnt, was er damit meint.

Im dritten Stock wohnt ein Professor, der Wirtschaftswissenschaften an der öffentlichen Universität lehrt, mit seiner Frau und zwei Kindern. Ein biederer Mann mit einer Vorliebe für beige Anzüge. Er verbringt seine Tage in den Hörsälen der Universidad de Buenos Aires, an deren Wänden mit weißer Farbe die Umrisse von Studenten gemalt sind, die während der Diktatur verschwunden sind. Unter jeder Silhouette steht ein Name, ein Geburtsdatum und das Datum des Todes oder des Verschwindens.

Gegenüber hat ein Fabrikant seine Zweitwohnung – »für seine außerehelichen Affären«, wie im Haus wegen der wechselnden und hübschen Damen gemunkelt wird, die seine Wohnung häufig am späten Abend verlassen. Herr Mabruk, wie er sich nennt, hat eine Textilfabrik, die er nun wegen der Krise schließen will. Seit letzter Woche halten die Näherinnen sie besetzt, um die Dior- und Cacherel-Anzüge am unwilligen Fabrikbesitzer vorbei zu fertigen und zu verkaufen. Unter Anleitung von LIDER sind sie zu kämpferischen Trotzki-Leserinnen mutiert und zu einem der Symbole des Widerstands geworden. »Der Kapitalismus ist moderne Lohnsklaverei«, rufen sie in die Kameras. »Der Kommunismus ist Utopie«, hält der Fabrikbesitzer entgegen.

In den beiden Wohnungen darüber haben sich Studenten eingenistet. Ein ständiges Kommen und Gehen. Niemand kann sagen, wie viele dort wohnen. Aber sie sind höflich und hilfsbereit und deshalb fragt auch keiner. Eine von ihnen spaziert ab und an nackt durch die Straßen, während der Fotograf aus dem zweiten Stock die Reaktionen der Passanten festhält. Er nennt seine Kunst »Urbanudísmo« und hofft auf ein Comeback. Sie wurde neulich wegen »obszöner Zurschaustellung« festgenommen. Aber das Verfahren wurde eingestellt, weil sie aus künstlerischen Motiven nackt war. Der Zeitung hat sie gesagt: »Wenn wir nackt sind, gibt es keine sozialen Klassen. Wir sind alle gleich.« Tantanis Wohnung liegt im fünften Stock. Gegenüber lebt eine Frau namens Irene Grünstadt, die aus einer illustren Familie stammt. Ihre Mutter war Schauspielerin in Berlin. Dann kam das Jahr 1933 und die Nazis übernahmen die Macht in Deutschland. Zusammen mit ihrem Mann flüchtete sie nach Buenos Aires, wo 1946 Irene zur Welt kam. Sie trat in die Fußstapfen ihrer Mutter und wurde in den späten Sechziger und frühen Siebziger Jahren als Schauspielerin des absurden Theaters und Sängerin bekannt. Die Diktatur beendete ihre Karriere.

Wir lernen Frau Grünstadt kennen, als wir gerade die Schlüssel zu Tantanis Wohnungstür ausprobieren. Zögerlich öffnet sie ihre Tür auf Kettenlänge und fragt, wer wir sind und was wir wollen. Wir stellen uns als Kollegen von »Herrn Morrison« vor, die einmal nach dem Rechten sehen wollen, weil er länger schon nicht zur Arbeit erschienen ist. Aber sie fasst erst Vertrauen, als ich meinen Namen nenne. »Wolfgang Willarth? Ja, erst neulich sprach er über Sie«, sagt sie, zeigt uns, wie man die störrischen Sicherheitsschlösser öffnet, und betritt mit uns Tantanis Wohnung.

Alle Läden sind zugeklappt. Das Nachmittagslicht sickert in schmalen Streifen durch die Ritzen und zeichnet ein Linienmuster auf die Böden und Möbel. Die Luft ist stickig und riecht nach Moder. Ich reiße die Fenster auf. Viele kleine Schatten verschwinden in Sekundenschnelle. Frau Grünstadt seufzt tief. »Ich habe Fred zigmal gesagt, dass die Kakerlaken kommen werden, aber er hat immer wieder vergessen, den Kammerjäger zu bestellen. In der Nachbarschaft haben sie alle Häuser ausgeräuchert und jetzt ist hier ihre letzte Zuflucht.«

»Fred?«, fragt Fjodor.

Frau Grünstadt errötet. »Nun, wir haben mehr als 25 Jahre Tür an Tür gelebt. Wir sind ...«, sie kommt ins Stottern, »... wir sind so etwas wie Freunde. Ja, Freunde.«

»Er hat auch eine Wohnung in Recoleta, wussten Sie das?«, frage ich.

»Ja, aber sein Zuhause ist hier. Er hat das Apartment nur für repräsentative Anlässe. Er macht ja irgendetwas mit Finanzen. Ist viel auf Reisen.« Sie blickt mich mit plötzlichem Misstrauen an. »Warum fragen Sie mich all das?«

»Wir haben seit zwei Wochen nichts von ihm gehört und machen uns Sorgen um ihn. Das ist überhaupt nicht seine Art. Haben Sie irgendeine Idee, wo er stecken könnte?«

»Nein!«, ruft sie aus, entschuldigt sich und läuft hastig davon.

Nachdem die Tür hinter ihr ins Schloss gefallen ist, stehen wir still in der Diele und spähen in die anderen Räume. Es riecht nach altem Zigarrenrauch. Nichts bewegt sich. Nicht einmal die Kakerlaken. Die Wohnung scheint großzügig geschnitten, ist aber viel zu vollgestellt. Schränke, Anrichten, Tische, Kommoden, Regale – manches sieht alt und wertvoll aus, vieles scheint nur Trödel. Die Zimmer wirken bedrückend.

»Glaubst du, einer von den Nachbarn hier hat ihm geholfen, die anonymen Briefe aufzugeben und die Insidertransaktion Ende November durchzuziehen?«, fragt Fjodor.

»Das könnte fast jeder hier getan haben. So kommen wir nicht weiter. Vielleicht finden wir hier irgendwo einen Anhaltspunkt.«

Zusammen fangen wir an, das Apartment Zimmer für Zimmer nach verdächtigen Gegenständen abzusuchen. Wir finden Bücher. Überall Bücher. Es müssen viele Tausend sein. Am Kühlschrank in der Küche ist mit einem Magneten ein kleiner Zettel angebracht, auf dem steht: »Calle Chile 910 – der Punkt im Raum, der alle anderen Punkte beinhaltet.« Daneben ein Zeitungsausschnitt von Mitte November: eine Meldung, dass eine ehrwürdige Kirche in der alten nordargentinischen Stadt Salta kurz vor dem Sonntagsgottesdienst zusammengebrochen ist und eine wundertätige Reliquie mit einem Splitter des Kreuzes Jesu unter sich begraben hat. Auf dem Küchentisch liegt eine Tageszeitung vom 4. Dezember. Dort ist ein Artikel angekreuzt. Am Tag des Mordes an Vitrelli ist der an den Wundern der westlichen Medizin gescheiterte Papstattentäter Ali Agça in seiner Istanbuler Gefängniszelle von einem argentinischen Journalisten interviewt worden. Mitten in der Beantwortung einer Frage bricht er ab. »Sie ruhen nicht Tag noch Nacht«, ruft er. Dann schlägt er sich auf die Brust und fleht den Papst in Rom an, das dritte Geheimnis der Fatima zu lüften und der Welt zu enthüllen, »wen der Vatikan für den finalen Antichristen hält, damit die Menschheit ihre Sünden bereuen und den Weltuntergang besser bewältigen kann.« Fjodor sieht mich triumphierend an. »Siehst du? So blöd ist meine Erklärung der Ereignisse gar nicht.«

Eine halbe Stunde später entdecke ich in einem der Regale einen Schallplattenspieler und daneben eine beeindruckende Plattensammlung. Darunter auch das Lebenswerk der Doors: angefangen von der Single »Break on Through (To the Other Side)« vom Januar siebenundsechzig hat er alle bekannteren Veröffentlichungen der Band und sogar einige Schwarzpressungen. Direkt darüber ist ein Hausaltar mit Heiligenfiguren und abgebrannten Kerzen. Im selben Regal auch eine kleine Handbibliothek zum jüdischen Mystizismus und mehrere Bildbände zu traditionellen japanischen Schwertern. Im altmodischen Bad ein Schränkchen, in dem neben Mittelchen für zahllose Zipperlein auch ein merkwürdiger, trichterartiger Gegenstand und das Buch »Darmspülungen – ein Jungbrunnen für Körper und Geist« liegen. In der Diele entdecken wir im goldenen Rahmen eines mannshohen, verstaubten Spiegels ein Zettelchen mit einem Zitat. »Gott bewegt den Spieler, und dieser die Schachfigur. Welcher Gott hinter Gott das Spiel begann?« Was Tantani wohl gedacht haben mag, als er das letzte Mal sein Abbild in diesem dunklen Glas sah?

Fjodor lässt sich stöhnend in einen der Rattansessel im Wohnzimmer fallen und wischt sich den Schweiß von der Stirn. »Die Artikel in der Küche, die Bücher über jüdischen Mystizismus und japanische Schwerter«, fasst er zusammen. »Mehr Indizien kann man sich fast nicht wünschen, oder?«

»Aber keines davon bringt uns weiter. Ich spreche noch einmal mit Frau Grünstadt,« antworte ich und klingele gegenüber. Erst werde ich kurz durch das Guckloch beäugt, dann hereingebeten. Sie hat rote Augen, als ob sie geheult hätte. Ich bitte sie um Kaffeepulver und, wie erhofft, lädt sie mich gleich auf eine Tasse in ihre Küche ein. Herd und Kühlschrank und die anderen Geräte sehen klobig aus und scheinen alle noch aus den Fünfzigern zu stammen, bestenfalls aus den Siebzigern. In einer Ecke läuft ein kleiner Fernseher. Eine Nonne präsentiert eine Kochsendung, die sich »Dulces Tentaciones« nennt, süße Versuchungen. Die kochende Ordensschwester würzt ihre Rezepte mit Meditationen und Bibelzitaten. Als Entree zum heutigen Kapitel über Weihnachtsschleckereien wird der Psalm einhundertachtundzwanzig gereicht: »Du wirst dich nähren durch deiner Hände Arbeit, wohl dir, du hast es gut.« Backen zum Ruhme des Herrn. Kochen als Akt der Liebe. So freundlich ist Südamerika in fünfhundert Jahren nie zuvor missioniert worden.

Ich setze mich an den Küchentisch. Sie macht den Fernseher aus, dreht mir den Rücken zu und füllt Kaffee in eine kleine Espressomaschine. Auf einem Regal neben dem Fernseher entdecke ich einen mir schon bekannten Plexiglaswürfel mit dem verbrannten Anzugfetzen und der Aufschrift »Medellín 1935«.

»Schön haben Sie's«, sage ich. »Viel heller als drüben bei Herrn Morrison.«

»Hören Sie damit auf«, sagt sie mit fester Stimme. »Fred steckt in irgendeinem Schlamassel, oder?« Sie dreht sich um und stemmt ihre kräftigen Arme in die Hüften.

»Wie kommen Sie darauf?«, frage ich.

»Ich bin nur ein altes Weib, aber kein blödes Weib«, sagt sie. »Außerdem hat Fred gewusst, dass er irgendwann abtauchen muss.«

Ich sehe sie an. Die tiefen Lachfalten um die wachen Augen, der brüchig-sinnliche Mund, die schweren Brüste. Sie muss einmal eine schöne Frau gewesen sein. So wie ihre Mutter auch. Selbst das, was gut 50 Jahre Leben und sieben Jahre Diktatur davon übrig gelassen haben, würde ausreichen, um manchem Mann den Kopf zu verdrehen. Vielleicht sogar den von Tantani. Sie muss wissen, wo er steckt. »Mein Kollege und ich arbeiten für dieselbe Finanzinstitution wie Fred. Wir sind geschickt worden, um ihn nach Washington zu bringen. Wir glauben, dass er hier in Buenos Aires in großer Gefahr ist. Wir müssen ihn finden.« Ich mache eine Pause. »Er hat früher für den US-Geheimdienst gearbeitet, wussten Sie das?«

Sie lächelt fein. »Natürlich weiß ich, dass er für die CIA gearbeitet hat. Sonst hätte er mich kaum aus dem Gefängnis holen können, als die Milicos mich da reingesteckt haben.«

Der Geruch von frisch gekochtem Kaffee erfüllt die Küche. Sie nimmt das Kännchen vom Gas und schäumt die Milch auf. Ihre Bewegungen sind schnell und sicher. Dann bringt sie den Kaffee und setzt sich zu mir an den Tisch.

»Warum hat er das getan?«, frage ich.

»Ich war damals eine attraktive Frau«, sagt sie. »Fünfundzwanzig Kilo leichter und fünfundzwanzig Jahre jünger.« Sie lacht bitter.

»Sie hatten eine Affäre?«, frage ich.

»Nein«, sagt sie. »Wir hatten nicht nur eine Affäre. Wir hatten eine Leidenschaft.« Sie kippt sich zwei Löffel Zucker in die Tasse und rührt sorgfältig um. »Er ist 1974 hierhin versetzt worden. Wir lernten uns nach einer Aufführung von Ionescos ›Die Nashörner‹ kennen. Ich spielte die Daisy. Er sah blendend aus, aber innerlich war er ein Wrack. Er hat nie über das gesprochen, was ihm in Laos widerfahren ist.« Sie nimmt einen Schluck Kaffee und leckt sich die Lippen. »Wir hatten eine wunderbare Zeit, aber ich glaube nicht, dass unsere Geschichte gehalten hätte, wenn Esther nicht gewesen wäre.«

Ich lehne mich zurück. Überrascht. Ungläubig. »Esther? Esther Villaverde?«, flüstere ich.

Irene nickt. »Esther hat unseren Familiennamen argentinisiert. Aus Grünstadt wurde Villaverde. Aber von Freds Vaterschaft weiß sie nichts. Fred will das nicht.« Irgendwo hört man einen gedämpften Ruf. Ein altes Bett mit Sprungfedern beginnt, rhythmisch zu ächzen. Aus dem Lichthof kommen eindeutige Geräusche. Irene blickt auf die Uhr, flucht leise, schließt das Fenster zum Innenhof und setzt sich wieder zu mir an den Tisch.

»Warum erzählen Sie mir das alles?«, frage ich.

»Fred hat das so gewollt. Sie sind der Sohn eines Freundes aus seiner Zeit in Paris, stimmt das?«

Ich hebe die Hände. »Das ist alles etwas komplizierter, fürchte ich.« Dann trinke ich einen Schluck Kaffee. »Können Sie mir sagen, wo er sich aufhält?«

Sie schüttelt energisch den Kopf. »Weder ich noch sonst jemand hier im Haus oder in der Straße wird Fred jemals verraten. Es gibt niemanden hier, der ihm nicht einen Gefallen schuldet.« Sie steht auf. »Wenn Sie Esther irgendetwas erzählen, bringe ich Sie persönlich um.« Der helle Schrei der Metzgersfrau schallt zu uns hinauf. Die Küchenuhr zeigt Punkt fünf.

Nachdem Frau Grünstadt mich hinauskomplimentiert hat, stehe ich unentschlossen im Treppenhaus und versuche, Ordnung in meine Gedanken zu bringen. Es ist offensichtlich, dass Tantani ein Spiel mit mir spielt, und zwar mit mir persönlich. Aber wie soll ich an ihn rankommen? Er hat eine Elitekämpferausbildung, Geheimdiensterfahrung und genügend Kenntnisse der lokalen Verhältnisse, um sich in einer Zehn-Millionenstadt unsichtbar zu machen. Mir fällt der Plexiglaswürfel wieder ein, der in Frau Grünstadts Küche neben dem Fernseher steht. Und plötzlich ahne ich, wer Tantanis Briefe an den IWF aufgegeben und die gestohlenen Handys besorgt hat: Eduardo Malau! Vielleicht kann der Alte mich auf Tantanis Spur bringen.

Was immer Tantanis Spiel ist – nun entscheidet es sich zwischen ihm und mir!

Kapitel 7

Break on through to the other side

Ich sitze neben Fjodor in Tantanis Limousine. Die durchbrochene Mittellinie spiegelt sich in seinen Sonnengläsern. Wir sind auf dem Weg zum Flughafen und schon das ist ein kleines Wunder. Ein landesweiter Streik gegen die Sparpolitik der Regierung hat die Stadt weitgehend lahmgelegt. Die öffentliche Verwaltung hat die Arbeit komplett eingestellt. Der Bus- und Zugverkehr ruht und auch die Metro fährt nur nach einem Notfahrplan. Eines der wenigen Taxis zu bekommen, ist ein Ding der Unmöglichkeit. Aber Tantanis Fahrer hat sich für einen Krisen- und Streikzuschlag bereiterklärt, uns zu fahren.

Der Innenminister geht trotz des Bekennerschreibens aus der Islamisten-Szene weiterhin von der Hypothese einer Destabilisierungskampagne terroristischer Zellen des linken Spektrums aus. Er stützt sich vor allem auf die offensichtliche Übereinstimmung der Opferprofile: Vitrelli, Gómez und Paltrana waren in führenden Positionen an den IWF-Verhandlungen beteiligt und begannen ihre Karriere unter der Diktatur. Der Innenminister hat gelobt, ihren Tod zu rächen und die »Feinde der Ordnung mit aller Härte des Gesetzes und der ihm zur Verfügung stehenden Mittel« zu verfolgen. Palacio hat jedoch weiterhin große Zweifel an dieser Hypothese. Die Tatumstände sprechen für einen Profi. Nur ein gut ausgebildeter Killer konnte drei der bestbewachten Würdenträger des Staates vor den Augen der Polizei und des Geheimdienstes ermorden.

Es ist noch drückender als am Vortag. Die Luft ist eine Zumutung. Die Vorstädte liegen grau und staubig im Zwielicht des zugezogenen Himmels und geben ihre ganze Trostlosigkeit preis. Seit einer gemurmelten Begrüßung schweigen wir beide. Die Entscheidung ist bereits am Montag gefallen. Angesichts einer Bilanz von drei toten Argentiniern sowie einem toten und einem verschwunden Amerikaner, die alle in der einen oder anderen Form mit den Beziehungen zwischen Argentinien und Währungsfonds befasst waren, soll das IWF-Personal im Land so weit wie möglich reduziert werden. Das gilt auch für die externen Berater des Währungsfonds. Auf Empfehlung von Suki ist Fjodor nach Washington zurückberufen worden, während ich als Einziger in Buenos Aires verbleiben und die Stellung halten soll.

Wir biegen in die Flughafenauffahrt ein und halten vor dem Abflugterminal. Dort herrscht das Chaos. Ein undurchdringliches Gewimmel aus Menschen und Koffern. Wer es nicht schon früher nach Punta del'Este oder in eine andere Sommerfrische geschafft hat, versucht spätestens jetzt aus der Stadt herauszukommen. Gedränge an allen Schaltern, hektische Rufe, gezückte Kreditkarten. Das aufgrund der Streiks nur in Notbesetzung arbeitende Bodenpersonal ist völlig überfordert. Plötzlich ist Zorn in den Gesichtern der Wartenden. »Ein abgekartetes Spiel«, schimpft eine Frau. »Eine Schweinerei!«, flucht ein Mann. Jemand behauptet, dass das Regierungsflugzeug »Tango 01« gerade gestartet sei, um den Präsidenten außer Landes zu bringen. Andere widersprechen. Es sei viel zu klapprig, um noch zu fliegen. Wieder andere meinen, dass das Flugzeug nirgendwo außerhalb Argentiniens landen könne, weil geprellte Gläubiger es sofort pfänden würden. Die Nachricht muss bis zur Flughafenleitung vorgedrungen sein. Jedenfalls wird das Gerücht über eine Ausreise des Präsidenten umgehend über Lautsprecher dementiert und die Menschen beruhigen sich etwas. Nach zwei Stunden Nahkampf hat Fjodor endlich seine Bordkarte.

Wir laufen zur Sicherheitsschleuse, die von zwei übernächtigt aussehenden Beamten bewacht wird. »Pass auf dich auf«, sagt Fjodor, gibt mir einen Klaps auf den Oberarm und trottet davon. An der Fluggastkontrolle legt er sein Handgepäck und sein Jackett in das Röntgengerät und duckt sich unwillkürlich, als er durch den Rahmen des Metalldetektors schreitet. Das Gerät piept. Nach kurzer Suche fischt er seinen Totenkopftalisman aus seiner Sakkotasche. Ein kurzer Wortwechsel mit den Uniformierten; Fjodor kommt zwei, drei Schritte zurück, wirft mir den Talisman zu und sagt: »Den wirst du hier wohl nötiger haben als ich.«

Vor allem Argentinien hätte einen verlässlichen Glücksbringer nötiger denn je. Die Wellen schlagen hoch in diesen Tagen.

Der argentinische Präsident gibt sich alle Mühe, sie zu glätten und sein Leck geschlagenes Regierungsschiff in den Hafen des nächsten Wochenendes zu bringen. Er hat ein Sozialprogramm angekündigt und die Verteilung von Lebensmitteln angeordnet. Damit soll die Plünderung von Supermärkten gestoppt werden: »Ich habe mich entschlossen, den Gewalttätern, die sich die Not anderer zunutze machen, Grenzen zu setzen«, hat er verkündet und den Ausnahmezustand verhängt. Doch kaum waren seine Worte am Montag verklungen, da begann es in Häusern und Hinterhöfen, auf Balkonen und Straßen zu klappern, zu trommeln und zu tröten. Die innenpolitische Atmosphäre in Argentinien ist vergiftet und im Ausland wachsen die Zweifel an der Handlungsfähigkeit der Regierung. Brasilien und andere von den Auswirkungen der Argentinien-Krise betroffene Schwellenländer verzeichnen abermals Kursverluste. Nila Nyström hat mir gegenüber angedeutet, dass man im Fonds über eine »Argentinisierung« der Krise nachdenkt. Sie werde alles in ihrer Macht Stehende tun, um die wirtschaftliche und politische Destabilisierung der ganzen Region zu verhindern. Notfalls müsse man ein Land opfern, um einen Kontinent zu retten.

Ihr Anruf erreicht mich auf dem Rückweg in die Stadt. Anscheinend will sie sicher gehen, dass Fjodor sich tatsächlich auf dem Rückweg befindet.

»Wie ist die aktuelle Lage, Willarth?«, fragt sie, nachdem ich ihr versichert habe, dass ich das Flugzeug habe starten sehen.

»Höflich oder ehrlich?«, frage ich.

»Ehrlich!«, bittet sie.

»Die Scheiße türmt sich hier in Buenos Aires so schnell und so hoch, dass man Flügel braucht, um nicht darin zu landen.«

Sie lacht kurz. »Dann hören Sie auf zu heulen, Willarth, besorgen sich ein paar Flügel und finden Sie Tantani. Sie sind jetzt unsere erste Verteidigungslinie und unsere letzte. Und wenn Sie sich bewähren, verschaffe ich Ihnen eine interessante Festanstellung in meinem direkten Umfeld.« Sie legt auf.

Beim Gedanken an einen Schreibtischjob beim IWF muss ich lachen. Die Nyström will mich befördern. Dabei weiß ich gar nicht mehr, ob ich noch auf ihrer Seite stehe. Ich schließe die Augen. Für einen Moment scheint es mir, als würde ich einen Fluss hinauffahren. Einen Urwaldstrom, der ziellos durch die

Wildnis der Stadt wandert, durch ihre Slumdickichte, Vorstadt-
sümpfe und Hochhauswälder, und in dem als einzige Blumen die
wunderlichsten Gerüchte blühen – »Generalstreik« flüstern die
einen, »Ausnahmezustand« die anderen und »Militärputsch« die
Alten. Und seine Strömung zieht mich tief hinein, ins Herz des
Molochs, in den Hitzekern der Krise. Last exit Buenos Aires.

Wenigstens scheint Fjodors Talisman bei mir zu wirken.
Denn als mich der Fahrer auf dem Rückweg vom Flughafen am
Parque San Martín herauslässt, entdecke ich endlich durch die
Bäume des Parks hindurch die gebückte Silhouette von Malau
an einer Parkbank. Gestern und vorgestern hatte ich ihn noch
erfolglos an seinem Stammplatz gesucht. Als ich näherkomme,
sehe ich, dass er seine Katze Evita füttert. Er trägt immer noch
seinen verblichenen Sommeranzug mit roter Nelke. Als er mich
sieht, steht er auf und begrüßt mich herzlich.

»Herr Willarth«, sagt er. »Sie haben nicht zufällig eine Zigarette für mich?«

Ich halte ihm ein geöffnetes Päckchen hin und gebe ihm Feuer.

»Danke. Die alte Schule«, sagt er und genießt seine ersten
Züge. »Einer der letzten fahrenden Ritter. Das sind Sie, mein
Junge, ein echter Ritter.«

Auch ich zünde mir eine Kippe an. »Sagen Sie, haben Sie
Tantani in den letzten Tagen gesehen?«, frage ich so beiläufig wie
möglich.

»Nein!«, sagt er mit ganz natürlicher Stimme. »Warum?«

»Er ist verschwunden. Ich fürchte, er ist in Gefahr.«

»Tantani in Gefahr?«, lacht der Alte. »Das glauben Sie doch
wohl selbst nicht. Wenn überhaupt, ist es genau andersrum: Tantani ist eine Gefahr für andere, die fett und arrogant in ihren
Chefsesseln hocken.«

»Ich muss ihn treffen«, beharre ich.

Eduardo mustert mich eine Weile. Dann schüttelt er den
Kopf. »Ich kann Ihnen leider nicht helfen.«

Da steuert eine Jugendgang auf uns zu. Die Gesichter sind
noch jung, aber schon hart und grausam. Der Anführer beäugt uns mit kaltem Blick. »Kippen her!«, blafft er. Ich halte
ihm meine Packung hin und er steckt sie ein. »Danke!«, sagt
er mit gekünstelter Freundlichkeit. Seine Gefolgschaft lacht.
Ein anderer Junge, hochgewachsen und verpickelt, geht in die

Hocke und lockt die getigerte Katze. »Komm Mieze. Komm!«, flötet er.

»Lass Evita in Ruhe!«, sagt der Alte.

Das Pickelgesicht sieht auf. »Evita!«, grinst er und lockt sie mit einem Keks aus dem Versteck. »Komm Evita! Komm!« Als das Tier in Reichweite ist, packt er sie in einer flinken Bewegung am Nacken.

»Argentinisches Roulette! Argentinisches Roulette!«, johlen die anderen. Während sie zur Straße ziehen, werden die Einsätze gemacht. »Sieben auf sie! Zehn dagegen.«

Der Alte bewaffnet sich mit seiner Krücke und stapft hinterher. »Lasst sie los!« Doch die Jungen sind flinker. Sie sind schon auf der gegenüberliegenden Straßenseite und stellen sich im Halbkreis auf. Einer blickt zur nächstgelegenen Ampel. Die Autos fahren an. Der Anführer setzt die Kreatur auf den Gehsteig. Ihre einzige Fluchtmöglichkeit ist die Straße. Obwohl sie die Gefahr dort spürt, hat sie keine andere Chance zu entkommen. Die Jungen haben sie eingekesselt.

»Nein! Nicht!«, ruft Malau mit Wut in der Stimme.

Die Autos sind jetzt ganz nah. Die ersten vier oder fünf rasen vorbei. »Spring!«, brüllt der Anführer und stampft neben der Katze auf den Boden. Mit einem Schreckenssatz ist sie auf der Straße, Sekunden später ein leiser, dumpfer Schlag. Der Wagen fährt weiter. Der Oberkörper der Katze schnellt nach oben, während die Hinterbeine bewegungslos am Boden liegen. Der Aufprall muss ihre Wirbelsäule gebrochen haben. Wieder und wieder bäumt sie sich auf.

»Gewonnen!«, brüllt einer. »Scheiße, hat die's erwischt«, ein anderer. Und immer noch zuckt Evita. Der Alte starrt zu ihr hin. Dann wird sie erneut überrollt. Es ist vorbei.

Als die Straße wieder frei ist, geht Malau direkt auf die Jungen zu. Ich folge ihm mit ein paar Schritten Abstand. Der Anführer ist gerade dabei, die Wetteinsätze auszuzahlen. »Is' was?«, fragt er und grinst. Dann reißt er seine Augen auf und krümmt sich stöhnend. Die Krücke von Malau hat ihn mit voller Wucht in die Weichteile getroffen.

»Was ist in euch gefahren? Habt ihr gar kein Herz?« Der Alte bebt vor Wut. »Ihr Hurensöhne!« Ich will ihn am Arm packen und wegziehen, um Schlimmeres zu verhindern. Aber er macht sich frei.

Der Anführer kommt langsam wieder hoch. »Macht die beiden platt!«, befiehlt er.

Aber seine Kumpane stehen wie angewurzelt und glotzen mit großen Augen auf etwas Metallisches in der Hand des Alten. Eine Pistole! Malau schiebt den Sicherungshebel mit seinem Daumen nach unten und mit einem kalten, mechanischen Laut ist die Waffe bereit. »Haut ab! Bevor ich mir es anders überlege.« Malau schwenkt den Lauf auf Bauchhöhe langsam hin und her. Jetzt im Sonnenlicht meint man, seinen Schädelknochen durch die Pergamenthaut scheinen zu sehen.

Die Jugendlichen weichen langsam zurück. Einige Passanten bleiben stehen und verschwinden schnell in Hauseingängen oder hinter der nächsten Straßenecke. Eine Frau steht an einem Fenster, zückt ihr Mobiltelefon und wählt eine Nummer. Der Alte senkt die Waffe. Der Knall ist trocken und kompakt. Der Rückstoß reißt seinen Arm nach oben. Der Anführer schreit auf und wälzt sich heulend am Boden. Seine Hände umklammern das, was einmal sein Kniegelenk gewesen ist. Überall ist Blut.

Malau scheint das nicht mehr zu interessieren. Er tritt, ohne sich um die Autos zu kümmern, auf die Straße, bückt sich in aller Seelenruhe und hebt mit einer zärtlichen Bewegung die Überreste Evitas auf. Reifen quietschten. Flüche. Der Alte läuft unbeirrbar zu seiner Parkbank. Ich höre eine Sirene. »Sodom und Gomorra!«, sagt er traurig und streichelt die zerschmetterte Kreatur in seinen Armen. Er blickt gen Himmel. »Das ist die Hitze. Diese verfluchte Hitze. Sie macht alles kaputt.« Die Sirene wird lauter. Um den angeschossenen Halbstarken am Gehsteig hat sich inzwischen eine Menschentraube gebildet. Blaulicht blitzt auf. Ein Polizeiwagen hält am Straßenrand. Zwei Beamte steigen aus und setzen ihre Schirmkappen auf. Immer wieder zeigen aufgeregte Arme hinüber zum Park.

Ich packe Malau am Arm und schleife ihn mit schnellem Schritt einen gewundenen Spazierweg entlang, um außer Sichtweite zu kommen. Währenddessen telefoniere ich mit dem Fahrer. Tatsächlich steht er mit seinem Wagen bereit, als wir zehn Minuten später den Park durch einen anderen Ausgang verlassen. Dieser Service scheint im Krisentarif des Fahrers enthalten zu sein. Ich breite mein Jackett über die Arme des Alten, um Katze und Waffe zu verbergen, und wir steigen ein. Wir fahren erst Richtung

Recoleta, um die Polizei nicht zu meinem Hotel zu lotsen, falls sie uns verfolgen würde. Aber es scheint niemand hinter uns her zu sein. In der Nähe des Friedhofs bittet Malau, dass wir ihn an einer Straßenecke absetzen. Er bedankt sich und fügt flüsternd hinzu: »In zwei Stunden im Café La Amistad in San Telmo.« Ich lasse mich zum Hotel bringen, ziehe mich um und laufe eine Stunde später zu Fuß ins Touri- und Tangoviertel San Telmo.

Die Straßen scheinen ruhig. Erst nach einer Weile dringt das Auf- und Abschwellen von Hubschrauberrotoren in mein Bewusstsein. Man hebt nicht einmal mehr den Kopf, so alltäglich ist es geworden. Und auch das Geräusch der Sirenen von Polizei- und Krankenwagen, die weiter oben auf der Nueve de Julio vorbeijagen. Der Lärm einer Kundgebung schallt vom Zentrum herüber. Verschiedene Gewerkschaftsverbände haben mal wieder zum Generalstreik aufgerufen. Sie stehen den oppositionellen Peronisten nahe.

Ich komme an einer Bankfiliale vorbei. Davor eine traurige, lange Schlange. Menschen, die versuchen, an das Geld auf ihren Sparguthaben zu kommen, bevor die Inflation es entwerten wird. Sie sitzen in Hauseingängen, lehnen an Fassadenwänden, kauern auf den Motorhauben. Alle Haltungen der Verlassenheit und Verzweiflung sind zu besichtigen. Doch die Bank ist geschlossen und mit Blechblenden verkleidet. Einige ordentlich gekleidete, ältere Menschen schlagen mit Töpfen dagegen.

Am Rande eine Protestaktion. Alle tragen Anzüge und Gespenstermasken, die an Edward Munchs »Der Schrei« erinnern. Ein LIDER-Aktivist arrangiert die Gruppe. »Mit Pathos bitte und die Transparente schön hoch halten.« Er winkt die Fotografen heran. Sie jagen die Bilder schnell durch die Kameras. Danach löst sich die Gruppe auf. »Wir brauchen noch O-Töne. Einige Leute mit trauriger Geschichte«, sagt ein Journalist mit französischem Akzent. Dann fällt sein Blick auf die Menschen in der Schlange und er beißt sich auf die Lippen.

Schließlich komme ich an die Plaza Dorrego. Hier weht tatsächlich ein Hauch von Romantik zwischen den alten zweigeschossigen Häusern im spanischen Kolonialstil. Bröckelnde Veranden, gekachelte Patios, verrottete Fensterläden, schiefe Geländer und wilder Wein. Als ich vor einigen Wochen einmal mit Fjodor und Suki hier war, bevölkerten Kleinkünstler, Trödler und Schaulustige diesen Ort. Heute liegt er verlassen in der Abendhitze.

Wenige Minuten später empfängt mich im Café La Amistad ein struppiger Weihnachtsbaum mit einem elektronischen Jingle Bells. Nur wenige der klapprigen Tische sind besetzt. Im Innenraum steht die Luft. Der Ventilator hängt schlaff von der Decke. Hinter der Theke steht ein stämmiger Mann und brummt einen Gruß. Er ist in irgendwelche Papiere vertieft. Das aufgeknöpfte Hemd hängt an beiden Seiten aus der Hose und entblößt eine schweißglänzende, bepelzte Brust. Der Fernseher läuft.

Eine halbe Stunde lang warte ich bei einem Bier an einem der wackeligen Bistrotische auf Malau, bis die entstellte Weihnachtsmelodie wieder ertönt und er im Lokal steht. Er zeigt auf den Plastikbaum. »Das ist furchtbar kitschig! Bau das Ding wieder ab«, sagt er zum Wirt.

Der Mann hinter der Theke runzelt die Stirn. »Der Ventilator ist kaputt, der Baum funktioniert. Irgendetwas muss ich meinen Gästen ja bieten.«

Malau steckt sich eine Zigarette an. »Weißt du was? Lass ihn stehen. Ja, lass ihn bis zu den nächsten Wahlen stehen. Für alle, die noch an den Weihnachtsmann glauben.« Dann entdeckt er mich, kommt an den Tisch, hängt vorsichtig eine Leinentasche über die Stuhllehne und setzt sich. Wir bestellen Bier. Zwei Flaschen Quilmes und zwei eisbeschlagene Gläser landen vor uns auf der gekerbten Tischplatte. Wir stoßen an und trinken.

»Sie haben die Drecksarbeit für Tantani erledigt«, sage ich und stelle die Flasche wieder auf den Tisch. »Sie haben einige Briefe eingeworfen, die er Ihnen gegeben hat. Sie haben ein paar gestohlene Handys besorgt. Warum decken Sie ihn?«

»Tantani hat mich immer gut behandelt, Herr Willarth«, sagt der Alte mit entwaffnender Offenheit. »Und ich habe wirklich keine Ahnung, wo er stecken könnte.«

»Wo würden Sie denn nach ihm suchen?«, frage ich.

»Dieses Land wird zur Hölle fahren. Morgen, übermorgen – an einem dieser Tage. Tantani wird das beschützen, was ihm lieb und teuer ist. Da werden Sie ihn auch finden.« Ich spüre, dass etwas gegen mein Knie drückt. »Falls Sie wirklich vorhaben, ihm quer durch diese Hölle hinterherzujagen, sollten Sie das nicht unvorbereitet tun«, sagt der Alte lächelnd. Ich nehme einen in einen Lappen gewickelten Gegenstand an. Er wiegt schwer in meiner Hand.

»Ein Colt 45«, sagt der Alte. »Er ist versilbert und stammt von Elvis.«

»Was immer Sie sagen, Malau«, lache ich. »Was immer Sie sagen. Brauche ich etwa auch Silberkugeln?«, frage ich.

Er schüttelt den Kopf. »Ganz gewöhnliche Munition tut es auch. Dazu noch ein Schulterholster und ein Ersatzmagazin.« Wieder pocht etwas gegen mein Knie und ich nehme das Päckchen unter dem Tisch entgegen. »Damit sind wir quitt«, sagt er, lehnt sich zufrieden zurück, sieht dem dünnen Dunstschleier seiner Zigarette nach und summt eine Liedzeile: »Wie der Rauch unserer Zigaretten verweht unsere Jugend.«

Ich denke über das nach, was der Alte gerade gesagt hat. Tantani würde also das beschützen, was ihm lieb und teuer ist. Von allen Personen, die in Frage kommen, gibt es nur eine, die dieser Tage wirklich in Gefahr sein könnte: seine Tochter Esther!

»Wissen Sie, wie ich an die außerparlamentarische Opposition herankomme? Ich meine diese Typen von Acción Directa und LIDER.«

Er nickt und hält eine Hand hoch. »Fünf«, sagt er.

»Hundert?«

»Tausend!«

»Pesos?«

»Dollar!«

»Sie träumen, Malau! Niemand hat dieser Tage so viel Bargeld herumliegen.« Ich fühle mich nicht einmal schlecht bei dieser Lüge. Am Tag nach der Zerstörung der IWF-Repräsentanz wurde Argentinien vom Währungsfonds auf Gefährdungsstufe Orange hochgesetzt. Daraufhin kam ein Bote mit einem Paket, in dem sich zehntausend Dollar in kleinen Scheinen befanden. Das Begleitschreiben machte deutlich, dass man den Umschlag immer am Leib tragen und sich im Fall der Fälle einfach aus dem Land herauskaufen solle. Es dauert eine Viertelstunde und kostet mich eine weitere Runde Bier, bis ich Malau auf fünfhundert Dollar heruntergehandelt habe.

Während er eine Adresse aufschreibt, wiege ich unter dem Tisch die Pistole in meiner Hand. Sie fühlt sich kühl, schwer und endgültig an.

Lost in a Roman wilderness of pain

Nachdem ich an Tantanis Hausaltar Kerzen angezündet habe, suche ich im Radio nach Musik, bekomme jedoch nur eine Predigt des Bischofs von Buenos Aires rein, der den allgemeinen Sittenverfall in der Stadt geißelt. Mitten in der Adventszeit lebe Buenos Aires in massiver Sünde und provoziere ein göttliches Strafgericht. Dann folgt eine Predigt von Papst Johannes Paul II. zum Klagelied des Propheten Jeremia. »Warum hast du uns so geschlagen – gibt es keine Hilfe für uns?«, fragt der Prophet. Doch Gott schweigt, angewidert vom Handeln der Menschen. Das Grauen regiert die Erde. Dann die Wende: Das Volk besinnt sich.

Während ich in Tantanis Kleiderschrank stöbere, frage ich mich für einen Augenblick, was um Gottes Willen passieren würde, wenn das argentinische Volk sich besinnt, im wahrsten Sinne des Wortes zu Sinnen kommt? Dann würde es Tote geben, viele Tote. Ja, heute würde es Tote geben. Ich finde einen abgeschabten Ledermantel mit einer Schlange auf jedem Arm. Der Mantel von Morrison? Sehr wahrscheinlich. Ich schnalle mir den Schulterholster um, stecke den Colt von Elvis hinein und ziehe den Mantel darüber an. Zum ersten Mal seit dem Untergang der Midas fühle ich mich wieder unverwundbar, ja geradezu unsterblich. Es ist an der Zeit, das Schiff zu verlassen und den Weg zu Ende zu gehen. Vitrelli, Gómez, Paltrana, Palacio, Suki, Fjodor, Mascha, Morrison, Nyström, Spandler – die Lebenden und die Toten, sie alle wollen, dass ich jetzt da rausgehe und mir Tantani hole. Er selbst will es auch. Ich fühle es. Er ist irgendwo da draußen und wartet darauf, dass ich den Schmerz von ihm nehme. Sogar die Stadt will es. Diese ins Herz getroffene, ins Chaos gleitende Stadt.

Der Fahrer kommt erst gegen fünf Uhr nachmittags. Er habe Probleme gehabt, Benzin für die Karre zu kriegen. Er sieht aber eher so aus, als habe er Probleme gehabt, seinen Kopf nach einer wilden Sauforgie wieder frei zu kriegen. Sofort machen wir uns auf den Weg zu der Adresse, die mir Malau aufgeschrieben hat: zum »Orakel«, auch »Godo« genannt. Gründer, Leiter und Moderator des Piratensenders Radio Libertad.

Wir fahren über den Paseo Colón in Richtung Süden. Wieder hinein ins Hafenviertel. La Boca! Was weht nicht alles mit in diesem Namen? Die Klage eines Bandoneons in der Abendbrise, das schlurfende Geräusch der Tangoschritte auf dem holprigen Pflaster, der Gesang der Vögel in ihren Käfigen, das Schlagen der ausgeblichenen Kleider auf den Wäscheleinen. Ein heiterer Bienenstock aus bunt bemalten, verschachtelten Wellblechhäusern. Das sagt der Reiseführer. Eine unsägliche Maskerade für Touristen. Das sagt mein Fahrer.

Doch wir lassen das La Boca der Kataloge schnell hinter uns und kommen in eine Zone verfallener Häuser und verrottender Fabriken. Einige Straßenzüge gleichen einem langgestreckten Schutthaufen. Vor einem halb eingestürzten Bau hängen weiße Schuhe an der Stromleitung. Das Zeichen für einen Drogenumschlagplatz. Hier gilt der gleiche Macho-Code der Armenviertel wie überall auf der Welt: Wenn du Freunde haben willst, musst du hart sein. Du musst rauchen, trinken, spielen, stehlen, Schule schwänzen, Schutzgeld nehmen, mit Huren schlafen, Drogen verkaufen, Zuhälter werden. Und was der Tango war, bevor er eine europäische Sehnsucht wurde, ist heute die Cumbia-Musik – die Hoffnung der armen Leute auf einige Minuten Vergessen.

Schließlich rollen wir auf einen großen Hof, mitten hinein in ein Gewimmel aus bebrillten Studenten mit Ché-Guevara-T-Shirts, Arbeitern mit kräftigem Oberkörper und einem entschlossenen Zug um den Mund, Hausfrauen mit braven Gesichtern und einer Schürze über dem Sommerkleid. Einige sehen aber auch aus wie behäbige Mittvierziger, die man eher hinter einem Bankschalter vermuten würde. Überall stehen provisorische Zelte. In einem stapeln sich Flugblätter auf langen Tischen. In einem anderen werden am Boden Schilder gemalt. In einem dritten wird gekocht und Essen ausgegeben.

Wir halten vor einer großen mehrstöckigen Lagerhalle. Viele Fenster sind blind oder zerbrochen. Über dem Eingang hängt ein Transparent: »LIDER – die bessere Zukunft.« Im Türrahmen steht ein Mann mit einem kahlrasierten Schädel. Seine Nase sieht aus, als hätte sie ihm unlängst jemand gebrochen. Misstrauisch beäugt er mich. »Was wollen Sie?«, fragt er unwirsch. »Warum sind Sie bewaffnet?«

»Kommando Krikaljow«, erkläre ich. »Malau schickt mich mit einer wichtigen Nachricht für Godo.«

Der Schläger macht den Eingang frei, weist auf einen zerfledderten Sessel und verschwindet. Auf einem Tisch flackert ein Fernseher, der notdürftig mit einem Antennenkabel verbunden ist. Die Sendung nennt sich »Hola Presidente«. Und da ist er tatsächlich: der venezolanische Präsident namens Chávez. Amerikas »bête noire« im Süden. Einpeitscher und Entertainer der neuen Linken in einem. Er hat Samba-Paraden in Brasilien subventioniert, Augenchirurgie für Arme in Mexiko, verbilligtes Heizöl für US-Amerikaner in der New Yorker Bronx. Er will als Wegbereiter des »Sozialismus des einundzwanzigsten Jahrhunderts« in die Geschichte eingehen und arbeitet hart daran. Am Vormittag hat er ein Landlosenlager besucht, am Nachmittag eine Pressekonferenz gegeben, dann in einem Stadion eine Show mit zweistündiger Redeeinlage veranstaltet und jetzt sitzt er in seiner wöchentlichen Fernsehshow. Er nennt den amerikanischen Präsidenten einen »Esel«, einen »Säufer«, einen »Narren« oder schlicht »Mr. Danger«. Er beschwört die Geister der Geschichte von de Gaulle bis Gaddafi – Simón Bolívar, Ché, Fidel und Perón nicht zu vergessen.

Nach immer neuen Attacken auf Nordamerika und den Neoliberalismus gipfelt seine Rede in dem Entwurf eines geeinten Südens. Er setzt auf eine Konkurrenz zur Nordamerikanischen Freihandelszone NAFTA, die »Alternativa Bolivariana de las Americas« heißen soll. ALBA bedeutet auf Spanisch Morgendämmerung. Er plant eine panamerikanische Erdölgesellschaft namens »Petrosur« und einen panamerikanischen Fernsehsender namens »Telesur«, der dem »Kommunikationsimperialismus« von CNN die Stirn bieten soll. »Es ist dringend nötig, eine soziale Ökonomie aufzustellen, um den Kapitalismus zu überholen. Kooperation statt Wettbewerb!«

Ich beobachte ihn, wie er schreit und salbadert, wie er herumfuchtelt und gekonnt gestikuliert, wie er alle Ausdrucksformen des Pathos strapaziert. Ich möchte ihn aburteilen, als sonderbaren Schwärmer, als gefährlichen Spinner. Aber da ist etwas in seinem verschwitzten Gesicht, das mich davon abhält. Die Erinnerung an eine bescheidene Herkunft vielleicht. Jene ehrliche, dumme Armut, die man in Südamerika manchmal auf dem Land findet, jene Armut oft geflickter, aber sauberer Wäsche, verbeulter, aber blank gescheuerter Töpfe. Jene Armut der sonntäglichen Messebesuche im seit Jahrzehnten gehüteten Anzug. Der Kahlkopf kommt zurück, nickt mir zu und führt mich zu einem Lastenaufzug. Das Gebäude ist nur notdürftig hergerichtet. Auf dem Weg nach oben kommen wir an weiten, völlig verwahrlosten Stockwerken vorbei. Überall hört man das Tropfen undichter Wasserleitungen. Irgendwo pickt eine fast federlose Möwe im Abfall. Ihre Haut ist mit Ekzemen übersäht.

Die Welle der Freiheit selbst ist eine Ansammlung urtümlicher, summender, brummender Apparate mit unzähligen Reglern, Kontrolllämpchen und Kabeln. Dazwischen sitzt ein kleiner, verwachsener Mann mit einem dünnen Oberlippenbärtchen und schickt sein Klagelied in den Äther.

»Genossen, lasst mich euer lidloses Auge sein, die ihr schon blind seid vor Tränen der Schmach. Lasst mich euer wachsames Ohr sein, die ihr schon taub seid vom Wimmern der Kinder. Und lasst mich eure laute Stimme sein, die ihr schon heiser seid vom nutzlosen Protest. Unseren Zorn besinge ich, den verfluchten Zorn! Unseren Zorn über diese Krise. Sie bringt Argentinien eine Unzahl von Qualen, unsere Seelen wirft sie ins Elend, unsere Leiber den Spekulanten zum Fraße vor.«

Wenn er spricht, scheinen seine Lippen das Mikrofon zu liebkosen. Ich kann die tiefe, raue und melodische Stimme nicht mit dem verwachsenen Menschen in Einklang bringen, der hier vor mir sitzt. Das Mikrofon macht ihn zum Medium. Er ist ein anderer. Und seine Worte geißeln die Korruption der politischen Klasse, die Unfähigkeit der Oberschicht, die Tatenlosigkeit des Volkes. Der Mann wütet gegen die Erhöhung der Strom- und Wasserpreise. »Was wollen diese Leute aus Washington? Sehen sie nicht unseren Kampf gegen ihre Bedingungen? Spüren sie nicht die feste Mauer unserer Solidarität? Hören sie nicht das Kriegsgeschrei und Schlachtengetümmel in der Stadt?« Obwohl er halbnackt dasitzt – nur bekleidet mit einer leichten Leinenhose und einem Paar Sandalen – tropft ihm der Schweiß vom Kinn. Ab und zu greift er zum Handtuch, das er um den Hals geschlungen hat, und tupft sich ab. »Buenos Aires, alle stürmen gegen dich. Ich aber möchte lieber tot sein, als dich untergehen zu sehen. Denn dann gibt es keinen Trost mehr, nur noch Kummer. Wacht auf aus dem Schlaf der Gerechten. Der Sieg wechselt zwischen den Männern. Der Tag wird kommen, an dem auch der unheilige Währungsfonds hinsinkt.«

Als Godo mich entdeckt, macht er mir ein Zeichen, mich zu setzen. Nur wo? Alles starrt vor Dreck: Überquellende Aschenbecher, leere Pizzakartons, Teller mit eingetrockneten Essensresten, auf allen potenziellen Sitzflächen stapeln sich Zeitungen, Platten und CDs. Das Einzige, was nicht recht in die Umgebung passen will, ist eine zerfledderte Ausgabe von Homers »Ilias«. Ich blättere sie durch. Viele Sätze sind unterstrichen, auf einem losen Blatt steht in kaum leserlicher Schrift: »Mein Herz ist so hart wie die Schneide des Beiles, das durch den Baumstamm dringt. Jetzt will ich, dass zum Kampf ihr geht und fechtet.« Ich lege das Buch wieder zurück.

Mit der richtigen Antenne und einem starken Impuls kann man von hier oben aus sicher ins ganze Stadtgebiet senden. Puerto Madero mit seinen schick renovierten Speichern und aufragenden Hochhäusern scheint nur einen Steinwurf entfernt. Auf der anderen Seite liegt La Boca. Das Dock Süd, die alte Rollbrücke, die verwinkelten Gassen und der Riachuelo mit seinen rostenden Kähnen und Stahlgerippen. Silberglanz. Überall falscher Silberglanz. Argentinien, das Silberland. Der Rio de la Plata, der Silberfluss. Angeblich verlor der Gründer von Buenos Aires, Juan de Garay, darüber seinen Verstand. Auf der Suche nach einer sagenhaften, silbernen Stadt der Cäsaren wurde er von Wilden erschlagen und aufgefressen.

Plötzlich eine Interferenz, ein markerschütterndes Quietschen hallt durch den Raum. Unbeirrt redet der Mann weiter. »Ihr hört Radio Libertad, die Welle der Freiheit, den einzigen offiziell geächteten Piratensender der Stadt.« Er legt Musik auf, reißt sich die Ohrhörer vom Kopf und sinkt erschöpft zurück. Eine eigenartige Melodie erfüllt den Raum. Mal klingt sie nach Flamenco, mal nach lateinamerikanischen oder afrikanischen Rhythmen. Und dann, wenn man meint, dass man sich eingehört hat, bringen einen die Hip-Hop-Elemente und die indisch anmutenden Tonfolgen aus dem Konzept.

»Was ist das für Musik?«

»Das ist unsere Musik«, sagt Godo nach einer Weile. »Bastard-Musik. Mestizo.« Er spricht von Bands, die »Amparanoia«, »Dusminguet«, »Go Lem System« und »Ojos de Brujo« heißen, spricht davon, dass diese Musik das einzige Beispiel einer erfolgreichen Globalisierung von unten ist. Dann trocknet er sich das Gesicht ab, zieht sich ein Hemd über und gräbt mit seinen nikotinverfärbten Fingern in einem der Aschenbecher, um eine noch halbwegs rauchbare Kippe zu finden.

»Sie sind also das Orakel«, sage ich und biete ihm eine von meinen an.

Er zuckt die Schultern. »Andere sagen, ich sei nur ein zu kleiner Mann mit einer zu großen Klappe.«

Ich zeige auf das Buch mit dem altgriechischen Epos. »Und hinter dem Orakel steckt die gute alte Ilias?«

»Troja hatte seinen Homer. Buenos Aires hat nur mich.« Er nimmt einen tiefen Schluck aus einer Bierflasche und spuckt ihn sofort wieder aus. »Pisswarm, das Zeug!« Er wischt sich den Mund mit dem Handrücken ab. »Ich höre, der alte Malau hat dich geschickt. Ich schulde ihm noch einen Gefallen. Worum geht es?«

»Esther Villaverde. Vielleicht sogar um die Zukunft der argentinischen Demokratie. Wer weiß? Hast du eine Idee, wo sie sich rumtreibt?«

Godo lacht hässlich. »Argentinien ist mir alles schuldig geblieben. Deshalb schulde ich ihm nichts. Und der Villaverde schon gar nicht.«

»Ich weiß, dass du uns helfen kannst. Sonst hätte mir Malau nicht deine Adresse gegeben.«

»Nein, du weißt gar nichts«, sagt er bitter. »Nicht, dass Acción Directa von mir gegründet wurde; nicht, dass ich aus einem Haufen wirklichkeitsferner Weltverbesserer eine schlagkräftige Politgruppe gemacht habe; nicht, dass ich fünf Jahre meines Lebens in die Organisation gesteckt habe.« Er steht auf, streckt sich und tätschelt sein unansehnliches Bäuchlein. »Aber ich bin nicht vorzeigbar, nicht telegen genug für den modernen Politikbetrieb. Und plötzlich ist da die schöne Villaverde mit ihrem falschen Heiligenschein. Sie ist zu Acción Directa gekommen wie die Jungfrau zum Kinde. Völlig unbefleckt, glaub mir.« Er greift wieder zur Flasche mit dem warmen Bier und leert sie in wenigen Zügen. »Ich stolpere durch meine sich auflösende Nation. Ich stürze durch die Hölle dieses Sommers. Ein besoffener Ikarus, das bin ich, Godo.«

»Gut gebrüllt, Tiger. Und? Hilfst du mir nun?«, frage ich.

Er zeigt auf La Boca. »Das sind die dumpfesten, dunkelsten und stinkendsten Tiefen des Schoßes unser aller großen Hure Buenos Aires«, sagt er. »Hier bin ich geboren.« Er sieht mich an. Seine gelbgrüne Iris ist zersplittert und voller dunkler Einsprengsel. »Vergiss das Mädchen. Sie ist doch nur Spielball der Politprofis. Genau wie all die anderen Helden dieser Tage. Sie helfen nur, genau die Partei wieder an die Macht zu bringen, die uns diese Katastrophe eingebracht hat. Bald sind die Peronisten zurück. Dann werden sie den LIDER-Leuten ein paar Papierchen anbieten, darauf stehen Gesetze, die versprechen etwas Geld und das war dann die große Revolution.«

»Es ist also alles schon vorbei?«

Godo nickt, notiert etwas und reicht mir den Zettel. »Nun hau schon ab.«

Die Adresse, die er mir gegeben hat, liegt in der Nähe des Bahnhofs Constitución. Eine Stunde zu Fuß habe ich geschätzt, aber umständehalber wird mehr daraus. An den Straßenecken sammeln sich Menschen jeden Alters. Sie schlagen auf Töpfe, Pfannen, Deckel, Kessel und Büchsen, auf alles, was ordentlich Lärm macht. Trotz Versammlungsverbots beginnen sie, in Richtung Zentrum zu strömen. Allein, zu zweit, in kleinen und großen Gruppen; zu Fuß, auf Drahteseln und Motorrädern, in vollbesetzten Autos und Bussen, auf Lastern. Die Kolonnen haben keine Anführer und keine Transparente. Doch überall ist die argentinische Fahne zu sehen, ein überdimensionales Exemplar wird als ein mindestens zwanzig Meter langes Band von zwei langen Demonstrantenreihen getragen.

Als ich zum Bahnhof komme, sinkt die Nacht über die Stadt. Helikopter mit Suchscheinwerfern kreisen über den Straßen. Ich komme an einem großen Supermarkt vorbei, der von drei Dutzend Menschen belagert wird. Das Sicherheitsgatter wird gelupft und einige junge Männer schlüpfen hindurch. Im Handumdrehen kommen sie mit Zuckertüten, Waschpulver und Kartoffeln wieder heraus. Dann gibt es kein Halten mehr. Wohl zwanzig Menschen klammern sich ans Gatter und reißen es aus seiner Verankerung. Schon hält ein Mannschaftswagen der Polizei und spuckt eine Ladung Anti-Aufruhrkräfte aus. Sinnlos beginnen sie, auf irgendwelche Passanten einzuprügeln.

Ich halte mich im Schatten. So unsichtbar wie möglich husche ich von Hauseingang zu Hauseingang, stehle mich vorbei am Skelett eines verlassen vor sich hin brennenden Linienbusses und erreiche schließlich den Befehlsstand der außerparlamentarischen Opposition. Die Straße ist mit provisorischen Barrikaden aus Türen, Autos und Müllcontainern dichtgemacht und wird von Studenten und Arbeitern bewacht.

Zuerst will man mich nicht durchlassen, aber dann entdecke ich den Zwei-Meter-Mann, mit dem sich Esther kurz in der Kapelle der Santa Muerte unterhalten hat. Wie hieß er noch? Claudio! Es dauert eine Weile, bis er sich an mich erinnert, aber dann nickt er. »Kommando Krikaljow«, sage ich und zeige ihm meine Waffe im Schulterhalfter. »Bin zum Schutz der Villaverde abgestellt.« Er bespricht sich, immer wieder auf mich deutend, mit einigen anderen. Widerwillig wird ein Gitter beiseite geräumt und Claudio zeigt auf das gegenüberliegende Haus. »Irgendwo da drin, Genosse.«

Ich klopfe ihm auf den Rücken, gehe hinein und stürme die Treppen hinauf. Es wimmelt von Menschen, die hektisch hin- und herlaufen. »Die Villaverde? Wo ist die Villaverde?«

»Das würden wir auch gerne wissen.« Lachen.

Ich nehme die erstbeste offene Tür und lande in einem Büro, in dem alle entweder telefonieren oder diskutieren. Ein Mann mit einem Stapel Flugblätter stößt mit mir zusammen. Ich helfe ihm beim Zusammenklauben der Papiere. »Die Villaverde?«

Er zuckt die Schultern. »Das Material muss heute Nacht noch raus.«

Ich kämpfe mich zu einem der Schreibtische vor.

Eine Frau sitzt da und deckt die Hörermuschel ab. »Der Posten vor der Raffinerie ist von den Bullen überrannt worden. Die schaffen jetzt Streikbrecher hinein«, ruft sie in den Raum.

»Schweine!«, schallt es aus einer Ecke zurück.

»Wir schicken Verstärkung«, aus einer anderen.

Die Frau wirft mir einen misstrauischen Blick zu und gibt einige Instruktionen durch, die sie von einem Blatt abliest. Dann drückt sie die Gabel runter und legt den Hörer daneben.

»Esther Villaverde? Wo?«

Sie schließt kurz die Augen. Als sie wieder aufblickt, sieht sie unendlich müde aus. »Ich habe Esther zuletzt unten beim

Hungerstreik gesehen«, sagt sie und nimmt den nächsten Anruf entgegen.

Mehrere Stufen auf einmal nehmend renne ich hinunter. An einer Tür hängt ein Poster von Salvador Allende. Hier bin ich richtig. Im Hauptraum eine kleine Teeküche, eine Sitzgruppe vom Sperrmüll und weitere Poster. Das Plakat eines Kongresses »Freiheit für Argentinien« aus den Siebzigern, der unerlässliche Ché und unscharfe Fotos von Folterzentren. Aus dem Nebenraum höre ich ein Keuchen. Ein Durcheinander von Schlafsäcken und Matratzen. Unter einer Decke döst ein ausgemergelter Mann unbestimmten Alters. Zwei Liegestätten sind leer. An der Wand hängt ein linkisch gemaltes Transparent.

Ich knie mich zum Mann am Boden. »Können Sie noch sprechen?«

Seine Augen bewegen sich langsam zu mir hin und versuchen, mich zu fokussieren. Dann erschüttert ihn ein Hustenanfall.

»Kann er, soll er aber nicht. Er hat seit dreißig Tagen nichts gegessen«, sagt ein anderer Mann.

Ich stehe auf und drehe mich um. Er ist Ende vierzig, trägt sein langes graugelocktes Haar hinten zum Pferdeschwanz gebunden und eine Ethnojacke samt dazu passender Hose. In seinen Händen hält er zwei große Thermoskannen. Nicht die Art von Mensch, die sich leicht beeindrucken lässt.

»Ich suche Esther Villaverde.«

»Um was geht es?«

»Sonderauftrag.« Ich schiebe mein Jackett beiseite und drehe meine Hüfte so, dass er den Pistolenknauf sehen kann.

Sein Gesicht hellt sich etwas auf. »Na, endlich unternehmen die vom Führungskomitee mal etwas Vernünftiges. Habe schon lange gesagt, dass Esther Personenschutz braucht.« Er zeigt in die Richtung, aus der ich gekommen bin. »Sie wollte zur Sitzung eines Nachbarschaftskomitees in der Chacabuco. Nehme an, sie hat es nicht zurück hierhin geschafft.«

Draußen erwartet mich ein prähistorischer Planet. Halb Märchen, halb Albtraum. Die Nacht strömt in mich hinein, durch mich hindurch. Erfüllt mich mit ihrer Dunkelheit. Alles ist möglich. Überall brennen Barrikaden und Geschäfte, schemenhafte Gestalten huschen durch Lichtkegel, Schüsse peitschen, Schreie gellen, Tränengaswolken treiben Straßenzüge hinab, der metallische Rhythmus von unsichtbaren Rotorblättern schwillt auf und ab, überall das Geheul von Sirenen. Die Menschheit hat beschlossen, wieder auf allen Vieren zu kriechen. Ich aber gehe gerade und aufrecht meinen Weg. Ich fühle mich zwanglos und frei wie noch nie in meinem Leben. Als hätte ich endlich meinen inneren Frieden gefunden. Die blauen Flammen, die aus einem Autowrack züngeln, das grelle Orange der Tankexplosion, das Dunkel einer Seitenstraße, das tief und friedlich dahinfließt – weich und samtig wie Tusche.

Bilder einer Straßenschlacht: Ein Polizist hält sich, von einem Pflasterstein getroffen, das blutige Gesicht und sackt zusammen. Zwei Uniformierte knien auf dem Rücken eines Demonstranten und verdrehen ihm den Arm. Einige Männer gehen mit bloßen Händen aufeinander los. Die Menschen, die das alles mit zeitlichem Abstand als »Gewaltexzesse« verurteilen oder als »Volksaufstand« veredeln, die dem Geschehen seinen Platz in der Geschichte und seine Bedeutung zuweisen werden, sind jetzt nicht hier. Sie sind in Sicherheit. Plötzlich stürmt ein Uniformierter auf mich zu. Meine Hand umfasst den Knauf der Waffe. Aber er rennt an mir vorbei. Ich gehe weiter. Bin ich erleichtert oder enttäuscht? Ich weiß es nicht mehr. Eine Hoch-Autobahn auf Stelzen weist mir die Richtung. An einer Straßenecke sitzt ein Mann am Bordstein und winkt mir müde zu. In seinen Händen hält er eine ramponierte Kamera. Der Fotograf aus dem zweiten Stock!

Neben ihm liegt ein dunkel geflecktes Transparent mit der Aufschrift »Nackt sind wir alle gleich« und nicht weit davon die junge Frau. Angezogen habe ich sie ein paar Mal im Treppenhaus gesehen, jetzt ist sie nur in die Jacke des Fotografen gewickelt. Es ist die Studentin, die Urbanudísmo propagiert. Sie atmet noch. Ein unheimliches fluoreszierendes Licht flackert über ihr Gesicht. Ihr Brustkorb hebt und senkt sich unrhythmisch und kraftlos. Mit langsamem Keuchen schnappt sie nach Luft. Ich ergreife ihre Hand, nenne sie Maria. Damit sie einen Namen hat. Ein Krankenwagen hält mit quietschenden Bremsen. Zwei weiß gekleidete Notfallsanitäter knien sich zu uns hin. Gummihandschuhe betasten ihre Haut. Hektische Hände bohren eine Nadel in ihren Arm. Sie will ihn wegziehen. Aber er ist schon an der Trage festgeschnallt. Wir laufen zur Ambulanz. Die Sanitäter wollen nicht, dass ich mit einsteige, aber sie lässt meine Hand nicht los. Schließlich bekomme ich einen Infusionsbeutel in die andere Hand gedrückt und fahre einfach mit.

Das Mädchen lässt meine Hand nicht los: nicht als der Wagen stoppt, nicht als sie über die kalten Gänge geschoben wird, nicht als wir den weißen Operationssaal betreten, nicht als sie auf die braune Plastikmatte des Tisches gelegt wird. Ein junger Mediziner bereitet eine Transfusion vor. Mit einer Handpumpe drückt er das Blut durch einen Plastikschlauch in ihren Körper und überall fließt es wieder hinaus. Ihre nur halb geöffneten Augen suchen benommen nach irgendetwas. Nichts ist dieser Frau hier nahe. Nur meine Hand, die sie fest umklammert. Ich erwidere den Druck. Plötzlich lässt sie mich los. Sie ächzt. Schnell nimmt ein Arzt ihren Puls und ihren Blutdruck. Er schüttelt den Kopf. Ihre Zehen zucken. Sie versucht den Kopf zu heben, dann ist sie ruhig. Tot! Ohne ein Wort, ohne Tränen. Es ist absurd: diese junge Frau, die in ihrer eigenen Stadt stirbt – in völliger Einsamkeit. Dieses Mädchen, das Maria sein könnte und doch jemand anderes ist. Ich küsse sie auf die noch warme und verschwitzte Stirn, will weinen, aber dann sehe ich die anderen Verletzten auf den Gängen. Ich muss raus hier. Nur raus.

Draußen schleppen Polizisten einen verletzten Kollegen in die Aufnahme. Sein rechter Unterschenkel baumelt nur noch an den Sehnen. Nachdem sie ihn abgegeben haben, stellen sie sich zu mir. Ich gebe eine Runde Zigaretten aus. Wir sprechen nicht. Ich frage mich, ob wir das Richtige tun, während sich irgendein fetter, alter, geiler Wallstreet-Spekulant, der in den vergangenen Monaten noch eine Million bei Peso-Spekulationen gewonnen hat, ein weiteres Tausend-Dollar-Callgirl von seinem Spesenkonto bezahlt. Erst als meine Wut nachlässt, fällt mir ein, dass ich selbst so ein Spekulant gewesen bin – bis heute. »Man kann gar nicht so viel essen wie man kotzen möchte«, sagt einer der Männer. Niemand widerspricht.

Ich mache mich wieder auf den Weg. Das Gefährlichste sind jetzt die Motorradschwadronen, die ganz plötzlich auftauchen. Die Maschinen sind mit zwei Polizisten besetzt, der eine fährt, der andere verschießt Reizgas- oder Gummigeschosse. Aber ich komme trotzdem gut voran und stehe eine Stunde später vor einer Türe in der Chacabuco. Ich klopfe. Nichts. Ich hämmere dagegen. Endlich vorsichtige Schritte. »Wer da?«

»Ich muss zu Esther.«

»Nicht da.«

»Bitte.«

Husten. Ein schmächtiger, schlecht rasierter Mann mit roten Schweinsaugen steht in der Tür. Er schwankt. Ich erhasche einen Blick vorbei an seinem Oberkörper. Die Diele ist dunkel, aber am Ende sieht man Licht, einen Küchenboden und ein paar lange Beine, die vom Türrahmen abgeschnitten sind. Ich zwänge mich an ihm vorbei.

Esther sitzt mit einer anderen Frau am Küchentisch. An einer Wand hängt ein Gardel-Plakat: schräger Hut, gestreifte Hosen, der Gang selbst im stillen Bild noch sichtbar rhythmisch, die Haare mit Wachs nach hinten gekämmt, eine leicht herablassende Arroganz im Blick, wenn lächeln, dann finster. So ist das mit den Tangueros. Im Radio läuft die Welle der Freiheit. Godo tummelt sich in seinem Element: »Die Stunde ist gekommen und die gerechten Männer ziehen heran mit Lärm und Geschrei wie die Vögel unterm Himmel, wenn sie dem Winter entfliehen und hinziehen zum Ozean. Die Frauen aber kommen schweigend, die mutbeseelten Amazonen. Alle begierig, einander beizustehen. Wie von der Anden Gipfel der Südwind Nebel herabgießt, gar nicht lieb für den Hirten, doch besser als die Nacht für den Räuber. Unsere Herzen sind hart wie die Schneide des Beiles, das durch den Baumstamm dringt. Jetzt geht zum Kampf und fechtet.« Er beginnt, eine Melodie zu summen. »Ich bin der Antichrist, bin ein Anarchist. Genau, genau, genau: der Sex-Pistols-Klassiker im Tito-Larriva-Remake. Das Motto für heute: Anarchie in Argentinien. In diesem Sinne: Lasst es krachen, Genossen.«

Als ich die Küche betrete, sehen die beiden Frauen mich überrascht an.

»Was machst du denn hier?«, fragt die Villaverde. »Und dann in diesem Aufzug?«

»Tantani schickt mich«, lüge ich. »Er meinte, ich solle ein wenig auf dich achtgeben. Haben Sie ihn in den letzten Tagen gesehen?«

»Fred? Nein!«, sie schüttelt den Kopf. »Aber jetzt muss ich raus auf die Straße zu meinen Leuten. Ich kann mich nicht um dich kümmern.« Sie will unbedingt zur Plaza de Mayo, obwohl die nach Informationen von Radio Libertad bereits von der Polizei geräumt worden ist.

»Ich begleite dich, sage ich. »Zumindest, bis wir Claudio oder sonst jemanden von LIDER finden.«

»Von mir aus!«

Die andere Frau bringt uns bis zur Tür und späht hinaus. »Alles ruhig«, flüstert sie, ein kurzer Händedruck und wir sind auf der Straße. Die Polizeisirenen klingen weit entfernt. Sonst ist nichts zu hören. Wir huschen durch die Gassen. Zur Plaza Dorrego hin wird es lauter. Eine Gruppe vermummter Jugendlicher versucht, in ein Café einzubrechen. Mir gefällt das nicht.

»Schisser!«, zischt die Villaverde und geht voran. Ich folge ihr zögerlich. Wir halten Sicherheitsabstand zu den Jugendlichen, die keine weitere Notiz von uns nehmen. Als wir in der Mitte des Platzes sind, spritzt keine zwei Meter neben mir etwas Dreck auf. Es dauert zu lange, bis ich dies mit dem Knall in Verbindung bringe, den ich fast im gleichen Augenblick höre. Ein zweiter Schuss hallt durch die Nacht. Wieder eine kleine Staubfontäne. Diesmal nahe bei Esther Villaverde.

Mit einem Sprung reiße ich sie zu Boden, rolle mit ihr hinter eine Bank und schlage mit meinem Kopf mit voller Wucht gegen einen Laternenpfahl. Mir wird schwarz vor Augen. Dann Farbexplosionen. Ich komme wieder zu mir und höre eine schnelle Reihe kurzer, dumpfer Geräusche. Irgendetwas streicht über uns hinweg. Ein Lufthauch am linken Arm. Ein Klacken wie von einem Kiesel. Der Pfahl der Laterne neben mir vibriert. Ein Hund jault auf. Die Jugendlichen sind in einer Seitenstraße verschwunden.

Ich ziehe den Colt und spähe durch eine Ritze in der Bank. Beim nächsten Schuss orte ich das Mündungsfeuer. Es stammt aus einem Auto, das auf der anderen Seite des Platzes im Schatten einer defekten Laterne geparkt ist. Mit einem Klick lasse ich die Sicherung herunterschnappen, mit einem zweiten Klick spanne ich den Hahn. Ich denke an das, was ich vor langer Zeit einmal beim Wehrdienst gelernt habe, lege die zweite Hand unter den Knauf, stütze mich auf die Lehne der Bank, stemme die Füße in die Erde und schieße ein-, zwei-, drei Mal. Danach sind meine Unterarme ohne Gefühl und in meinen Ohren nur ein unbestimmtes Rauschen. Erst nach einer Weile höre ich die Hupe des Wagens. Der Hund klagt immer noch.

Esther kniet neben mir auf dem Pflaster und sieht mich überrascht an. »Du Idiot!«, ruft sie. »Bist du völlig übergeschnappt?« Mehrere Lichter gehen in den Häusern am Platz an. Sirenen. »Wir müssen runter von der Straße. Meine Mutter wohnt in der Nähe!«, sagt sie jetzt flüsternd. »Da sind wir erst einmal sicher.« Gleichzeitig springen wir auf und laufen los. Es mögen nur zehn Minuten sein, höchstens fünfzehn, bis wir endlich in den Eingang des Hauses der Calle Chile schlüpfen. Schwer atmend lehnen wir nebeneinander an der rauen Hauswand im feuchtdunklen Treppenhaus. Es riecht nach abgestandenem Essen. Der Schweiß bricht mir aus allen Poren.

»Idiot!«, wiederholt sie nach einer Weile. »Das waren wahrscheinlich Bullen in Zivil. Die haben nur die Plünderer erschrecken wollen.«

»Sie haben auf uns geschossen.«

»Weil wir in die Schusslinie gelaufen sind. Wenn die mich hätten treffen wollen, wäre ich schon tot.«

»Die Studentin aus dem vierten Stock ist wirklich tot.«

Esther drückt auf einen Knopf und der Aufzug kommt nach unten. Ächzend schaukelt er uns hoch. Mir kommt es vor, als könne man jedes Zahnrad hören. Irgendwo über uns macht es »Klack« und der Käfig erklimmt die fehlenden Meter zum fünften Stock. Vor der Tür zu Irenes Wohnung zögert sie. »Hast du die Schlüssel zu Freds Wohnung?«, fragt sie. »Ich habe heute Abend keine Lust auf die Fragen meiner Mutter.«

Ich nicke und wir betreten Tantanis Wohnung. Esther verschwindet in der Dusche. Sie scheint sich gut hier auszukennen. Wenige Minuten später dringt ein frischer Duft zu mir in die Küche. Nackte Füße auf den Holzdielen. Esther geht zum Herd und stellt Wasser auf. Dann durchsucht sie den Küchenschrank und stellt schließlich ein Paket Maté-Tee auf die Arbeitsplatte. Sie trägt einen viel zu großen Morgenmantel von Tantani, dessen Ärmel sie mehrfach umgeschlagen hat. Sie sticht kurz mit dem Zeigefinger in den Wassertopf, um die Temperatur zu fühlen, und nimmt ihn vom Feuer. Dann füllt sie einen handlichen, ausgehöhlten Kürbis mit dem Wasser und wartet etwas. Sie leert den Kürbis wieder, gibt die grünen Maté-Blätter hinein, deckt die Öffnung mit der Hand zu und schüttelt ihn. Sie steckt einen silbernen Halm hinein, gießt den Tee auf und reicht mir den Kürbis. Wir trinken schweigend. Esther setzt sich auf den Fenstersims. Ein Bein am Boden, das andere in der Luft. Die undichten Fenster rappeln. Die Gasflamme im Boiler erlischt. »Riechst du das?«, fragt Esther. »Der lehmige Geruch der Rio de la Plata-Mündung dreihundert Kilometer von hier. Ostwind! Er kommt vom Atlantik. Vielleicht bringt er Regen.«

Ich starre sie an und kann nur Blödsinn denken: dass ihre Füße fest in den Urkräften der Erde verwurzelt und ihre Haare mit dem Himmel verknüpft sind. Dass sie Zugang zu geheimen Kräften hat. Und dass in ihr vielleicht die Hoffnung auf Erlösung schlummert. Der Wind nimmt an Stärke zu und pfeift durch die Straßen. Wir beide scheinen irgendwie aus der Zeit gefallen zu sein. Als sie aufsteht, öffnet sich der Morgenmantel halb. Ich kann die Ansätze ihrer Brüste erkennen, deren Form sich im Schatten verliert.

»Eine Nacht, keine Tränen«, sagt sie. Dann küssen wir uns, weil es das Einzige ist, was in dieser Nacht überhaupt noch irgendeinen Sinn macht.

Montag, 24. Dezember 2001, Buenos Aires

The day destroys the night

Jeder Mensch kann erreichen, was immer er will – wenn er nur hart genug arbeitet. Das ist der Gründungsschwur der Vereinigten Staaten. Jeder Mensch bekommt, was er verdient. Das ist seine spirituelle Essenz. Jeder Mensch leidet an einem anderen Menschen, der seinerseits an einem Dritten leidet; und keiner weiß warum. Das ist das argentinische Labyrinth. Und ich stecke immer noch mittendrin.

Gestern wurde der nach der Ermordung seiner Kollegen Vitrelli, Gómez und Paltrana mit den Umschuldungsverhandlungen betraute Staatssekretär Bergovic ermordet in der Nähe des Bahnhofs Constitución aufgefunden. Enthauptet! Bei der Leiche wurde ein weiterer anonymer Brief gefunden. DER VIERTE NAME GOTTES IST AUSGERUFEN WORDEN. ZÄHLT DIE STUNDEN BIS ZUM JÜNGSTEN GERICHT. Damit sind alle vier Argentinier tot, die Tantani am Tag unseres Treffens mit Dominguez als letzte Hoffnung auf eine Einigung mit dem IWF bezeichnet hat. Und ich hocke hier in seiner Zweitwohnung und habe keine Ahnung, wie ich ihn stoppen kann. Wenigstens hat Palacio seinen Besuch angekündigt. Vielleicht hat er irgendwelche Neuigkeiten. Das ist schließlich sein Job.

Die Menschen hier im Viertel haben ihre ganz eigene Erklärung für die Schießerei gefunden, in die ich neulich mit Esther verwickelt gewesen bin. Vor fünf Tagen, während der schweren Unruhen, seien die Anwohner der Plaza Dorrego mitten in der Nacht von einem fürchterlichen Krach erwacht. Es sei ein lautes Jaulen gewesen – wie von einem Tier. Kurz darauf habe die Gegend von Polizisten gewimmelt. Zwei Männer hätten schrecklich zugerichtet in einem Auto gelegen. Die Anwohner seien von höchster Stelle angewiesen worden, die Sache zu vergessen. Aber es habe eine große Blutlache in der Mitte des Platzes gegeben. Und dieses Blut sei kein Menschenblut gewesen, sondern Tierblut. Und habe nicht von irgendeinem Tier gestammt, sondern von DEM Tier. Nach allgemeiner Einschätzung verdichteten sich damit die Zeichen: Erst sei ein Pampadorf von einer Fliegenplage epischen Ausmaßes heimgesucht worden, dann habe es in einem anderen tote Vögel geregnet und jetzt die unerklärlichen Ereignisse im Zentrum von Buenos Aires. Die Ankunft des Antichristen müsse unmittelbar bevorstehen.

Das ist nun also mein folgenreicher Auftritt in der argentinischen Krise gewesen: Willarth, der Held von Buenos Aires, hat eine Katze und einen Straßenköter gerächt.

Die argentinische Presse macht sich jedoch einen ganz anderen Reim auf die Ereignisse auf der Plaza Dorrego und die inzwischen »Adventsmorde« genannten Taten. Anscheinend habe ich ungewollt zwei stadtbekannte Schläger angeschossen. Die beiden sind gestern unter großem Tamtam im Krankenhaus von der Polizei festgenommen und in ein Gefängnishospital überführt worden. Angeblich haben sie gestanden, einen Staatsstreich vorbereitet zu haben, um das Militär wieder an die Macht zu bringen. Angeblich hat ihre Aussage die Polizei dann zum Zentrum der Verschwörung geführt, einem früheren Polizisten, der seit geraumer Zeit wegen mehrfachen Mordes gesucht wird. Angeblich hat man ihn schließlich beim Versuch, unter falschem Namen nach Montevideo auszureisen, am Fährhafen festgenommen und bereits dem Haftrichter vorgeführt. Die Staatsanwaltschaft geht davon aus, dass diesem Mann auch die sogenannten »Adventsmorde« nachgewiesen werden können.

Ich mag das alles nicht glauben, bis ich einen Filmbeitrag in den Nachrichten sehe: Begleitet von Polizeiautos fährt ein dunkler Lieferwagen vor den Stufen eines Gerichtsgebäudes vor. Die Tür öffnet sich. In Handschellen, mit schusssicherer Weste und umringt von Polizisten wird ein unrasierter Mann durch das Gedränge der Journalisten geführt. Er macht einen sehr gefassten Eindruck. »Ich bereue nichts«, ruft er. »Die Unterzeichnung eines weiteren Abkommens hätte uns nur tiefer in die Sklaverei des IWF geführt.« Ein Polizist will ihn fortziehen, aber der Mann hält sich an einem Geländer fest. »Es war ein Verbrechen, Argentinien an das internationale Kapital zu verscherbeln. Diese Männer haben unsere Zukunft verkauft. Das Volk hat mit Blut für ihre Unterschrift bezahlt. Jetzt haben sie auch gezahlt, in gleicher Währung, mit ihrem Blut. Ich habe sie geschlachtet wie Opfertiere.« Vielleicht nimmt der Mann Tantanis Verbrechen auf sich, weil er so oder so für Mord brummen wird und er seine Taten damit überhöhen kann. Vielleicht brauchte man einfach einen Schuldigen und hat sich jemanden gekrallt, der es in jedem Fall verdient hatte.

Einige dumpfe Glockenschläge reißen mich aus meinen Gedanken. Irgendwo fliegt eine Fliege gegen ein Fenster von Tantanis Wohnung. Wieder und wieder. Ich lehne mich im Rattansessel zurück und verfluche die Stadt, die Hitze und die Warterei. Meine Ärmel sind hochgekrempelt, mein Hemd ist aufgeknöpft, mit einem Buch fächle ich mir etwas Luft zu. Aus den Augenwinkeln beobachte ich eine dunkel schimmernde Kakerlake von der Länge meines Mittelfingers. Sie krabbelt über die schartigen Holzbohlen. Am helllichten Tag! Ich taufe sie Juanita.

Der Besitzer vom Café Isadora meinte, ich solle kurzen Prozess mit dem Ungeziefer machen. Kukatrap, Kukakill, Kukinator – egal was, Hauptsache reichlich. Doch Frau Grünstadt, mit der ich inzwischen auf »du« bin, hat mir von Gift abgeraten. Genau so habe ein befreundeter Rentner seine letzten Haare verloren und ein paar Zähne dazu. Sie schwört auf die Zeitungsmethode: Ein Betäubungsschlag mit einer schnellen, leichten Waffe, eine linke Gazette wie Pagina 12 sei ideal dafür; für den zweiten

Schlag nimmt man eine Zeitung mit großem Stellen- und Immobilienteil; am besten eines der wirtschaftsliberalen Blätter wie den Clarín. Ja, die tödliche Wucht des Liberalismus knackt auch den härtesten Panzer. Das einzige Problem ist nur, dass er dabei immer so eine Schweinerei hinterlässt.

Die Fliege nimmt einen neuen Anlauf. Auch Juanita taucht wieder auf. Sie zieht zunächst hektische, erratische Kreise, dann bleibt sie mit zitternden Fühlerchen stehen und läuft schließlich mit provozierender Gelassenheit auf gerader Linie in Richtung Küche. Ganz so, als wüsste sie, dass ich zu lange brauchen würde, um sie noch zu stoppen. Der Teufel mag sie holen. La puta Juanita! Die Warterei macht mich ganz verrückt.

In jenem fernen, kalten Traum namens Washington hat man beschlossen, Argentinien als Verkehrsunfall der Wirtschaftsgeschichte abzutun. Bedauerlich, aber unvermeidbar auf dem Weg zum Endsieg des entfesselten Kapitals. Der größte Zahlungsausfall in der Finanzgeschichte ist zwar eingetreten, aber der Dominoeffekt findet nicht statt und die Welt geht nicht unter – zumindest nicht wegen Argentinien. Denn das nächste große Spiel hat schon begonnen. In Brasilien oder sonstwo. Zeige mir eine globalisierte Weltwirtschaft und ich zeige dir systemische Risiken. Vielleicht deshalb hat mich heute Morgen die Geschäftsführende IWF-Direktorin mit einem persönlichen Telefonat beehrt und mir die Position eines persönlichen Referenten angeboten. »Jetzt brauchen wir neue Leute an der Front. Menschen, die das Vertrauen einer neuen Generation von südamerikanischen Führern erwerben können«, hat sie gesagt und mir die Teilnahme am Weltwirtschaftsforum in Davos in Aussicht gestellt.

Davos! Mächtige Felsflanken überpudert von Schnee. Die Lichter des Ortes im weißen Tal. Klare Luft und rote Backen. Der jährliche Jahrmarkt der weltweit Wichtigen. Handverlesen ein Jeder. Eintausend Unternehmenslenker. Dazu eine exquisite Schar von Politikern, Professoren, Künstlern und Nachwuchsmanagern nebst großem Medientross. Alles strömt zusammen, »um die Lage der Welt zu verbessern«. Doch der Kapitalismus wird nicht in Frage gestellt, sondern nur ethisch aufgeladen. Das Motto lautet: »Verantwortung übernehmen für harte Entscheidungen«. Dabei übernimmt ja niemand Verantwortung. Wenn es hart auf hart geht, heißt's doch immer nur: »Im Zeitalter der

Globalisierung ist unser Handeln alternativlos.« Nach Wochen der Hitze erscheint mir das wirklich Erstrebenswerte an Davos die Aussicht auf eisige Kälte. Minus dreizehn Grad. Ich habe mich artig für das Angebot bedankt und versprochen, mich bis Anfang Januar zu entscheiden.

Als ich nach ihren Anweisungen in Sachen Tantani frage, antwortet sie ganz unbekümmert: »Die Amerikaner werden sich um ihn kümmern.« Als ich mich nach dem weiteren Vorgehen des IWF im Fall Argentinien erkundige, verweist sie auf eine neue Delegation des Währungsfonds, die schon am 1. Januar nach Buenos Aires kommen werde. In einem Satz: Das Problem Tantani ist »amerikanisiert« und das Problem Argentinien »argentinisiert«. Eine Management-Meisterleistung. Ich habe beschlossen, mir das Motto zu merken: Wenn du ein Problem nicht lösen kannst, mache es einfach zum Problem eines anderen!

Kurz nach zwölf steht endlich Coronel Palacio vor Tantanis Wohnungstür.

»Sie sind spät«, sage ich.

»Wie es aussieht, ist ganz Argentinien nur ein gebrochenes Versprechen. Da fallen doch ein paar Minuten nicht ins Gewicht«, antwortet er. In meinen Kreisen gilt Zynismus als Zeichen von enttäuschter Intelligenz, in diesem Land ist er schlichte Notwehr.

Wir gehen ins Wohnzimmer. In einer Anrichte finde ich eine unversehrte Flasche Cacique-Rum. Ich reiche ihm ein Glas. Palacio sieht sich um. »Warum haben Sie uns nicht früher mitgeteilt, dass Sie Tantanis Zweitwohnung gefunden haben?«

»Washington will so wenig Aufmerksamkeit wie möglich in dieser Sache«, antworte ich.

»Aber Sie wollen, dass ich Ihnen dabei helfe, Tantani dingfest zu machen?«

Ich nicke.

»Warum?«

»Er hat Vitrelli, Gómez, Paltrana und Bergovic auf dem Gewissen.«

Palacio sieht mich ungläubig an. »Jeder Argentinier hatte tausend Gründe, diese Männer zu ermorden, Tantani hat keinen einzigen. Warum gerade er?«

Ich hole Fjodors Stadtplan von Buenos Aires, schiebe die Rumgläser beiseite, breite ihn aus und erkläre ihm die Theorie von den vier Morden in Form eines Kreuzes und erzähle ihm die Geschichte von den Prophezeiungen und dem Schwert. Der Coronel beginnt währenddessen, kleine Runden durchs Wohnzimmer zu ziehen. »Warum haben Sie ausgerechnet entlang der Nueve de Julio gespiegelt?«, fragt er, als ich fertig bin.

»Sie verläuft von Norden nach Süden – der Norden steht für Zivilisation, Licht und Ordnung, der Süden für Barbarei, Dunkelheit und Chaos«, sage ich. Vom letzten Tatort am Bahnhof Constitución gleite ich die Nueve de Julio entlang, die selbst im Stadtplan noch so breit ist, dass meine Fingerkuppe hineinpasst. Eine Straße, deren Verlängerung in die Weiten Patagoniens führt. Eine Linie ins Nichts also. Woher soll der Höllenfürst kommen, wenn nicht aus dem Nichts? »Der letzte Mord verrät uns die Richtung, aus der wir den Antichristen zu erwarten haben: Er kommt aus dem Süden und endet hier.« Ich male einen dicken Kreis um den Obelisken. »Dieser Ort ist das magische Zentrum der Ereignisse.«

Palacio bleibt stehen, zündet sich eine Zigarette an, lässt sich in einen der Sessel fallen und sagt: »Unter normalen Umständen würde ich sie für komplett verrückt halten. Aber die Umstände sind nicht normal. Ich glaube an einen Zufall, vielleicht noch an zwei, aber vier Zufälle sind in meinem Metier schon ein Muster. Nicht auszuschließen, dass Sie Recht haben. Aber was ist sein Motiv?«

»Die radikale Überwindung der gegenwärtigen, korrupten Strukturen durch eine tiefgreifende Krise. Tabula Rasa. Es gibt genügend Ideologien, die ein solches Vorgehen legitimieren.«

»Dann bleibt also die Frage, was Tantani mit der Stunde Null gemeint haben kann«, sagt er. Der schwere, kratzende Geruch von schwarzem Tabak breitet sich aus. Für einen Moment steht eine phantastische Theorie im Raum, die uns beide berauscht. Für einen Moment fühlen wir beide, dass in diesem Haus alles die gleiche Entfernung von der Wirklichkeit hat: das Allerwahrscheinlichste und das Allerunwahrscheinlichste. Oder ist am Ende etwa ganz Buenos Aires nur ein rein imaginärer Ort?

Doch dann schüttelt Palacio energisch den Kopf. »Sehen Sie, Willarth, ihre Theorie ist mir zu kompliziert. Ich gebe zu, die Tötungsart bei den drei Staatssekretären und dem Zentralbankpräsidenten ist bizarr. Ich gebe auch zu, Tantani hätte wahrscheinlich immer noch die Möglichkeit, zu diesen Männern vorzudringen. Er wird nicht offiziell gesucht. Er hätte sich ganz unverdächtig mit ihnen in Verbindung setzen und ein Vier-Augen-Gespräch zu einem IWF-Notkredit vereinbaren können. Aber das ist nicht der kürzeste Weg, um die Ereignisse zu erklären.« Er gießt sich noch einen kräftigen Schluck Rum nach. »Sie haben die wichtigste Frage außer Acht gelassen: Welche handfesten Interessen könnten hinter den Morden stehen? Bei der Zerstörung der IWF-Repräsentanz sind in großem Umfang belastende Dokumente zu Krediten des Währungsfonds an die argentinische Militärjunta vernichtet worden. Alle vier argentinischen Opfer sowie Koski und Tantani waren in diese Vorgänge in den Siebziger Jahren verwickelt. Hier wird gerade eine dunkle Vergangenheit entsorgt, Willarth.« Er trinkt aus und steht auf. »Darum geht es und um nichts anderes.«

Als sich die Tür hinter ihm geschlossen hat, muss ich mir eingestehen, dass dies tatsächlich die kürzeste Linie ist, um alle Ereignisse zu verbinden. Sind Fjodor, Mascha, Suki und ich drei Monate nur im Kreis gelaufen und jetzt wieder am Anfangspunkt angelangt?

Montag, 31. Dezember 2001, Buenos Aires

The night divides the day

Es ist meine letzte Chance, Tantani zu finden, bevor die Amerikaner es tun. Irene hat sich endlich erweichen lassen und mir den Tipp gegeben. Tantani kommt jedes Jahr zu einer Sondersendung der Welle der Freiheit, die aus einer Laune von Godo heraus immer am 31. Dezember von einer Irrenanstalt aus ausgestrahlt wird.

Der Fahrer parkt den Wagen vor einem unscheinbaren Gebäudekomplex, der von einer hohen Mauer umgeben ist. Am Messingschild neben dem Eingang steht »Hospital neuropsiquiátrico Evita Perón«. Ich gehe zum Eingang, klingele mehrmals, lege mein Ohr an die Gegensprechanlage. Nichts rührt sich. Da ist nur diese solide aussehende Tür mit einem kleinen Guckloch, außerdem eine lange Reihe schmaler vergitterter Fenster und die Mauer. Ich will schon wieder gehen, als die Tür sich öffnet. Ein grobschlächtiger Mann im weißen Kittel füllt den Rahmen aus.

Locker zwei Meter groß und mindestens einen breit, seine Pranken haben die Größe von Kriegsäxten.

»Ich habe gehört, dass Godo hier heute eine Sondersendung macht, sage ich.

Missmutig mustert er erst die Umgebung und dann mich.

»Wer sagt das?«

»Eine Freundin von Godo.«

»Und wer sind Sie?«

»Ein Freund von Godo.«

Er denkt nach. Man sieht, wie schwer ihm das fällt. Kaut auf seiner Unterlippe rum, als würde er gerade eine komplizierte Eröffnung gegen Kasparow spielen. »Wusste gar nicht, dass Godo so viele Freunde hat«, sagt er. Dann ruft er etwas in das Haus hinein. Es kommt keine Antwort. Er kratzt sich den nahezu quadratischen Schädel mit dem Stoppelhaar. Schließlich stellt er sich quer in den Rahmen und macht mir mit dem Kopf ein Zeichen hereinzukommen. Als ich mich an ihm vorbeidrücken will, fixiert er mich mit einer Hand im Türrahmen und tastet mich mit der anderen ab.

»'Tschuldigung«, murmelt er. »Aber so sind die Regeln.« Er nimmt mir meine Tasche ab und kippt ihren Inhalt auf eine lange Holztheke neben einem Glaskasten, der aussieht wie eine verwaiste Rezeption. Drei Gänge gehen von hier ab, einer nach links, einer nach rechts und der dritte führt geradeaus zu einer Doppeltür. Sauberer, grünbrauner Linoleumboden.

»La puta madre!«, flucht der Mann, als eine Rumflasche auf die Theke kullert. Da liegt sie nun in einem großen Haufen von Zigarettenpackungen und Pornozeitschriften, die ich auf Anraten von Esther gekauft habe, um ohne weitere Formalitäten ins Irrenhaus zu kommen. Er zeigt auf einige Titelblätter mit großbrüstigen Frauen, deren Gesichter so stark retuschiert sind, dass sie völlig künstlich wirken – fast wie die von Comicfiguren. »Und das?«, fragt er.

»Kaufe ich beim Zeitungsmann vor meinem Haus. Mit Tageszeitungen macht er keinen Schnitt. Aber an diesem Schweinekram verdient er gut.«

»Ist alles verboten hier drin, Mann. Alles. Was hast du denn sonst noch so mitgebracht. Handgranaten, Panzerminen und Plutonium?« Der Mann grinst zum ersten Mal. Dann sammelt er die Schmutzheftchen ein, stellt die Rumflasche daneben und legt noch drei Päckchen Zigaretten dazu. Die verbliebenen Zigaretten packt er wieder in meine Tasche.

»Gehört das auch zu den Regeln?«, frage ich.

Er nickt. »Zu meinen Regeln. Dafür gucke ich mir deinen Hintern nicht so genau an, wie ich könnte, und du kommst unversehrt wieder hier raus. Ich denke, das würde noch jeder Gringo einen guten Deal nennen.«

»Ich bin kein Gringo, aber der Rest geht klar.«

Er reicht mir erst die Tasche und dann die Hand. »Ich heiße José. Vielleicht werden wir ja noch Freunde.«

Ich schlage ein und behalte meine Zweifel für mich.

Wir gehen zur Doppeltür, an der ein handgemaltes Schild klebt: »Heute gemeinsame Sondersendung von Radio Colifata und Radio Libertad mit el Godo.« Er schließt auf. Wir betreten einen Innenhof. In der Mitte ein großer Baum. In seinem Schatten ist das Studio aufgebaut. Irgendwo dazwischen sitzt ein kleiner Mann mit großer Klappe. Und während er spricht, scheinen seine Lippen das Mikrofon zu liebkosen: Godo.

»Ist er – ?«, frage ich den Pfleger und unterdrücke eine kreisende Bewegung meines Zeigerfingers neben der Stirn.

José grinst. »Nein, er kommt nur jeden Monat für eine gemeinsame Sendung mit dem Anstaltsradio herein.« Godo hat eine Cumbia-Version des Mega-Dauerhits *Comandante Ché Guevara* aufgelegt. Einige der Insassen beginnen zu tanzen. Andere wandeln weiter selbstvergessen durch den Hof, manche bekleidet, andere nackt. Viele sprechen mit sich selbst, rauchen, trinken Maté und lachen laut. Nur sie wissen, worüber. »Glaub's mir oder nicht«, sagt José. »Es gibt viele, die freiwillig hier sind. Kommen zurück, ein paar Tage, nachdem wir sie entlassen haben. Die fühlen sich sicherer hier – seit der Krise.« In seiner Stimme liegt eine Güte, die ich auf den ersten Blick nicht bei ihm vermutet hätte. »Sieh' mal. Ich arbeite jetzt seit zehn Jahren hier. Und sicher, es gibt bestimmt einen Unterschied zwischen den sogenannten Kranken und den sogenannten Normalen. Mein einziges Problem ist, dass ich diesen Unterschied bis heute nicht gefunden habe. Was meinst du?«

Ich setze mich auf eine lange, wackelige Bank. Habe den groben Klotz wohl unterschätzt. »Würdest du einem dieser Typen hier einen Job geben?«, frage ich. »Sieh dir doch einmal an, wie die sich benehmen.«

»Ach, das hängt doch alles nur von der Medikation ab – genau wie bei uns draußen auch.« José klopft auf seine Kitteltasche. Die Rumflasche gibt ein dumpfes Klong von sich. »Wenn die Moros saufen dürften, hätten sie vielleicht gar nicht das World Trade Center gesprengt. Umgekehrt: Wenn wir nicht so viel schlucken würden, hätten wir's vielleicht schon viel früher getan. Hast du darüber schon einmal nachgedacht?« Er gibt mir einen Klaps auf die Schulter und geht.

Ich mustere Godo, wie er dasitzt und spricht. Ein Toulouse-Lautrec ohne Absinth und Begabung. Eine Karikatur der menschlichen Leidenschaften. Er überlässt einem Mann das Mikrofon, der sich als Korrespondent vom Mars vorstellt, kommt zu meiner Bank und setzt sich neben mich. »Und wie gefällt dir das? Wir haben das beste Korrespondentennetz der Welt. Sie berichten von der Erde und aus dem Himmel, vom Jupiter und vom Mars. Wir haben den ›Krieger des Lichts‹ und den ›unbekannten Mann‹.«

»Klingt nach Davos«, sage ich. »Wird Fred heute nicht kommen?«

Godo zuckt die Schultern. »Er ist sonst immer hier zur Sondersendung. Vielleicht die Krise?« Dann geht er rüber zum Freiluft-Studio, vertreibt den Marsianer von seinem Platz, setzt sich die Kopfhörer wieder auf und rückt das Mikrofon heran: »Die hoffnungslosen Fälle sind die einzigen, für die es sich zu kämpfen lohnt«, ruft er in die Menge.

Ich bleibe noch zwei Stunden bis zum Ende der Sendung, ohne dass Tantani aufkreuzt. Dann mache ich mich auf den Weg, um Esther zu treffen. Sie hat ihrer Mutter versprochen, dass sie Silvester mit ihr feiern wird. Aber als ich gegen fünf Uhr in der Calle Chile ankomme, ist sie noch nicht da. Von einem hoffnungslosen Rendezvous zum nächsten! Also trinke ich ein Glas Champagner mit Irene. Eine getigerte Katze liegt eingerollt auf meinem Schoß und schnurrt. Als sie die Augen öffnet, sehe ich, dass eines grün und das andere blau ist. Sie sieht exakt wie Evita aus. Sieben Leben. Ich hätte schwören können, dass sie es ist. »Seit wann haben Sie eine Katze?«, frage ich.

»Sie ist mir vor einigen Tagen zugelaufen. Ich nenne sie Isadora«, sagt Irene und räumt etwas Geschirr weg.

»Glauben Sie an die Wiedergeburt?«

Irene sieht mich konsterniert an: »Sie etwa nicht?« Dann lacht sie. »War nur ein Scherz.«

Wir trinken die Flasche Champagner aus und unterhalten uns dabei über Tantani und Buenos Aires. Als Esther auch gegen zehn Uhr abends noch nicht da ist, verabschiede ich mich von Irene und wanke mit leichter Schlagseite von einigen Gläsern Cognac, den sie mir immer großzügig nachgeschenkt hat, in Tantanis Wohnung zurück.

Kurz vor elf klingelt es dann doch an der Wohnungstür und Esther steht davor. Sie hat ihr Handy am Ohr und wirft mir nur eine Kusshand zu, während sie ins Wohnzimmer geht. Es geht um eine LIDER-Kundgebung am morgigen Neujahrstag.

»Warum bist du neulich einfach so gegangen, ohne dich zu verabschieden?«, frage ich, als sie aufgelegt hat.

»Ich brauche jetzt einen freien Kopf, Wolf. Ich habe keine Zeit, mir über das Gedanken zu machen, was wir sind oder sein könnten.«

»Und warum lässt du dich eigentlich nie bei Radio Libertad blicken?«

»Ich würde ja, aber Godo ist so ein tragischer Mensch.«

»Und wir haben eine tragische Beziehung?«

Sie nickt. »Das auch. Vielleicht.«

»Stimmt es, dass Acción Directa eigentlich von Godo gegründet wurde?«

»Mitbegründet – das schon. Aber die Zeiten ändern sich. Wir verhandeln jetzt auf Augenhöhe mit den Etablierten. Da können wir uns keine instabilen Persönlichkeiten in der Führung leisten.« Esther kommt näher und lächelt mich traurig an. »Ich dachte, es wäre einfach ein wunderbares Abenteuer. Eine gute Sache. Acción Directa. LIDER. Außerparlamentarische Opposition. Beteiligung an einer Regierung des nationalen Konsens.« Sie fischt die Zigarettenpackung aus meiner Hemdtasche. »Zum ersten Mal haben wir die Möglichkeit, unsere Forderungen direkt und nicht über den Umweg der Medien in die Politik zu bringen. Und jetzt das. So viel Tod und Verderben.« Sie zündet sich eine an und setzt sich auf den Boden.

»Willst du nicht trotzdem feiern heute Nacht?«

»Es ist noch nicht vorbei.«

»Es ist nie vorbei«, sage ich und setze mich zu ihr.

Sie zieht sich die Schuhe aus. »So fühle ich mich immer jünger.« Erst will ich lachen, weil Esther ja erst Mitte Zwanzig ist, aber dann fällt mir etwas in ihrem Gesicht auf. Etwas Neues. Das Unbeschwert-Amazonenhafte ist verschwunden, ebenso das unbedingte Aufbegehren. Zum ersten Mal kann ich erahnen, wie sie altern wird: ein Paar dunkler, weiser Augen, in denen noch das Feuer der Leidenschaft glimmt, drumherum Lachfältchen, ein entschlossener Zug um die vollen Lippen, die wissend lächeln. Vielleicht ist jetzt die Zeit zum Reden gekommen. Vielleicht sollten wir uns jetzt die Dinge aus unseren Leben erzählen, die aus einer Affäre eine Beziehung machen. Vielleicht sind wir uns schweigend auch näher, als wir es auf anderem Weg jemals kommen könnten. Jeder für sich auf hoher See. Two ships passing but touching. Dann hören wir die Menschen auf der Straße feiern. Willkommen im Jahr 2002! Doch das neue Jahr beginnt genau so, wie das alte endete. Das Land befindet sich im Schwebezustand. Es gibt einen neuen Präsidenten und ein paar neue Minister. Ansonsten ist alles wie vorher. Kein Problem ist gelöst. Die Demonstranten haben einfach nur die Peronisten zurück an die Macht gebracht. Die unglaublichsten Pointen schreibt das argentinische Volk selbst ins traurige Buch seiner Geschichte.

Esther blickt auf die heruntergebrannte Kippe in ihrer Hand. »So kann es nicht enden mit uns, Wolf.« Sie lacht plötzlich. »Wie wäre es mit einem Tango?« Sie legt eine CD ein und presst ihre Hand auf Höhe des Herzens gegen meine Brust. »Der Ton ist schon da, der Schritt ist schon da. Du musst ihn nur wiederfinden«, flüstert sie. Dann umarmt sie mich brüsk und zwingt mich beinahe in die Bewegungen. Und irgendwann spüre ich für ein paar Takte Harmonie, einen Einklang zwischen der Musik und unseren Körpern. Ich fühle ihr Herz nah an meinem schlagen und lasse mich treiben. Durchsetzt vom Rhythmus des Tangos öffnet sich für eine Nacht ein Fenster in der Zeit.

Als es sich wieder schließt, liegt das Morgengrauen über der Stadt. Das Telefon klingelt. Auf den Andengipfeln hat es geschneit. Esther hat ein graues Haar bekommen – ein einziges silbernes Strähnchen.

»Die Zukunft ruft«, sage ich, zeige auf den klingelnden Apparat.

»Wie geht es bei dir nun weiter?«

Ich zucke die Schultern. »Die neue Delegation des Währungsfonds kommt heute früh. Ich habe der Geschäftsführenden Direktorin versprochen, sie abzuholen. Danach sehen wir weiter.« Dann öffne ich die Fenster. Etwas Gewölk erglüht lavarot im Licht der aufgehenden Sonne. Die Wassertanks, Aufbauten und Fernsehantennen ragen als Scherenschnitt in den Himmel. Es wäre ein würdiger Auftakt für das Jüngste Gericht, aber es ist nur ein neuer Morgen. Argentinien erwacht. Es hat alles verloren und nur eines gewonnen: die Freiheit der Waisen, die nicht das kleinste Andenken an die Mutter zu bewahren haben.

Plötzlich steht Esther an meiner Seite und sagt: »Frag mich nicht, warum, aber ich spüre es – ich bin schwanger.«

Ich will etwas sagen. Das Richtige. Natürlich! Aber sie drückt plötzlich ihren Mund auf meine Lippen. Unser Kuss schmeckt salzig. Ihr Haar kitzelt in meiner Nase. Ich schnappe nach Luft, will endlich etwas herausbringen, doch sie legt ihren Finger auf meine Lippen und schüttelt den Kopf. Das Telefon klingelt erneut. Wortlos dreht sie sich um und nimmt das Gespräch entgegen. Als ich sie jetzt letzte Anweisungen für die Großdemonstration geben höre, klingt ihre Stimme so sachlich wie die der Geschäftsführenden Direktorin.

Dienstag, 1. Januar 2002, Buenos Aires

My only friend, the end

Eine Stunde nachdem Esther gegangen ist, betrachte ich mein Gegenüber im Spiegel, rücke den Krawattenknoten zurecht, bürste einen Fussel vom Schwarz des Stoffes und strecke die Arme, damit die Manschetten genau die vorgeschriebenen zwei Fingerbreit aus den Ärmeln ragen. Dann mache ich mich in Tantanis Limousine auf den Weg zum Flughafen. Bevor ich in der Einfahrt zur Ankunftshalle aussteige, frage ich den Fahrer: »Was bedeutet eigentlich ›Colifata‹?«

»Es ist eine zärtliche Art, jemanden als ›irre‹ zu bezeichnen. In ›Lunfardo‹, dem Dialekt der Porteños.« Keine halbe Stunde später sitze ich mit vier Irren aus der IWF-Anstalt im Fahrzeugfond und weigere mich innerlich, ihnen das Colifata-Prädikat zu verleihen. Aber sie sind ja nicht wirklich verrückt, sie tragen nur jenen freundlichen, aber unverbindlichen Autismus zur Schau, den man heutzutage auf den Top-Unis eingeimpft bekommt. Seit die neuen Gesandten von Nila Nyström eingestiegen sind, tippen sie pausenlos Nachrichten in ihre digitalen Assistenten. Als ich ihnen eine kurze Zusammenfassung der politischen Entwicklung der letzten Wochen geben will, sagt einer: »Danke, das haben wir in den Unterlagen. Wir sind schon gebrieft.« Als ich dennoch auf einige Punkte hinweise, die mir wichtig erscheinen, bedeutet mir ein anderer, ich solle »das Bild jetzt nicht durch zusätzliche Fakten verwirren«.

Es sind junge Typen, die in den letzten Wochen im Zuge der Restrukturierung des Währungsfonds nachgerückt sind. Drei kenne ich flüchtig von einem Mittagessen, den Delegationsleiter etwas besser. Er hat in Varas Abteilung gearbeitet und ihn jetzt beerbt. Die alte Garde hat sich am Ende doch ergeben. Lacour ist schon lange im Exil, Sakurai aus »gesundheitlichen Gründen« gegangen, Osezua und Vara im Zuge der internen IWF-Reformen aufs Abstellgleis geraten. Koski ist tot. Nur Tantani ist noch übrig und kämpft. Wenn man in der Position der Geschäftsführenden IWF-Direktorin ist, hat man weder dauerhafte Freunde noch dauerhafte Feinde. Man hat nur dauerhafte Interessen. Nila Nyströms Interesse ist, sich die Gunst der wichtigsten Anteilseigner des IWF zu erhalten – und die wollen, dass ein frischer Wind durch die Gänge des Währungsfonds weht. MAOAM! More Ambition, Orientation And Momentum!

Der Delegationsleiter erzählt mir kurz von einem Führungskräftetraining, das er im Dezember auf der »McKinsey School of Global Governance« absolviert hat. Ein Trainingsmodul nannte sich tatsächlich die »Gänseschule«. Die Manager mussten sich in einen Kreis setzen und nach jeder Lektion dreimal schnattern. »Wenn die Leitgans beim Flug müde wird, geht sie zurück in die Formation und eine andere Gans nimmt ihren Platz ein.« Genial!

Ich mustere ihn. »Wissen Sie, was der Unterschied zwischen Gänsen und Managern ist? Gänse können auch bei kühlem Wetter fliegen, während Manager sich nur mit viel heißer Luft oben halten.« Schnatter! Schnatter! Schnatter!

Nach meiner Bemerkung herrscht Stille bei uns im Rückabteil der Großraumlimousine. Nur das Klappern der Tastaturen ist zu hören. Die elenden Vorstädte flackern an den Scheiben vorbei. Die verheißungsvolle Schöne mit den digital retuschierten Kurven ist von den Plakatwänden verschwunden. Vielleicht hat sie sich mittlerweile selbst das Leben genommen. Stattdessen wirbt eine biedere argentinische Hausfrau für eine Waschmaschine made in China. »Billig, zuverlässig, sparsam – Ratenzahlung möglich!« Und so ist das mit der argentinischen Zukunft: Ratenzahlung möglich. Auf der Strecke nur spärlicher Verkehr. Die Viertel liegen im harten Licht der Januarsonne und sehen aus wie am Tag meiner Ankunft. Aber Buenos Aires träumt nicht mehr – zumindest nicht von der Seine. Es ist heute Morgen nicht mehr am Silberfluss erwacht, sondern in der Wirklichkeit.

Wir kommen von Süden aus in die Stadt hinein und fahren die Nueve de Julio entlang. Als wir uns gerade am Platz der Republik um den Obelisken schlängeln wollen, stehen plötzlich Polizisten auf der Fahrbahn und sperren die Straße ab. Nach zwanzig Minuten platzt dem Delegationsleiter der Kragen, wild klopft er gegen die Trennscheibe, bis der Fahrer sie herunterlässt. »Wir haben in zwei Stunden die ersten Meetings«, schnauzt er. Der Fahrer zuckt nur die Schultern. »Es ist eine genehmigte Demonstration.« Die Limousine steckt in der dritten Fahrzeugreihe vor der Absperrung und hinter uns hat sich ein Stau gebildet. Wir können weder vor noch zurück.

Ich steige aus, trete ans Absperrgitter, kneife die Augen zusammen und lasse meinen Blick über den Platz schweifen. Der Obelisk auf seiner ovalen Mittelinsel in Form eines Schiffsbugs sieht nur etwas weniger monumental aus als sein Gegenstück in Washington. Hier wurde achtzehnhundertzwölf an der Kirche San Nicolás de Bari erstmals die argentinische Fahne gehisst. Und hier würde nach Fjodors Deutung der Ereignisse der Antichrist erscheinen. Nur dass ihn keiner erkennen würde. Er ist nämlich vor zwei Stunden aus Washington kommend in zivil am Flughafen angekommen, sitzt gerade im Rückabteil von Tantanis Limousine, trägt ein ausdrucksloses Gesicht über seinem makellosen Krawattenknoten und diskutiert, wild mit seinen Händen fuchtelnd, mit dem Fahrer.

Die ersten Reihen des Demonstrationszuges strömen, mit ihren LIDER-Plakaten von Westen aus der Avenida Corrientes kommend, auf den Platz der Republik. In der Mitte des Platzes vor dem Obelisken entdecke ich die massige, dunkle Silhouette eines Mannes im Schatten des mächtigen Monuments. Er hält etwas in der Hand, das wie ein Spazierstock aussieht. Tantani! Er muss es sein! Ich entdecke eine Fußgängerunterführung, die nicht abgesperrt ist, laufe die Stufen hinunter und den Gang entlang, der im Geflacker einiger defekter Neonlampen liegt. Als ich wieder aus dem Dunkel der Unterführung auftauche, steht nicht einmal zwanzig Meter von mir entfernt Tantani. Mit seinem sehr eleganten schwarzen Anzug sieht er aus wie immer – bis auf das Samuraischwert, das aber noch in der Scheide steckt. Das Schwert der Engel! »Fred!«, rufe ich ihm zu.

Er dreht sich um. Seine Augen liegen unerreichbar hinter den schwarzen Brillengläsern. »Wolf! Schön, dass du zum Abschied kommst.«

»Red keinen Unsinn«, poltere ich. »Eine ordentliche Abfindung, ein paar Wochen bei Lacour in der Bretagne. Für all das ist es noch nicht zu spät«, sage ich wider besseres Wissen.

Er setzt seine Brille ab und blickt die Nueve de Julio entlang Richtung Norden, scheint Dschungel, Flüsse und Wüsten zu durchmessen, bis er jene phantastische Stadt am Horizont erkennt, die man Washington nennt. »Weißt du, wann es zu spät ist umzukehren? Wenn die Strecke zurück länger ist als jene bis zum Ende des Weges«, sagt er, versteckt seine Augen wieder hinter den Gläsern und dreht mir den Rücken zu.

Tantanis Bewegungen sind jetzt unsicher und schläfrig.

»Hast du getrunken?«, frage ich.

»Getrunken? Gesoffen!«, schreit er. »Dies war die beste Stadt des Universums. Und jetzt schicken die ein paar Anfänger, um die Sache in Ordnung zu bringen.« Er zieht das Schwert aus der Scheide und streichelt behutsam den Stahl. »Ich bin müde, Wolf. Hundemüde. Du musst es zu Ende führen.«

»Was soll ich zu Ende führen? Was genau, Fred?«

»Das System sprengen – was denn sonst!«, fährt er mich an. »Hast du denn gar nichts von mir gelernt?« Er hält mir einen Zettel hin. »Da steht alles drauf, was du wissen musst!«

Ein erster Pulk von Demonstranten zieht in dreißig Metern Entfernung, ohne uns weiter zu beachten, zwischen uns und der Polizeiabsperrung vorbei und bewegt sich Richtung Avenida Roque Sáenz-Pena und Plaza de Mayo.

»Steck das Schwert wieder weg«, beschwöre ich ihn. »Die werden dich hochnehmen. Es ist nur eine Frage der Zeit.«

»Nein, Wolf, nein. Die können nur immer wieder die Entfernung zu mir halbieren. So kommen sie niemals an meinen Punkt.« Er dreht eine Pirouette im Sonnenlicht. Dann führt er das Samuraischwert in einer merkwürdig ruhigen, fast rituell anmutenden Bewegung mit gestrecktem Arm schräg nach unten, bis es genau auf den Obelisken zeigt, steckt es wieder in die Scheide und reicht es mir. »Das ist für dich. Deine Zeit ist gekommen. Mach was draus, mein Sohn.«

Der Hauptteil des Demonstrationszuges bewegt sich jetzt dicht gedrängt direkt auf uns zu. Einige Polizisten am Absperrgitter sind anscheinend auf Tantani aufmerksam geworden. Sie zeigen in unsere Richtung und rufen etwas. Ich mache eine beruhigende Handbewegung in ihre Richtung. »Alles in Ordnung!«, rufe ich zurück, »Alles in Ordnung!«

»Alles in bester Ordnung«, wiederholt Tantani und packt mich am Arm. »Ich fürchte, meine Tochter könnte nicht verstehen, was ich versucht habe und wer ich gewesen bin. Und wenn ich sterben sollte, Wolf, würde ich wollen, dass jemand ihr alles erzählt. Alles, was ich getan habe, alles, was du gesehen hast, alles, was du weißt. Denn ich hasse Lügen. Verstehst du? Du wirst das für mich tun.«

Ich nicke und bekomme seine Hand zu fassen. Aber Tantani reißt sich los, zieht etwas metallisch Glänzendes hinten aus seinem Hosenbund und steckt sich die Pistole in den Mund. Er sieht mich mit einem Ausdruck ehrlicher Überraschung an, als er abdrückt. Es knallt. Der Ton ist trocken und sehr kompakt. Sein Kopf wird brutal nach hinten gerissen, während sein Körper in einer sanften, fast tänzerischen Drehung in sich zusammensinkt. Dann liegt er merkwürdig verdreht und mit weit aufgerissenen Augen vor meinen Füßen. Unter seinem Körper macht sich eine Blutlache breit.

Die Demonstranten fluten jetzt dicht an dicht zwischen der Absperrung, an der die Polizisten stehen, und dem Obelisken an uns vorbei. Nur die Menschen, die direkt auf uns zulaufen, haben bemerkt, dass Tantani zu Boden gegangen ist. Ein junger Mann kommt auf uns zugelaufen und will sich schon zu ihm hinknien, als er das Ausmaß der Verletzungen erkennt. »Mein Gott!«, ruft er. »Mein Gott!«. Er wendet sein Gesicht ab. Auch ein

Dutzend anderer junger Leute, die jetzt herankommen, scheinen die Szene nicht bemerkt zu haben. Erst auf den letzten Metern erkennen sie, dass ein blutender Mensch am Boden vor ihnen liegt. »Wir brauchen einen Krankenwagen«, ruft eine Frau. »Ein Krankenwagen, aber schnell!« Ihre Stimme überschlägt sich fast. Aber der junge Mann winkt ab. »Der Mann hier ist tot«, sagt er. Eine andere Frau redet auf mich ein. Ich verstehe nicht, was sie will. Dann packt sie mich bei den Schultern und schüttelt mich sachte. »Sind Sie verletzt? Geht es Ihnen gut?« Ich blicke an meinem Anzug herunter und sehe, dass ich voller Blutspritzer bin. Voll von Tantanis Blut! »Nein«, sage ich. »Mir geht es überhaupt nicht gut. Aber ich bin nicht verletzt.«

Drei Polizisten haben sich durch den Strom der Protestierer gekämpft und bleiben wie angewurzelt stehen, als sie die Leiche sehen. Zwischen den Uniformierten steht auch der neue Delegationsleiter. Wohl in der Hoffnung, dass ich dort liege. Beim Anblick von Tantani weiten sich seine Augen. »Wer ist denn das?«, fragt er entsetzt.

»Sehen Sie sich ihn gut an«, antworte ich. »Das ist Ihr Vorgänger vom IWF. Sie stehen gerade in seinem Hirn.«

Er blickt entsetzt auf seine Füße, beugt sich vor und kotzt in einem solch heftigen Schwall, dass es auch seine Anzughose erwischt.

In der anschwellenden Menschentraube, die sich um Tantanis Leiche bildet, erkenne ich eine Gruppe von Studenten mit LIDER-Transparenten. Ich winke ihnen zu. »Ein Märtyrer der Revolution. Er verdient unseren Respekt«, rufe ich ihnen zu. Ein Polizist stellt sich ihnen in den Weg. »Dies ist ein Tatort. Hier wird nichts angerührt. Verschwindet jetzt!«, blafft er. Die Menge wird still. Die Studenten verschränken die Arme. Die Erinnerung an Knüppelschläge, Wasserwerfer und Tränengas ist noch frisch – und ein Teil der mehr als zwei Dutzend während der Unruhen getöteten Demonstranten ist noch nicht beerdigt. »Verschwindet«, schreit jemand. Zustimmendes Gemurmel. »Verschwindet, ihr Mörder!« Langsam ziehen die Polizisten sich zurück.

Wir fangen an, Tantani die letzte Ehre zu erweisen. Ein paar von den Studenten kommen mit einer sargartigen Kiste, Handtüchern und Bettlaken. Wir schlagen den Schrein mit einer Plastikfolie aus, trocknen das Blut so gut es geht und wuchten Tantanis schweren Leichnam hinein. Dann schließen wir den Deckel und spannen eine argentinische Fahne darüber. Zu sechst heben wir die Kiste hoch und ziehen mit vielen hundert Demonstranten zur Plaza de Mayo. Einige Polizisten begleiten uns in weisem Sicherheitsabstand. Je näher wir dem Podium kommen, desto dichter drängen sich die Menschen, strecken sich und stellen ihren Kopf quer, um das undeutliche Gebrumme aus den Lautsprechern zu hören. Aber es sind keine Hunderttausende diesmal, eher zehn- bis zwanzigtausend. Esther spricht, und sie spricht gut – von Verantwortung und Pflicht, von Wut und Mut, von Volk und Verrat, von der Freiheit. Aber der Funke springt nicht über. Die Menschen sind müde – und sie sind die Krise satt.

Langsam bewegt sich unsere Begräbnisprozession Richtung Podium. Obwohl die Menschen ehrfürchtig Platz für uns machen, brauchen wir gut zwanzig Minuten, bis wir an das Absperrgitter vor der Bühne gelangen, über der ein Banner mit der Aufschrift »LIDER – eine andere Zukunft!« gespannt ist. Einige Ordner mustern uns fragend. Da erkenne ich Claudio und winke ihm zu. Er lässt uns durch. »Später!«, sage ich ihm, als ich seinen fragenden Gesichtsausdruck sehe. Wir erklimmen am Rand der Tribüne eine schmale Metalltreppe, die hinten in den Technikbereich führt, und stellen den Sarg ab. In diesem Moment endet auch Esthers Rede. Sie wird mit einem gehörigen, aber nicht überschwänglichen Applaus bedacht. Als sie zu uns hinter die Bühne kommt und mich sieht, schlägt sie ihre Hände vor den Mund. »Was ist passiert, um Gottes willen?«, ruft sie.

»Ich bin okay«, sage ich, zünde eine Zigarette an, reiche sie ihr und zünde mir dann eine zweite an. Wir setzen uns nebeneinander auf einen Kasten. Da entdeckt sie den Sarg. »Was ist das, Wolf? Wer liegt da drin? Sag mir sofort, wer da drin liegt.«

Ich lege meinen Arm um ihre Schultern. »Tantani!«, sage ich.

Sie versucht, sich frei zu machen. »Nein! Nicht er. Nicht Tantani!«

Ich halte sie fest. »Doch! Leider.« Esther ist zäh. Sie zweifelt. Sie kämpft. Gegen mich. Mit sich. Dann steht sie eine Weile von uns abgewandt hinter der Bühne – still und rauchend. Nur ihr Rücken, der immer wieder bebt, verrät, dass sie schluchzt. Schließlich setzt sie sich wieder zu mir und streichelt die Fahne auf dem Sarg.

»Wie ist es passiert?«, fragt sie tonlos.

»Er hatte getrunken, wollte die neue Delegation des IWF aufhalten. Irgendein Wahnsinniger hat auf ihn geschossen. Ich weiß nicht wer.«

Sie lächelt schwach. »Das sieht ihm ähnlich«, schnieft sie. »Er hatte immer schon eine Schwäche für dieses Land und diese Stadt.« Sie schaut mich an: »Und meine Mutter hat mir erzählt, dass er auch dich aus irgendeinem Grund gemocht hat.«

»Leider gibt es nichts mehr, was ich noch für ihn tun könnte«, sage ich, muss im selben Augenblick an seine letzten Worte denken und bin mir nicht mehr so sicher. »Aber du, du kannst noch etwas für ihn tun. Etwas, das ihm gefallen würde.«

Sie sieht mich überrascht an.

»Gib ihm den Abgang, den er verdient hat«, sage ich. »Gib ihm den Abgang eines Helden.«

Sie schüttelt den Kopf. »Mir fehlen die Worte dafür.«

Da fallen mir einige Zeilen ein, die ich neulich von Dominguez gehört habe und die vielleicht passen würden. Ich schreibe sie auf einen Zettel, den ich Esther gebe. Sie runzelt die Stirn. Ist nicht überzeugt. »Nun mach schon«, dränge ich.

Als zehn Minuten später Tantanis Sarg auf die Bühne gebracht wird, geht ein Raunen über den Platz. Esther nutzt ihre Chance, springt wieder aufs Podium und greift zum Mikrofon: »Hier liegt ein Mann, der für unsere gemeinsame Sache gestorben ist! Wollt ihr, dass sein Opfer umsonst war? Wollt ihr, dass eure Träume genauso begraben werden?« Satz für Satz erobert sie jetzt die Herzen der Menschen zurück. Dann bringt sie die Passage, die ich ihr gerade aufgeschrieben habe. »Nennt mir einen Straßennamen in dieser Stadt, und ich erzähle euch, wie dieses Land den Namensgeber gestraft hat. San Martín? Dreißig Jahre Exil. Rosas verschlug es nach England, Sarmiento starb in Paraguay, Artigas verfaulte im Kerker – ebenfalls in Paraguay – Alberdi in der Obdachlosenabteilung eines Pariser Krankenhauses. Belgrano, Facundo, Urquiza, Dorrego, Lavalle, hatten noch Glück: alle exekutiert!« Sie redet sich in Rage, sie spricht von Heldentaten und Zukunftsträumen und von der historischen Bedeutung dieses Augenblicks. Diesmal springt der Funke über, feuchte Augen, Gänsehauteffekte, geballte Wut. »Die Augen des Volkes sind heute auf uns gerichtet«, schmettert sie. »Jeder für sich werden wir Sklaven sein. Nur zusammen werden wir siegen.« Und als sie die Faust nach diesem leidenschaftlichen Schlussakkord hebt und zu singen beginnt, stimmt die Menge begeistert ein: *Wacht auf, Verdammte dieser Erde, / Die stets man noch zum Hungern zwingt! / Das Recht, wie Glut im Kraterherde, / Nun mit Macht zum Durchbruch dringt. / Reinen Tisch macht mit dem Bedränger!*

Und so fährt der Apokalyptiker Tantani gen Himmel, erleichtert um seinen Körper, getragen vom Volk, geläutert durch seinen Tod, als Heiliger mit dem Schwert gestorben, als Held hinübergegangen in jenes andere Reich, mit dem er sich so intensiv beschäftigt hat. Die Linke hat einen Märtyrer und Tantani einen Abgang nach Maß. Alles in allem eine gelungene Inszenierung, die selbst an mir nicht ganz spurlos vorbeigeht. Ich trockne meine Augen. Aber Politik und Pathos sind noch nie meine Sache gewesen. Während ich mich langsam entferne, gehen mir die Zeilen eines alten Arbeiterliedes durch den Kopf, das ich einmal mit Fjodor gesungen habe, als wir zu viel gesoffen hatten. Es hat die Melodie der Marseillaise: *Der Feind, den wir am tiefsten hassen, / Der uns umlagert schwarz und dicht, / Das ist der Unverstand der Massen, / Den nur des Geistes Schwert durchbricht.*

Etwas zieht mich zurück zum Obelisken. An manchen Kreuzungen stehen unbemannte Barrikaden. An einer Straßenecke große getrocknete Blutflecken auf dem Bürgersteig, ein Paar herrenlose Schuhe, ein zerrissenes Hemd, verdreckte Mullbinden und ein Polizeihelm. Als ich die monumentale Steinsäule erreiche, ist die Stelle abgesperrt, an der Tantani lag. Ein Polizeiwagen und der Transporter einer Reinigungsfirma stehen am Tatort. Ansonsten rauscht der Verkehr wieder gleichmütig weiter.

Da weht von irgendeinem Kirchturm ein Läuten zu mir herüber – es hört sich wattig und unscharf an, als dämpfe die träge Luft die Glockentöne. Dann schlägt eine andere Glocke an. Einmal, zweimal, dreimal ... zwölf Mal. Wie um das Schicksal der Stadt zu besiegeln. Ein Hund bellt. Ein Schwarm Vögel stiebt auf. Buenos Aires, Stunde Null! Das überbelichtete Foto einer Stadt ohne Farben. Nicht einmal der Obelisk wirft einen Schatten. Tantanis Gesicht taucht kurz vor mir auf und verschwindet wieder. Die letzte Seele in einer Welt sinnloser Geometrien.

Der Boden bebt. Vielleicht fahren die U-Bahnen wieder.

Vielleicht reißt sich Buenos Aires auch von seinem Ankerplatz im einundzwanzigsten Jahrhundert los und treibt, gefangen in einem trostlosen Traum, den Strom der Geschichte zeitaufwärts – unaufhaltsam, zurück zum Anfang eines großen Irrtums. Und mit sich nimmt es seine großzügigen, bäumebestandenen Boulevards, seine französisch-vornehmen Jugendstilpaläste, seine grün bewucherten Balkons, das Teatro Colón, den Big Ben vor dem Bahnhof Retiro, die Rodinstatue beim Kongress, den bonbonfarbenen Regierungspalast und die verfallenden Häuser San Telmos. Der Traum eines südamerikanischen Paris irgendwo im gewaltigen Nichts zwischen Amazonas und Feuerland löst sich auf. Für einen Moment scheint alles möglich – sogar eine andere Zukunft.

Montag, 14. Januar 2002, Buenos Aires

Standing on freedom's shore

Mein Abschied von Buenos Aires, Capital Federal, Calle Chile 910, fünfter Stock A. Ich stehe auf dem kleinen, bröckelnden Balkon mit dem rostigen Gitter und der kränkelnden Palme, halte eine Espressotasse in der einen Hand und eine Zigarette in der anderen, grüße ein paar von den Nachbarn und blase zufrieden meine Rauchkringel in die frische Brise vom Fluss.
    Der Rest vom Omega-Team erwartet mich in Washington. Wir haben die Entscheidung gestern gemeinsam getroffen. Mascha brauchte ich nicht lange zu überreden. Sie sinnt ja schon seit Längerem auf Rache an den Banken. Fjodor auch nicht. Er ist und bleibt ein Apokalyptiker. Nur Suki hatte zunächst Skrupel. Doch nach den vergangenen Monaten hat auch sie kein Vertrauen mehr ins System. Und schließlich hat sie eingeschlagen. Aber es gibt natürlich für uns alle noch diesen anderen Grund, der wohl am schwersten wiegt und den wir uns am wenigsten einzugestehen trauen: Wer mit unserer Vergangenheit könnte schon der Aussicht auf das größte denkbare Spiel aller Zeiten widerstehen? Das Omega-Team gegen den Rest der Welt. Eine einzige, gewaltige Wette gegen das Weltfinanzsystem. Global

Macro in Reinform. Wir werden Tantanis großen Plan zu Ende führen! Die Operation Lehman hat begonnen. Wir werden alles Geld aus Tantanis schwarzen Kassen setzen, um die Bank zu sprengen. Und nicht nur Lehman, sondern jede Bank von Rang und Namen auf diesem Planeten. Wir werden zu der dunklen Materie werden, nach der Suki vergeblich gesucht hat – damals in London. Wir werden zum Gespenst werden, das umgeht auf den Kapitalmärkten.

Ich gehe wieder hinein in Tantanis Wohnung, spüle Tasse und Espressomaschine, mache den Boiler aus und rücke die kleine Vase mit der roten Nelke auf dem Esszimmertisch zurecht. Noch einmal laufe ich durch die Zimmer. Alles ist wie immer. Ein wohlorganisiertes Chaos, dessen Ordnung ich jetzt verstehen kann; ein Labyrinth, dessen Ausgang wir gefunden haben.

Der Schlüssel war ganz offensichtlich – wie es immer Tantanis Art gewesen ist. Nachdem ich letzte Woche die NAM HEL NOIT AREPO-Nachricht geknackt hatte, fiel mir das Buch wieder ein, das mir Tantanis Sekretärin am Tag nach der Zerstörung der IWF-Repräsentanz gegeben hatte. Dieser Roman von den sieben Narren, geschrieben von einem Autor namens Roberto Arlt. Ich nahm das Buch zur Hand und schritt die Regalwände ab, bis ich den Buchstaben »A« in der Literaturabteilung fand. Da klaffte tatsächlich eine Lücke. Als ich den Roman hineinstecken wollte, fiel mir auf, dass sich dahinter noch eine zweite Buchreihe versteckte. Es war so einfach!

Ich entdeckte gut zwei Dutzend schwarz gebundene, längliche Bände. Zahlen über Zahlen. Es waren die Zahlen eines komplexen Gebildes, dessen Umrisse für uns erst nach Tagen sichtbar wurden. Wir tauchten ein in einen Irrgarten aus Mutter-, Tochter- und Enkelgesellschaften, Sondervermögen und speziellen Anlagevehikeln, die über wechselseitige Beteiligungen eng miteinander verwoben sind. Die LK-Holding auf den Cayman-Inseln ist nur einer von den zahlreichen Knotenpunkten in diesem undurchsichtigen Netz. Das Grundkapital ist nirgends konsolidiert ausgewiesen. Natürlich nicht! Aber Suki schätzt es auf mehr als zehn Milliarden Dollar.

Der letzte der schwarzen Bände trägt den uns schon bekannten Titel: NAM HEL NOIT AREPO. Der dort von Tantani handschriftlich niedergelegte Plan zur endgültigen Zerstörung von Turbokapitalismus und Neoliberalismus würde phantastisch anmuten, wenn wir nicht wüssten, wie nahe wir diesem Ziel 1998 mit der Midas ungewollt schon gekommen waren. Selbst wenn wir etwas konservativer rechnen und statt des Hebels von 250, den wir bei der Midas locker erreicht hatten, einen Hebel von 200 ansetzen, kommen wir bei einem Eigenkapital von zehn Milliarden auf eine Feuerkraft von 2.000 Milliarden US-Dollar. Das sollte allemal reichen, um das westliche Bankensystem bis auf die Grundmauern niederzubrennen und uns die Köpfe der Wall-Street-Banker auf einem Silbertablett servieren zu lassen – vor allem natürlich den von Miloş Zoran, wie Mascha schon mehrfach betont hat.

Ich bin gerade dabei, noch einige Sachen zu packen, als es klingelt. Coronel Palacio steht vor der Tür. »Ich wollte mich nur von Ihnen verabschieden«, sagt er.

»Ich brauche mich wohl nicht zu wundern, woher Sie wissen, dass ich heute abfliege«, scherze ich und bitte ihn mit einer Handbewegung hinein. Wir setzen uns ins Wohnzimmer. Ohne Palacio zu fragen, gieße ich je einen tüchtigen Schluck Rum in zwei Gläser und reiche ihm eines. »Auf Tantani«, sage ich.

Palacio nickt.

Wir stoßen an.

»Bedauerlich, die ganze Sache, nicht?«, sage ich.

Palacio zuckt die Schultern. »Bedauerlich. Aber vielleicht die beste Lösung für alle.«

»Die beste Lösung?«, rufe ich aus.

»Aber, aber, Herr Willarth«, beschwichtigt Palacio. »Ich sehe das pragmatisch: Dieser tragische, nennen wir es einmal ›Unfall‹ war die beste Lösung für alle Beteiligten.« Er lächelt. »Auch wenn Sie das enttäuschen mag, 80 Prozent meiner Arbeit beim Geheimdienst besteht nicht darin, Dinge aufzuklären, sondern darin, Dinge zu vertuschen.«

»Tantani ist tot und die Banken kommen mit Mord davon. Mord an der argentinischen Volkswirtschaft. Wie können Sie das akzeptieren? Sie stehen doch auf Seiten des Gesetzes.«

Er schüttelt den Kopf. »Ich stehe auf Seiten der Ordnung. Das ist ein großer Unterschied. Außerdem kommt immer jemand mit Mord davon, denn wir hängen ja nur die Kleinen. Das haben wir uns von den großen Demokratien des Westens abgeguckt.« Er lacht und nimmt einen tiefen Schluck. »Wenn ich jetzt herausfinde, dass Tantani wahrscheinlich vier hohe argentinische Staatsbeamte umgebracht hat, um das Weltfinanzsystem zu destabilisieren, wem ist damit geholfen?«, fragt er. »Frau Grünstadt, die ihn immer noch liebt? Seiner Tochter Esther, die zwar nicht weiß, dass er ihr Vater ist, ihn aber dennoch verehrt? Der außerparlamentarischen Opposition, die ihn eben zum Helden gemacht hat? Dem IWF in Washington, der ihn jahrelang beschäftigt hat? Die CIA, die ihn vielleicht bis zuletzt als informellen Mitarbeiter führte? Wird die Welt dadurch gerechter? Wird irgendjemand mir das überhaupt glauben?«

Ich schenke uns nach. Es ist ein wunderbar weicher Rum. Vielleicht hat Palacio Recht. Vielleicht ist die Unwahrheit in Tantanis Fall gerechter als die Wahrheit. »Was steht auf dem Totenschein?«, frage ich.

»Ich weiß es noch nicht«, sagt Palacio. »Etwas Medizinisches vielleicht. Die Hitze und das Herz. Es muss das Herz gewesen sein. Ja, ein gebrochenes Herz.« Er lächelt. »Und was ist Ihre Version der Ereignisse?«

»Ein Anschlag. Die üblichen Kreise – Sie wissen schon. Im Zweifelsfall die Amerikaner. Denen traut man hierzulande alles zu. Die CIA oder etwas in der Richtung.«

Palacio nickt. »So haben wir beide die Ordnung wiederhergestellt. Jeder auf seine Weise.«

Ich mustere ihn genau und drehe dabei mein Glas in der Hand. »Sie vielleicht ein bisschen mehr als ich.«

Er scheint ehrlich überrascht. »Wie meinen Sie das?«

»Nun, kommen Sie schon, Palacio. Vitrelli und die anderen Opfer waren nicht irgendwelche Leute. Selbst jemand wie Tantani wäre doch ohne Unterstützung nie nah genug an die bestgeschützten Vertreter des argentinischen Staates herangekommen, um sie zu töten. Ein Insider aus Sicherheitskreisen muss ihm geholfen haben.«

»Und warum sollte das jemand tun?«

»Weil sonst immer nur die Kleinen gehängt werden.«

»Sie halten mich doch nicht etwa für moralisch?« lacht Palacio, steht auf und reicht mir zum Abschied wieder die Hand. Und als ich diesmal seinen Händedruck erwidere, meine ich in seinem Gesicht all das zu finden, was ich an Argentinien liebgewonnen habe:

einen süffisanten Fatalismus, verbunden mit einem ehrlichen Blick auf eine Welt, die sich nicht so leicht ändern lässt, und obendrauf der Einfallsreichtum des Kreolen, der auch der ausweglosesten Situation noch eine positive Wendung abringen kann.

Nachdem ich fertig gepackt habe, lese ich Tantanis Plan noch einmal durch. Und plötzlich fühle ich mich, als ob man mir einen Diamanten direkt zwischen die Augen geschossen hätte. Ich kann die Operation vor meinen Augen sehen, klar, hart und hell wie einen Kristall. Ich kann schon die passende Melodie der Märkte erahnen. Dieses Spiel wird komplexer als alles, was wir jemals zuvor gemacht haben. Die Midas, die Pequod, die Falle für Tantani, das waren nur Fingerübungen. Jetzt kann ich in meiner Disziplin etwas Vergleichbares schaffen wie Morrison mit »Riders on the storm«, »Strange Days« oder »Light my fire«. Ein künstlerisches Werk, vor dem sich zukünftige Generationen verneigen würden. Und die eigentliche Kunst würde darin liegen, dass es diesmal ganz legal ablaufen würde, ja sogar ganz offensichtlich. Das ist die Schönheit der gesamten Konstruktion, die sich Tantani ausgedacht hat. Am Ende braucht es nur eine halbwegs plausible Investmentidee. Die Gier der Anleger, die Dummheit der Banken und die Sorglosigkeit der Politik werden den Rest dann schon besorgen.

Ich zünde die Kerzen des kleinen Hausaltars an, gehe ins Schlafzimmer, lege mir den Totenkopftalisman um den Hals, schnalle mir den Colt um, ziehe mir Morrisons Ledermantel über und ergreife das Schwert der Engel. Aus dem Wohnzimmer höre ich einige Akkorde und eine hypnotische Stimme dazu. Der elektrische Schamane ist gekommen. Mojo Risin! Lizard King! *Come on baby light my fire / Try to set the night on fire!*

Ich blicke ein letztes Mal zurück, schnappe mir die Reisetasche und verabschiede mich vom Spiegel einer Welt ohne Ausweg, poltere die Treppen hinunter und renne vor dem Hauseingang geradewegs in die Arme von Irene, die sich mit dem Pächter des Café Isadora unterhält. Sie hat Freds Tod nicht gut verkraftet. Überhaupt nicht gut. Ihre Augen sind rot verheult, als sie mich ansieht, und in ihnen steckt so viel Schmerz, dass ich mich frage, ob sie überhaupt jemals darüber hinwegkommen wird.

»Sie verlassen uns also doch?«, fragt der Pächter mit Blick auf meine Tasche.

»Ich komme bald wieder«, antworte ich und muss an Esther denken – und unser Kind. Es würde das Blut von Tantani und Morrison in sich tragen. »Sie wissen doch: Buenos Aires ist keine Stadt, sondern ein Schicksal.«

Irene steht da, krault ihre getigerte Katze, die sich in ihren Arm geschmiegt hat, sieht mich nachdenklich an und legt mir schließlich ihre freie Hand auf den Arm. »Warum wurde Fred wirklich umgebracht? Ich habe ein Recht, das zu wissen.«

Ich winke die beiden näher zu mir heran und wir stecken unsere Köpfe zusammen. »Fred wollte Rache nehmen für Argentinien und hatte einen gefährlich-genialen Plan«, flüstere ich. »Er wollte die gesamte westliche Finanzwelt vernichten. Deshalb wurde er umgebracht.«

»Wie bitte meinen Sie das?«, entfährt es dem sichtlich irritierten Café-Pächter.

»Er wollte die Mutter aller Finanzkrisen heraufbeschwören. Eine Krise, die alle Banken zerstört.«

»Alle?«, bezweifelt der Pächter.

»Genau, BNP, Citigroup, Credit Suisse, Deutsche Bank, Lehman Brothers, Merrill Lynch, Morgan Stanley, UBS – einfach alle.«

Irene sieht mich kopfschüttelnd an. »Alle Banken dieser Welt in die Knie zwingen? Nicht bis zum Tag des Jüngsten Gerichts.«

»Alles, was möglich ist, passiert irgendwann einmal«, sage ich.

»Du redest schon wie er.« Irene lächelt zum ersten Mal seit Tagen. »Der Spruch, den du für Freds Grabstein willst, was bedeutet der?«, fragt sie und beginnt nun doch wieder zu weinen.

»Kata ton daimona eaytoy«, antworte ich. »Oder ›Hier liegt er mit seinen Dämonen‹!«

Tantanis Wagen hält direkt vor uns, der Fahrer springt heraus und öffnet die hintere Tür. Ich umarme Irene fest und reiche dem Pächter die Hand, dann sinke ich auf die Rückbank, werfe meine Tasche auf den Sitz neben mir und lege das Schwert auf meine Knie. Der Fahrer mustert mich im Rückspiegel und fragt: »Wohin soll's denn heute gehen, Herr Willarth?«

»In eine andere Zukunft«, sage ich, ohne zu zögern.

Epilog

The time to hesitate is through

Ein leichter Wind kommt auf und trägt den Duft von Rosmarin und Thymian zu mir hin. Die Takelage knarzt und das mächtige Schiff, das fast 50 Meter vom Bug zum Heck misst, dreht sich sachte um seine Ankerkette. Dabei schwankt es nur ganz leicht in der sanften Dünung. Die Pequod wurde 1920 als Rennyacht gebaut und hat trotz ihrer beachtlichen Länge nur einen einzigen, hoch aufragenden Mast. Sie hat die Welt angeblich schon sieben Mal umrundet, unzählige Regatten gewonnen und ist eleganter als alles, was heute gebaut wird. Wir haben sie letztes Jahr für acht Millionen gekauft und dann noch einmal für fünf Millionen von Grund auf modernisieren und restaurieren lassen.

Weiter vorne an Deck kichern zwei Mädchen. Ein Körper klatscht ins Wasser. Dann noch einer. Die Mädchen lachen und prusten. Maschas Tochter Jelena, die inzwischen zehn Jahre alt ist, und Eva – meine Tochter. Eva, Evita! Ein Kind der Revolution! Esther hat sich beim Namen durchgesetzt. Natürlich! Sie muss sich ja immer durchsetzen. Doch eines Tages würde ich das letzte Wort haben. Spätestens wenn ich ihr die Wahrheit über Tantani erzählen würde. Schließlich habe ich es dem Mann versprochen.

Heute Nacht habe ich wieder von ihm geträumt. Er hielt ein altmodisches Rasiermesser mit einer Schnecke darauf in der Hand. »Das ist mein Traum und mein Albtraum«, sagte er. »Diese Schnecke, die eine scharfe Schneide entlangkriecht – und sich nicht verletzt.«

Rätselhaft, dieser Mensch. Völlig rätselhaft. Ich öffne die Augen, um das Bild von Tantani wieder loszuwerden. Die Strahlen der tiefstehenden Sonne brechen sich auf den Wellen, auf denen jetzt unzählige Lichtsplitter tanzen. Ich blicke über das

Meer zur Küste hin, die keine fünfzig Meter von uns entfernt liegt. Das Wasser an unserem Ankerplatz ist von jenem tiefen Blau, das mich unheimlich in sich hinein und nach unten zieht. Zum Strand hin geht es in ein helles, transparentes Türkis über. Überhaupt ist unsere Bucht ein kleines Paradies. Sie ist umrahmt von grauen Felsen, auf denen Pinien, Zypressen und Kiefern in verschiedenen Grünschattierungen stehen und gehört zu einer Insel namens Zakynthos, deren Anblick von den alten Griechen über die Venezianer bis zu den neuen Russen noch jeden in ihren Bann gezogen hat.

Doch weder dieser Naturzauber noch 3.000 Jahre Kultur können Griechenland vor einem ähnlichen Strafgericht der Märkte bewahren, wie es Argentinien vor zehn Jahren auch heimsuchte. Mein Mitleid mit den Griechen und dem Rest Europas hält sich in Grenzen. Im Währungsfonds verfügen die Europäer über fast doppelt so viele Stimmrechte wie die USA. Sie hätten jederzeit eine Mehrheit gegen den Liberalisierungs-wahn des IWF organisieren können, als dieser große Teile Asiens, Russland und Argentinien in Asche legte. Es hat sie nicht interessiert. Jetzt bekommen sie halt einmal eine Kostprobe ih-rer eigenen Medizin.

So ist auch die paradiesische Bucht, in der wir ankern, nur ein Traumbild. Der Traum einer neuen Heimat. Aber wir Ka-pitalisten haben nun einmal keine Heimat! Nicht im Moment unserer Niederlage und noch viel weniger im Moment unseres Triumphes. Denn technisch gesehen ist die Operation Lehman ein voller Erfolg gewesen. Fast exakt sieben Jahre nach dem 11. September 2001 haben wir in der Nacht vom 14. auf den 15. Sep-tember 2008 die Bank Lehman Brothers in die Insolvenz getrie-ben – oder doch zumindest eine wichtige Rolle dabei gespielt. Der Bankrott führte zu einer Kettenreaktion, die sich inzwischen zur schwersten Finanz- und Wirtschaftskrise der Welt seit der großen Depression von 1929 ausgewachsen und viele der großen Banken in die Knie gezwungen hat.

Immer deutlicher zeigt sich inzwischen jedoch, dass es weder zu einer umfassenden Reform der Kapitalmärkte und einer Zäh-mung der Banken kommen wird, noch zu einer internationalen Solidarisierung der Völker gegen den Finanzkapitalismus. Ganz im Gegenteil! Die Krise am Rio de la Plata wurde erfolgreich argentinisiert und die internationale Finanzkrise wird gerade erfolgreich nationalisiert. So ist das. Während die Völker gegeneinander aufgebracht werden, unterstützen die westlichen Regierungen das Finanzsystem mit Einlagen, Garantien und Krediten in Höhe von mehr als 2.000 Milliarden. Und das scheint niemanden zu kümmern. Was hätte der Westen nicht alles dafür bekommen können? Ein neues Afrika, ein besseres Europa, eine andere Zukunft. Stattdessen sind die Bonuszahlungen der Banker in der Krise sogar noch gestiegen!

Was haben wir denn erwartet? Und was hatte Tantani wohl gehofft?

In der Kajüte poltert es. Fjodor steckt seinen Kopf aus der Tür, winkt mir zu und schlurft in braunen Shorts und einem offenen weißen Hemd zu mir in den Schatten eines weitgespannten Sonnenverdecks. Mascha folgt ihm leichtfüßig. Sie bewegt sich geschmeidig wie ein Raubtier, hat schon lange wieder ihr Idealgewicht erreicht und trägt einen schwarzen Badeanzug, der das sehr deutlich zeigt. Schließlich setzt sich auch Suki zu uns. Mit ihrem bunten Sari und den großen Sonnengläsern sieht sie aus wie ein merkwürdiger exotischer Vogel.

Blue Hour! Der Steward serviert eine Runde Gin-Tonic. Das ist in den letzten Tagen unser Ritual geworden.

»Auf Jims vierzigsten Todestag und die Doors«, sage ich. »Sie sind und bleiben die einzige musikalische Entsprechung, die der Rock zu William Shakespeare hervorgebracht hat.«

Als wir anstoßen, klirrt das Eis unwiderstehlich frisch in unseren Gläsern.

»Wie viele Menschen werden wohl heute an seinem Grab sein?«, fragt Fjodor.

»Zu seinem zwanzigsten Todestag waren es mehrere Tausend und die haben randaliert, zu seinem dreißigsten, als wir da waren, noch ein paar Hundert und die haben gekifft. Heute werden es wohl nur ein paar Dutzend sein und die sind wahrscheinlich hauptsächlich mit ihren Rollatoren beschäftigt«, antworte ich.

»Womit bewiesen ist, dass der Westen nicht nur kein Hirn, sondern auch kein Herz mehr hat«, sagt Mascha. »Ganz im Gegensatz zu unseren japanischen Freunden.« Sie kramt eine Financial Times aus ihrer Badetasche, blättert wild darin herum und reicht mir schließlich eine der Seiten.

Anlässlich des zehnten Jahrestages des Beginns der Argentinienkrise hat Sakurai einen Artikel mit dem Titel »Argentinien: Vom Triumph zur Tragödie« veröffentlicht, in dem er den IWF und sich selbst kasteit. Ich überfliege die ersten Zeilen: Jeder gegen jeden. Der Mensch ist des Menschen Wolf. Mindereffiziente Völker und Nationen müssen durch das Fegefeuer des entfesselten Kapitalismus hin zur erlösten Wunderwelt westlicher Konsumkultur. Gegenwehr ist nicht nur nutzlos, sie ist schädlich. Denn der Stillstand ist der eigentliche Feind. Der Neo-Liberalismus ist nicht einfach eine Bewegung, er ist die Bewegung selbst. Deshalb kann der Untergang der zum Untergang Bestimmten – der skrupelbehafteten Zauderer, der sozialromantischen Träumer, der anarchistischen Künstler, ja der kapitalfeindlichen Kulturen und Strömungen insgesamt – nicht verhindert, er muss sogar beschleunigt werden. Und so gibt es nur einen Vorwurf, den sich der Internationale Währungsfonds im Fall Argentinien nach Jahren der Introspektion und tausenden Seiten der Analyse macht: dass er seine Unterstützung nicht früher eingestellt und das Land seinem vorbestimmten Schicksal überlassen hat. Und das, obwohl in Argentinien nach der Krise mehr Menschen an Cholera, Unterernährung und Armutskrankheiten gestorben sind, als in sieben Jahren Militärdiktatur umgebracht wurden.

So klagt der alte, weise Sakurai und endet mit zwei Fragen: »Und was ist, wenn unsere Wahrheit nur ein einfältiger Darwinismus war?«, schreibt er. »Eine verblendete Lehre, die ihre Regeln für Naturgesetze nahm und damit jeder Form der moralischen Abwägung entzog?«

Da mir keine Antwort darauf einfällt, sage ich nur: »Der Alte ist sich treu geblieben. Freut mich, dass es ihn noch gibt.« Dann reiche ich Fjodor den Artikel weiter.

»Banker!« Mascha zündet sich eine Zigarette an. »Wenn die Hölle nicht randvoll mit dieser Brut ist, dann nur, weil wir noch nicht genug dorthin geschickt haben.« Sie schnaubt voller Verachtung und stößt dabei eine solche Rauchwolke aus, dass man fast erwartet, sie würde gleich auch noch Feuer speien.

»Warum hat keiner von euch Musik gemacht?«, frage ich. »Es ist immerhin sein Todestag.«

»Ganz ehrlich? Weil uns deine Doors mächtig auf den Geist

gehen«, antwortet Mascha. »Uns auch«, höre ich Jelenas Stimme. Sie klettert flink über die Leiter am Heck aufs Schiff zurück. Eva folgt ihr auf dem Fuße. Lachend und tropfend schlängeln sie sich an uns vorbei und verschwinden in der Kajüte, aus der es sofort zu wummern beginnt. *It's not about the money, money, money. / We don't need your money, money, money. / We just wanna make the world dance. / Forget about the price tag,* plärrt eine Stimme, die ganz nach Pop klingt und kein bisschen nach Poesie.

»Vielleicht sollten wir die Operation stoppen, bevor es uns wie Morrison ergeht oder wie Tantani«, meint Suki. »Wir bewahren die Glut einfach für die nächste Generation, als Hüter des Feuers der Anarchie, sozusagen.«

Fjodor zuckt unentschlossen die Schultern. »Nun, wenn wir das Feuer von hier aus hüten können, ist das doch keine ganz unangenehme Vorstellung.«

Aber Mascha schüttelt energisch den Kopf. »Ich habe diesen Krieg nicht angefangen, um ihn nach einer verlorenen Schlacht wieder zu beenden.«

»Und du, Wolf, was sagst du?«, fragt Suki.

Als ich in die Gesichter meiner drei Freunde blicke, fällt mir eine Zeile aus Jims Prophezeiung ein: »*Die Schattenreiter, sie galoppieren. / Die Menschheit kriecht bald auf allen Vieren*«. Keine Ahnung, ob wir die vier Schattenreiter sind und unseren Weg zu Ende gehen. Keinen Schimmer, wie unsere Geschichte enden mag. Aber eines spüre ich plötzlich mit aller Gewissheit. Sie wird bald kommen, jene Stunde, in der die alten Götter zurückkehren und die Heiligen Schwerter tragen. In der das Feuer der Anarchie über dem nächtlichen Horizont scheint. In der die Städte in Flammen stehen, die Präsidenten zittern, die Unternehmenslenker flehen, die Bankmanager flüchten. Keine Stunde Null, nein! Sondern die Stunde der Menschen, die so hell brennen und so dunkel leuchten wie Tantani und Morrison. Die Stunde der Menschen, die sich verzehren wie eine Fackel, um uns mit ihrem Licht den Weg zu weisen. Ja, es wird die Stunde kommen, in der wir Dinge sehen, die es noch nicht gibt. In der wir nicht mehr fragen »Warum?«, sondern »Warum nicht?«. Die Stunde, in der die Lüge der Alternativlosigkeit verdampft. Denn es gibt immer einen Ausweg. Und der Punkt im Raum, der alle anderen Punkte beinhaltet, liegt in jedem von uns. Zum Teufel mit den Hits von heute. Es gibt nur eine wirklich gute Musik.

Can you picture what will be, / So limitless and free?

– THE BEGINNING –